अप्रत्याशित

(The Unpredictable)

राम
शक्ति और गीता की ~~प्रेम~~ कहानी

अभिलाषा (शिखा)

यह पुस्तक लेखिका के व्यक्तिगत अनुभवों, चिंतन और विचारों पर आधारित एक काल्पनिक रचना है। गोपनीयता बनाए रखने के लिए कुछ नाम, संगठन और पहचान संबंधी विवरण बदले गए हो सकते हैं। जीवित या मृत वास्तविक व्यक्तियों या वास्तविक घटनाओं से कोई भी समानता संयोगवश है, सिवाय उन मामलों के जहां स्पष्ट रूप से उल्लेख किया गया हो।

इस पुस्तक की सामग्री केवल सूचनात्मक और प्रेरणादायक उद्देश्यों के लिए प्रदान की गई है और यह पेशेवर, कानूनी, वित्तीय या चिकित्सा सलाह नहीं है। लेखिका इसमें निहित जानकारी के उपयोग के आधार पर परिणामों के संबंध में कोई गारंटी नहीं देता है।

लेखिका का परिचय

अभिलाषा एक बहुआयामी लेखिका और उद्यमी हैं, जिनकी रचना 'अप्रत्याशित' (The Unpredictable) मानव मन की गहरी भावनाओं (Emotions), कर्म (Karma) के अटूट सिद्धांतों और पौराणिक सोच (Mythological thought) के शाश्वत सत्यों पर आधारित है। अपने लेखन के प्रति अटूट जुनून से प्रेरित होकर, उन्होंने इस कहानी के माध्यम से प्राचीन जीवन-दर्शन और आधुनिक संवेदनाओं के बीच एक सेतु बनाने का प्रयास किया है।

अपनी रचनात्मकता के साथ-साथ, वे व्यावसायिक जगत में भी एक सशक्त पहचान बना रही हैं। जनवरी 2026 में उन्होंने इवॉल्विंग कंसल्टेंट्स (Evolving Consultants) और इक्विनॉक्स एनर्जी (Equinox Energy) जैसे Start Up की सह-स्थापना की। Zoology में स्नातक होने के नाते, उनके व्यक्तित्व में वैज्ञानिक तर्क और आध्यात्मिक गहराई का एक अनूठा संगम देखने को मिलता है।

वे मानती हैं कि जीवन की हर अप्रत्याशित घटना हमारे बीते हुए कर्मों और हमारी भावनाओं का ही प्रतिबिंब है।

आभार
(Acknowledgement)

किसी भी रचना की पूर्णता केवल लेखक के शब्दों से नहीं, बल्कि उन अपनों के आशीर्वाद और साथ से होती है जो हर कदम पर संबल बनते हैं। 'अप्रत्याशित (The Unpredictable)' की यह साहित्यिक यात्रा उन सभी व्यक्तित्वों के प्रति कृतज्ञता व्यक्त करने का एक माध्यम है जिन्होंने मुझे गढ़ने में अहम भूमिका निभाई है।

सर्वप्रथम, मैं अपनी स्वर्गीय दादी पन्ना ठाकुर की पावन स्मृति को नमन करती हूँ, जिनका आशीर्वाद आज भी मेरे साथ है। मैं अपने पिता श्री ए.के. ठाकुर और माता श्रीमती हीरा ठाकुर के प्रति हृदय से आभारी हूँ, जिन्होंने मुझे ना केवल संस्कार दिए, बल्कि सपनों को देखने का साहस भी दिया। मेरे भाई श्री आशीष और मेरी छोटी बहन डॉ. भावना का सहयोग मेरे लिए हमेशा प्रेरणा का स्रोत रहा है।

मैं अपने ससुराल पक्ष के प्रति भी गहरी कृतज्ञता व्यक्त करती हूँ। मेरी सासू माँ श्रीमती सुमन कुमारी ने सदैव मेरा मार्गदर्शन किया और मेरे हर निर्णय में मेरा संबल बनीं। साथ ही, मेरे ससुर जी श्री ए.एन. चौधरी का स्नेह और देवर सत्यम राज का सतत प्रोत्साहन मुझे सदैव ऊर्जा देता रहा है।

मैं अपने पूरे परिवार और सभी प्रियजनों का आभार व्यक्त करती हूँ, जिन्होंने प्रत्यक्ष या अप्रत्यक्ष रूप से इस यात्रा में मेरा साथ दिया।

विशेष आभार
(Special Thanks)

इस पुस्तक की पूर्णता का श्रेय मेरी शक्ति और मेरे आधार स्तंभ, मेरे पति श्री कुमार राजीव को जाता है। आप वह धुरी हैं जिसके इर्द-गिर्द मेरा पूरा संसार और मेरे सपने घूमते हैं। आपकी अटूट आस्था और मुझ पर आपके अटूट विश्वास ने ही मुझे उस समय भी आगे बढ़ने का साहस दिया, जब मुझे स्वयं पर संदेह था। आपके निस्वार्थ प्रेम और निरंतर सहयोग के बिना यह सफर कभी पूरा नहीं हो पाता। मेरी प्यारी बेटी नूपुर कश्यप और मेरा पुत्र नमन कश्यप, तुम दोनों की मुस्कुराहट और प्रोत्साहन ही मेरी असली ऊर्जा रहे हैं।

यह कृति उन सभी के चरणों में सादर समर्पित है।

विषयसूची

दुनिया में जब इंसान की उत्पत्ति हुई तभी से भावनाओं का भी बोध हुआ। ये भावना ही है जो हमें जानवरों, पेड़-पौधों, ग्रह-नक्षत्रों से अलग बनाती है। भावनाएँ ना हों तो शरीर केवल मांस और हड्डियों का ढाँचा सा रहेगा। भावनाएँ—क्रोध, आश्चर्य, घृणा, आनंद, भय और उदासी के रूप में जीवन भर, जीवन तक और जीवन के बाद भी रह जाती हैं।हम जो सोचते हैं या फिर कुछ भी करते हैं, चाहे छोटी-सी छोटी चीज़ ही क्यों ना हो, वो भावनाओं से जुड़ी होती है। संसार बना और जब लोग आए या 'मैं' आई, 'भाव' का ज्ञान हुआ, तब से संसार का प्रत्येक व्यक्ति धर्म और उससे मिले ज्ञान पर चलता है, या फिर यूँ कहूँ कि चलते आ रहा है और चलता रहेगा। धर्म के रास्ते पर जो नहीं चलते, उनको "अधर्मी" शब्द से नवाज़ा जाता है। ऐसे लोग मुट्ठी भर होते हैं पर संसार के लिए घातक होते हैं।"धर्म" क्या है? बहुतों के मन में यह सवाल आता है। बताने के लिए या समझाने के लिए पंडित, गुरु, मौलवी, पादरी, सरदार हैं, पर क्या वो समझा पाते हैं? ज्ञानी व्यक्ति जो हमें धर्म का पाठ पढ़ाते हैं, क्या वो सही हैं? वो भी तो व्यक्ति हैं, गलत भी हो सकते हैं, तो फिर क्या? पूरा संसार धर्म और अधर्म में उलझा हुआ है। बात छोटी-सी है पर समझने में उम्र लग जाती है। धार्मिक स्थल पर जाना "धर्म" नहीं है, सिर्फ हमारा विश्वास है, एक भरोसा है कि ऊपर एक शक्ति है जो हमारी रक्षा करेगी; एक अद्‌भुत अलौकिक चित्र है जो बुरे वक्त में हमारा सहारा बनेगी। इसीलिए तो कहा जाता है कि संसार 'विश्वास' (आश्वासन, यकीन, भरोसा) पर चलता है।दुनिया में रहने वाले प्रत्येक के भले के बारे में सोचना, सामाजिक तत्वों के लिए समर्पित रहना और समाज के उत्थान के लिए कार्यरत रहना और समय आने पर सामाजिक हित के लिए अपने प्राणों तक की आहुति दे देना ही "धर्म" है। जो समाज के हित में ना हो, स्त्री, पुरुष, बच्चे, प्रकृति के लिए अहित हो, वो "अधर्म" है।हमारे 'उपन्यास' की कहानी का चित्रण धर्म और अधर्म से ही गुजरती है।

रथः शरीरं पुरुषस्य राजन्
आत्मा नियन्तेन्द्रियाण्यस्य चाश्वाः।
तैरप्रमत्तः कुशलः सदश्वैः
सुखं याति रथीव धीरः॥

- मनुष्य का शरीर एक रथ के समान है।
- इन्द्रियाँ उस रथ के घोड़े हैं।
- आत्मा उनका नियंत्रक (स्वामी) है।

जो बुद्धिमान और सावधान मनुष्य अपनी इन्द्रियों को अच्छी तरह नियंत्रित रखता है, वह कुशल सारथी की तरह अच्छे घोड़ों वाले रथ में बैठकर सुखपूर्वक अपने लक्ष्य तक पहुँच जाता है।

धर्म और अधर्म पर चलने के बाद ही व्यक्ति का चरित्र सामने आता है। चरित्र की कोई परिभाषा होती ही नहीं है। चरित्र को कोई परिभाषित कर भी नहीं सकता।"चरित्र" मानव शरीर जैसा है। सभी के पास दो आँखें, दो कान, एक नाक, एक होंठ, दो हाथ और दो पैर हैं, परन्तु चेहरे की बनावट, उसके हाव-भाव और शरीर की आकृति अलग-अलग है। चरित्र एक सोच है। व्यक्ति के पास बुद्धि है और वहीं से सोच निकलती है, पर अपनी सोच को कैसे और कहाँ तक ऊपर ले जाना है, ये उनके चरित्र पर निर्भर करता है।

ज्ञान जानकारी देता है, लेकिन रियलाइज़ेशन समय के साथ अनुभव से होता है।

उदाहरण में कई नाम हैं, परंतु मैं दूँगी नहीं क्योंकि उदाहरण देना आसान होता है, परंतु उदाहरण बनना बहुत कठिन होता है। हमारी भी कहानी उदाहरण बनने की है।उदाहरण ये नहीं कि व्यक्ति को कैसा होना चाहिए, उदाहरण ये है कि चरित्र को कैसे निखरा हुआ बना सकते हैं। कहानी ग्रह-नक्षत्र, पाप-पुण्य, धर्म-अधर्म, जन्म-पुनर्जन्म और प्रेम-घृणा से गुजरती है। कहानी में लौकिक-अलौकिक शक्ति का समावेश है।

यह कहानी पूर्णतः काल्पनिक है।

बारिश का मौसम है और चारों तरफ हरियाली बिखरी हुई है। आम जिंदगी रेल की तरह दौड़ लगा रही है; कुछ की जिंदगी पटरी पर है, कुछ की पटरी से उतरी हुई है, तो कुछ की रुकी हुई है। आम से दिखने वाले इन दिनों में भी कुछ लोगों के साथ 'आम' बातें नहीं होतीं।लोग या तो सह जाते हैं या फिर कह जाते हैं। मुंबई जैसा शहर, जहाँ चकाचौंध ही दुनिया का दूसरा नाम है, वहाँ एक व्यक्ति प्रसिद्ध अस्पताल में दाखिल होता है। वह एक कमरे में प्रवेश करता है जिसके बाहर "प्लास्टिक शल्य-चिकित्सक" का बोर्ड लगा है। बोर्ड पर डॉ. अरुण राय (Dr. Arun Rai) नाम अंकित है। कमरे में आने के बाद वह व्यक्ति ऊपर रखी गणपति की मूर्ति के सामने एक छोटा सा दीपक प्रज्वलित करता है।मन में आदर भाव लिए वह अपनी कुर्सी खींचकर बैठ जाता है। सामने रखी मेज की दराज से वह एक बॉक्स निकालता है, जिसमें दो तस्वीरें हैं—एक उनकी पत्नी की और दूसरी उनकी बेटी की। वे भावविभोर होकर एक लंबी साँस लेते हैं, शायद बीते हुए समय को याद कर रहे हैं।डॉ. राय एक प्रसिद्ध प्लास्टिक सर्जन हैं, जो पहले जर्मनी में कार्यरत थे। एक सड़क हादसे में पत्नी और बेटी की मृत्यु के बाद उनका मन वहाँ नहीं लगा और वे मुंबई स्थानांतरित हो गए। अब पीड़ितों का इलाज और सेवा ही उनके जीवन का एकमात्र उद्देश्य बन गया है। अपनी यादों में खोए डॉक्टर साहब अचानक वास्तविक दुनिया में तब लौटते हैं, जब उनके फोन पर 'गर्व' नामक व्यक्ति का फोन आता है।

गर्वः डॉक्टर साहब, नमस्ते!

डॉ. रायः तुम्हें मेरा नंबर कहाँ से मिला?

गर्वः श्रीमान रामवंशी के निजी सहायक (Personal Assistant) से आपका नंबर मिला है।

डॉ. रायः अच्छी बात है। तुम क्या पूछना चाहते हो?

गर्वः क्या आप श्रीमान रामवंशी को जानते थे?

डॉ. राय: हाँ।

गर्व: क्या मैं जान सकता हूँ कि वे कौन थे? मैं उन्हें नहीं जानता और ना ही मेरे माता-पिता उनसे परिचित थे। फिर श्रीमान रामवंशी ने मुझे अपने राजवंश का उत्तराधिकारी क्यों घोषित किया? मैं तो 'फ्लाइट लेफ्टिनेंट' (Flight Lieutenant) के पद पर कार्यरत एक सैन्य अधिकारी हूँ, फिर उन्होंने मुझे अपना संपत्ति क्यों सौंपा?

डॉ. राय: पिछले दो वर्षों से वे एक योग्य उत्तराधिकारी की तलाश में थे। उनकी नज़र तुम पर पड़ी, तुम उन्हें योग्य लगे और उन्होंने तुम्हें अपना उत्तराधिकारी चुन लिया।

गर्व: मैंने सुना है कि आसानी से मिला ज्ञान 'सुलभ' मार्ग को दर्शाता है और आसानी से मिला धन-धान्य 'दुर्लभ' मार्ग को। मैं एक साधारण व्यक्ति हूँ और साधारण ही रहना चाहता हूँ, परंतु इस बात ने मेरी जिज्ञासा बढ़ा दी है कि उन्होंने मुझमें ऐसी कौन सी असाधारण क्षमता देखी?

डॉ. राय: अपने आप को छोटा मत समझो। कभी-कभी कुछ ना जानने का भी अपना एक अलग आनंद होता है।

गर्व: जानकारी मिलने के बाद क्या बदल जाएगा?

डॉ. राय: कुछ और बदले ना बदले, पर तुम स्वयं बदल जाओगे। तुम पूरी तरह परिवर्तित हो जाओगे।

गर्व: ऐसा क्यों?

डॉ. राय: उनकी दुनिया ही ऐसी है। श्रीमान रामवंशी ने तुम्हारे लिए अपने हाथों से लिखा हुआ एक संदेश मेरे पास छोड़ा है।

गर्व: आपने यह मुझे पहले क्यों नहीं दिया?

डॉ. राय: श्रीमान जी का निर्देश था कि जब तुम स्वयं इसकी माँग करो, तभी इसे तुम्हें दिया जाए। मैं तो अब भी यही कहूँगा कि 'आम खाओ, गुठलियाँ मत गिनो'। बात की गहराई को समझो।

गर्वः मैं समझना ही तो चाहता हूँ। मैं संतुष्ट होना चाहता हूँ।

डॉ. रायः श्रीमान रामवंशी एक राजवंश से थे और वे 'स्वयंसेवक समाज' के सक्रिय सदस्य भी थे। एक प्रबुद्ध समाज हमेशा उनके साथ रहा है और मैं भी उसी समाज का हिस्सा हूँ। श्रीमान रामवंशी की तरह मुझे भी विश्वास है कि तुम हमारी अपेक्षाओं पर खरे उतरोगे। मैं बहुत जल्द उनका लिखा हुआ पत्र (नोट) तुम तक पहुँचा दूँगा।

गर्वः धन्यवाद!

कुछ दिनों बाद, डॉ. राय का एक सहकर्मी गर्व को श्रीमान रामवंशी का वह पत्र सौंप देता है। गर्व बड़े उत्साह और उत्सुकता के साथ पत्र खोलता है। उसके पहले पन्ने पर लिखा होता है: "इस कहानी में ही तुम्हारे उत्तराधिकारी बनने का गुप्त रहस्य छिपा है, जिसे जानते-जानते तुम स्वयं को और अपने कर्तव्यों को भी पहचान जाओगे।"

तुम प्राण हो, तुम अर्पण भी हो। तुम स्नेह हो, तुम अनुराग भी हो। तुम वीणा की तार हो, तुम वेदना का संचार भी हो। तुम हृदय की करुणा हो, तुम ही उद्घोषणा भी हो। तुम ही सूचना हो, तुम ही प्राप्त ज्ञान का संचार हो।

तुम तिरस्कार को सत्कार में बदलने वाली शक्ति हो।"हमारे रामवंशी राजवंश में तुम्हारा सादर स्वागत है। तुम्हारा इस राजवंश में आना एक दैवीय घटना जैसा है, जो सकारात्मक ऊर्जा, रचनात्मकता और उत्थानकारी शक्ति का स्रोत है।

इस कहानी में मैं था, वह था और वह भी थी। कर्म और धर्म के बीच उलझती जिंदगी ने एक त्रिकोणीय परंतु सौहार्दपूर्ण संबंध निर्मित किया है, जिसे जानना तुम्हारे लिए अत्यंत आवश्यक है।

अध्याय 1

स्मृति

यह वो रात थी जिसमें ना चाँद था ना तारे, चारों ओर बस घना अंधकार था। यहाँ कुछ भी दिखाई नहीं दे रहा था। यह एक गहरी आध्यात्मिक शून्यता वाली रात थी, जहाँ व्यक्ति स्वयं को ईश्वर और जीवन के अर्थ से कटा हुआ महसूस कर रहा था। अकेलापन, उदासी और निरुद्देश्यता एक चुनौती बनकर खड़ी थी। यह वह रात थी जहाँ हर कोई गहरी थकान, अनिद्रा और शारीरिक बेचैनी का अनुभव कर रहा था। यह रात किसी भावनात्मक उथल-पुथल का संकेत दे रही थी और भविष्य की अनिश्चितताओं एवं अज्ञात भय की भावना जगा रही थी।रात के दूसरे पहर, जब अंधेरा और गहरा हो जाता है, पक्षी अपने घोंसलों में और पशु अपने ठिकानों पर सो रहे होते हैं। जब अंधकार अपनी पूरी सघनता पर था, तब उसे चीरती हुई एक हृदयविदारक चीख सुनाई दी। वहाँ लोगों का हुजूम एकत्र था—जिसमें पुरुष, महिलाएँ और बच्चे सभी शामिल थे। सबकी आँखें नम थीं। लोगों की भारी भीड़ 'शीशमहल' के सामने खड़ी थी।भीड़ बुलाई गई थी या लोग स्वतः ही इकट्ठा हो गए थे, पर वहाँ मौजूद हर व्यक्ति की आँखें भीगी हुई थीं। होंठों पर ईश्वर का नाम था और निरंतर प्रार्थनाएँ चल रही थीं। लोग ईश्वर से विनती कर रहे थे कि चाहे तो उनके प्राण ले लें, पर उस लड़की की जान बचा लें। 'शीशमहल' के चिकित्सालय में उस लड़की की चीखें रह-रहकर गूँज रही थीं। वह दर्द से बिलख रही थी; उसके कपड़ों के चिथड़े जमीन पर धूल में पड़े थे और उसकी झुलसी हुई त्वचा के अंश यहाँ-वहाँ बिखरे थे।चिकित्सालय के भीतर लोग उसकी गंभीर स्थिति को देख रहे थे। उनमें लड़की का जीजा, बहन, पिता, गुरु माँ और संभवतः उसका पति भी शामिल था। वह लड़की, जो विवाह के लाल जोड़े

में सजी थी, अब ऑपरेशन थिएटर में थी। हाथों में रची मेहंदी और गहनों से लदी वह दुल्हन अधजली अवस्था में सिसकियाँ ले रही थी। कक्ष के बाहर खड़ी एक वृद्ध महिला उसे देख रही थी, जो उसकी स्थिति से अत्यंत व्यथित थी। उन्होंने ना जाने क्या-क्या सपने देखे थे और उसे अपनी आँखों की पुतलियों की तरह सहेज कर रखा था, पर आज सब कुछ बिखर गया। जिसकी हँसी से पूरा घर महकता था, आज वह अपने ही रक्त और आँसुओं में डूबी थी।शादी के जोड़े में वह अधजली, अधमरी और बेसुध पड़ी थी। चिकित्सक उसे होश में लाने का हरसंभव प्रयास कर रहे थे। दवाओं से उसकी पीड़ा कम करने का उपचार चल रहा था, परंतु लड़की की आँखों से बहते आँसू उसकी असहनीय पीड़ा को साफ बयां कर रहे थे।

नयनों से गिरते अश्रुओं की पीड़ा जो समझ पाता है,
वही तो वास्तविक कवि कहलाता है;
और जो ना समझ सके, वह मात्र श्रोता माना जाता है।

तभी कक्ष से बाहर त्वचा-विशेषज्ञ (Dermatologist) सोनाली आती है और वृद्ध महिला के सामने वस्तुस्थिति प्रस्तुत करती है।

सोनालीः "चोट और जलन (Burn) बहुत ज्यादा है। पीठ और हाथों के साथ शरीर का निचला हिस्सा भी काफी प्रभावित हुआ है। इंद्राणी जी, हमने एलोवेरा, एंटीबायोटिक क्रीम और शहद का उपयोग कर उसकी जलन कम करने का प्रयास किया है।"

वृद्ध महिला (इंद्राणी): "देश-विदेश जहाँ ले जाना पड़े ले जाओ, परंतु इसे फिर से पहले जैसा सुंदर बना दो। मेरी मनोहर, सुरूप और लाड़ली को पुनः वैसा ही कर दो जैसी वह थी। मैं उसे इस हाल में नहीं देख पा रही हूँ।"

सोनालीः "माताजी, सब ठीक होगा। भगवान हमारी प्रार्थना अवश्य सुनेंगे।"

सोनाली पुनः ऑपरेशन कक्ष में चली जाती है। इंद्राणी देवी शीशमहल के पूजा-कक्ष में जाकर माँ भगवती को पुष्प अर्पित करती हैं और 21 दीप प्रज्वलित करती हैं। वे माँ भगवती के सामने हाथ जोड़कर खड़ी हो जाती हैं। माता की प्रतिमा को निहारते-

निहारते उन्हें आभास होने लगा जैसे वे किसी गहरी निद्रा में जा रही हों। वे एक 'फ्लैशबैक' (अतीत) में चली जाती हैं। पुरानी स्मृतियाँ सजीव होने लगती हैं और इंद्राणी देवी अतीत के गलियारों में पहुँच जाती हैं।बादल काले और सफेद ही नहीं, धूसर या स्लेटी भी होते हैं। स्मृतियों की पुनरावृत्ति वही मध्यवर्ती रंग है, जो मन के तुलसी-चौरे में जल रही लौ को संजीवनी प्रदान करती है।

बनारस, जिसे वाराणसी भी कहा जाता है, गंगा नदी के किनारे स्थित एक प्राचीन शहर है। यहाँ के घाटों का इतिहास सदियों से चला आ रहा है, जो धार्मिक, सांस्कृतिक और ऐतिहासिक रूप से महत्वपूर्ण है।अठारह वर्ष पूर्व दशाश्वमेध घाट पर गंगा आरती में हिस्सा लेने के लिए इंद्राणी देवी अपनी बेटी के साथ आती हैं। "दशाश्वमेध घाट" विश्वनाथ मंदिर के समीप स्थित है। इतिहास के अनुसार ब्रह्मा जी ने यहाँ दस "अश्वमेध यज्ञ" किए थे। हर शाम इस घाट पर शिव, गंगा, सूर्य और अग्नि के साथ-साथ पूरे ब्रह्मांड को समर्पित आरती की जाती है। हर पाँच वर्ष के अंतराल पर इंद्राणी देवी यहाँ आया करती हैं। यहाँ वे अपने पूर्वजों के लिए पूजा-अर्चना करवाती हैं, निर्धनों में धन और भोजन वितरित करती हैं तथा कन्या-विवाह समारोह भी आयोजित करती हैं।इस वर्ष उनकी बेटी 'दीपांजलि' ने जिद की, तो वे उसे भी अपने साथ ले आईं। दीपांजलि सौम्य स्वभाव की है, परंतु अपनी माँ की इकलौती संतान होने के कारण थोड़ी जिद्दी भी है। इंद्राणी देवी, दीपांजलि और उसके बच्चे गंगा घाट की आरती में सम्मिलित होते हैं। घाट के समीप ही एक अतिथि-गृह है, जहाँ दीपांजलि का बेटा सेवक के साथ चला जाता है। गंगा घाट पर सैकड़ों दीप जगमगा रहे थे।गंगा घाट आज आकाशगंगा की तरह प्रतीत हो रहा था। कीर्तन से पूरा वातावरण झूम रहा था और अगरबत्तियों की खुशबू से घाट सुगंधित हो उठा था। लोग भक्ति-गीत के सरोवर में डुबकी लगा रहे थे; चारों ओर भक्ति-भाव का संचार था। दीपांजलि की गोद में उसकी बच्ची, जो सिर्फ कुछ ही दिनों की है, रोने लगती है। दीपांजलि प्यार से उसे पुचकारती है और गोद में सहलाती है, तभी किसी की आवाज़ आती है। इंद्राणी देवी के कानों में भी वह आवाज़ गूँजती है।

अपरिचित महिला (काव्यांजलि): इसे भूख लगी है।

इंद्राणी देवी: काव्यांजलि, तुम?

काव्यांजलिः हाँ। *(मेरी पीड़ा को किसी ने स्वर दिया, वह पर्याप्त है जिससे मुझे शांति मिली।)*

(फिर काव्यांजलि झुककर इंद्राणी देवी के चरण स्पर्श करती है)

काव्यांजलिः आप कैसी हैं?

इंद्राणी देवीः उत्तम।

काव्यांजलिः दीपांजलि! सब कुशल-मंगल है?

दीपांजलिः हाँ। तुम्हारे साथ यह लड़का कौन है?

काव्यांजलिः मेरा बेटा—मेरा अभिमान, जो कभी नहीं टूटेगा।

दीपांजलिः मेरा भी एक बेटा है, परंतु वह अभी अतिथि-गृह में है।

काव्यांजलिः बच्ची का क्या नाम रखा है?

दीपांजलिः अभी तो सब इसे 'बाबू-बाबू' कहते हैं, तुम ही कोई नाम रख दो।

(काव्यांजलि बच्ची को देखती है और फिर मुस्कुरा कर बोलती है)

काव्यांजलिः दीपांजलि, यह तो तुम्हारी तरह ही सुंदर है। जैसे किसी ने गीतों की सुंदर प्रस्तुति की हो। यह "गीतों के अर्पण" सी है, इसलिए "गीतांजलि" कैसा रहेगा?

दीपांजलिः अति सुंदर! सुंदरता तो देखने वाले की आँखों में होती है।

काव्यांजलिः परंतु सुंदर तो देखने वाला और दिखने वाला, दोनों ही हो सकते हैं।

सामने खड़ा काव्यांजलि का बेटा सब कुछ देख रहा था। उसे समझ नहीं आ रहा था कि उसकी माँ, जो प्रायः चुप-चुप रहती थी, वह इतनी बातूनी कैसे हो गई। उसने कभी अपनी माँ को किसी से इतनी बात करते नहीं देखा था।

"वार्तालाप तो पत्तों के बीच भी होता है, जबकि वे बेजान होते हैं। उनमें जान तो ऋतुएँ लाती हैं; और ये ऋतुएँ आम भाषा में सखी या सखा कहलाती हैं।"

दीपांजलि बालक को मुस्कुराकर देखती है।

दीपांजलिः तुम्हारा क्या नाम है?

बालकः राम।

दीपांजलिः बहुत अच्छा नाम है।

बालक (राम): मैं नौ साल का हूँ और मैं रोज विद्यालय जाता हूँ।

दीपांजलिः तुम्हारे कुछ शौक भी हैं?

बालक (राम): मुझे नानाजी के साथ गाना पसंद है और मैं हॉकी भी खेल लेता हूँ।

दीपांजलिः काव्या! क्या पंडित जी जीवित हैं?

काव्यांजलिः पिताजी जीवित हैं और वे राम से अत्यधिक स्नेह करते हैं। "ज़िंदगी में शांति की ज़रूरत होती है, इसलिए हम हर बात की शिकायत नहीं करते—कभी-कभी उसे स्वीकार कर लेते हैं।"

दीपांजलिः यह सुनकर अच्छा लगा!

काव्यांजलिः कल तुम हमारे घर आ जाओ।

दीपांजलिः कोशिश करूँगी। यहाँ घाट के पास 'आशा' नामक एक अतिथि-गृह है, हम वहीं रुके हैं। समय मिले तो तुम आना।

काव्यांजलिः क्या तुम मेरे पिताजी से नहीं मिलना चाहती?

दीपांजलिः ऐसा नहीं है, परंतु जब आखिरी बार मुलाकात हुई थी, तो वे मुझसे नाराज हो गए थे।

काव्यांजलिः तुम तो जानती हो कि वे थोड़े कड़वे स्वभाव के रहे हैं। कलाकार थोड़े भावुक होते हैं, अक्सर भावनाओं में बहकर कड़वा बोल जाते हैं।

दीपांजलिः मैंने तुम्हें 'चंद्रवंशी स्वयंसेवक समाज' से निष्कासित नहीं किया था।

काव्यांजलिः पुरानी बातों को जाने दो।

दीपांजलिः मैं तुम्हारे लिए कुछ नहीं कर पाई, मुझे इस बात का दुःख रहेगा।

काव्यांजलिः यदि मेरे बेटे को चंद्रवंशी समाज में स्थान मिल जाए, तो मैं समझूँगी कि मेरा जीवन सफल हो गया। मेरा जो कार्य अधूरा रह गया था, राम उसमें सफल होगा—यह मेरा अटूट विश्वास है।

दीपांजलिः तुम जानती हो कि ऐसा करना सरल नहीं है।

काव्यांजलिः राम को भले ही चंद्रवंशी समाज में स्थान ना मिले, परंतु क्या उसकी शिक्षा-दीक्षा चंद्रवंशियों जैसी हो सकती है?

दीपांजलिः मैं इस बारे में माँ से बात करके देखती हूँ।

काव्यांजलिः धन्यवाद।

दीपांजलिः कल उसे मेरे निवास स्थान पर लाना, राम को भी साथ लाना। अपूर्वा से भी उसकी दोस्ती हो जाएगी।

काव्यांजलिः ठीक है। जाने से पहले मैं एक बात कहना चाहती हूँ:

"मैं नहीं तो, राम होगा समाज के लिए,
जितना हो सके, बिखेरेगा कला हर किसी के लिए...!!
इंद्राणी के प्रांगण में, शांति के फूल सबके लिए,
रजनीगंधा, गुलाब, गेंदा और चिरा-मिरा लगाएगा सभी के लिए...!!
पिरोयेगा फूल बगीचे के, अपनी जन्मभूमि के लिए,
अर्पित वाणी और समर्पित कर्त्तव्यों के लिए...!!
सब पर बिखरे पुलकित अश्रु, हर प्रसन्नता के लिए,
संचित कर लेना वे आँसू, जो प्रेरणा रहें जीवन के लिए...!!"

दीपांजलि, इंद्राणी देवी के साथ अतिथि-गृह लौट आती है। अगले दिन काव्यांजलि 'आशा' अतिथि-गृह में दीपांजलि से मिलने आती है। दीपांजलि उसे देखकर खुश होती है।

दीपांजलि: बैठो।

काव्यांजलि: इंद्राणी जी कहाँ हैं?

दीपांजलि: माँ आराम कर रही हैं।

काव्यांजलि: अपूर्वा कहाँ है? मैं उसके लिए खिलौने लाई हूँ।

दीपांजलि, अपूर्वा को राम और काव्यांजलि से मिलवाती है। काव्यांजलि अपूर्वा को बहुत स्नेह देती है, फिर अपूर्वा राम को लेकर अपने कक्ष में चला जाता है।

जिन्हें मिलना है, वे मिलेंगे, उनके मिलने से पुष्प भी खिलेंगे।
अब ये पुष्प किस रंग के होंगे, यह तो सींचने वाले भी नहीं जानते।

राम: क्या यह बच्ची तुम्हारी बहन है?

अपूर्वा: हाँ, इसका नाम 'गीतांजलि' रखा गया है।

दोनों अपनी पसंद और विद्यालय के बारे में बात करते हैं। बातचीत के दौरान राम को महसूस होता है कि अपूर्वा कुछ असहज (असुविधाजनक) महसूस कर रहा है।

राम: कोई समस्या है तो मुझे बताओ। विद्यालय में मैं सबका 'विघ्नहर्ता' कहलाता हूँ।

अपूर्वा: मुझे शौचालय जाना था।

राम: यह लज्जा (शर्म) का विषय नहीं है।

अपूर्वा: मैं गीतांजलि को अकेला छोड़कर कैसे जाऊँ?

रामः तुम निश्चिंत होकर जाओ। मैं बच्ची को कोई हानि नहीं पहुँचने दूँगा। तुम्हारी अनुपस्थिति में भी मैं इसका पूरा ध्यान रखूँगा और इसकी देखभाल करूँगा।

वचन है प्रतिज्ञा और साझेदारी,
वचन है महत्वपूर्ण प्राण और सजीव।
जिसमें साक्षी का आधार स्वयं वह व्यक्ति,
जिसे जीवन की हर अवस्था में कल्याणकारी होने का बोध हो।

दूसरे कमरे में काव्यांजलि और दीपांजलि के बीच बातचीत हो रही है।

दीपांजलिः तुम वाराणसी में क्या कर रही हो?

काव्यांजलिः मैं 'नागरिक चिकित्सालय' में स्त्री रोग विशेषज्ञ (Gynecologist) के रूप में कार्य कर रही हूँ।

दीपांजलिः तुम्हारी एक प्यारी सहेली थी, वह कहाँ है?

काव्यांजलिः संज्ञा की शादी एक बहुत बड़े राजनीतिक परिवार में हुई है। वे दोनों बहुत खुश हैं। वह मुझसे मिलने आती रहती है। वह राम से बहुत प्रेम करती है और राम भी उसे बहुत सम्मान देता है।

दीपांजलिः और क्या तुम खुश हो?

काव्यांजलिः (हल्की मुस्कान के साथ) — जिसके जीवन में 'राम' का साथ हो, उसे और क्या चाहिए।

खोज सा जीवन प्रतीत होता है,
धूप-छाँव का आवरण बना रहता है।
चलना है या रुकना है,
यह संशय हमेशा मन में रहता है।
कुछ मिल जाए तो अर्थ है,
ना मिले तो भी व्यर्थ नहीं,
क्योंकि हर राह का अपना एक महत्त्व है।

बातों-बातों में कमरे में इंद्राणी देवी का प्रवेश होता है।

इंद्राणी देवी: दीपांजलि! काव्यांजलि और राम के लिए जलपान की व्यवस्था करो।

दीपांजलि: जी अच्छा।

यह कहकर वह कमरे से बाहर चली जाती है।

इंद्राणी देवी: कल तुमने दीपांजलि से राम के विषय में जो कुछ भी कहा, वह संभव नहीं है।

काव्यांजलि: क्यों?

इंद्राणी देवी: वह चंद्रवंशी स्वयंसेवक समाज का हिस्सा नहीं है। तुम्हारी पुरानी गलतियों के कारण तुम्हें निष्कासित किया गया था, इसलिए तुम्हारा बेटा भी एक निष्कासित सदस्य ही रहेगा।

काव्यांजलि: मुझे उस अपराध का दंड मिला, जिसकी मैं भागीदार भी नहीं थी।

इंद्राणी देवी: तुम्हें हर प्रकार के मानसिक और शारीरिक दंड से दूर रखा गया था।

काव्यांजलि: मेरे बेटे 'राम' को समाज में स्थान ना देना, मानसिक और शारीरिक दंड जैसा ही है।

इंद्राणी देवी: मेरी संवेदना तुम्हारे साथ है, परंतु दीपांजलि के पति, जो 'राजगुरु' के रूप में स्थापित हैं, वे नहीं मानेंगे।

काव्यांजलि: आप उन्हें मना लेंगी 'गुरु माँ'। मैं जानती हूँ कि आप एक न्यायाधीश रही हैं, आप मेरे और मेरे बेटे के साथ 'न्याय' करेंगी। मैं कई वर्षों से स्वयंसेवक समाज से अलग हूँ, परंतु जानती हूँ कि वहाँ दीक्षा प्राप्त व्यक्ति अश्वमेध के उस घोड़े जैसा होता है जो सिर्फ जीतना जानता है। मैं चाहती हूँ कि राम सर्वगुण संपन्न बने।

माँ की ममता—अनमोल कवच, माँ की छाया—निस्वार्थ प्रेम, माँ की धारा—शक्तिशाली सुरक्षा, माँ की धारणा—पुण्यमयी प्रेरणा (मूल शब्द 'पूँजीवादी' यहाँ संदर्भ के अनुसार 'पुण्यमयी' या 'पावन' होना चाहिए), माँ की हवेली—अद्भुत शक्ति, माँ की जीवनी—प्रथम गुरु का ज्ञान।

इंद्राणी देवी: तुम्हारे विचार के सम्मान में मैं राम की शिक्षा-दीक्षा करूँगी, परंतु चंद्रवंशी समाज में उसका स्थान क्या होगा, यह उसके संस्कार और व्यवहार पर निर्भर करेगा।

काव्यांजलि: राम 'उच्च कोटि' के पद पर विराजमान होगा। आप सब उसे 'साम्राज्य निर्माता' के रूप में जानेंगे। उसमें अपार बल और साहस होगा; उसकी गरिमा और यश का संसार कायल होगा। राम के पास अपना प्रताप होगा। उसके ताप, दीप्ति, मर्यादा और पराक्रम से शत्रुओं का विनाश होगा। राम अपने समाज की गहरी आस्था को ईश्वर से जोड़े रखेगा। उसके मातृभूमि-प्रेम और अटूट निष्ठा को सब सराहेंगे। वह स्त्रियों को मान-सम्मान के साथ सदैव अग्रिम श्रेणी में रखेगा।

पुत्र-मोह लगाव की वह आसक्ति है,
जो मायाजाल से लेकर कुरुक्षेत्र तक का उदाहरण प्रस्तुत करती है।
यदि युद्ध बाहर से पहले भीतर लड़ा जाए,
तो नैतिक कर्तव्यों के पतन से बचा जा सकता है।
परंतु अंधा मोह, अंधे धृतराष्ट्र को भी कृत्रिम नयन दे जाता है,
जिससे अनुकृति जैसा मृगतृष्णा का संसार बन जाता है।

इंद्राणी देवी: तुम उसे हमारे पास भेज दो। हम अपने गुरु-आश्रम में उसकी दीक्षा संपन्न कराएंगे।

काव्यांजलि: एक दिन आप स्वयं राम से कहेंगी कि आपको उस पर गर्व है। राम आपको कभी निराश नहीं करेगा और अपूर्वा का भी श्रेष्ठ मित्र बना रहेगा। बच्चों के लिए मेडल और प्रमाण-पत्र की जीत, केवल शरीर में प्रसन्नता लाती है। परंतु 'गर्व' वह अनमोल उपहार है, जो मन और शरीर दोनों के लिए कल्याणकारी है।

एक संवाद:

नागरिक चिकित्सालय में सभी काव्यांजलि की प्रतीक्षा कर रहे हैं, क्योंकि बेड नंबर 15 की रोगी शांति देवी की स्थिति अच्छी नहीं है। वह बार-बार काव्यांजलि को याद कर रही हैं। जब काव्यांजलि बेड नंबर 15 के पास जाती है, तो वृद्ध महिला शांति देवी केवल स्नेहपूर्ण दृष्टि से उसे देखती रहती है और उसकी आँखें आंसुओं से भीगी हुई हैं।उसके चेहरे पर छाई हल्की मुस्कान उसके मन के संतोष को व्यक्त कर रही है। वह पास खड़े राम को भी निहारती है। जब काव्यांजलि उन्हें दवा देने की कोशिश करती है, तभी शांति देवी उसका हाथ थाम लेती हैं और हाथ जोड़कर क्षमा याचना करते हुए मृत्यु को प्राप्त हो जाती हैं।

घाव की गहराई या तो चिकित्सक जाने, या फिर रोगी, बाकी दुनिया तो बस बाहरी आकार ही देख पाती है।

काव्यांजलि स्वयं को संभालती है और अस्पताल कर्मियों को अंतिम संस्कार की व्यवस्था करने का निर्देश देकर राम के साथ घर की ओर निकल पड़ती है।

राम: क्या आप उस वृद्ध महिला को जानती थीं?

काव्यांजलि: हाँ।

राम: क्या वह आपसे प्रेम करती थीं?

काव्यांजलिः पता नहीं।

रामः उन्होंने ऐसा क्या किया था, जिसके लिए वह आपसे क्षमा माँग रही थीं?

काव्यांजलिः वह गलत नहीं थीं।

रामः क्या आपके प्रति उनका व्यवहार अनुचित था?

काव्यांजलिः कदापि नहीं।

रामः तो फिर वह क्षमा क्यों माँग रही थीं?

काव्यांजलिः उन्हें संभवतः ऐसा आभास हुआ होगा कि किसी क्षण वह त्रुटिपूर्ण थीं।

रामः क्या आपने उन्हें क्षमा कर दिया?

काव्यांजलिः हाँ।

रामः जब कोई हमारे साथ गलत करे, तब भी उसे क्षमा क्यों कर देना चाहिए?

काव्यांजलिः गलती को क्षमा किया जा सकता है, 'पाप' को नहीं। पाप को कभी अनदेखा नहीं करना चाहिए, परंतु गलती करने वाले को सदैव एक सुधार का अवसर देना चाहिए। राम, हमेशा याद रखना कि इस संसार में ज्ञानी और धनी व्यक्ति प्रसिद्धि तो पा लेते हैं, परंतु इतिहास केवल 'महान' व्यक्ति को ही याद रखता है। मन में क्षमा का भाव रखना और द्वेष को स्थान ना देना ही महानता के लक्षण हैं। तुम संकल्प लो कि जब तुम यह संसार छोड़ोगे, तो यह जनमानस तुम्हें तुम्हारी 'महानता' के लिए याद रखे।

रामः माँ! आपका कहा एक-एक शब्द मैं सत्यता के साथ जीवन में उतारूँगा, परंतु मैं यह जानना चाहता हूँ कि शांति देवी ने अंततः आपसे क्षमा क्यों माँगी?

काव्यांजलिः वह एक माँ थीं, और माँ कभी बुरी नहीं होती। हाँ, माँ कभी-कभी स्वार्थी अवश्य हो जाती है। अपने संतान के हित के मोह में वह कभी-कभी ऐसा कुछ कह या कर जाती है, जो किसी दूसरे के लिए अहितकारी हो सकता है।

रामः उन्होंने क्या बुरा किया था?

काव्यांजलिः वह बात उनके अंत के साथ ही समाप्त हो गई। अब हमें इस विषय में चर्चा नहीं करनी चाहिए।

रामः ठीक है।

स्वार्थ में लिपटा हुआ यह संसार,
अपनी दिनचर्या के निर्वहन में कभी ना कभी स्वार्थी बन ही जाता है।
परंतु विडंबना देखिए कि यह संसार
आज भी केवल माता कैकेयी और माता गांधारी को ही स्वार्थी बताता है।

अगले दिन काव्यांजलि अपने निवास पर 'रामायण' का पाठ करवाती है, जिसमें दीपांजलि और इंद्राणी देवी भी सम्मिलित होती हैं। इंद्राणी और दीपांजलि, पंडित नैन सिंह (काव्या के पिता) से भी मिलती हैं और दोनों पुरानी बातों के लिए उनसे क्षमा मांगती हैं।

राम और अपूर्वा एक-दूसरे से मिलकर आनंदित थे, किंतु बीच-बीच में 'गीतांजलि' का रोना खलल डाल रहा था। राम, गीतांजलि पर क्रोधित हो जाता था, परंतु अपूर्वा उसे शांत कर देता था। सभी हाथ जोड़कर पूजा-अर्चना और रामायण पाठ में लीन थे। जब 'उत्तर-कांड' का पाठ शुरू हुआ, तब काव्यांजलि कुछ उदास दिखाई देने लगी।

इंद्राणी देवीः काव्यांजलि, क्या हुआ? तुम उदास क्यों हो?

काव्यांजलिः पुरुष और स्त्री के प्रेम में अंतर क्यों होता है?

इंद्राणी देवी: तुम्हें ऐसा क्यों लग रहा है? क्या तुम अब भी कैप्टन महेश चंद्रवंशी को भुला नहीं पाई हो?

काव्यांजलि: "यत्र भवतः उपस्थिते मूल्यं भवति तत्र तिष्ठतु।"
"जहाँ आपकी उपस्थिति का मूल्य हो, वहीं रहना चाहिए।" जिसे हम याद ही नहीं, उसे याद रखना अपने आत्मसम्मान को खोने जैसा है।

इंद्राणी देवी: फिर क्या बात है?

काव्यांजलि: श्री राम ने सीता को और कृष्ण ने राधा को क्यों छोड़ा?

इंद्राणी देवी: किसी ने किसी को नहीं छोड़ा; ना राम ने, ना कृष्ण ने। आज भी उनकी पूजा साथ ही होती है। गृहस्थ जीवन में कभी परिस्थितियाँ ऐसी बन जाती हैं कि पुरुष को 'कर्म' चुनना पड़ता है, परंतु स्त्रियों ने 'धर्म' को चुनकर स्वयं को अपने स्वामी से बांधे रखा है। ऐसा करके भी वे गलत सिद्ध नहीं होते। हर रिश्ता साथ रहने से नहीं, साथ होने की ऊर्जा से टिकता है।

काव्यांजलि: प्रेम का निर्वाह करना भी तो कर्म और धर्म दोनों ही है।

इंद्राणी देवी: पुरुष और स्त्री, दोनों प्रेम करते हैं। सीता से अलग होकर ना राम सुखी थे, ना राधा से अलग होकर कृष्ण।

काव्यांजलि: यदि स्त्री भी परिस्थितियों के वश होकर पुरुष को छोड़ने लगे, तो स्थिति कितनी भयावह होगी? यदि भविष्य में ऐसा होने लगे, तो क्या यह समाज स्त्री जाति को वैसे ही क्षमा कर पाएगा, जैसे वह सदियों से पुरुष जाति को करता आ रहा है?

प्रेम में विवशता नहीं होती, ना ही इसमें 'किंतु' और 'परंतु' का स्थान है। इसमें ना परिस्थितियाँ बाधा हैं, ना ज्ञान-अज्ञान का भेद। इसमें ना अहंकार है, ना पाखंड। प्रेम का ना कोई प्रारंभ है, ना अंत। धन से धनी, मोह से लोभी और केवल त्याग से कोई त्यागी नहीं बनता। ना दया करने वाला दयावान है, ना प्रदर्शन करने वाला करुणानिधि। प्रेम में तो बस 'प्रेमी' होना ही पर्याप्त है।"ऐसा होता नहीं है गुरु माँ।" यदि ऐसा होता, तो प्रतीक्षा के दो नाम 'राधा' और 'मीरा' ना होकर, 'दुष्यंत ' और 'अर्जुन' होते।

इंद्राणी देवी: पुरुष अक्सर 'कर्म' के पालन को ही अपना परम धर्म समझते हैं।

काव्यांजलि: कर्म और धर्म का पालन प्रेम में रहकर भी किया जा सकता है। जो आघात मुझे लगा और जो दुःख मैंने सहा, मैं नहीं चाहती कि मेरा बेटा भी अपने प्रेम को दे। मैं चाहती हूँ कि जब तक जीवन है, वह प्रेम के पथ पर अडिग रहे। वह जैसे अपने कर्तव्य का पालन करे, वैसे ही अपने जीवन में प्रेम को भी उचित स्थान दे। राम मेरी सबसे सुंदर कृति है—जो स्त्री को भोग के रूप में नहीं, बल्कि भाग्य के रूप में देखेगा।

प्रेम असहजता में सहजता लाता है।
प्रेम दोनों तरफ से समान हो तभी संबंध बराबर होता है;
नहीं तो किसी का कम और किसी का ज्यादा होना,
दोनों के बीच अंतर ले आता है।

कुछ दिनों बाद इंद्राणी देवी और दीपांजलि अपने साथ राम को ले जाने के लिए काव्यांजलि के निवास स्थान पर आते हैं।

राम: "तुम मुझे दूसरों के साथ क्यों भेज रही हो? क्या मैं तुम्हें कोई कष्ट देता हूँ? या नानाजी का पाठ याद नहीं करता?"

काव्यांजलि: "तुम मेरी और पिताजी की धरोहर हो जिसे तुम्हें सँजो कर रखना है। मैं तुम्हें सिर्फ पुस्तकीय ज्ञान में ही नहीं, बल्कि ब्रह्मांड के समस्त ज्ञान में उत्तीर्ण बनाना चाहती हूँ। मैं अपना हर वह कार्य तुम्हारे हाथों पूर्ण करवाना चाहती हूँ जिसे करने में मैं असफल रही। तुम्हारा मान जितना बढ़ेगा, मुझे उतना ही सम्मान मिलेगा।"

राम: "आपके साथ रहकर भी तो मैं यह सब कुछ कर सकता हूँ।"

काव्यांजलि: "घर में रहकर ज्ञान संकुचित हो जाता है। घर प्रारंभिक शिक्षा के लिए तो सही है, परंतु ज्ञान की संपूर्णता गुरुकुल या विद्यालय में ही संभव है। वहाँ तुम्हें कर्मण्यता और विनय का बोध होगा। गुरुकुल में रहकर तुम सोलह कलाओं का ज्ञान प्राप्त करोगे। भौतिक, आधुनिक, शास्त्र और शस्त्र विद्या में निपुण बनोगे। इससे तुम्हारी जीवन-शैली में संप्रभुता आएगी। ज्ञानी मनुष्य हमेशा निडर रहता है और कभी हारता नहीं है। तुम्हें

विजयी और सर्वज्ञानी बनना है। गुरु की आराधना और त्याग के बिना यह सब प्राप्त नहीं होता। तुम्हें मुझसे अलग रहने का त्याग करना ही होगा। तुम्हें हमारे लिए एक उत्कृष्ट शक्ति बनना है और समाज का सर्वोच्च बलिदानी सेवक। गुरु और इंद्राणी जी का हमेशा सत्कार करना, उन्हें कभी दुःखी मत करना। तुम्हारे भले का सोचकर ही मैंने यह निर्णय लिया है।"

हर दूरी, हर त्याग, हर बलिदान और हर कर्तव्य हमें थोड़ा और समझदार और मजबूत बना देता है। त्याग की भावना रखना कमजोरी नहीं, बल्कि सीखने की सीढ़ी है। क्षमादानी और त्यागी बनो, यही जीवन का सार है। तुम सीखने जा रहे हो, तो सीखते रहो और मजबूत बनते रहो। मेरा आशीर्वाद सदा तुम्हारे साथ है:

काव्यांजलि की सीख (काव्य रूप)

तेरे चलने से मेरी हर एक धड़कन का अस्तित्व होगा,
जहाँ खोया था स्वयं को बरसों पहले, जहाँ खोया था स्वयं को सागर किनारे;
अब वहाँ के हर कण-कण में तेरा ही वास होगा।
मैं क्षणिक मर्यादा थी, तुम्हें शाश्वत प्रेम बनना है!

मैं अधूरी कविता की 'काव्या' हूँ, तुम्हें हर दिशा में गूँजने वाला स्वर बनना है।
तुम्हें मेरी हर दिशा का आरंभ ही नहीं, समापन भी बनना है,
मेरी पूर्णता में जो अस्थिरता थी, उसका प्रमाण बनना है।
कल तक जो सपना मेरी आँखों में था, अब वह तुम्हारी साँसों में बसता है।
आग बनकर नहीं, अग्नि बनकर दहकना है;
अपनी पद्धति से गरिमा और महिमा को महकाना है।
जीवन मेरा लंबी धूप,
तुम मेरे गर्माहट का स्वरूप।
जीवन मेरा आह्वान वाली हँसी,
तुम मेरे संतोष-भाव वाली मिश्री।
जीवन मेरी रेतीली मिट्टी,
तुम मेरे पोषक तत्व वाली वृद्धि।

जीवन मेरा दूरी का अवसान,
तुम मेरे नवजीवन का आकार।
जीवन मेरा अनंता वाला सफेद फूल,
तुम मेरे स्वर्ण नभ वाले सरसों के फूल।

बोझिल मन से राम अपनी सहमति दे देता है।

रामः "माँ! क्या मैं अपनी दोस्त धारा को यह बात बताकर आ जाऊँ?"

काव्यांजलिः "जल्दी आना, सब प्रतीक्षा कर रहे हैं।"

राम दौड़ता हुआ धारा के घर जाता है। धारा राम की सहपाठी थी और वह भी पंडित नैन सिंह जी से संगीत की शिक्षा ले रही थी। राम और धारा साथ में संगीत का अभ्यास किया करते थे। धारा के पिता वाराणसी के प्रसिद्ध व्यवसायी हैं।

रामः "धारा! मैं नए घर और नए शहर जा रहा हूँ।"

धाराः "क्यों?"

रामः "माँ की यही इच्छा है।"

धाराः "कितने दिनों के लिए जा रहे हो?"

रामः "ठीक से ज्ञात नहीं है, परंतु छुट्टियों में आता रहूँगा।"

धाराः "जब भी आओ, मेरे लिए कीमती उपहार लेकर आना।"

रामः "ठीक है।"

ज़िंदगी तब ज़्यादा डराती है, जब मित्र पास ना हो। मित्र निकट हो या ना हो, पर उसकी आदतें हममें थोड़ी-थोड़ी बाकी रह जाती हैं। जीवन में निस्वार्थ समझौता सिर्फ मित्रता

में ही संभव है। मित्र के चले जाने पर भी, चेहरे पर थोड़ी-सी हँसी और आँखों में थोड़ी-सी चमक रह जाएगी; हम उम्र भर थोड़ा-थोड़ा गम साझा करते चले जाएँगे।

मौन में भी जो संवाद हो, वह है मित्रता। जटिलता में भी जो सरलता हो, वह है मित्रता। अर्थहीनता में भी जो समय दे, वह है मित्रता। भ्रामकता में भी जो एकांत दे, वह है मित्रता। अनंतता में भी जो आदि (शुरुआत) बने, वह है मित्रता।

राम के सामने अपनी कठोरता दिखाकर उसे विदा करने वाली काव्यांजलि पर क्या बीत रही होगी, यह सब दीपांजलि और इंद्राणी देवी को ज्ञात है। काव्यांजलि की इच्छा का मान रखना अब उनका उत्तरदायित्व है, जिसे वे पूरे हृदय से पूर्ण करेंगी; यह वचन वे दोनों स्वयं को दे चुकी हैं।

अपने साथ-साथ दूसरे के मन का सम्मान करना केवल एक प्रयोग नहीं, बल्कि एक 'योग' है। यह संसार केवल योग से नहीं बना, परंतु योग के बिना इस संसार का अस्तित्व भी नहीं है।

काव्यांजलि और अपने नानाजी पंडित नैन सिंह को प्रणाम कर राम अपने जीवन का नया अध्याय गढ़ने निकल पड़ता है। उसे जाते देख काव्यांजलि बिलख रही है। लोग हृदय पर पत्थर रखते हैं, परंतु काव्यांजलि ने तो जैसे अपने हृदय पर हिमालय रख लिया है, क्योंकि उसे राम को उससे भी ऊँचा बनाना है।

तलाश मेरी थी और ढूँढेगा वह,
हृदय मेरा था और धड़केगा वह,
माँ-बेटे का रिश्ता भी है अजीब,
कागज मेरा होगा और लिखेगा वह,
आँसू मेरे होंगे और सिसकेगा वह!!

वाराणसी से निकले राम को अब 17 वर्ष बीत चुके हैं। साल उन्नीस सौ पचानवे (Year 1995)- समय निरंतर बढ़ता रहा। अलग-अलग व्यक्तियों के लिए समय की गति

अलग होती है—किसी के लिए यह नदियों सा बहता है, किसी के लिए झरने सा गिरता है, तो किसी के लिए संगीत सा बजता है; यह रुकता नहीं है। यही समय की आधारशिला है।

"इंद्राणी महल" एक भव्य और शानदार भवन है, जिसे पूर्वजों ने निर्मित किया था। इंद्राणी देवी राजवंश की महारानी हैं। यह महल अपनी अद्‌भुत वास्तुकला और शीशों के काम के लिए प्रसिद्ध है। इसकी दीवारों और छतों पर कीमती पत्थरों और दर्पणों की जटिल नक्काशी की गई है, जो भव्यता और वैभव का प्रतीक है। यह महल 120 एकड़ से अधिक क्षेत्र में फैला हुआ है।

महल का राजसी इतिहास बहुत प्राचीन है। यह "परीक्षितगढ़" के निकट स्थित है, जो एक ऐतिहासिक और पौराणिक महत्व का स्थान है। इसका नाम महाभारत काल के राजा परीक्षित के नाम पर पड़ा है, जिनके श्राप से कलियुग का प्रारंभ माना जाता है।

अध्याय 2

जान-पहचान

महल को पारंपरिक और आधुनिक शैलियों से सजाया गया है क्योंकि कैप्टन अपूर्वा और कैप्टन राम अवकाश पर घर लौट रहे हैं। महल के मुख्य द्वार पर गेंदे और अशोक के पत्तों के तोरण तथा फूलों की मालाएँ बांधी गई हैं। फूलों और मोमबत्तियों के साथ सजावटी 'उरली' रखी गई है।

दीवारों पर प्राकृतिक पत्थर की क्लैडिंग और पारंपरिक भारतीय प्रिंट वाले पर्दे लगाए गए हैं। पीतल और ताँबे के कलश, दीपक और थालियों को फूलों से सजाया गया है। सुगंधित धूप और दीयों के प्रयोग से महल का वातावरण मनमोहक बना दिया गया है। हथकरघा वस्त्रों से महल को एक जातीय (Ethnic) आकर्षण दिया गया है। अलंकृत दर्पण लगाए गए हैं जो प्रकाश को परावर्तित करते हैं। अतिथियों के लिए भव्य भोज का आयोजन किया गया है। इंद्राणी देवी छत से पूरे गौरव के साथ राम और अपूर्वा की राह देख रही हैं।

पात्र परिचय:

'इंद्राणी देवी'

इंद्राणी देवी इस कहानी की सबसे महत्वपूर्ण और सशक्त पात्र हैं। वे एक राजपरिवार से संबंध रखती हैं। वे एक शक्तिशाली और दूरदर्शी स्त्री हैं, जिन्होंने अपने जीवन में कई उतार-चढ़ाव देखे हैं। उन्हें एक कर्तव्यनिष्ठ नारी के उदाहरण के रूप में सराहा जाता है। वे अपनी बुद्धिमत्ता, सुदृढ़ता, दूरदर्शिता और राजनीतिक सूझबूझ के लिए प्रसिद्ध हैं। इंद्राणी देवी ने कई वर्षों तक न्यायाधीश के रूप में देश की सेवा की है। वे एक आदरणीय, प्रतिष्ठित और सद्‌गुणों से परिपूर्ण पवित्र आत्मा हैं।

संवाद: इंद्राणी देवी और मैथिली

मैथिली: यह बड़ी खुशी की बात है। ना केवल परिवार को, बल्कि पूरे समाज और देश को अपने नायकों पर गर्व है।

इंद्राणी जी: हाँ, दोनों ने यह स्थान अपने निरंतर प्रयासों से प्राप्त किया है।

मैथिली: वे लोग महल के अत्यंत समीप आ गए हैं, परंतु हमसे पहले उनके प्रशंसक उनका स्वागत करना चाहते हैं।

इंद्राणी (हर्षित होकर): राम और अपूर्वा ने अपने संस्कारों और अपने जन्म के ध्येय को सिद्ध किया है।

मैथिली: आपने सुबह से कुछ खाया-पिया नहीं है। मैं आपके लिए कुछ अल्पाहार ले आती हूँ।

इंद्राणी (गर्व के साथ): जब वे दोनों आकर मुझे गले लगाएंगे, तब मेरी भूख और प्यास दोनों तृप्त हो जाएंगी। अपने उन अनमोल रत्नों को देखकर मैं पूर्णतः संतुष्ट हो जाऊंगी।

मैथिली: आपके अथक प्रयत्नों ने ही उन्हें 'रत्न' बनाया है। जीवन में उचित मार्गदर्शक का होना अनिवार्य है और आप वही "गुरु माँ" हैं।

आर्मी की गाड़ियों में सवार होकर आ रहे वीर सपूतों को देखकर जनसमूह आनंदित हो उठा। अपने जमींदार और राजवंश के वीरों को देखने के लिए भारी भीड़ उमड़ पड़ी थी। सैनिकों को देखकर लोगों का रोम-रोम रोमांचित हो रहा था; वे केवल हाथों से ही नहीं, बल्कि अपनी नज़रों से भी उन पर फूल बरसा रहे थे। दोनों वीर, जनता का अभिवादन झुककर स्वीकार कर रहे थे।

कुछ देर बाद कैप्टन राम और अपूर्वा महल के भीतर जाकर इंद्राणी देवी को प्रणाम करते हैं। मैथिली फूलों का गुलदस्ता अपूर्वा को भेंट करती है और उसे गले लगा लेती है।

'**मैथिली**'

मैथिली एक बुद्धिमान, स्वाभिमानी और भावुक महिला है। वह सौंदर्य के साथ-साथ नृत्य, गायन, राजनीति और समाजशास्त्र का गहन ज्ञान रखती है। वह कैप्टन अपूर्वा चंद्रवंशी की धर्मपत्नी है। अपनी सकारात्मक सोच से उसने पति और परिवार को जोड़कर रखा है। मैथिली शहर के 'मेयर' पद पर विराजमान है। उसमें साहस और गरिमा का अद्‌भुत संगम है। वह प्रतिशोधी स्वभाव भी रखती है; यदि आवश्यकता पड़ी, तो वह प्रतिशोध लेने में संकोच नहीं करेगी।

भीड़ को चीरती हुई धारा अपने भाई ऋषि के साथ कैप्टन राम को फूल भेंट करती है और उनके समीप खड़ी हो जाती है।

राम: कैसी हो तुम?

धारा: व्याकुल हूँ।

राम (मुस्कुराते हुए): व्याकुलता से दूर रहना तो शायद केवल हमारे ही हिस्से में आया है।

ऋषि: राम भाई! आपको बहुत याद किया।

राम: मैंने भी तुम्हें बहुत याद किया।

ऋषि: आप यहाँ कितने दिनों के लिए आए हैं?

राम: मैं यहाँ दस दिन रुकूँगा।

धारा (स्वयं से): अपनी संकोची प्रकृति के कारण सार्वजनिक रूप से बोलने में झिझक रही हूँ, किंतु आने वाले दिनों में तुम्हें भी अपनी व्याकुलता का अनुभव करा दूँगी।

'धारा'

धारा साधारण नयन-नक्श और मध्यम कद की युवती है, जो अपनी बुआ (दाई माँ) और ऋषि (दाई माँ का बेटा) के साथ इंद्राणी महल में रहती है। धारा की रुचि संगीत में भी है और वह एक प्रसिद्ध नृत्यांगना बन चुकी है। वह राम के बचपन की मित्र है और मन ही मन उनके प्रति प्रेम भाव रखती है। धारा मृदुभाषी है; वह कभी क्रोधित नहीं होती और सभी को प्रेम व आदर देती है। वह अक्सर अपने स्टेज शो के लिए बाहर भी जाती है। वह एक उत्तम स्वभाव वाली स्त्री है, जिसका सभी अनुसरण करना चाहते हैं।

'इंद्राणी महल' के पूजा-कक्ष से आरती की थाल लेकर वैदेही और डॉक्टर अगस्त्य आते हैं। वैदेही, कैप्टन अपूर्वा और कैप्टन राम का तिलक करती है और उन पर पुष्प वर्षा करती है। राम और अपूर्वा हाथ जोड़कर वैदेही और अगस्त्य का अभिनंदन करते हैं।

कैप्टन अपूर्वा: बहन, कैसी हो? सब आनंद तो है?

वैदेही: हाँ भाई, सब ठीक है।

अपूर्वा: तुम्हारा काम कैसा चल रहा है?

वैदेही: अच्छा चल रहा है। आप इतने कम दिनों के लिए मत आया कीजिए।

अपूर्वा (मजाक में): ठीक है, फिर नहीं आया करूँगा।

(यह सुनकर सब हँस पड़ते हैं। वैदेही और अपूर्वा स्नेहपूर्वक एक-दूसरे के गले लगते हैं।)

"**वैदेही**"

वैदेही सबसे शांत और सौम्य स्त्री है, जो सभी से अभिवादन करते हुए मिलती है। वैदेही, कैप्टन अपूर्वा (चाचा की लड़की) की बहन है। वैदेही पढ़ाई में होशियार और माहिर है; वह एक मिलनसार और हँसमुख महिला है। वह अपने रिश्तों को ईमानदारी और विश्वास के साथ निभाती है। उसने 'अगस्त्य' को अपने जीवनसाथी के रूप में चुना है। वह सबसे अधिक प्रेम और सम्मान अपने पति को ही देती है। दोनों में कई समानताएँ हैं और उनके विचार भी मिलते हैं। दोनों पेशे से डॉक्टर हैं।

रामः अगस्त्य! तुम मेरे दोस्त हो ना?

अगस्त्यः हाँ! हाँ।

रामः फिर गले क्यों नहीं लग रहे?

अगस्त्यः तुमसे डर भी तो लगता है, पता नहीं तुम्हारी कौन सी बात दिल पर घाव कर दे।

रामः जो मिले उसे स्वीकार करना सीख लिया है। अब तुम दोस्त के रूप में मिल गए हो, तो तुम्हें स्वीकार कर लिया है; पर तुम कभी मेरी सर्जरी मत करना। (दोनों हँसने लगते हैं)

"**अगस्त्य**"

अगस्त्य एक बुद्धिमान और कुशल डॉक्टर है। वह अपनी बुद्धिमत्ता से कई निर्णयों में राम का मार्गदर्शन करता है। अगस्त्य अपने क्रोध को नियंत्रित करने की क्षमता रखता है। उसमें साहस, धैर्य, पराक्रम और ईमानदारी जैसे गुण हैं। उसका सौम्य व्यवहार उसे 'अजातशत्रु' बनाता है। सहनशीलता, संयम और सत्यनिष्ठा उसकी मुख्य विशेषताएँ हैं। अगस्त्य अपनी धर्मपत्नी वैदेही से अत्यंत स्नेह करता है और वह स्वभाव से बहुत दयालु भी है।

रामः ऋषि, तुम्हारी पढ़ाई कैसी चल रही है?

ऋषि: सब कुछ अच्छा चल रहा है।

राम: तुम हमारे साथ आर्मी में कब जुड़ रहे हो?

ऋषि: अमेरिका से अपनी पढ़ाई पूरी करने के बाद आता हूँ।

राम: दाई माँ कहाँ हैं?

ऋषि: वह बाहर गई हैं, आती ही होंगी।

"ऋषि"

ऋषि Psychologist (मनोवैज्ञानिक) बनने के लिए मनोविज्ञान का अध्ययन कर रहा है। ऋषि को आयुर्वेद का भी गहन ज्ञान है। वह सुंदरता, विद्या, कौशल और वीरता का प्रतीक है। ऋषि तलवारबाजी और घुड़सवारी में भी कुशल है। उसकी ज्योतिष शास्त्र में भी गहरी दिलचस्पी है। ऋषि को धर्म, शास्त्र और चिकित्सा का भी बोध है। उसने 'व्याधिसिद्धविमर्दन' और 'अग्निस्रोत' का ज्ञान भी प्राप्त कर रखा है। ऋषि, धारा की बुआ (दाई माँ) का बेटा है। ऋषि को कैप्टन राम से अत्यधिक स्नेह है। उसमें शैक्षणिक अनुशासन है और वह कभी-कभी क्रोधित होता है।

कैप्टन अपूर्वा: चलो, हम लोग थोड़ा विश्राम करने के बाद मिलते हैं।

कैप्टन राम: मैं बाहर आए अतिथियों से मिलकर आता हूँ।

मैथिली: समारोह अभी जारी रहेगा, इसलिए तुम लोग खुद को साफ़-सुथरा और तरोताज़ा कर लो। आप लोग थके हुए हो, आपको फिर से ऊर्जावान महसूस करने की ज़रूरत है।

कैप्टन अपूर्वा: लाडो दिखाई नहीं दे रही है?

मैथिली: वह दाई माँ के साथ विज्ञापन की शूटिंग पर गई है, थोड़ी देर में आ जाएगी।

कैप्टन रामः इसीलिए सब कुछ अपने स्थान पर व्यवस्थित है और महल में कोई शोर-शराबा नहीं मचा हुआ है।

(अपूर्वा और राम दोनों मुस्कुराने लगते हैं)

'राम'

राम लंबे कद-काठी का व्यक्ति है, जो दृढ़निश्चयी, विद्वान, प्रभावशाली, शौर्यशाली और मजबूत मानसिकता वाला है। वह निडर, कर्मयोगी और सिद्धि प्राप्त करने वाला है। वह अपने मित्र अपूर्वा के लिए किसी वरदान से कम नहीं है। वह इंद्राणी महल और आसपास रहने वाले लोगों के लिए सबसे गुणवान व्यक्ति है, जो वेद-ज्ञाता होने के साथ-साथ संगीत शास्त्री भी है। लोग उससे भय भी खाते हैं और प्रेम भी करते हैं। इंद्राणी महल की सुरक्षा की बागडोर उसी के हाथों में है। वह एक प्रतापी पुरुष की तरह अपने देश और समाज की रक्षा करता आ रहा है। राम पूरी निष्ठा के साथ अपनी सेवा देश और स्वयंसेवक समाज को दे रहा है।

अपूर्वा के कमरे में दौड़ती हुई गीतांजलि का प्रवेश होता है, जो अपने भाई के गले लग जाती है। भाई को गले लगाते ही गीतांजलि के मन में छिपे हुए चिंता और चेतना के भाव आँसुओं के रूप में बाहर निकल आते हैं। भाई ने उसे हर प्रकार की स्वतंत्रता दी हुई थी। अपूर्वा ने उसका जीवन हर प्रकार से आरामदायक बनाया है। अपूर्वा उसके लिए केवल बड़ा भाई ही नहीं, बल्कि पिता, माता और सहेली जैसा है।

"अपूर्वा"

अपूर्वा 'भीम' जैसा बलशाली है। वह शक्तिशाली, वीर और अपनी प्रतिज्ञाओं के प्रति दृढ़ चरित्र वाला व्यक्ति है। वह अपनी प्रचंड शक्ति और निष्ठा के लिए जाना जाता है। अपनी अमानवीय शक्ति के बावजूद अपूर्वा न्याय और कर्तव्य की प्रबल भावना रखता है। वह अपनी सत्यवादिता और धर्मपरायणता के लिए विख्यात है। वह एक महान योद्धा

होने के साथ-साथ एक कुशल शासक भी है। वह शांत, संयमित और ज्ञानी है। अपूर्वा क्रोध की स्थिति में भी संयम बरतता है। वह बहुभाषी है और उसमें गहरी बुद्धिमत्ता है। वह धार्मिकता, सत्यनिष्ठा और कर्तव्यनिष्ठा का प्रतीक है।

कैप्टन अपूर्वा और कैप्टन राम अतिथियों से मिलते हैं और उनके साथ खान-पान का आनंद लेते हैं। सभी की विदाई के बाद अपूर्वा, राम, ऋषि, धारा, वैदेही और अगस्त्य खेल-कक्ष (Sports Room) में एकत्रित होते हैं। सभी को बस गीतांजलि की प्रतीक्षा थी, जो उस समय वहां उपस्थित नहीं थी।

ऋषि: मैं उसे लेकर आता हूँ।

राम: रुको, मैं जाता हूँ।

धारा: मैं भी साथ आती हूँ।

राम: अच्छा, चलो।

धारा: मेरा स्टेज शो कुछ दिनों बाद है, क्या तुम साथ चलोगे?

राम: क्या ऋषि नहीं जा रहा है?

धारा: क्या तुम साथ नहीं आ सकते?

राम: ठीक है, कोशिश करूँगा।

धारा: मैं गीतांजलि को भी प्रशिक्षित कर रही हूँ, आगे चलकर यह उसके काम आएगा।

राम: क्या उसने कुछ सीखा?

धारा: क्यों?

राम: वह चंचल स्वभाव की है और कल्पनाओं में खोई रहती है। उसके विचार उसके व्यक्तित्व से मेल नहीं खाते।

धारा: वह हम सब से अलग है, परंतु मुझे बहुत पसंद है। एक बात बोलूँ? मैं उसे अपने ऋषि के लिए पसंद करती हूँ।

राम: महत्वाकांक्षी होना अच्छी बात है, परंतु 'महत्वाकांक्षा' शब्द स्वयं अपना अर्थ बता रहा है कि आकांक्षा केवल महत्वपूर्ण चीजों की ही करनी चाहिए। अनार एक है, सबको बीमार होने की ज़रूरत नहीं है।

धारा: क्या ऋषि में कोई बुराई है?

राम: सब में कुछ ना कुछ कमी होती है, परंतु गीतांजलि की अच्छाई और भलाई किसमें है, यह निर्णय उसके बड़े और वह स्वयं ले तो बेहतर होगा।

"**गीतांजलि**"

BOLD... BRAVE... BEAUTIFUL बस, इतना ही।

गीता और राम का संवाद

(दृश्य- गीता अपने नृत्य-कक्ष में अभ्यास कर रही है।)

राम: चलो! सभी तुम्हारा इंतज़ार कर रहे हैं।

गीता (घुँघरू उतारते हुए): आप लोग आगे बढ़िए, मैं आती हूँ।

(राम और धारा आगे की ओर बढ़ते हैं)

गीता: सर जी! क्या आपने मेरा नाम 'हॉकी एसोसिएशन कमेटी' में चर्चा के दौरान कप्तान पद से हटवाया?

रामः हाँ।

गीताः क्या मैं अच्छी खिलाड़ी नहीं हूँ?

रामः मैंने तुम्हारा खेल देखा है; तुमने नियमों का उल्लंघन करते हुए मैच खेला है।

गीताः कैसे नियम?

रामः जब गेंद दूसरे खिलाड़ी को पास करने का समय था, तब तुमने गेंद अपने पास ही रखी।

गीताः मुझे सबसे ज्यादा गोल करने थे। गोल करके ही मैं श्रेष्ठ खिलाड़ी बनती और कप्तान का पद भी अर्जित करती, परंतु आपने सब गड़बड़ कर दिया।

रामः कप्तान वह नहीं बनता जो ज्यादा गोल करता है या श्रेष्ठ खिलाड़ी होता है; कप्तान वह बनता है जिसमें अपनी टीम से बेहतर प्रदर्शन करवाने और सही समय पर सही निर्णय लेने की क्षमता हो। हॉकी व्यक्तिगत खेल नहीं है।

"धैर्य सर्वस्य साधनम्" (धैर्य हर चीज़ को प्राप्त करने का साधन है।)

गीताः क्या आपने कभी हॉकी खेला भी है? आप तो अपने खेलमंत्री चाचा (संज्ञा देवी के पति) के कारण चयन समिति के सदस्य बने हैं।

धाराः राम सेना में आया ही 'स्पोर्ट्स कोटा' से है। वह एक बेहतरीन खिलाड़ी रहा है और अपनी योग्यता से चुना गया है, ना कि किसी सिफारिश पर।

रामः लॉटरी का टिकट खरीदकर जीतने वाला व्यक्ति धन पा सकता है, पर वह 'सफल व्यक्ति' नहीं कहलाता। आवश्यकता एक उत्तम और सक्षम खिलाड़ी बनने की है, ना कि केवल कप्तान बनने की। सफल व्यक्ति को दूसरों के चेहरे से शिकायत अपने आप कम हो जाती है। मैं तुम्हें हारने के लिए नहीं, सिर्फ दिशा बदलने के लिए कह रहा हूँ।

(क्रोधित होकर गीता अपने घुँघरू तोड़ देती है। फर्श पर घुँघरू बिखर जाते हैं, जिसे देख राम भी क्रोधित हो जाता है।)

रामः अभी के अभी इन सबको एकत्रित करो और जोड़ो।

गीताः नहीं करूँगी।

रामः मैं दंड दूँगा! मुझे अपने कड़े स्वभाव पर उतरने के लिए मजबूर मत करो।

धाराः देखो गीता, जो कहा गया है उसे कर दो।

(गीता नीचे झुककर घुँघरू बटोरने लगती है और राम व धारा की ओर देखते हुए अपना काम करती है।)

रामः गीता, जब तुम स्वयं को और दूसरों को एकजुट करना सीख जाओगी, खुद को और दूसरों को संभालना सीख जाओगी, तब तुम वास्तव में कप्तान बन जाओगी।

(यह कहकर राम और धारा वहाँ से चले जाते हैं।)

दाई माँ (गीता से): वह कठोर स्वभाव का है, उसकी बातों का बुरा मत माना करो। वह ऐसा आदमी है जो तुम्हें पंखे पर टांग देगा, उससे दूरी बनाए रखो।

गीताः सर जी को मैं कप्तान बनकर दिखा दूँगी! "और सरजी ऐसे नहीं हैं, वह हमारे साथ ऐसा कुछ नहीं करेंगे, पर यह ज़रूर चाहेंगे कि हम खुद ऐसा कर लें। उनके चाहने से क्या होता है, हम वही करते हैं जो हमने सोच रखा है।"

दाई माँ, आप सबसे कह दो कि मैं थक गई हूँ और नहीं आ रही। मैं सोने जा रही हूँ, कल फिर से विज्ञापन की शूटिंग है।

दाई माँः सभी तुम्हारी प्रतीक्षा कर रहे हैं, उनका अपमान तो मत करो।

गीताः कल मिलती हूँ। शुभ रात्रि (Good Night)।

यौवन के बेरंग-सा छाई बनकर धुंध, अनुभव के रंग-परछाई बनकर कुंज।
यौवन चंदा में चाँदनी का आधा स्वरूप, अनुभव वृंदावन की सुहानी भोर का रूप।

दाई माँ (शांति देवी)

दाई माँ अपने नाम के अनुरूप अत्यंत शांत और शीतल स्वभाव की महिला हैं। उन्होंने बचपन से गीतांजलि की देख-रेख की है और उसे अपनी संतान की तरह स्नेह देती हैं। दाई माँ, धारा की बुआ और ऋषि की माँ हैं। वे सदैव धर्म के मार्ग पर चलने की शिक्षा देती हैं। वे भगवान शिव की परम भक्त हैं और एक स्वाभिमानी तलाकशुदा महिला हैं। दाई माँ एक सशक्त, नैतिक और समर्पित व्यक्तित्व की स्वामिनी हैं। उन्हें "वैदेही और अगस्त्य से भी गहरा लगाव है। वे प्रायः इंद्राणी देवी की भांति भक्ति और पूजा-पाठ में लीन रहती हैं।

संवादः धारा और राम

धारा (राम को रास्ते में रोक कर): तुम्हें उससे ऐसे बुरी तरह से बात नहीं करनी चाहिए थी।

रामः क्यों? तुमने उसके तेवर नहीं देखे?

धाराः गीता उम्र में कच्ची है, वह हमसे बहुत छोटी भी है।

रामः मुझे जो कहना था, कह दिया।

धाराः तुमने घुंघरू जोड़ने के लिए क्यों कहा?

रामः तोड़ना आसान होता है और जोड़ना मुश्किल। ये बात घुंघरू जोड़ते-जोड़ते सीख जाएगी। प्रयास की एक चिंगारी, आलस्य के पहाड़ को भी भस्म कर सकती है। ये उसके लिए प्रयास का पाठ था। एक दिन मुझे बधाई देगी और मैं मुस्कुराऊँगा क्योंकि तब तक गीता समझ चुकी होगी। खिलाड़ी में खूबियाँ, सपने और इनाम होते हैं और कप्तान बनने के लिए दूसरे के मन को भरने के लिए ईमान और खुशियों की जरूरत होती है।

धाराः तुम बहुत गहरे हो।

रामः पीड़ाएँ ,जिसने ध्वनि दी और ध्वनि की तीव्रता पाबंदियों से परे है।

धाराः इसलिए तुम्हारी गहराई कोई नाप नहीं सकता।

रामः (मुस्कुराते हुए) - "सेर को सवा सेर मिल जाता है।"

धाराः (मन में हँसते हुए) - "शेरनी भी तो मिल सकती है।"

महल में जाते ही सभी के बीच वार्तालाप शुरू हो जाती है। अपूर्वा और राम सभी से अपने आर्मी के अनुभव बताने लगते हैं। मैथिली और वैदेही भी बड़े चाव से सब सुन रही थीं। ऋषि और अगस्त्य को तो हमेशा से राम और अपूर्वा की कहानी सुनने में दिलचस्पी रही है। दाई माँ भी उनके सामने बैठकर उनकी कहानियों का आनंद ले रही थीं। सोने के लिए जाने से पहले राम ने सभी के आग्रह पर गाना भी गाया। सबसे ज्यादा तालियाँ धारा ने बजाईं। राम के गानों को सुनते ही सभी मीरा की तरह झूमने लगते हैं। आनंद के साथ आज का समय समाप्त हुआ।

सुबह तो रोज़ 'इंद्राणी महल' में आती है, पर राम के आने से सुबह सुरीली बन जाती है। राम का सुबह-सुबह सितार को छूना ऐसा प्रतीत होता है जैसे सूरज की नज़र उतारी जा रही हो। राम को संगीतज्ञ पंडित नैन सिंह जी ने प्रशिक्षित किया था। संगीत वह परिभाषा है जहाँ शब्द किसी भी प्रणाली के हों, उनसे उत्पन्न ध्वनि एक अलग ही भाषा का निर्माण करती है, जो आपकी आत्मा को स्पर्श कर उसे स्वच्छ एवं निर्मल बना देती है।

धाराः राम, तुम संगीत को किस नज़रिए से देखते हो?

रामः संगीत का संबंध धर्म से नहीं, बल्कि कर्म से है। संगीत उस मज़बूत कंधे जैसा है जो कठिन परिस्थितियों में सहायक की भूमिका निभाता है। संगीत एक माला के समान है, जिसमें भावनाओं का धागा और शब्दों के मोती पिरोए होते हैं। संगीत आपके विचारों, कल्पनाओं, मनोभावों और आपके व्यक्तित्व को परिभाषित करता है।

ऋषिः राम भाई! हम लोग 'अश्वधावन' (घुड़दौड़) देखने जा रहे हैं। आप लोग जल्दी से तैयार हो जाइए।

धाराः कौन-कौन जा रहा है?

ऋषिः सभी जा रहे हैं। गीता भी विज्ञापन (Ad) की शूटिंग खत्म करके वहीं मिलेगी।

रामः चलिए, चलते हैं।

(सभी 'अश्वधावन' देखने पहुँचते हैं और आनंद लेते हैं। थोड़ी देर में दाई माँ के साथ गीता भी वहाँ आ जाती है।)

मैथिलीः गीता, मेरे भाई गगन से मिलो।

गीताः नमस्ते!

गगनः आपकी शूटिंग कैसी चल रही है?

गीताः बहुत अच्छी। भैया, मुझे भी घुड़सवारी करनी है।

अपूर्वाः हमारे अस्तबल में घोड़े हैं...

गीताः मेरे लिए छोटा घोड़ा क्यों रखा है? मुझे बड़े घोड़े की सवारी करनी है।

वैदेहीः लाडो, बड़ा घोड़ा तुम संभाल नहीं पाओगी।

गीताः ठीक है, फिर वह मुझे संभाल लेगा! मैं घोड़े पर बैठ रही हूँ, घोड़ा मुझ पर नहीं बैठ रहा।

(गीता की बात सुनकर ऋषि, धारा और राम हँस पड़ते हैं)

रामः समझ गया!

ऋषिः क्या समझ गए राम भाई?

रामः यही कि लड़की को बड़े-बड़े काम करने हैं।

धाराः यह बड़ी अभिनेत्री (Heroine) बनना चाहती है।

गीताः आप लोग मुझ पर हमेशा क्यों हँसते रहते हो?

ऋषि: तुम्हारी बातों में नमक-मिर्च के साथ N2O (लाफिंग गैस) भी होती है, इसलिए हँसी आ गई।

वैदेही: तुम लोग कुछ खाओगे?

गीता: सर जी तो कुछ नहीं लेंगे, वह तो चिंगम (Chewing gum) चबा रहे हैं।

राम (हँसते हुए): समझ गया।

वैदेही: क्या हुआ राम?

राम (हँसते हुए): गीता को भी चबाना आता है। यह सिर्फ चिंगम ही नहीं, बल्कि पूरा इंसान चबा सकती है।

गीता: सर जी, आप हमेशा मेरी टाँग खिंचाई क्यों करते रहते हैं?

वैदेही: वह तो हमें भी नहीं छोड़ता!

(कार्यक्रम खत्म होने के बाद राम जब दाई माँ के साथ खड़ा था, तभी गीता वहाँ आती है)

गीता: सर जी! मैं सबको बता दूँगी कि आप 'सरोज लॉज' गए थे। आप जितना खुद को स्वच्छ और पवित्र दिखाते हैं, असल में उतने हैं नहीं।

राम (मुस्कुराते हुए): अगर तुम बताओगी, तो तुम्हारा नाम भी सामने आएगा। सबको पता चल जाएगा कि तुम भी वहाँ मौजूद थीं। फिर तुम्हारे लिए भी समस्या खड़ी हो जाएगी।

गीता: आपने सही कहा। मैं सबको यह नहीं बताऊँगी कि मैं भी वहाँ थी, बस यह बोलूँगी कि सर जी वहाँ गए थे।

राम (दाई माँ की ओर देखते हुए हँसने लगता है): अब समझ गया!

दाई माँ: क्या समझ गए?

रामः यही कि मैं इसे जितना बेवकूफ समझता था, यह उतनी है नहीं।

अपने हिस्से की कुछ बातें; बार-बार सामने आती हैं अपने होने का हक माँगने।
अमीरी का हक है रूठना, और गरीबी का फर्ज है मलहम लगाना।

मैदान पर गीता और गगन के बीच वार्तालाप हो रहा था। गगन अपनी विदेश-यात्रा की कहानी सुना रहा था। दूर कुर्सी पर राम और अपूर्वा एक-दूसरे से बात कर रहे थे। मैथिली दोनों के लिए शरबत लेकर आती है। मैथिली उँगली से गीता-गगन की तरफ इशारा करती हुई बोली—

मैथिलीः यह फ्रेम (केंद्र) कैसा है? इसे मैं फोटो फ्रेम में रखूँगी।

अपूर्वा (भौचक्का होकर): मिस एशिया की प्रतियोगिता कब है?

मैथिलीः अगले महीने, और वह जरूर जीतेगी।

राम (व्यंग्यपूर्ण स्वर में): मैथिली, वैसे 'गगन' बहुत अच्छा नाम है।

मैथिली तीखी नजरों से राम को देखने लगती है। मैथिली ने कुछ पल के लिए राम की ओर देखा, फिर बिना कुछ कहे वहाँ से धीरे-धीरे चली जाती है, जैसे हवा के झोंके के साथ धीरे-धीरे उड़ती हुई कोई पतंग। उसके जाने के बाद माहौल में एक अजीब सी शांति फैल जाती है, जिसमें केवल अपूर्वा की मुस्कान और राम की चुप्पी ही बाकी रहती है।

अपूर्वा अपनी दोनों आँखों को मूँदकर मंद-मंद मुस्कुराने लगता है।

अपूर्वाः तुम नहीं सुधरोगे?

रामः मैंने क्या किया?

अपूर्वाः तुम लगातार छोटी-मोटी बातों, तुच्छ मजाक और चंचल तरीके से वैदेही, मैथिली और गीता को परेशान करते रहते हो। धारा के सामने तुम्हारी हिम्मत जवाब दे जाती है।

रामः धारा मेरी दोस्त है। वैदेही, मैथिली और गीता दोस्त नहीं हैं, इसलिए उन्हें कभी-कभी छेड़ता रहता हूँ। अब माँ ने 'राम' नाम रख दिया है, तो क्या हर युग में मुझे 'मर्यादा पुरुषोत्तम' ही समझते रहोगे? मैं कल धारा के साथ दिल्ली के लिए निकल रहा हूँ, वहाँ उसका स्टेज शो है।

अपूर्वाः चलो, अब सब अपने 'इंद्राणी महल' के लिए निकलते हैं, बहुत देर हो गई है।

रामः चलो।

सभी खुशी-खुशी महल की ओर लौट आते हैं। उनके कदमों में आज की उमंग और संतोष की झलक साफ दिखाई देती है। महल की भव्यता उनके लौटने पर और भी अधिक चमक उठती है, जैसे हर कोने में उनके स्वागत का इंतजार हो।

आज का दिन उनके लिए शांति और सुकून से भरा था। आज का दिन, उनके लिए ना केवल एक सुखद अनुभव था, बल्कि आत्मिक शांति और खुशियों से भरा एक ऐसा पल भी था, जिसे वे हमेशा याद रखेंगे।

अगले दिन सुबह-सुबह मुनि के वेश में एक तपस्वी अपने कुछ साथियों के साथ 'इंद्राणी महल' में प्रवेश करता है। मुनि के चेहरे पर काफी तेज है; उनकी जटाएँ विशाल वृक्षों की जटिलता को दर्शा रही हैं। माथे पर सिंदूरी तिलक है तथा कानों, हाथों और गले में रुद्राक्ष की मालाएँ हैं। शरीर पर सफेद वस्त्र धारण किए और हाथ में कमंडल लिए वह तेजी से महल में प्रवेश करता है। मुनि की सादगी और वैराग्य रूप के सामने महल के सेवक नतमस्तक होकर खड़े हो गए। मुनि अपने साथी ऋषियों को लेकर इंद्राणी देवी के पास जाता है।

मुनि (कुलगुरु): गुरु माँ को मेरा प्रणाम।

इंद्राणी देवीः दामाद जी, आपका स्वागत है।

कुलगुरु (गुरुजी): मुझे लगा अपूर्वा और राम आए होंगे, तो उनसे मिल लेता हूँ।

इंद्राणी देवी: अच्छा किया। आप लोग स्थान ग्रहण करें।

(सभी बैठकर जलपान करते हैं, फिर बाहर आकर गुरुजी को प्रणाम करते हैं)

अपूर्वा: गुरुजी, आपके यहाँ आने का कोई विशेष उद्देश्य?

गुरुजी: सुरक्षित और सतर्क रहो।

राम: सदैव रहेंगे।

गुरुजी: राम, सभी की तैयारी कैसी चल रही है? उनकी तैयारी का उत्तरदायित्व तुम्हें ही दिया गया है।

राम: सभी सर्वश्रेष्ठ परिणाम देंगे।

ऋषि: गुरुजी, हम आपको निराश नहीं करेंगे!

मैथिली: गुरुजी, आप कहाँ से आ रहे हैं?

गुरुजी: ओंकारेश्वर; वह केवल मंदिर नहीं बल्कि एक जीवित मंत्र है। मैं वहीं से आ रहा हूँ।

अगस्त्य: आप हमारे लिए देवता-तुल्य हैं। यदि इन दिनों हमसे कोई गलती हुई हो, तो क्षमा कीजिएगा।

गुरुजी: तुम सभी बधाई के पात्र हो, मुझे कोई खेद नहीं है।

वैदेही: आपका आशीर्वाद बना रहे।

गुरुजी: सदा सुखी रहो। अब मुझे गीतांजलि के पास ले चलो।

वैदेही: गीतांजलि स्नान करके आती है।

गुरुजी: हम स्वयं उसके पास जाना चाहते हैं।

वैदेही: चलिए, मैं आपको उसके कमरे तक छोड़ देती हूँ।

गुरुजी: हम स्वयं चले जाएँगे।

(कुलगुरु गीता के कमरे में आते हैं)

गीता: डैड! आपने क्यों कष्ट किया? हम आ ही रहे थे।

गुरुजी: क्या आप हमारे गले नहीं लगेंगी?

(गीता 'हाँ' बोलकर अपने पिता से लिपट जाती है)

गीता: आपने हमें याद किया?

गुरुजी: सबसे ज़्यादा।

गीता: आप हमारे साथ क्यों नहीं रहते?

गुरुजी: मुनि के मार्ग पर चलने वाले व्यक्ति सांसारिक मोह-माया, धन, परिवार और सभी भौतिक इच्छाओं का त्याग कर देते हैं। हमारा जीवन अत्यंत सरल होता है। मुनि अवस्था मोक्ष मार्ग की यात्रा का एक महत्वपूर्ण चरण है। हमें चारित्रिक गुणों का पालन करना होता है और सिद्धचक्र विधान जैसे अनुष्ठानों में भाग लेना होता है, जो हमारे लिए मोक्ष के द्वार खोलते हैं। यह मुनि वेश आत्म-नियंत्रण और कठोर तपस्या का प्रतीक है। इसलिए हम सभी 'गंधमादन पर्वत' पर निवास करते हैं।

गीता: हमारे कॉलेज में 'अभिभावक-शिक्षक सम्मेलन' (PTM) है, क्या आप वहाँ नहीं आएँगे?

गुरुजी: मैंने तुम्हारी इच्छापूर्ति और तुम्हारे लिए उचित निर्णय लेने की ज़िम्मेदारी अपूर्वा को दे दी है। मैं यहाँ केवल तुम सबको देखने आया था। सही दिशा में आगे बढ़ो, इसी शुभकामना के साथ अब विदा लेता हूँ।

गीता (रोते हुए): फिर कब आएँगे?

गुरुजी: मैं तुम्हारे समीप ही हूँ, बहुत समीप! तुम कभी मेरी आँखों से ओझल नहीं होती। तुम सबसे प्रिय और बहुमूल्य हो। मैं तुम्हारे भविष्य को हमेशा प्रज्वलित रखूँगा।

सौभाग्य अपना-अपना है, किसे क्या अनूठी चीज़ मिले;
किसी को खाली मुक्ताफल, तो किसी को मोती साथ मिले।
ज़िंदगी की लिखावट की तरह पिता भी अलग-अलग होते हैं,
हम सही थे या गलत, ये आने वाले 'वक्त' में मिले।

गुरुजी के जाने के बाद जब ऋषि, धारा और राम बाहर जा रहे थे, तब गीता ने उन्हें अपनी सहेली के घर छोड़ने को कहा। वे सभी साथ चल दिए।

गीता: यहाँ गाड़ी रोक दो।

ऋषि: तुम्हारी सहेली का घर कहाँ है?

गीता: यहाँ से मैं पैदल चली जाऊँगी।

ऋषि: तो घर से ही पैदल आ जाती!

राम: ऋषि! बैठो।

(तभी सामने से गुज़र रहा एक राहगीर गीता को देखकर सीटी बजा देता है। ऋषि दौड़कर उसकी कमीज़ पकड़ लेता है)

गीता (हल्की मुस्कान के साथ): छोड़ दो इसे।

ऋषि: क्यों?

गीता: हर वक्त मारपीट करना सही नहीं होता। इसने मुझे देखकर सीटी बजाई है, इसकी सज़ा मैं खुद दूँगी।

(इसके बाद गीता उस राहगीर को देखकर खुद 3-4 बार सीटी बजाती है और उसे जाने के लिए कह देती है।)

(गाड़ी में बैठे धारा और राम हँस पड़ते हैं)

ऋषि: तुम पागल हो क्या?

गीता: हाँ, बोल सकते हो।

ऋषि: तुम अपूर्वा भाई जैसी बिल्कुल नहीं हो।

गीता: वे मुझसे 10-11 साल बड़े हैं, तो ज़ाहिर है कि वे मुझसे अलग होंगे ही।

ऋषि: इसीलिए अपूर्वा भाई पूरे कपड़े पहनते हैं और तुम इन आधे-अधूरे कपड़ों में घूमती हो। यह सब तुम्हारे कपड़ों के कारण ही हुआ है।

धारा: ऋषि, ऐसा नहीं बोलते!

गीता: अगर छोटे कपड़ों के कारण ही छेड़खानी होती है, तो फिर सरजी मुझे क्यों नहीं छेड़ते? बाहर से तो वे भी आते हैं।

राम (मुस्कुराते हुए): मैंने क्या किया? मुझे क्यों घसीट रही हो? ऋषि, कपड़ों को दोष देना व्यर्थ है। वे निर्जीव वस्तुएँ हैं; दोष उनका नहीं, बल्कि उन्हें पहनने वालों का भी नहीं होता है। यदि व्यक्ति की मानसिकता और विचार स्वच्छ हों, तो छेड़खानी और शोषण जैसी घटनाओं से बचा जा सकता है। अगर सोच सही हो, तो मन को पाप से और स्वयं को पापी होने से बचाया जा सकता है। लड़कियों को भी स्वतंत्रता का अधिकार है और किसी की गिरी हुई मानसिकता के कारण उनसे यह अधिकार नहीं छीनना चाहिए। समाज को बदलने की यह जिम्मेदारी सकारात्मक सोच वाले पुरुषों पर भी है।

ऋषि: सॉरी (Sorry) राम भाई। जाओ गीता।

गीता: पहले यह बताओ, तुम उसे क्यों मारना चाहते थे?

ऋषि: कोई हमारे घर की लड़की को छेड़ेगा, तो क्या हम उसे ऐसे ही जाने देंगे?

गीताः थैंक यू (Thank you)!! फिर भी, आगे से ऐसा मत करना। अब मैं जाती हूँ।

ऋषिः कैसी लड़की है यह?

धारा (हँसते हुए): कार्टून है।

रामः गीता का रंग तो साफ़ है ही, पर धीरे-धीरे अब लग रहा है कि इसका दिमाग भी पूरी तरह साफ़ है। क्या तुम्हें उसके बारे में कोई बड़ी बात पता है?

धाराः क्या?

रामः यह लड़की (गीता) महाभारत करवा देगी।

धाराः वह तो पाँच पांडवों ने की थी।

राम (मुस्कुराते हुए): वे पाँच अलग-अलग व्यक्ति थे।

(शाम के समय जब गीता आती है वह पूरे जोश और मस्ती के मूड में रहती है)

अपूर्वाः गीता! राम को बुला लाओ।

गीताः ठीक है।

गीता (राम के कमरे में): सर जी! भैया को आपसे कुछ काम है।

रामः चलो।

गीताः क्या आप दिल्ली के लिए निकल रहे हैं?

रामः हाँ, रात की ट्रेन है।

गीताः वहाँ 'सुपरमैन पब्लिकेशन्स' है जो सुपरमैन की रोचक कहानियाँ प्रकाशित करता है। क्या आप मेरे लिए वे पुस्तकें ला सकते हैं? मैंने धारा दीदी से भी कहा है, सोचा आपसे भी कह दूँ।

रामः अच्छा, याद रहा तो जरूर ले आऊँगा।

गीताः आपको अपनी छुट्टियों में यहाँ आकर कैसा लगता है?

राम (व्यंग्य से): वैसा ही, जैसा मूर्खों के बीच किसी समझदार को लगता है।

गीता (अपूर्वा से): भैया! सर जी आ गए। पता नहीं क्यों, ये अपने आप को मूर्ख कह रहे थे।

(गीता एक शरारती मुस्कान देकर चली जाती है।)

अपूर्वा (राम से): तू तो राजा का दोस्त है, फिर खुद को मूर्ख क्यों कहता है?

राम (अपूर्वा से): मैं समझ गया।

अपूर्वाः क्या?

रामः तुम सिर्फ नाम के राजा हो, तुम्हारा राज्य तो कोई और ही चलाएगा। तुम भी किसकी बातों में आ जाते हो!

दोस्ती की डोर अगर ना उलझे ना टूटे,
तो दोस्त वह पतंग है जो सिर्फ ऊँचा आसमान देखे।
सूत की होती है डोर, जो दोस्ती को कर दे विभोर,
पतंग हो रंगीला, तो दोस्त उसे बना दे चमकीला...!!

राम और अपूर्वा की बातचीत के दौरान अचानक वैदेही के चीखने की आवाज़ आती है। दोनों दौड़कर बाहर बगीचे की तरफ जाते हैं। वहाँ जाकर देखते हैं कि लोहे के दो नलियों के बीच वैदेही का पाँव फँस गया है। पाँव निकालने की कोशिश में वैदेही का हाथ लकड़ी की सीढ़ी पर जा लगता है, जिससे छत पर रखा एक गमला डगमगाकर वैदेही पर गिरने लगता है।

दूर खड़ी गीता जैसे ही वैदेही की ओर दौड़ती है, अपूर्वा उसे रोकने के लिए ज़ोर से चिल्लाता है। मगर गीता अनसुना कर देती है और कदम नहीं रोकती। अंततः अपूर्वा दौड़कर उसे पकड़ लेता है। तभी अचानक वह गमला हवा में ही झूलने लगता है। इसी बीच वैदेही लोहे के दोनों नलियों को मोड़कर अपना पाँव निकाल लेती है। तब तक वहाँ अगस्त्य, धारा और ऋषि भी आ जाते हैं।

अपूर्वा, गीता को गोद में उठाकर वहाँ पास के बेंच पर बैठा देता है।

अपूर्वा और राम दोनों गीता पर आग-बबूला होकर खड़े हैं।

अपूर्वाः क्या कर रही थी लाडो?

रामः कुछ होश नहीं है तुम्हें, अभी चोट लग जाती।

अपूर्वाः अपनी सुरक्षा वैदेही कर सकती है। राम ने गमले को रोक लिया, अगर नहीं रोक पाता फिर भी वैदेही को चोट तक नहीं आती, पर तुम घायल हो जाती।

वैदेहीः अपूर्वा और राम सही कह रहे हैं।

गीताः आपको कष्ट में देखकर अपने आप को कैसे रोकती?

वैदेहीः हमसे इतना मोह मत रखो। मोह जानलेवा भी होता है। तुमको कुछ भी हुआ तो हम तड़प-तड़प कर खत्म हो जाएँगे। मैथिली और मैं तुममें ही अपनी संतान ढूँढते हैं। तुम ही हो हमारी उत्तराधिकारी।

रामः उत्तराधिकारी वह होना चाहिए जिसे अपने दायित्व का ज्ञान हो और जो उसे पूरा कर सके। लड़की को यह समझ नहीं है कि अपनी कौशल का उपयोग ऐसे स्थान या परिस्थिति में नहीं करना चाहिए, जहाँ उसका योगदान शून्य के बराबर माना जाए या प्रभाव ना पड़े। रणभूमि हो या कर्मभूमि, हम सक्षम हैं परंतु तुम अभी अबोध हो—शरीर से भी और मस्तिष्क (सिर, शीर्ष) से भी। नागरिकों में कितना ही जोश क्यों ना हो, परंतु युद्ध में प्रशिक्षित सैनिक ही जाते हैं।

अपूर्वाः गीता! तुम हमारे कर्मों के बीच नहीं आओगी।

मैथिली: हो गया अब, छोड़ दो उसे।

अपूर्वा: गीता! फिर ऐसा मत करना। तुम तो जानती हो ना हम असाधारण शक्तियों के स्वामी हैं। हम सातों ज्ञानी हैं (राम, मैथिली, वैदेही, अगस्त्य, ऋषि, धारा और मैं अग्निवीर हैं)। हमारी ज्ञानेंद्रियों की शक्ति साधारण मनुष्य से अधिक है, इसलिए हमारी क्षमता और बल भी उनसे ज्यादा है। हमारी पाँचों कर्मेंद्रियाँ और पाँच मन-इंद्रियाँ प्रबल हैं। हम अग्निवीर बनने की राह में हैं तो स्वयं की रक्षा-सुरक्षा कर सकते हैं।

हम सब अब जानने लगे हैं कि यह असाधारण लोगों की कहानी है।
जब लोग असाधारण हैं, तो कहानी साधारण कैसे रहेगी?

अध्याय 3

विवरण

स्तुवद्भ्यो भक्तिपूर्व त्वं चण्डिके व्याधिनाशिनी।

(स्तुतियों के द्वारा जो पूर्ण भक्ति का स्वरूप है, वह तुम ही (शक्ति) हो, जो सभी रोगों और कष्टों (व्याधियों) का नाश करने वाली हो।)

अग्नि को देखते हैं तो हमें केवल लौ या ज्योति दिखाई देती है, परंतु शास्त्रों में अग्नि को एक साधारण ज्वाला नहीं माना गया है। वेद और पुराण में अग्नि की सात अद्भुत जिह्वाओं (जीभों) का विवरण है:

1. काली
2. कराली
3. मनोजवा
4. सुलोहिता
5. सुधूम्रवर्णी
6. स्फुलिंगिनी
7. विश्वरुची (हव्या-वाहिनी)

ये अग्नि के सात अलग-अलग रूपों और शक्तियों के प्रतीक हैं। अग्नि की इन सात जिह्वाओं को आधार मानकर 'अग्निवीर' तैयार हो रहे हैं।

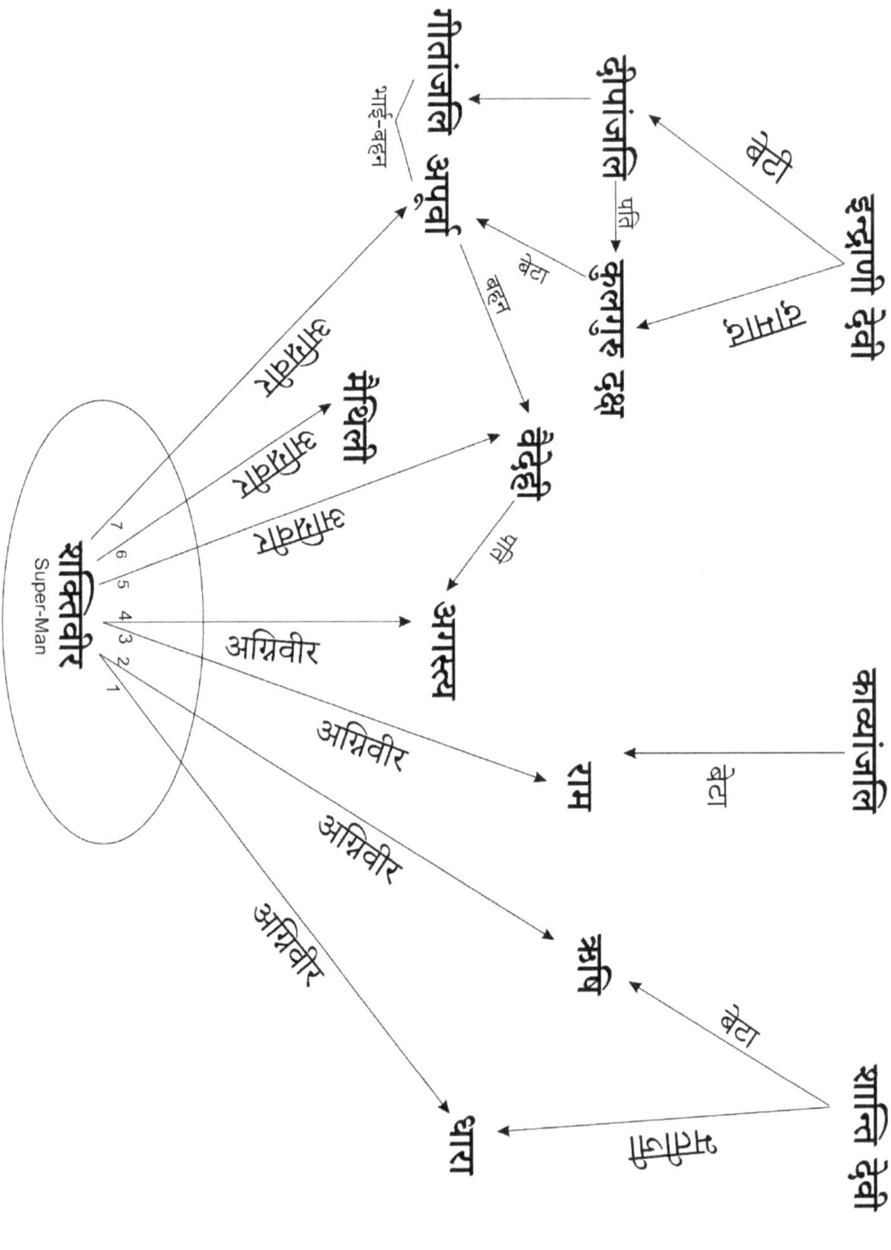
इन्द्राणी देवी
बेटी
बेटा
दीपांजलि
पति
कुलगुरु दक्ष
गीतांजलि
भाई-बहन
अपूर्वा
बेटा
बहन
मैथिली
वैदेही
पति
अगस्त्य
काव्यांजलि
बेटा
राम
ऋषि
बेटा
शान्ति देवी
बेटी
धारा
शक्तिवीर
Super-Man
7
6
5
4
3
2
1
अग्निवीर
अग्निवीर
अग्निवीर
अग्निवीर
अग्निवीर
अग्निवीर
अग्निवीर

अग्निवीर बनने वाली ब्रह्मांडीय ऊर्जा, जो साधक को आत्मा से परमात्मा तक जोड़ती है, अग्निवीर की भौतिक विशेषताओं, जीवन, साधना और आध्यात्मिक मार्ग की भी रूपरेखा है। जब अग्नि में आहुति डालते हैं, तो यही शक्ति उन आहुतियों को देवताओं तक पहुँचाती है।

शुद्ध महत्व:

स्वयंसेवक चंद्रवंशी समाज को उद्दंड महामानव से बचाने के लिए रक्षक की उत्पत्ति का महायज्ञ हो रहा है। इस यज्ञ में अपनी प्राप्त सिद्धियों (जो आध्यात्मिक साधना, तपस्या और योग के माध्यम से प्राप्त होती हैं) की आहुति देनी है अग्निवीरों को।

इन सिद्धियों को तप, ध्यान, योग और पूर्ण आत्म-नियंत्रण के बाद ही प्राप्त किया जा सकता है। अग्निवीर सिद्धि प्राप्ति के कार्य में लगे हुए हैं।

रात का समय है। राम कार में अपना और धारा का सामान रख रहा है, तभी अपूर्वा और अगस्त्य वहाँ आते हैं।

अगस्त्य: कब तक लौटोगे?

राम: तीन दिन लग सकते हैं।

अपूर्वा: अपना ध्यान रखना और यात्रा का आनंद लेना।

राम: तुम लोग भी अपना ख्याल रखना। पता नहीं क्यों, पर मन कुछ हिचकिचा रहा है।

अगस्त्य: धारा का बड़ा स्टेज शो है, तुम्हारे साथ होने से उसे साहस मिलेगा। तुम उसके अच्छे मित्र हो और वह तुम्हारा बहुत सम्मान करती है।

राम: हाँ, यह तो है।

इसके बाद राम और धारा गाड़ी से दिल्ली के लिए प्रस्थान करते हैं। धारा अपने दिल में हल्की धड़कनों के साथ उस पल को जी रही थी। ट्रेन की खिड़की से बाहर गुजरती हुई दुनिया जैसे किसी धीमी फिल्म का बैकग्राउंड बन गई थी, लेकिन उसके लिए असली दृश्य तो वही था – राम, जो उसके बगल में बैठा था।

धारा बड़े प्रेम से राम को निहार रही थी। उसकी आंखों में उस चाहत और अपनापन की चमक थी, जिसे शब्दों में व्यक्त करना मुश्किल था। अगर उसका बस चलता, तो वह इन पलों को वहीं थाम लेती, जैसे समय को अपनी हथेलियों में बंद कर लिया हो। हर हँसी, हर हल्की मुस्कान, हर नज़र का मिलना उसके दिल में एक मीठी लहर पैदा कर रहा था। यह साथ बिताने का समय उसके लिए बहुत लंबे इंतज़ार के बाद आया था – एक इंतज़ार जो अब हर धड़कन में रंग भर रहा था।

राम अपनी दुनिया में खोया हुआ, अपने गाने के बोल लिखते-लिखते धीरे-धीरे सो गया। धारा ने उसकी नींद भरी झपकी पर हल्का हाथ रखा, और उसका चेहरा निहारते हुए मुस्कुराई।

ट्रेन की धीमी रफ्तार और बाहर गुजरती हुई रोशनी के बीच, यह सफ़र धारा के लिए एक मधुर याद बन गया, जिसे वह अपने दिल में हमेशा संजोकर रखना चाहती थी।

गद्य-पद्य सा जीवन, आनंद तभी ले पाता है,
जब झरना नदी बनकर, सागर में समाता है।
वरना तालाब बनकर वह केवल,
एक पत्थर के लिए तरसता रहता है।।

अगले दिन, सूर्य की चमकती किरणें 'इंद्राणी महल' पर पड़ रही हैं। महल के लोग अपनी दिनचर्या के कार्यों को निपटाने के लिए भागदौड़ कर रहे हैं।

गीता: भाभी! मैं मैच के अभ्यास (Practice) के लिए मैदान जा रही हूँ।

मैथिली: खुद को चोट मत लगा लेना। अगले महीने तुम्हारी प्रतियोगिता है, अपने शरीर का ध्यान रखना।

गीता: आप चिंता ना करें!

दाई माँ: लाडो, यह लो पानी की बोतल।

(गीता बोतल ले लेती है)

गीताः दाई माँ, आपके हाथ में किसका पत्र है?

दाई माँः यह 'वाराणसी' में अपने रिश्तेदारों को भेजना है।

गीताः आप मुझे दे दीजिए, मैं जाते समय इसे पोस्ट कर दूँगी।

दाई माँः ठीक है।

दृश्य - 1

गीता अभ्यास के लिए मैदान में जाती है। अभ्यास समाप्त करने के बाद वह पत्र पोस्ट करने जा रही होती है, तभी कुछ बदमाश उसका पीछा करने लगते हैं।

गीताः मैं कराटे में Black Belt हूँ। मुझे परेशान करने से पहले सोच लेना!

(जैसे ही वह कुछ दूर चलती है, उसके सामने अचानक काले धुएँ का गुबार छा जाता है। उस धुएँ में उसे डरावने और अजीब चेहरे दिखाई देने लगते हैं। डर के मारे गीता के हाथ से उसका बैग गिर जाता है और वह तेज़ी से दौड़ने लगती है। बैग गिरने की वजह से उसका Transmitter भी वहीं छूट जाता है। गीता जान बचाकर भागती है, लेकिन काला धुआँ हर दिशा से उसका पीछा करता है। अंत में वह खुद को एक घने जंगल के बीच पाती है, जहाँ उसे निकलने का कोई रास्ता नहीं सूझता।)

गीता (चिल्लाते हुए): भैया! दीदी! बचाओ!

(धुएँ के बीच से काली वेशभूषा में एक महिला और एक पुरुष प्रकट होते हैं।)

गीताः कौन हो तुम लोग?

डाकिनीः मैं डाकिनी हूँ।

प्रहेतिः और मैं प्रहेति।

डाकिनीः बहुत दिनों बाद यह मौका मिला है, आज तुम्हारे साथ कोई 'अग्निवीर' भी नहीं है।

प्रहेतिः तुम 'इंद्राणी महल' की उस सीमा से पूरी तरह बाहर आ चुकी हो, जहाँ तक तांत्रिक सुरक्षा कवच था।

**गीता (चीखते हुए): ** माँ! भैया! दीदी! बचाओ!

(गीता पुनः भागने की कोशिश करती है और छिपने के लिए एक सुरंग में चली जाती है।)

दृश्य - 2

वैदेहीः अपूर्वा! हम गीता को देख नहीं पा रहे हैं, उसके Transmitter से हमारा संपर्क टूट चुका है।

अगस्त्यः मैं और ऋषि वहाँ जाकर देखते हैं। तुम 'टेलीपैथी' (दूरसंवेदन) के जरिए राम से संपर्क करने की कोशिश करो।

अपूर्वाः वह शारीरिक और मानसिक रूप से इस समय यहाँ से बहुत दूर है, हमें स्वयं जाकर ही स्थिति देखनी होगी।

ऋषिः अगस्त्य और मैं वहाँ पहुँचते हैं, आप ध्यान-कक्ष में जाकर राम भाई से संपर्क साधने का प्रयास कीजिए।

अपूर्वाः ठीक है।

(अगस्त्य और ऋषि उस स्थान पर पहुँचते हैं जहाँ Transmitter गिरा था और आसपास गीता को ढूँढने लगते हैं। उधर 'इंद्राणी महल' में अपूर्वा लगातार राम से संपर्क करने का प्रयास कर रहा होता है।

दृश्य - 3

(धारा का कार्यक्रम शुरू होने वाला है और वह तैयार होकर मंच के पीछे आ जाती है।)

धाराः मुझे थोड़ी घबराहट हो रही है।

रामः पता नहीं क्यों, मुझे ऐसा आभास हो रहा है जैसे कोई मेरा नाम पुकार रहा है।

धाराः राम, तुम शारीरिक रूप से तो यहाँ हो, लेकिन तुम्हारा ध्यान कहीं और है। मेरा सितारवादक अभी तक नहीं पहुँचा, इसलिए मुझे चिंता हो रही है।

राम (विचारपूर्ण भाव में): चलो, तुम्हारी यह चिंता दूर कर देता हूँ। आज मैं स्वयं तुम्हारे लिए सितार बजाऊँगा।

धाराः सच में?

राम (मुस्कुराते हुए): हाँ, बिल्कुल!

(दोनों मंच पर जाकर प्रस्तुति देने लगते हैं। इधर अपूर्वा की आवाज़ और संदेश अभी भी राम तक नहीं पहुँच पा रहे हैं।)

गीता डरी सहमी सुरंग में अपनों के आने का इंतज़ार कर रही थी। उसे नुकसान की आशंका प्रतीत हो रही है। गीता के दिल की धड़कन तेज़ हो रही है, पसीना और घबराहट से लगातार तर्कहीन बातें बड़बड़ा रही होती है। डर के सामने उसका ज्ञान मिटा हुआ दिखाई दे रहा है। बार बार सभी को मदद के लिए आवाज़ दे रही। अंत में थककर रोने लगती है। अचानक उसके सामने फिर काली छाया सामने आ जाती है

और वो सुरंग से बाहर आ जाती है। बाहर आते समय पेड़ से टकराकर स्वंय को घायल भी कर लेती है, उसके पैर में गंभीर चोट आ गई है वो सहारा लेकर बैठ जाती है।

डाकिनी: कुछ दिन पहले तुम्हारे पिता आए थे, उन्होंने तुम्हें तुम्हारे आदमी के विषय में क्या बताया है।

गीता (डर से): मेरा कोई आदमी नहीं है और ना उन्होंने मुझे ऐसा कुछ कहा है।

डाकिनी: हमें उसका पता बता दो, नाम तो हम जानते ही हैं। कई वर्षों से तुम्हारे पिता (गुरुजी) ने उसके परिवार और उसको छुपा कर रखा है। हमें वो चाहिए।

गीता: मैं नहीं जानती कुछ इस बारे में।

प्रहेति: तुम नासमझ बनने का नाटक मत करो वरना अभी के अभी मारी जाओगी।

गीता: आप किसको ढूँढ रहे हैं मुझे नहीं पता?

प्रहेति: हम सत्य को ढूँढ रहे हैं और ढूँढ भी लेंगे।

डाकिनी और प्रहेति अपनी शक्तियों का प्रयोग कर गीता पर प्रहार करते हैं। गीता सहमी हुई आँखें नीचे कर लेती है। अचानक गीता के आस-पास अदृश्य शक्तिशाली सीमा बनने लगती है। उसके चारों तरफ रंग-बिरंगी तरंगों का आवरण सक्रिय हो जाता है जिसके कारणवश डाकिनी और प्रहेति का प्रहार निष्क्रिय होने लगता है। गीता ये सब देख कर बेहोश हो जाती है परंतु उसके सामने उत्पन्न तरंगें सक्रिय ही रहती हैं।

डाकिनी (प्रहेति से): कौन सी शक्ति है?

प्रहेति: पता नहीं। हम तो इसे बहुत दूर ले आए हैं। यहाँ तक अग्निवीर की शक्तियाँ काम नहीं कर सकतीं।

डाकिनी: ये तरंगें नैतिक सीमा या चेतावनी की सीमा को दर्शा रही हैं। यह सुरक्षा कवच भी हो सकता है।

प्रहेति: क्या इसके पास इसका सुरक्षा-कवच है?

डाकिनी: इसके भाई (अपूर्वा) और इसके पास सुरक्षा कवच है, जिसे इसने सक्रिय कर दिया है। अभी हमें यहाँ से निकलना होगा।

प्रहेति: फिर इसे मृत्यु कब देंगे?

डाकिनी: जब इसका सुरक्षा-कवच इसके पास नहीं होगा।

वे दोनों वहाँ से चले जाते हैं। गीता को ढूँढते-ढूँढते उसके जीजाजी (अगस्त्य) और ऋषि भी वहाँ आ जाते हैं और बेहोश गीता को अपने साथ ले जाते हैं। कुछ घंटों बाद जब गीता को होश आता है, तो वह सभी को घटना की जानकारी देती है।

गीता (आश्चर्य से): गुरुमाँ (इंद्राणी देवी), क्या आप 'सत्य' को जानती हैं? क्या मेरा कोई संबंध 'सत्य' से है? क्योंकि ना तो इंद्राणी महल में किसी का नाम 'सत्य' है और ना ही मेरे जान-पहचान वालों में कोई इस नाम का है।

इंद्राणी देवी: कुछ बातों का अभिप्राय (आशय) समय के साथ ही स्पष्ट होता है। उसके बारे में सोचकर अपना अमूल्य समय नष्ट मत करो। अब आराम करो। गीता से इस बारे में कोई बात नहीं करेगा और ना ही तुम लोग इस पर विचार-विमर्श करोगे।

सभी अग्निवीर 'हाँ' बोलकर चले जाते हैं। अंततः वे डरावने दिन और रात समाप्त हो जाते हैं, परंतु गीता ने डर के मारे स्वयं को कमरे में बंद कर लिया है। अब शायद कोई नई सुबह ही उसे इस कमरे से बाहर निकाले।

अगले दिन राम और धारा 'सुपरमैन पब्लिकेशन' का पता ढूँढने लगते हैं। तब उन्हें पता चलता है कि उसका प्रकाशन शहर के एक छोटे कस्बे में होता है। नदी के तेज बहाव के कारण वहाँ जाने का रास्ता बंद है, क्योंकि शहर को कस्बे से जोड़ने वाले पुल का कुछ हिस्सा पानी में बह गया है।

राम उस पुल के पास आता है, जहाँ ठेकेदार और उसके कुछ आदमी स्थिति की समीक्षा कर रहे थे।

धाराः राम! चलो, हम वहाँ नहीं जा सकते। पुल गिर गया है और यहाँ हेलीकॉप्टर की भी व्यवस्था नहीं है। पुल कब तक बनेगा, कुछ कहा नहीं जा सकता। वैसे भी दो-तीन हफ़्तों में अगला अंक (अध्याय) हमारे पास आ ही जाएगा।

रामः दो-तीन हफ़्तों तक मैं यहाँ नहीं रुकूँगा, मुझे अपने कार्यस्थल पर वापस जाना होगा। वैसे भी पुल तो बनाना ही होगा, अन्यथा आसपास के लोगों को बहुत परेशानी होगी।

राम (ठेकेदार से): आपके पास कितने आदमी हैं?

ठेकेदारः करीब 8 से 9 आदमी मिल जाएँगे।

रामः सबको यहाँ इकट्ठा होने के लिए कहिए। मैं फौजी हूँ; यदि हम सब मिलकर युद्ध स्तर पर काम करेंगे, तो जल्दी पुल बना लेंगे। फिलहाल हम कुछ दिनों के लिए एक अस्थायी पुल का निर्माण कर सकते हैं, जिससे लोगों की समस्या का समाधान हो जाएगा।

ठेकेदारः यह तो अच्छी बात है।

ठेकेदार के आदमियों और राम ने कुछ ही घंटों में एक अस्थायी पुल का निर्माण कर लिया। सभी राम को धन्यवाद देकर विदा करते हैं। धारा और राम को 'सुपरमैन कॉमिक्स' मिल जाती है और दोनों दिल्ली से वापस 'इंद्राणी महल' की ओर चल देते हैं।

धारा (रास्ते में): मुझे विश्वास नहीं हो रहा कि तुमने इस मात्र 75 रुपये की कॉमिक्स के लिए इतना सब किया!

रामः क्या तुमने यह नहीं देखा कि इससे लोगों की परेशानी दूर हो गई?

धाराः पर यह किताब तो सिर्फ 75 रुपये की है!

रामः यदि यह नहीं मिलती तो वह दुखी हो जाती और फिर अपूर्वा भी उदास रहता। मैं अपूर्वा को हमेशा खुश देखना चाहता हूँ। तुम्हें केवल 75 रुपये दिख रहे हैं, लेकिन अगर यह कॉमिक्स ना मिलती, तो वह लड़की मुझे 75 अलग-अलग तरीकों से ताने मारती!

'इंद्राणी महल' पहुँचने के बाद सारी बातें राम और धारा को पता चलती हैं।

दोनों गीता से मिलने का निर्णय लेते हैं।

ऋषि: धारा दीदी, यह फूलों का गुच्छा किसके लिए ले जा रही हैं?

धारा: गीता को अच्छा लगेगा। मैं उसकी मनपसंद कॉमिक्स भी लाई हूँ।

ऋषि: जब भी कोई उसे फूल देता है, वह उन्हें अपने कमरे की खिड़की के पास ले जाकर कहती है—"यहाँ से जहाँ तक नज़र जाती है, वहाँ तक मेरे भाई ने फूलों का बगीचा लगाया है; तुम मुझे कुछ ऐसा दो जो मेरे पास नहीं है।"

(राम, धारा, अपूर्वा, मैथिली, अगस्त्य और वैदेही हँसने लगते हैं।

राम और धारा, गीता के कमरे में आते हैं।)

धारा (फूल देते हुए): तुम इस घर की मुस्कान हो, स्वयं को रोककर तुम सबको कष्ट दे रही हो।

गीता: मैं इस स्थिति से निकलना चाहती हूँ, परंतु यदि ऐसा फिर से हुआ तो?

राम: मुरझाने का डर खिलने से पहले फूल भी नहीं किया करते। पंख फैलाकर उड़ने का हौसला सिर्फ परिंदे ही नहीं करते। हज़ारों में एक ना सही, पर एक समझदार इंसान तो बनो।

धारा: सही कहा। अगर लड़कियाँ इसी तरह भयभीत रहीं, तो समाज का विकास ही रुक जाएगा। तुम एक बड़ी अभिनेत्री बनना चाहती हो, और वह तुम इस कमरे में बंद रहकर नहीं बन सकतीं।

(गीता 'ठीक है' कहकर फूलों का गुच्छा लेती है और गमले से पुराने फूलों को निकालकर नए फूल लगा देती है।)

धारा: यह लो अपनी कॉमिक्स। क्या खाने के लिए कुछ भेज दूँ?

गीता: हलवा! और कॉमिक्स के लिए धन्यवाद।

(धारा हलवा लाने चली जाती है।)

रामः 'मिस एशिया' प्रतियोगिता कब है?

गीताः अभी तारीख की घोषणा नहीं हुई है। पता नहीं मैं कैसा प्रदर्शन कर पाऊँगी?

रामः बिल्कुल वैसा ही करना जैसा अभी किया।

गीताः सर जी! मैंने अभी क्या किया?

रामः तुमने गमले से पुराने फूल निकाल दिए और ताजे फूल लगा दिए। तुम भी अपने जीवन से पीड़ादायक क्षणों को निकालकर सुखद यादों को संजोना सीखो। देखना, तुम प्रतियोगिता अवश्य जीत जाओगी। तुम्हारी एक वस्तु मेरे पास है, सोचता हूँ तुम्हें लौटा दूँ।

गीताः क्या?

(राम अपना हाथ पीछे से आगे लाता है, उसके हाथ में 'गीता' पुस्तक होती है।)

गीताः क्या यह आपके पास थी?

(राम मुस्कुराते हुए गीता को पुस्तक देता है और कमरे से बाहर चला जाता है।)

प्रसन्न होकर गीता 'सुपरमैन कॉमिक्स' को मेज पर रख देती है और 'गीता' पुस्तक को खोलने लगती है। बाहर राम के बढ़ते कदमों के साथ पुस्तक के पन्ने खुलने लगते हैं। प्रत्येक पन्ने के बीच एक 'मोर पंख' रखा होता है। गीता खुशी से झूमने लगती है। राम मंद-मंद मुस्कुराता हुआ चला जा रहा है। गीता मोर-पंख को देखकर हर्षित हो रही है और खुशी से उछल-कूद रही है। उसके मन की पीड़ा अब आनंद में बदल चुकी है। वह अपने जीवन के सफर में सफलता की नई सीढ़ी चढ़ने के लिए पूरी तरह तैयार है।

"भावनाओं पर लगी चोट, संभावनाओं को रास्ता नहीं देती।
आँखों का झेंपना, रचनाओं के सावन से नहीं होता।
समय के समंदर का पानी कितना भी खारा क्यों ना हो,
नदी के चाल सी चंचलता कभी समाप्त नहीं होती।"

(राम कमरे से बाहर निकलकर अपूर्वा से मिलता है।)

रामः कुछ पता चला कि वे लोग कौन थे?

अपूर्वाः गीता द्वारा बताए गए स्केच से उनका पता लगाया है। वे दोनों मृत व्यक्तियों का वेश धरकर आए थे।

रामः फिर सच्चाई का पता कैसे चलेगा?

अपूर्वाः मुझे बस इतना पता है कि उनका सर्वनाश निश्चित है।

अध्याय 4

गुदगुदी

कुश्ती का मैदान पूरी तरह जीवन और उत्साह से गूँज रहा था। चारों ओर शहर के दिग्गज और जनता की भारी भीड़ जमा थी, हर कोई उत्सुकता और रोमांच के मिश्रित भावों के साथ मैच का आनंद ले रहा था। बीच-बीच में तालियों और जयकारों की गूँज पूरे मैदान में गूँज रही थी।

अगस्त्य, ऋषि और अपूर्वा अपने-अपने प्रतिद्वंद्वियों के साथ कठिन मुकाबला कर रहे थे। प्रत्येक धक्का, प्रत्येक पकड़, हर बल का प्रयोग, उनके चेहरे पर मेहनत और लगन के भाव साफ़ झलक रहे थे। धूप की हल्की तपिश और भीड़ की आवाज़ों के बीच, उनकी दृढ़ता और उत्साह असाधारण लग रहा था।

धीरे-धीरे प्रतियोगिता आगे बढ़ी और मैदान में केवल अपूर्वा और खेल मंत्री शेष रह गए। सभी की निगाहें उनके ऊपर टिकी थीं। यह फाइनल मुकाबला था – दोनों के चेहरे पर संघर्ष और इच्छा की झलक थी। अपूर्वा ने अपनी पूरी ताकत लगाई, पर खेल मंत्री के अनुभव और शक्ति के आगे वह पीछे रह गया।

अंततः अपूर्वा की हार हो गई। उसे यह मानने में समय लगा कि हार उसकी मेहनत और जुनून के बावजूद हुई। भीड़ में से कुछ लोगों की निराशा की आवाज़ें उठीं, तो कुछ की प्रशंसा भरी सराहना। अपूर्वा का चेहरा थोड़ी देर के लिए उदास दिखा, लेकिन उसके भीतर का साहस और आत्म-सम्मान कभी कम नहीं हुआ। हार के बावजूद, उसने गर्व से सिर ऊँचा रखा, क्योंकि उसने हर मुकाबले में अपनी पूरी शक्ति और आत्मा झोंक दी थी।

मैथिली: यहाँ तक अपूर्वा का पहुँचना ही बहुत बड़ी बात है, राम तो बहुत पहले ही हार जाता था।

अगस्त्य: यदि राम अभी यहाँ होता तो शायद जीत जाता। खैर कोई बात नहीं, अपूर्वा ने बहुत अच्छा प्रदर्शन किया।

गीता: मेरे लिए भाई जीते हैं।

वैदेही: हाँ, बिल्कुल! (मुस्कुराते हुए)

ऋषि: क्या उन्हें चोट आई है?

अगस्त्य: कल-परसों तक मैं उन्हें स्वस्थ कर दूँगा।

मैथिली: संज्ञा देवी, आप 'इंद्राणी महल' आइए।

संज्ञा देवी: राम आ जाए, तो फिर मैं आती हूँ।

ऋषि: राम भाई दो-तीन दिन में आ जाएँगे। हम लोग भी बेसब्री से उनका इंतज़ार कर रहे हैं। उन्हें 'कश्मीर' गए हुए अब 8 महीने हो चुके हैं।

अगस्त्य: जब अपूर्वाऔर राम यहाँ नहीं होते, तो "इंद्राणी महल" खाली-खाली सा लगता है।

खाली डिब्बे सा यह खाली मन, जी चाहे तो इसे भर ले, या फेंक दे यहाँ टूटे पड़े शब्द।

कुछ समय बाद सभी महल लौट आते हैं। तभी इंद्राणी देवी मैथिली, वैदेही और अपूर्वा को शस्त्र-कक्ष ले जाती हैं। वे सभी को आत्म-रक्षा के लिए नए-नए अस्त्र प्रदान करती हैं।

वैदेही: माँ, आज अचानक ये शस्त्र क्यों दे रही हैं?

इंद्राणी देवी: तुम लोगों के पास इनका होना आवश्यक है।

अचानक मैथिली की नज़र संदूक में रखे एक दिव्य तीर-धनुष पर पड़ती है।

मैथिली: 'गुरु-माँ', मुझे यह चाहिए।

इंद्राणी: इसे संदूक में ही रहने दो। यह तुम्हारे लिए नहीं है।

मैथिली: तो फिर यह किसके लिए है?

इंद्राणी: कहते हैं यह धनुष अत्यंत प्राचीन है और हमारे कुल की 'कुलरानी' का था। यह सदैव उन्हीं के लिए सुरक्षित रहेगा।

मैथिली: क्या आपको उनके बारे में कोई जानकारी है?

इंद्राणी देवी: मैंने कहा ना, यह प्राचीन काल की बात है, तब तो मैं भी नहीं थी। वैसे भी, यह धनुष तुम उठा भी नहीं सकोगी।

वैदेही: मैथिली! 'गुरु-माँ' की आज्ञा का पालन करना हमारा धर्म है। संदूक बंद कर दो।

मैथिली: गुरु-माँ, जब अपूर्वा अपने राजवंश का राजा है, तो फिर मैं ही 'रानी' हुई ना?

इंद्राणी देवी: अपूर्वा अभी केवल 'कार्यवाहक राजा' है। अभी हमारे वास्तविक राजा का चुनाव नहीं हुआ है। जो राजा हमारे मुनियों, ऋषियों और गुरुजी द्वारा चुना जाएगा, उसकी धर्मपत्नी ही हमारी 'कुलरानी' बनेगी।

मैथिली संदूक बंद कर शस्त्र-कक्ष से बाहर आ जाती है। उसके मन में अब एक ही सवाल है—"कौन है चंद्रवंशी स्वयंसेवक समाज का भावी राजा और वह कहाँ है?"

अगले दिन गीता अपने बगीचे में टहल रही होती है, तभी उसकी नज़र सामने से आते 'सरजी' पर पड़ती है।

गीता: सरजी! आप तो बहुत जल्दी आ गए! और आप नए रूप में दिख रहे हैं—दाढ़ी-मूँछ गायब है और आप अपनी उम्र से चार-पाँच साल छोटे लग रहे हैं।

सामने खड़ा व्यक्ति गीता को निरंतर निहारे जा रहा है। फिर, "तुम यहाँ?" इतना कहकर वह गीता का हाथ पकड़ता है और भावुक होकर उसे गले से लगा लेता है।

गीताः तुम कौन हो? तुम सरजी तो नहीं हो!

घबराकर गीता सुरक्षाकर्मियों को बुलाती है और उस व्यक्ति को अपूर्वा के पास ले जाने का आदेश देती है।

अपूर्वा, मैथिली, धारा, ऋषि, वैदेही और अगस्त्य आश्चर्यचकित रह जाते हैं, क्योंकि उनके सामने खड़ा व्यक्ति हूबहू 'राम' जैसा दिख रहा था, किंतु आयु में उनसे छोटा लग रहा था। प्रकृति का यह अनूठा स्वभाव उनकी समझ से परे था। इंद्राणी देवी उस व्यक्ति को अपने साथ ले जाती हैं और एक अलग कमरे में उसके ठहरने की व्यवस्था कर देती हैं।

अपूर्वाः "गुरु-माँ, वह कोई मायावी भी हो सकता है।"

इंद्राणी देवीः "इसीलिए उसे अलग रखा है। राम आकर स्वयं जाँच-पड़ताल करेगा, उसके बाद ही वह हममें से किसी से मिलेगा।"

वैदेहीः "गीता! तुम्हें कैसे पता चला कि वह राम नहीं है?" इसने तो चश्मा पहना हुआ था, आँखों का रंग तो तुमने देखा नहीं होगा

गीताः "सरजी (राम) कभी भी स्पर्श करने के लिए आगे नहीं बढ़ते। वे अनावश्यक स्पर्श नहीं करते और ना ही गले मिलते हैं।"

वैदेहीः "हाँ, राम सदैव एक मर्यादित दूरी बनाए रखते हैं।"

"स्वयं को थोड़ा संयमित रखना,
अपने भीतर के शोर को शांत करने और दूसरों की खुशी के लिए आवश्यक है।
अपने चरित्र के गुल्लक में जमा किए हुए नेक कार्यों के सिक्के,
क्षणिक दिखावे की खनखनाहट के लिए तोड़े नहीं जाते।"

तभी राम अपनी जीप से इंद्राणी महल में प्रवेश करता है। उसे देखकर सभी प्रसन्न हो जाते हैं। इंद्राणी देवी उस अपरिचित व्यक्ति के बारे में राम को बताती हैं और अपनी शक्तियों व सिद्धियों से उसकी पहचान करने को कहती हैं।

राम और उस अपरिचित व्यक्ति की भेंट होती है।

राम (इंद्राणी से): "यह कोई मायावी नहीं बल्कि एक साधारण मनुष्य ही है। इसके मस्तिष्क और हृदय में पूज्य गुरुजी का प्रतिबिंब दिखाई दे रहा है।"

इंद्राणी देवी (अपरिचित व्यक्ति से): "अब तुम अपना पूर्ण परिचय दो।"

अपरिचित व्यक्तिः " शक्तिवीर हूँ, आप लोगों का शक्तिवीर। और मेरे पिता कैप्टन महेश चंद्रवंशी हैं। मैं भविष्य से 'टाइम-मशीन' के माध्यम से यहाँ आया हूँ। मशीन में किसी तकनीकी खराबी या किसी अन्य कारण से मैं यहाँ पहुँच गया, लेकिन मुझे इसके बारे में कुछ भी स्पष्ट याद नहीं है। मैं एक वैज्ञानिक हूँ जिसने टाइम-मशीन बनाने में सफलता प्राप्त की है। मुझे गुरुदेव चंद्रवंशी जी ने ही प्रशिक्षित किया है, मैं सदैव उनका ऋणी रहूँगा। मैं कोई यज्ञ-पुरुष, राक्षस या जानवर नहीं, बल्कि आप जैसा ही एक मानव हूँ। किंतु 'अग्निवीरों' और गुरुजी के प्रयासों से मुझे अपने समय में 'सुपरमैन' (रक्षक) बनने का सौभाग्य प्राप्त हुआ है।

गीताः "क्या तुम सच में 'सुपरमैन' हो? क्या तुम उड़ सकते हो, गायब हो सकते हो या बदमाशों को सजा दे सकते हो?"

शक्तिः "मैं यह सब कर सकता हूँ, किंतु यहाँ पहुँचते ही मेरी स्मरण शक्ति और कार्यक्षमता, दोनों थोड़ी क्षीण हो गई हैं। संभवतः भविष्य से अतीत में आने के कारण ऐसा हुआ है।"

अपूर्वाः "शक्ति! तुमसे मिलकर बहुत अच्छा लगा। यह जानकर और भी प्रसन्नता हुई कि हम अपने उद्देश्य में सफल रहे।"

शक्तिः "मुझे भी आप सबसे मिलकर खुशी हुई। जो भविष्य में अब तक संभव नहीं हो पाया, वह यहाँ देख रहा हूँ। मुझे तो आज ही ज्ञात हुआ कि संसार में मेरे जैसा दिखने वाला कोई दूसरा व्यक्ति भी है।"

रामः "क्या तुम मेरी बात कर रहे हो? मैं तुमसे आयु में बड़ा हूँ। सत्य तो यह है कि तुम अपने जैसे दिखते हो और मैं अपने जैसा।"

ऋषिः "यह हमें पहचान क्यों नहीं रहा? आखिर हम इसी के लिए तो कठिन तपस्या कर रहे हैं।"

रामः "बड़ी बात क्या है, जानते हो?"

ऋषिः "यह हमें भले ना जाने, किंतु 'धोखा' को अवश्य जानता है।"

गीताः "सरजी! यहाँ 'धोखा' नाम का कोई व्यक्ति नहीं है।"

राम (हँसते हुए): "यह तुम्हारी ही बात कर रहा था।"

शक्तिः "गीता जी, आप कैसी हैं?"

गीता (आश्चर्य से): "'आप'? मुझे आज तक किसी ने 'आप' कहकर संबोधित नहीं किया।" यह कहकर गीता ऋषि की ओर देखने लगती है।

ऋषि (मुस्कुराते हुए): "मुझे क्यों देख रही हो? अपने दाहिनी ओर राम-भाई को भी देखो।"

अपूर्वाः "शक्ति, तुम गीता को कैसे जानते हो?"

शक्तिः "गीता जी मेरी टाइम-मशीन के निर्माण में मेरी मुख्य सहायक रही हैं।"

(सभी जोर-जोर से हंसने लगते हैं।)

रामः जिससे गणित का एक सवाल हल नहीं होता, उसने 'टाइम-मशीन प्रोजेक्ट' में तुम्हारी सहायता की? हम यह बात कैसे पचा पाएँगे? (हंसते हुए)

सभी हंस-हंसकर लोट-पोट होने लगते हैं। कमरे में एक साथ उठती हुई हँसी की लहर ने माहौल को पूरी तरह रंगीन और जीवंत बना दिया। हर किसी के चेहरे पर मुस्कान फैल गई, आँखें झपकने लगीं और कुछ लोग अपनी हँसी को रोकने की कोशिश में कुर्सियों या हाथों पर झूलने लगे।

शक्तिः मैं सच कह रहा हूँ, गीता राम सिंह ने ही सहायता की है।

धाराः क्या? यह गलत नाम है। उसका पूरा नाम 'गीता चंद्रवंशी' है। उसने तुम्हारे साथ शरारत की होगी, वह इसी तरह की हरकतों के लिए जानी जाती है।

शक्तिः जो भी हो, उसने अपना नाम यही बताया था—गीता राम सिंह। खैर, अपूर्वा और राम जी, क्या आप हमारी टाइम-मशीन की मरम्मत कर देंगे?

अपूर्वाः "हाँ" बोलकर, राम को साथ लेकर टाइम-मशीन की तरफ बढ़ जाता है।

राम (चलते हुए): तुम्हें यह कुछ गड़बड़ नहीं लग रहा? वैज्ञानिक यह खुद है और मरम्मत करने के लिए हमें बोल रहा है? हम तो फौजी हैं!

अपूर्वाः ठीक है, तो चलो इसे दिखा देते हैं कि फौजी क्या नहीं कर सकते! (हंसते हुए)

(दूर से शक्तिवीर इन दोनों को देखते हुए मंद-मंद मुस्कुरा रहा है।)

'वास्तविकता', कल्पना से टकराकर चूर-चूर नहीं होती। कल्पना की सफलता वास्तविकता में ही निहित है। 'सुपरमैन' या 'सुपरहीरो' महज एक कल्पना है, पर अपने कर्तव्यों के लिए हमेशा तत्पर रहने वाले 'फौजी' ही वास्तव में असली सुपरहीरो या सुपरमैन हैं।

"सुपरमैन चाहे जितना लगे क्यूट, फौजी को ही मिलना चाहिए सैल्यूट।"]

(धारा आते हुए शक्तिवीर से मिलती है।)

धारा (शक्ति से): लोग सही कहते हैं कि दुनिया में हमारे जैसे दिखने वाले और भी लोग होते हैं। तुम में और राम में ज्यादा फर्क नहीं है, बस वह तुमसे उम्र में बड़ा है।

शक्तिवीर: क्या आप भी अग्निवीर ही हैं?

धारा: हाँ।

मैथिली: क्या तुम नहीं जानते?

शक्तिवीर: 'गुरुजी' ने चर्चा तो की थी, पर मैं आप सब से मिला नहीं हूँ।

धारा: क्या तुम वैदेही और अगस्त्य से भी नहीं मिले?

शक्तिवीर: 'इंद्राणी-महल' का सबसे प्यारा जोड़ा? वही ना?

मैथिली: वे ना केवल 'इंद्राणी-महल' के, बल्कि हमारे पूरे शहर के सबसे प्यारे दंपत्ति हैं।

धारा: क्या तुमने उनके बारे में सुना है?

शक्तिवीर: हाँ।

मैथिली: अच्छा अब आओ, खाना खा लो।

शक्तिवीर: आप चलिए, मैं आता हूँ।

(मैथिली के जाने के बाद धारा और शक्तिवीर के बीच बातचीत जारी रहती है।)

शक्तिवीर: क्या इनकी अपने पति से पटरी नहीं बैठती?

धारा: वैदेही सरल स्वभाव की है और मैथिली थोड़ी जटिल महिला है। कुछ बातों पर अपूर्वा की भी सहमति नहीं होती।

शक्तिवीरः (प्रतीकात्मक स्वर में) क्या विवाह होने मात्र से प्रेम भी हो जाता है? क्या वाकई विवाह होते ही प्रेम पनप जाता है?

धाराः नहीं! पर तुम ऐसा क्यों पूछ रहे हो?

शक्तिवीरः जिस दिन आपका उत्तर 'हाँ' हो जाएगा, उस दिन आपको मेरे इस प्रश्न का आशय समझ आ जाएगा। चलिए, अब कुछ खा लिया जाए!

दृश्य-2

अपूर्वा और राम टाइम-मशीन के उपकरणों की जाँच करते हैं, परंतु उन्हें कोई तकनीकी खराबी नजर नहीं आती। अचानक टाइम-मशीन के एक हिस्से पर अपूर्वा का हाथ लग जाता है, जहाँ समय निर्धारित करने वाली सुई लगी है। राम उस सुई को 'एक' पर रखना चाहता है, परंतु अपूर्वा उसका हाथ पकड़कर उसे 'सात' पर सेट कर देता है।

रामः यह क्या किया? अब वह यहाँ सात दिनों के लिए रुक जाएगा! उसके लिए यहाँ रहना खतरनाक है, उसके प्राण संकट में पड़ सकते हैं। आकलन के दाँव उल्टे हों या सीधे, कट्टरता से उन्हें आत्मसात करना ही स्वभावतः सही है।

अपूर्वाः मैं उसे और अधिक गहराई से जानना चाहता हूँ। हम उसकी रक्षा करेंगे।

रामः यह सब इतना आसान नहीं है। वह 'सुपरमैन' भविष्य से आया है, अतीत से नहीं। हमें उसे जल्द से जल्द उसके अपने समय में वापस भेज देना चाहिए था।

अपूर्वाः भेज देंगे, पर उसके साथ थोड़ा समय तो बिता लें, ताकि वह हमें और हम उसे अच्छी तरह से जान लें। आखिर वह हमारे द्वारा बनाया गया 'रक्षक' है, हमारा परिचय अभी अधूरा है।

समय का निर्धारण होने पर,
सुपरमैन की ज़रूरत पड़ती है,
पर समय की संतुष्टि होने पर,
रक्षक को भी रक्षक की ज़रूरत पड़ती है।

दृश्य - 3

मैथिलीः शक्ति! यह रहा तुम्हारा कमरा। अभी कुछ दिनों तक तुम यहीं रहो।

शक्तिवीरः धन्यवाद।

मैथिलीः 'इंद्राणी-महल' से बाहर मत जाना। बाहर कदम रखना तुम्हारे लिए खतरनाक हो सकता है।

शक्तिवीरः (हँसते हुए) 'खतरा' तो साथ भी हो सकता है।

मैथिलीः (तल्खी/गुस्से से) क्या मतलब?

शक्तिवीरः मैं भविष्य से आया हूँ, इसलिए यह जान चुका हूँ कि समय और स्थान के अनुसार किसी भी घटना का घटित होना निश्चित है।

मैथिलीः क्या तुम्हें कुछ याद आ रहा है? या फिर नासमझ होने का नाटक कर रहे हो?

शक्तिवीरः मेरा मन अपने लिए नहीं, बल्कि उस परोपकारी के लिए चिंतित है जिसने मुझ पर कृपा की है।

मैथिलीः तो फिर अपने इस अशांत मन को थोड़ी शांति दो और आराम करो। प्रकृति की नियति तय है, परंतु प्रकृति को टक्कर केवल मनुष्य का स्वभाव (प्रकृति) ही दे सकता है—वह भी अपनी मौलिकता को बदले बिना।

प्रथम दिन

सुबह-सुबह हर कोई शक्तिवीर को घेरे हुए है। कोई चाय पूछ रहा है, कोई नाश्ता, तो कोई नई खबरें। कोई यह जानना चाहता है कि भविष्य में वे कैसे दिखते हैं, तो कोई उनके पुराने किस्से सुनने को उत्सुक है। 'इंद्राणी महल' की यह सुबह सुरीली होने के साथ-साथ आज कुछ निराली भी है। बातों ही बातों में अगस्त्य और वैदेही उन्हें अपने साथ बाहर ले जाते हैं। नाश्ता समाप्त कर सभी अपने-अपने कार्यों की ओर अग्रसर होते हैं।

रामः गीता, तुम्हें प्रतियोगिता जीतने की बहुत-बहुत बधाई। कल शक्तिवीर के आने की गहमागहमी में मैं तुम्हें बधाई नहीं दे पाया था।

गीताः सर जी! वह तो अब पुरानी बात हो गई। अभी की ताज़ा खबर यह है कि मुझे फिल्मों के कई प्रस्ताव (offers) मिल रहे हैं। भाभी को जो पटकथा (script) पसंद आएगी, मैं वही फिल्म करूँगी।

रामः यह तो अच्छी बात है।

मैथिलीः राम! तुमने गीता की जीत के वे गौरवशाली क्षण तो देखे ही नहीं। मैंने उसकी एक तस्वीर सबसे बड़े कक्ष में लगवाई है, चलो तुम्हें दिखाती हूँ।

रामः चलिए।

(वहाँ दीवार पर गीता के विजय-क्षण (Winning moment) की एक बहुत बड़ी तस्वीर लगी थी)

रामः तस्वीर में तुम अच्छी लग रही हो।

गीताः क्या सच में आपको अच्छी लगी?

रामः हाँ, बिल्कुल।

मैथिली: तुमने तो ऐसी तस्वीर पहले कभी देखी भी नहीं होगी। खूबसूरत लड़की की तो बात ही छोड़ो, मेरी प्यारी लाडो (गीता) के लिए जन्मदिन पर केक से ज़्यादा रक्त से लिखे पत्र आते हैं। मेरी लाडो एक चमकता सितारा है।

गीता (व्यंग्य के साथ): हाँ भाभी! मैं कई लोगों की पहुँच और सामर्थ्य से बाहर की वस्तु हूँ।

राम (क्रोधित होकर): बस, चुप हो जाओ! (Just Shut Up!!)

(राम का क्रोध देखकर कुछ क्षण के लिए मैथिली और गीता दोनों सहम जाते हैं)

रामः गीता, यदि तुम सुंदरता में इतनी ही श्रेष्ठ हो, तो तुमने 'मिस वर्ल्ड' प्रतियोगिता क्यों नहीं जीती? तुम्हारे शब्द तुम्हारे 'अहम्' को दर्शा रहे हैं। तुम अहंकार का शिकार हो रही हो। जब 'अहम्' केवल स्वयं तक सीमित हो जाए, तभी से पतन का आरम्भ हो जाता है। एक शुभचिंतक होने के नाते मैं तुम्हें समझा रहा हूँ—जो खुशी के क्षण हैं उनका आनंद लो, उन्हें अहंकार में मत बदलो। भाग्य की लकीरें सबके हिस्से में आती हैं, परंतु उन्हें मुट्ठी में कैद करना हर किसी के बस की बात नहीं। तुम्हारे पास सामर्थ्य भी है और क्षमता भी, अतः अहंकार में आकर अपना चरित्र धूमिल मत करो।

जो व्यक्ति दूसरों को तुच्छ समझकर नहीं, बल्कि स्वयं को बेहतर बनाकर मूल्यवान बनता है, वही वास्तव में सुंदर है। अपनी बुद्धि, हृदय की भावना और समय की गति का उपयोग अपने और दूसरों के जीवन को सुंदर बनाने में लगाओ। एक चरित्रवान मनुष्य बनने में ही जीवन की सार्थकता है, शेष सब व्यर्थ है।

गीता (लज्जित होकर): क्षमा कीजिए (Sorry), सर जी।

रामः जाओ, अपना कार्य करो।

(गीता सिर झुकाकर वहाँ से चली जाती है)

मैथिली: हमारे बीच में बोलने वाले तुम होते कौन हो?

रामः एक समझदार व्यक्ति!

मैथिली: तो क्या मैं समझदार नहीं हूँ?

राम: यदि होतीं, तो क्या तुम समझ नहीं पा रही हो कि तुम क्या कर रही हो?

मैथिली: आखिर मैंने किया क्या है?

राम: हमसे छोटे हमारे लिए सोने और चाँदी के समान बहुमूल्य होते हैं। गीता तुम्हारे लिए कीमती है, इसलिए उसके प्रति तुम्हारा व्यवहार 'पिंक पेपर' (Pink Paper) जैसा होना चाहिए। 'पिंक पेपर' का उपयोग इसलिए किया जाता है क्योंकि उसमें सल्फर, एसिड और ब्लीच नहीं होते, जिससे रासायनिक प्रतिक्रिया, खरोंच या सतह को नुकसान पहुँचने का खतरा नहीं रहता। एक अभिभावक अपने छोटों के लिए उसी गुलाबी कागज़ के समान होता है, जो उन्हें बुरी आदतों से बचाता है और उनके व्यक्तित्व की चमक को निखारता है। परंतु तुम उसके मन में अहंकार के बीज बो रही हो। गलत रास्ते पर तेज़ी से दौड़ने से बेहतर है कि सही राह चुनी जाए... विकासशील धीरे-धीरे ही सही, परंतु विकसित ज़रूर होता है। 'अशुद्ध नीतियों से रीतियाँ नहीं बदली जातीं'—ये वाक्य तुम्हारे लिए ही कहे गए हैं। तुम बस यह समझो।

(राम चला जाता है और मैथिली घूरते हुए उसे देखती रहती है।)

रात में फिर सभी खाने की मेज पर इकट्ठा होते हैं।

शक्तिवीर (गीता से): आप चुप-चुप क्यों हैं? आपकी माता संज्ञा देवी जी कहाँ हैं?

ऋषि: क्या? संज्ञा देवी? गीता! तुमने अपना गलत परिचय क्यों दिया?

गीता: शक्ति! क्या तुम यहाँ मेरी बैंड बजाने आए हो?

अपूर्वा: गीता! शांत रहो।

राम (क्रोध में): जिसका ध्यान Reel पर हो, वह Real कब तक रहेगा? निजी जीवन में भी अभिनय शुरू हो गया होगा।

(गीता मेज से उठकर सबके लिए खीर लाने चली जाती है।)

ऋषि (अगस्त्य से): आज गीता को डाँट पड़ी है? पर किससे?

अगस्त्य (ऋषि से): एक ही तो है जो स्वयं को समझदार समझता है।

(हँसते हुए) ऋषि (अगस्त्य से): मैथिली भाभी भी चुप हैं, लगता है 'गेहूँ के साथ घुन' भी पिसा गया।

(रसोई से गीता सबके लिए खीर लेकर आती है। खाते समय गीता को हिचकियाँ आने लगती हैं, तो शक्तिवीर उसे पानी का गिलास देता है।)

गीता: धन्यवाद।

शक्तिवीर: आप आराम से खाना खाइए।

गीता हल्की मुस्कान के साथ शक्तिवीर को फिर धन्यवाद कहती है।

राम दूर से गीता और शक्तिवीर को एकटक देख रहा था।)

अगस्त्य: देखा! देखा!

राम: देख रहा हूँ । लड़की (गीता) ने इसे बहुत लंबी झाड़ पर चढ़ाया है। पता है कि लड़की झूठ बोल गई, फिर भी झुकाव कम नहीं हुआ।

अगस्त्य (आश्चर्य से): मैं तो दिखा रहा था कि आज मीठे में खीर के साथ रसगुल्ला भी है।

(राम दाँत पीसकर उसकी तरफ देखता है और फिर चला जाता है।)

अगस्त्य: हिचकियाँ तो गीता को आ रही थीं "और पानी राम ज्यादा पी गया।" (हँसते हुए)

(थोड़ी देर बाद सभी एक जगह एकत्रित होते हैं और उनके बीच वार्तालाप शुरू होता है।)

जैसे ही माहौल थोड़ा गंभीर और उत्सुक हो गया, सभी लोग धीरे-धीरे शक्तिवीर की ओर देखने लगे। एक के बाद एक, उनके मन में उठ रहे सवालों को उन्होंने अब मुखर रूप में व्यक्त करना शुरू कर दिया। सवालों की झड़ी इस तरह लगी कि लगता था हर किसी के दिल में हमेशा से छुपा हुआ जिज्ञासा अब बाहर आ ही गई है।

मैथिली: अपूर्वा कैसे दिखते हैं?

राम: तुम्हारा नाम क्या है? तुम किस वर्ष से आए हो?

शक्तिवीर: मैं भविष्य में अपूर्वा से नहीं मिला हूँ।

अपूर्वा (मैथिली से): लगता है मैं बलिदानी बन गया। (हँसते हुए)

गीता (चिल्लाते हुए): नहीं!

(वह ज़मीन पर सजावट के लिए रखा हुआ घोड़ा नीचे पटक देती है।)

अपूर्वा: यह कैसा व्यवहार है?

राम: गीता! शांत हो जाओ और घोड़ा जोड़कर लाओ।

(गीता 'सॉरी' बोलकर चली जाती है।)

अपूर्वा (शक्ति से): गीता थोड़ी संवेदनशील है।

शक्तिवीर: जी।

राम: तुमने बताया नहीं कि तुम किस वर्ष से आए हो?

शक्तिवीर: कुछ याद नहीं आ रहा, ना तारीख़, ना वर्ष।

राम: तारीख़ नहीं चाहिए, वह तो अदालतों में भी मिल जाती है। वर्ष पता चल जाता तो अनुमान लगा लेते कि हमारा उद्देश्य कब तक पूरा होगा।

धारा: चलो, अभी यह तो पता है कि उद्देश्य पूरा ज़रूर होगा।

ऋषि: आनंद ही आनंद!

अगस्त्य: और इस आनंद में हमारी झनझनाहट। (हँसते हुए)

वैदेही: चलो, अब रात हो गई है। शक्तिवीर को भी आराम करने दो।

शक्तिवीर (बाहर जाते हुए राम से): आपको मुझ पर भरोसा तो है ना कि मैं झूठ नहीं बोल रहा?

राम (तीखी नज़रों से): अभी जो कहा है, उसे सच ही मानूँगा।

(राम आत्मविश्वास भरी नज़रों से और शक्तिवीर संवेदनशील नज़रों से एक-दूसरे को देखते हुए अपने-अपने कमरों में चले जाते हैं।)

दूसरा दिन

अपूर्वा के कमरे में अपूर्वा और राम के बीच बातचीत हो रही है।

अपूर्वा (तिजोरी खोलते हुए): ये सातों रत्न मेरे पास सुरक्षित हैं। जैसे-जैसे हम सिद्धि प्राप्त करते जाएँगे, इन्हें इसमें संचित करते जाएँगे।

राम: यह क्रियाशील कब होगा?

अपूर्वा: शायद तब, जब हम सबकी सिद्धियाँ पूर्ण हो जाएँगी।

राम: अच्छा।

(गीता का वहाँ प्रवेश होता है)

गीता: सरजी! गुरु-माँ और शक्तिवीर आपको बुला रहे हैं।

(राम कोई उत्तर नहीं देता)

गीताः सरजी! मैं बोल रही हूँ ना, आपका सौतेला भाई आपको बुला रहा है।

राम (कमरे से बाहर निकलते हुए): वह मेरा भाई नहीं है।

गीताः क्या अभी आप अहंकारी नहीं बन रहे हैं?

रामः इसमें क्या अहंकार है? मैंने बस वास्तविकता स्पष्ट की है। वह सिर्फ मेरा सह-कर्मी है; हम दोनों बस एक ही संगठन के लिए काम करते हैं।

गीताः आप दोनों एक जैसे भी तो दिखते?

रामः उस हिसाब से तो तुम अपूर्वा की बहन नहीं लगतीं। वह भीम जैसा और तुम चींटी जैसी (हँसते हुए)।

गीताः हाँ, पर हम सौतेले नहीं हैं।

राम (क्रोधित होकर): लड़की! अपने शब्दों की मर्यादा बनाए रखो। हम दोनों दो अलग-अलग व्यक्तियों की संतान हैं। मैं अपनी माँ (काव्यांजलि) का बेटा हूँ और वह अपने पिता (कैप्टन चंद्रवंशी) का बेटा है। मानसिक शांति के लिए मेरे बारे में संपूर्ण जानकारी ना रखना ही तुम्हारे लिए उचित होगा। तुम उसे मेरा भाई कहना बंद कर दो और आज के बाद मुझसे बात मत करना।

दृश्य - 2

राम, इंद्राणी देवी के कक्ष में आता है।

रामः आपने मुझे याद किया गुरु-माँ?

इंद्राणी देवीः हाँ।

रामः आज्ञा दीजिए।

इंद्राणी देवीः एक भव्य पूजा का आयोजन करवा दो। मैं चाहती हूँ कि शक्तिवीर पूजा में बैठे।

रामः ऐसा ही होगा। परंतु शक्तिवीर कहाँ है?

इंद्राणी देवीः वह बगीचे में गया है।

रामः अच्छा।

दृश्य - 3

शक्तिवीर बगीचे में दाई माँ (शांति देवी) से बात कर रहा है।

गीताः शक्ति! तुम ही सच बताओ ना?

शक्तिवीरः क्या?

गीताः भविष्य तक यह बात तो बाहर आ ही गई होगी कि तुम और सरजी सौतेले भाई हो?

शक्तिवीर (दाई माँ की ओर देखते हुए): राम ने क्या कहा?

गीता (दुखी मन से): यही कि तुम दोनों दो अलग-अलग व्यक्तियों के बच्चे हो।

शक्तिवीर (हँसते हुए): सच ही तो है, माँ-बाप दोनों अलग-अलग व्यक्ति ही तो हैं।

गीताः तुमने इस बात को इतने सहज भाव से कैसे लिया? और एक सरजी हैं, जो रूठ गए और बोले कि अब कभी बात नहीं करेंगे।

दाई माँः तुम भी कम नहीं हो। जब पता है कि अपनी माँ के नाम पर वह उत्तेजित हो जाता है, तो फिर क्यों उसे दुखी करने वाले शब्द बोलती हो?

शक्तिवीरः गीता, तुम्हें इस बात का ध्यान रखना चाहिए।

(गीता लज्जित महसूस करती है)

दृश्य - 4

राम, धारा, ऋषि, वैदेही और अगस्त्य बगीचे में आते हैं।

राम (हाथ हिलाते हुए): लड़का (शक्ति), लड़की (गीता), तुम दोनों अंदर जाओ और तैयार हो जाओ।

धारा, ऋषि और अगस्त्य हँस पड़ते हैं।

रामः मैंने ऐसा क्या कहा?

धाराः लड़का-लड़की? ऐसा लगा जैसे तुमने दूल्हा-दुल्हन को आमंत्रित किया हो।

ऋषिः मुझे भी ऐसा ही लगा।

गीता (पास आकर): सरजी! आपको मेरा नाम याद नहीं रहता? जब देखो 'लड़की-लड़की' ही बोलते रहते हो।

वैदेही (गंभीरता से): चल अंदर, बहुत काम है।

(दोनों अंदर चले जाते हैं)

अगस्त्य (राम से): तुम इसकी (गीता की) मम्मी से मेरा तलाक (Divorce) कराकर ही मानोगे।

राम (आश्चर्य से): मम्मी?

अगस्त्य: वैदेही अपने आप को उसकी मम्मी ही समझती है।

ऋषि: जब वैदेही दीदी 'मम्मी' हैं, तो फिर मैथिली भाभी क्या हैं?

राम (हँसते हुए): Warden! (राम और ऋषि एक-दूसरे का हाथ पकड़कर हँसने लगते हैं)

अगस्त्य: हँसो मत, तुम दोनों का भी नामकरण किया जा चुका है।

राम: क्या?

अगस्त्य: विक्रम और बेताल।

(राम और ऋषि एक-दूसरे को देखते हुए फिर से हँसने लगते हैं)

दृश्य- 5

महल के भीतर वैदेही, गीता को पूजा-स्थल पर ईश्वर का श्रृंगार करने के लिए कहती है।

गीता: यह गिफ्ट पैक किसके लिए है?

वैदेही: मैं और अगस्त्य इसे शक्तिवीर को दे रहे हैं।

गीता: क्या मुझे भी कुछ देना चाहिए?

वैदेही: यदि देने का मन है, तो दे देना।

गीता: कल बाहर जाकर ले आऊँगी, आज कुछ और सोचती हूँ। एक जबरदस्त आइडिया (Idea) है, आज वही देती हूँ।

(ऐसा बोलकर गीता शक्तिवीर के कमरे में जाती है, जहाँ शक्तिवीर तैयार हो रहा होता है)

गीताः शक्ति, जब तुम पूजा के लिए नीचे आओ तो वहाँ मूर्ति से थोड़ी दूरी पर एक घंटी है। वहाँ नीचे खड़े होकर घंटी बजा देना। ठीक है?

शक्तिवीरः जैसा आप कहें।

गीताः मैं तुम्हारी प्रतीक्षा करूँगी।

इसके बाद गीता, मूर्ति के पास खड़ी होकर, बड़ी ध्यान और श्रद्धा के साथ फूलों की सजावट करने लगती है। उसने रंग-बिरंगे फूलों को बड़े ही निपुण हाथों से मूर्ति के चारों ओर सजाया, हर पंखुड़ी को प्रेम और भक्ति की भावना से रखा। उसके चेहरे पर हल्की मुस्कान और आंखों में एक अजीब सी शांति थी, जैसे हर फूल, हर रंग उसके दिल की भावनाओं को व्यक्त कर रहा हो।

गीता ने धीरे-धीरे राधा-कृष्ण की मूर्तियों का श्रृंगार भी शुरू किया। उसने उनके गहनों को बड़े प्यार से सजाया, वस्त्रों को ठीक किया और उनके चारों ओर दीपक और फूलों की सजावट कर माहौल को मंत्रमुग्ध कर देने वाला बना दिया। कमरा धीरे-धीरे भक्तिमय और पवित्रता से भर गया।

तभी राम और अपूर्वा, हाथ में हल्की-सी हिचक और उत्सुकता लिए, शक्तिवीर के कमरे में प्रवेश करते हैं। उनके कदमों की आवाज़ कमरे में हल्का सा गूँजती है

अपूर्वाः शक्ति, क्या तुम तैयार हो?

शक्तिवीरः जी।

रामः मुहूर्त हो रहा है, अब नीचे आ जाओ।

शक्तिवीरः अभी सब इधर-उधर होंगे। जब बुलाने वाली आवाज सुनेंगे, तभी सब एकत्रित होंगे।

रामः मुझे पता है कि धारा, ऋषि, वैदेही और बाकी लोगों को कैसे बुलाना है।

(शक्तिवीर एक तीखी मुस्कान के साथ राम को जाते हुए देखता रहता है। राम पूजा-कक्ष में पहुँचकर घंटी के नीचे खड़ा होता है और उसे बजा देता है)

गीता, जो पर्दे के पीछे ईश्वर का श्रृंगार कर रही थी, अचानक पर्दा हटाकर देखने लगती है।

रामः ऐसे क्यों देख रही हो? क्या मुझे ढूँढ रही थी? या कोई गलती हो गई है?

गीता (स्तब्ध होकर): सरजी! आप यहाँ कहाँ से आ गए? आप तो अचानक कहीं भी प्रकट हो जाते हैं।

रामः मैं तो आसपास ही था, शायद तुम्हारी नज़र नहीं पड़ी होगी।

अचानक राम को अपने पैरों के नीचे कुछ गीलापन महसूस होता है। वह देखता है कि नीचे चतुर्भुज आकार का एक बोर्ड रखा है, जिस पर उसके पदचिह्न छप गए हैं।

राम (हाथ में बोर्ड लेते हुए): यह क्या है?

गीताः यह प्लास्टर ऑफ पेरिस है।

रामः इसे यहाँ क्यों रखा था?

गीताः इसे शक्ति के लिए रखा था, पर आपने इस पर पाँव रख दिए।

रामः क्यों? क्या उसके पदचिन्हों पर चलोगी? उसे जो बनना था वह बन गया, तुम्हें क्या बनना है—उसकी पूँछ?

गीता (धीमे स्वर में): शक्तिवीर सर्वशक्तिमान, सर्वसंपन्न, सर्वव्यापी, बलशाली और प्रतापी है। उससे बढ़कर मैं क्या ही बन पाऊँगी?

रामः इस संसार में यदि कोई सबसे सक्षम, सफल, शक्तिशाली, संवेदनशील और वैभवशाली है, तो वह है "स्त्री"। जिस दिन तुम स्त्री का महत्त्व और कर्तव्य समझने लगोगी, जिस दिन तुम्हें 'स्त्री-शक्ति' का ज्ञान हो जाएगा, उस दिन तुम उससे भी कहीं अधिक महत्त्वपूर्ण बन जाओगी।

दृश्य - 6

(धारा हड़बड़ाते हुए शक्तिवीर से टकरा जाती है)

धाराः घंटी बज गई क्या?

शक्तिवीरः हाँ, शक्ति और गीता की 'राम-कहानी' की घंटी बज गई।

धाराः क्या कहा तुमने?

शक्तिवीर (मुस्कुराते हुए): आपको विलंब हो गया है। चलिए।

(इंद्राणी, धारा, वैदेही, ऋषि, अपूर्वा, मैथिली, अगस्त्य, गीता, राम और शक्तिवीर सभी भक्तिभाव से पूजा में सम्मिलित होते हैं। पंडित जी के साथ बैठकर शक्तिवीर पूजा-अर्चना करता है।)

इंद्राणी देवी (शक्ति से): यह लो अखंड ज्योत और इसे प्रज्वलित कर दो। रात तक इसकी लौ कम नहीं होनी चाहिए।

(शक्तिवीर अखंड ज्योति जलाकर उसे तुलसी के समीप रख देता है। हवा के झोंकों से ज्योति डगमगाने लगती है, तभी सभी 'अग्निवीर' अपने हाथों से उसे घेर लेते हैं। इसी बीच गीता दीपक का ऊपरी हिस्सा (कवच) उसके ऊपर रख देती है। गीता और सभी अग्निवीर हँसने लगते हैं।

शक्तिवीर दूर से यह दृश्य देख रहा होता है। उसके चेहरे पर संतोष का भाव और एक मंद मुस्कान है।)

(भोजन के पश्चात सभी इंद्राणी जी के कमरे में एकत्रित होकर बातें करने लगते हैं)

शक्तिवीर: आप लोग अपना कोई ऐसा रहस्य बताइए जो दूसरों को ना पता हो।

राम: अपनी जानकारी दूसरों को, यहाँ तक कि अपने साथियों को भी नहीं देनी चाहिए; विपरीत समय में यही कमजोरी का कारण बन सकती है।

गीता: सर! वह आपसे कोई 'कोड नंबर' नहीं पूछ रहे, बल्कि हमारे रोजमर्रा के जीवन की खट्टी-मीठी बातों के बारे में पूछ रहे हैं। आप इतने गंभीर मत बनिए।

राम: ठीक है, तो शुरुआत तुझसे ही करता हूँ। जब भी मैं छुट्टी पर आता हूँ, तुम्हारा एक गिलास दूध पीना और बढ़ जाता है। (हँसते हुए)

गीता (चिढ़ते हुए): सर! आपको इससे क्या दिक्कत है?

राम: मैं तो बस रहस्य बता रहा हूँ। (हँसते हुए)

अपूर्वा: ठीक है, अब शांत हो जाओ। उसने सही कहा है।

शक्तिवीर (अपूर्वा से): राम का कोई रहस्य?

अपूर्वा: राम के पर्स में उसकी माँ की एक तस्वीर है। वह उसे कभी सार्वजनिक नहीं करता, बस अकेले में देखता है।

(राम हल्की मुस्कान के साथ सिर झुका लेता है)

शक्तिवीर (ऋषि से): धारा का कोई राज?

ऋषि: यह अक्सर बातें छुपा जाती है।

(धारा मुस्कुराकर सिर झुका लेती है)

शक्तिवीर (मैथिली से): वैदेही के बारे में बताओ?

मैथिली: यह रोज 10-12 जलेबियाँ खा जाती है।

(वैदेही हँसने लगती है)

शक्तिवीर (वैदेही से): अगस्त्य की कोई बात?

वैदेही: अगस्त्य कभी-कभी छुपकर सिगरेट पी लेते हैं।

(राम और अपूर्वा हैरानी से अगस्त्य को देखने लगते हैं)

अगस्त्य: आज से बंद! ठीक है?

शक्तिवीर (गीता से): और ऋषि?

गीता (हँसते हुए): इसे विदेशी लड़कियाँ बहुत पसंद आती हैं।

(ऋषि शर्माकर मुस्कुरा देता है)

शक्तिवीर (राम से): अपूर्वा की?

राम: अपूर्वा ने अपना सुरक्षा-कवच मैथिली को दे दिया है।

अपूर्वा: तुम जानते थे?

राम: हाँ।

इंद्राणी: ठीक है, अब शक्तिवीर और गीता सभी अग्निवीरों के पैर छूकर आशीर्वाद लो। ये सभी तुम्हारे लिए ईश्वर-तुल्य हैं, जो अपनी तपस्या, ऊर्जा, ज्ञान और शक्तियों का बलिदान देंगे। ये सभी तुम्हारे लिए आदरणीय हैं।

(शक्तिवीर और गीता वैसा ही करते हैं, फिर सभी अपने-अपने कमरों में चले जाते हैं। गीता वहीं 'गुरुमाँ' (इंद्राणी) के पास रुकती है।)

इंद्राणी देवी: लाडो (गीता), आज तुम यहाँ सोने वाली हो?

गीता: हाँ।

इंद्राणी देवी: शांत क्यों हो?

गीता: आप मुझे बार-बार सरजी और ऋषि को प्रणाम करने के लिए क्यों कहती हैं? वे हमेशा मेरी टाँग खिंचाई करते हैं और वे शक्तियाँ मुझे तो मिलने वाली नहीं।

इंद्राणी देवी: ऋषि तो तुमसे थोड़ा ही बड़ा है। यदि उसने थोड़ा मज़ाक कर भी लिया, तो मन दुखी क्यों करना?

गीता: और सरजी? वे तो मुझसे 9 साल बड़े हैं, फिर भी मुझे सुनाते रहते हैं। "अभी मैं बहुत सारा दूध पी जाती हूँ" - यह बात सरजी ने ही सबको बताई। मैं उनके पैर क्यों छुआ करूँ?

इंद्राणी देवी: मैं राम को बोल दूँगी कि गीता को यह अच्छा नहीं लगता, वह दोबारा ऐसा नहीं करेगा। मैं उससे कह दूँगी कि वह तुमसे बात ही ना करे। ठीक है?

गीता *(मासूम बनते हुए)*: नहीं, नहीं! कोई बात नहीं। आप कुछ मत कहना। मैं भी (गुस्से में) बहुत कुछ बोल जाती हूँ।

इंद्राणी देवी (मुस्कुराते हुए): बड़े लोग यदि थोड़े गुस्से या हास्य में कुछ कह भी दें, तो मन पर उसकी लकीर नहीं खींचनी चाहिए। उनके हर भाव में तुम्हारा हित ही छिपा होता है।

इंद्राणी देवी: राम पालनकर्ता तो नहीं, परंतु पालनहार ज़रूर है। हमने तुमको कहाँ-कहाँ नहीं छुपाया! चारों तरफ से तुम पर वार करने की योजना थी। 'अपस्मरा' के भ्रम से तुम्हारा जीवन नरक बन जाता, अगर राम यहाँ नहीं होता। तुम जो स्वतंत्र रूप से यहाँ-वहाँ जाती हो और काम करती हो, वह सुरक्षा केवल अपूर्वा की नहीं, बल्कि राम की भी देन है। बगीचे में पेड़-पौधे तभी स्वतंत्र रूप से पनप या विकसित हो पाते हैं, जब 'खरपतवार' को हटाया जाता है। तुम्हारे जीवन से उस खरपतवार को दूर करने

वाला राम ही है। सदैव याद रखना, जब भी कोई व्यक्ति दूसरे व्यक्ति को स्वतंत्रता और सुरक्षा दे तथा उसकी वृद्धि में सहायता करे, वही पालनहार होता है। तुम मान दोगी, तभी वह भी मान देगा।

गीता: ठीक है गुरु-माँ, मैं समझ गई। चलिए, अब सोते हैं।

तीसरा दिन

दृश्य - 1

(दाई-माँ सभी को नाश्ते पर बुलाती हैं। फिर ऋषि और धारा के साथ राम भी इंद्राणी जी के साथ नाश्ता करने लगते हैं। थोड़ी देर बाद अपूर्वा, मैथिली, गीता और शक्तिवीर भी वहाँ आते हैं।)

राम: अगस्त्य और वैदेही कहाँ हैं?

अपूर्वा: दोनों की आज सर्जरी है, इसलिए वे व्यस्त रहेंगे।

मैथिली: आज मैंने गीता के 'मिस एशिया' बनने की खुशी में एक पार्टी रखी है। शहर के प्रसिद्ध व्यक्तियों के साथ-साथ गीता के प्रशंसक भी वहाँ मौजूद रहेंगे।

राम: तुमने यह पहले क्यों नहीं बताया?

मैथिली: ध्यान नहीं रहा।

शक्तिवीर: गीता! आपने कभी बताया नहीं कि आप एक आर्मी परिवार से संबंध रखती हैं।

गीताः मेरे परदादा, नाना भी आर्मी में रहे हैं। भाई भी आर्मी में कैप्टन की पोस्ट पर है।"

धाराः मेरा भाई ऋषि भी आर्मी में जाएगा।

शक्तिवीरः (धारा से) आपसे मैं बाद में बात करता हूँ, अभी गीता की पूरी बात सुन लेता हूँ।

धारा के चेहरे के बदलते हुए भावों को उसका भाई ऋषि देख रहा है; उसे शक्तिवीर का व्यवहार उचित नहीं लगा।

धाराः ऋषि, प्रयोगशाला में मेरा कुछ सामान रह गया है, क्या तुम उसे ले आओगे?

(राम और अपूर्वा दोनों कमरे में चले जाते हैं। ऋषि प्रयोगशाला की ओर प्रस्थान करता है।)

गीताः शक्ति, चलो मैं तुम्हें प्रयोगशाला दिखाती हूँ। हमारे महल के अंदर ही एक बहुत बड़ी प्रयोगशाला बनाई गई है।

दृश्य-2

(गीता और शक्तिवीर प्रयोगशाला के भीतर प्रवेश करते हैं। शक्तिवीर को प्रयोगशाला बहुत पसंद आती है। ऋषि, जो वहाँ पहले से मौजूद था, कुछ डिब्बे (boxes) हाथ में लेकर बाहर आ रहा होता है।)

शक्तिवीरः मैं तुम्हारी मदद कर देता हूँ।

ऋषि (गुस्से से): हटो!

(ऋषि उसे ज़ोर का धक्का दे देता है। शक्तिवीर सामने स्थित ***गैस-चैम्बर*** *(जहाँ ज़हरीली गैस छोड़ी जाती है) के भीतर गिर जाता है। ऋषि और गीता भागते हुए अपूर्वा को सारी बात बताते हैं।)*

अपूर्वा: यह क्या हो गया? उसका दम घुट जाएगा! तुम लोग चैम्बर की गैस नियंत्रित करो, मैं अंदर जाकर उसे निकालता हूँ।

ऋषि: ठीक है, चलो गीता।

गीता: हाँ।

(अपूर्वा गैस-चैम्बर में जाता है, परंतु गैस अनियंत्रित होने लगती है। बाहर शोर-गुल सुनकर राम भी वहाँ पहुँच जाता है।)

गीता: सर जी! भैया को गैस-चैम्बर से बाहर निकालिए।

राम: क्या गैस नियंत्रित हुई?

ऋषि: नहीं, गैस का रिसाव कम नहीं हो रहा है।

राम: मैं मास्क (मुखौटा) लगाकर अंदर जाता हूँ।

धारा: राम, अपना ख्याल रखना।

राम: चिंता मत करो, मैं दोनों को सुरक्षित बाहर ले आऊँगा।

(राम गैस-चैम्बर के भीतर जाता है। वहाँ शक्तिवीर मूर्छित पड़ा था और अपूर्वा अर्ध-चेतनावस्था में था। अपूर्वा ने राम को इशारा किया कि पहले शक्तिवीर को बाहर निकाले। राम ने वैसा ही किया।)

मैथिली: अपूर्वा?

राम: मैं अभी उसे लेकर आता हूँ।

बाहर का माहौल पूरी तरह तनाव और डर से भर चुका था। हर कोई बेचैनी में सांस ले रहा था, हालत बिगड़ती जा रही थी। धुंधली रोशनी, हल्की चीखें और हड़बड़ी के बीच, हर इंसान के चेहरे पर भय और घबराहट साफ़ झलक रही थी।

राम फिर से चैम्बर की ओर बढ़ता है। कमरे में घुसते ही उसे गैस का असर पूरी तरह महसूस होता है। हवा घुटन से भर चुकी थी, सांस लेना कठिन हो गया था। आंखों में जलन और गले में खराश, सब कुछ घबराहट और संकट की चेतावनी दे रहे थे। राम अपने साहस और धैर्य को कायम रखते हुए, हर कोने में अपूर्वा को खोजने लगता है।

कड़ी मशक्कत और समय के हर सेकंड के दबाव के बाद, राम को आखिरकार अपूर्वा का पैर दिखाई देता है। उसके दिल की धड़कन तेज़ हो जाती है। बिना एक पल गंवाए, राम अपूर्वा को अपनी पीठ पर उठा लेता है। उसकी मजबूत पकड़ और अदम्य साहस के कारण ही वह अपूर्वा को सुरक्षित रूप से बाहर ले आता है।

पर बाहर आते ही राम को दिखाई देता है कि अपूर्वा का चेहरा नीला पड़ गया है, दम घुटने की वजह से उसकी स्थिति गंभीर हो चुकी थी। उसके होठ और चेहरे पर चिंता और भय के निशान स्पष्ट थे। राम ने तुरंत उपचार के लिए उसे चिकित्सालय ले जाने का फैसला किया।

इस दौरान गीता और मैथिली भी उनके साथ चलती हैं। गीता की आंखों में चिंता की चमक और मैथिली का चेहरे पर डर और आशंका साफ़ झलक रहा था। हर कदम पर माहौल तनावपूर्ण और भावनाओं से भरा था

गीता (राम से): सर जी! आपने भैया को पहले क्यों नहीं बचाया?

राम: क्योंकि मेरी और अपूर्वा की प्राथमिकता शक्तिवीर की जान बचानी थी।

गीता: आप अपनी 'प्राथमिकता' के लिए अपनों के साथ विश्वासघात भी कर सकते हैं!

मैथिली: देखो, अपूर्वा को होश आ गया है।

(अपूर्वा और शक्तिवीर के स्वस्थ होने के बाद सभी घर लौट आते हैं गीता फिर से राम को रोककर प्रश्न करती है।)

गीता: सर जी, आपने मेरे प्रश्न का उत्तर नहीं दिया।

रामः यदि चैम्बर में मेरे साथ शक्तिवीर होता, तो अपूर्वा भी पहले शक्तिवीर को ही बचाता।

गीताः और यदि मैं और शक्तिवीर होते तो?

रामः तुम्हारा भाई आ गया है, उससे पूछ लो।

गीता (राम से): आप किसे बचाते—मुझे या शक्तिवीर को?

रामः मैं हमेशा अपने कर्तव्यों और प्राथमिकता को ही चुनूँगा।

(यह कहकर राम वहाँ से चला जाता है। गीता क्रोधित नज़रों से उसे देखती रह जाती है।)

धारा (गीता से): गीता, राम ही अपूर्वा को बचाकर लाया है।

गीताः पर पहले क्यों नहीं? उनकी सारी ईमानदारी अपने सौतेले भाई (शक्ति) के लिए ही क्यों है?

धाराः गीता! अपने शब्दों की मर्यादा मत भूलो।

गीताः आप सरजी की क्या लगती हैं जो उनकी तरफ से बोल रही हैं? मैं तो अपने भाई के लिए बोल रही हूँ।

धाराः कुछ रिश्ते शब्दों में नहीं, आहटों में होते हैं। तुम बस अपनी आँखें और कान खुले रखना।

दृश्य - 3

गीता कुछ नाराज़ और हल्की वैरभावना के साथ अपने भाई की ओर देखती है। उसकी आँखों में हल्की टेढ़ी-मेढ़ी चमक थी, जैसे अंदर की भावनाएँ दबा-बसा कर अब बाहर निकलने को तैयार हैं। उसने गहरी सांस ली और धीरे-धीरे सवाल करना शुरू किया।

उसके स्वर में नाराजगी की झलक थी, लेकिन साथ ही हल्की उदासी और असमंजस भी मौजूद थी। हर शब्द में उसके मन की हलचल और भावनाओं का भार साफ़ महसूस किया जा सकता था।

गीता (अपूर्वा से): भैया, क्या आपकी प्राथमिकता शक्तिवीर है?

अपूर्वा: हाँ।

गीता: और मैं?

अपूर्वा (हँसते हुए): तुम भी हो।

गीता: और भाभी?

मैथिली (अपूर्वा के गले में हाथ डालते हुए): तुम्हारे भैया मेरी प्राथमिकता हैं।

(गीता वहाँ खड़े धारा और राम को तीखी नज़रों से देखती है, फिर अपनी नज़रों को शक्तिवीर पर केंद्रित कर देती है।)

गीता: मैं सोच रही हूँ कि किसी की प्राथमिकता बन जाऊँ और उसे भी अपनी प्राथमिकता बना लूँ।

(यह बोलकर गीता, शक्तिवीर के साथ पार्टी की तैयारियाँ देखने चली जाती है।)

राम: पता नहीं क्या सोच लिया है और क्या समझ लिया है! कहीं वह अपना पथ भ्रष्ट ना कर ले।

मैथिली (व्यंग्यपूर्ण स्वर में): गीता का पथ इतना भी भ्रष्ट नहीं होगा। मेरी लाडो (गीता) के बच्चे के नाम के साथ उसके पिता का नाम ज़रूर जुड़ा होगा।

राम (आश्चर्य से): मैथिली!!

इंद्राणी देवी (क्रोधित होकर): तुम बहू हो, तुम्हारा सम्मान है; परंतु राम का अपमान सहन नहीं है। अभी तुम दोनों एक-दूसरे से क्षमा माँगकर यह बात यहीं समाप्त करो।

दोनों, भले ही दिल की गहराई में एक-दूसरे को पसंद ना करते थे, फिर भी गुरु माँ के आदर और सम्मान को ध्यान में रखते हुए, अपने अहंकार को एक ओर रख दिया। कुछ पल की चुप्पी के बाद, उन्होंने धीरे-धीरे एक-दूसरे की ओर देखा।

धीरे-धीरे, विनम्र और सचेत भाव से, उन्होंने **एक-दूसरे से माफी मांगी**।

दृश्य - 4

(राम अपने कमरे में पार्टी के लिए तैयार हो रहा है। अपूर्वा आकर उसके कपड़े ठीक करने लगता है।)

राम: जो बोलने आए हो, बोल दो।

अपूर्वा: क्षमा करना, मैथिली की बातों से तुम्हें दुःख पहुँचा होगा।

राम: छोड़ो ना! बड़ी तस्वीर देखो।

अपूर्वा: इसमें बड़ी बात क्या है?

राम: तुम्हारी धर्मपत्नी तुम्हारी बहन से अगाध स्नेह करती है। दुनिया का सबसे विवादित रिश्ता अगर सबसे सुंदर बन जाए, तो घर और जीवन दोनों सुखी हो जाते हैं।

अपूर्वा: जानता हूँ कि सभी गीता को प्यार करते हैं, फिर तुम क्यों परेशान हो? अब जल्दी आ जाना।

राम: मुझे बाहर कुछ काम है, मैं थोड़ी देर में मिलता हूँ।

दृश्य - 5

(मैथिली, गीता को पार्टी के लिए तैयार कर रही है।)

मैथिलीः आज मेरी लाडो सबसे सुंदर और प्यारी लगने वाली है। यह पार्टी तुम्हारे विजेता बनने की ख़ुशी में आयोजित की गई है। मेरी लाडो लाखों दिलों की धड़कन है, सिर्फ एक की नहीं। पूरी शाम सिर्फ एक ही नाम गूँजेगा— 'गीता'। सफलता का नशा सबको होना चाहिए, इसमें सफलता पाने वाला और उसे देखने वाला, दोनों ही झूमने लगते हैं।

गीताः Love you भाभी! अब मैं चलती हूँ।

(गीता के जाने के बाद मैथिली अपने कमरे के दरवाज़े बंद कर शतरंज के बोर्ड के पास बैठ जाती है।)

मैथिलीः खेल में अब सिर्फ मेरे अपूर्वा और गीता आगे बढ़ेंगे और दाँव पर लगेगा "राजा"।

(मैथिली शतरंज के बोर्ड पर रखे सामने वाले घोड़े को हाथ में उठा लेती है।)

मैथिली (कुटिल हँसी के साथ): खेल से एक चतुर और तेज़ घोड़ा अब बाहर होगा।

(वह घोड़े को कूड़ेदान में फेंक देती है।)

कमरे से बाहर गीता को धारा दिखाई देती है, वह उसके पास जाती है।

गीताः धारा मैम, सॉरी। मैं गुस्से में आप पर चिल्लाई, मुझे इसका खेद है।

धाराः कोई बात नहीं। तुम बहुत सुंदर लग रही हो।

गीताः आप भी।

ऋषि (दौड़ते हुए): क्या आप दोनों ने राम भाई को देखा है?

धारा: वह बाहर गया है। उसने बताया था।

गीता: शक्तिवीर कहाँ है?

ऋषि: तुम कुछ ज्यादा ही शक्तिवीर-शक्तिवीर नहीं कर रही हो? कहीं उसके साथ भविष्य में तो नहीं चली जाओगी? (हँसते हुए)

पार्टी में आए आर्मी अफसर, बिजनेसमैन और अन्य लोगों से मैथिली और अपूर्वा प्रेमपूर्वक मिलते हैं। अपूर्वा सभी से शक्तिवीर की मुलाकात कराता है। सभी उसे 'राम' कहकर संबोधित करने लगते हैं। भीड़ से अलग हटकर इंद्राणी देवी और शक्तिवीर पार्टी में बातचीत में मग्न थे, उनके बीच हल्की मुस्कान और आराम का माहौल था। चारों ओर हल्की रोशनी और रंग-बिरंगे लाइटों की चमक पार्टी को जीवंत बना रही थी।

तभी मैथिली, गीता को लेकर स्टेज की ओर बढ़ती है। जैसे ही गीता स्टेज पर पहुँचती है, पूरा हॉल तालियों, सीटियों और जयकारों से गूँज उठता है। हर जगह उत्साह और उमंग का रंग भर गया है। लोग उसके नाम की पुकार से भरपूर खुशी और सम्मान व्यक्त कर रहे थे।

गीता की मुस्कान में विनम्रता और गर्मजोशी झलक रही थी। वह धीरे-धीरे सभी से मिलती है, उनके हाथ पकड़ती है, और उनके उत्साह का सम्मान करते हुए ऑटोग्राफ देती है। हर स्पर्श, हर मुस्कान और हर शब्द में उसके प्रशंसकों के प्रति सच्चा लगाव और प्रेम झलक रहा था।

शक्तिवीर बहुत देर तक चुपचाप गीता को निहारता रहा। उसकी आँखों में एक तरह का मोह और प्रशंसा झलक रही थी, जिसे वह खुद भी शब्दों में व्यक्त नहीं कर पा रहा था। गीता की हर मुस्कान, हर हल्की झुकती नजर, उसके दिल पर गहरी छाप छोड़ रही थी।

धीरे-धीरे, उसने अपने दिल की हिम्मत जुटाई और **नम आँखों** को गीता से मिला लिया। यह केवल एक नजर का मिलन था, पर इसमें असंख्य भावनाएँ, समझदारी और नर्माहट छिपी हुई थीं।

गीताः क्या हुआ?

शक्तिवीरः अभी एक चेहरा सामने आया, जिसे देखकर लगा जैसे उसे भविष्य में देखा हो।

गीताः कौन था वह? और कहाँ देखा है?

शक्तिवीरः अभी वह दिखाई नहीं दे रहा, पर उसे भविष्य में जेल में देखा है।

गीताः तो भविष्य की बातें आने वाले समय पर छोड़ दो।

शक्तिवीर *(हँसते हुए)*: तुम सबको ऑटोग्राफ दे रही हो, मुझे नहीं दोगी?

गीताः क्या?

शक्तिवीरः अपना ऑटोग्राफ।

गीताः तुम तो स्वयं सुपरमैन हो, तुम्हारे ऑटोग्राफ के लिए तो लोग पागल होते होंगे।

शक्तिवीरः क्या एक सुपरमैन, हीरोइन (अभिनेत्री) का प्रशंसक नहीं हो सकता?

गीता (हँसते हुए)ः ठीक है, कहाँ देना है?

(शक्तिवीर अपनी पीठ घुमाता है और कमीज पर ऑटोग्राफ देने को कहता है। गीता उसकी कमीज पर हस्ताक्षर कर देती है। दूर खड़ी मैथिली यह सब देख रही है।)

मैथिलीः गीता, तुमने शक्तिवीर की कमीज पर अपना नाम लिखा है, लेकिन मैं उसे तुम्हारे नाम को अपने हृदय पर नहीं लिखने दूँगी। शक्तिवीर, यह मेरा तुमसे वचन है।

(मैथिली पार्टी में आए अपने पिता जनरल बख्शी के पास जाती है।)

मैथिली: पिताजी, आप कह रहे थे कि असम में उग्रवादियों के खिलाफ सर्च ऑपरेशन शुरू करेंगे?

जनरल बख्शी: हाँ, बेटी।

मैथिली: कैप्टन राम एक बेहतरीन सैनिक हैं, जो इस मिशन को लीड कर सकते हैं। यह मेरा सुझाव है, बाकी फैसला आप लोग सोच-समझकर ही करेंगे।

जनरल बख्शी: राम बहुत काबिल है। मैं इस बारे में अपनी टीम से बात करके निर्णय लूँगा।

दृश्य-7

पार्टी में काफ़ी रंगीन माहौल था—चारों तरफ़ म्यूज़िक, हँसी और चमकती लाइटें। तभी दरवाज़ा धीरे-धीरे खुलता है...

अंदर प्रवेश करता है राम। उसने सफ़ेद सूट पहन रखा है और आँखों पर एक रहस्यमयी मास्क लगा हुआ है। सफ़ेद सूट की वजह से वह भीड़ में भी अलग ही नज़र आ रहा था।

लोग नाचने-गाने में इतने मग्न थे कि शुरू में किसी ने उस पर ध्यान नहीं दिया। लेकिन जैसे ही वह धीरे-धीरे हॉल के बीच की तरफ बढ़ा, कुछ लोगों की नज़र उस पर टिक गई।

उसके चेहरे का मास्क और शांत चाल देखकर ऐसा लग रहा था जैसे वह यहाँ सिर्फ़ पार्टी करने नहीं, बल्कि किसी खास मकसद से आया हो।

धारा: सब कब से तुम्हारा इंतज़ार कर रहे थे।

रामः अब मैं आ गया हूँ।

धाराः पर यह मास्क क्यों?

रामः शक्तिवीर और मेरी शक्ल मिलती है, क्या यह बात पूरी दुनिया को बताना जरूरी है? वैसे, बाकी सब कहाँ हैं?

धाराः सभी व्यस्त हैं। गीता ऑटोग्राफ देते-देते थक गई है। ऋषि भीड़ संभाल रहा है और अपूर्वा व मैथिली मेहमानों से मिलते-मिलते थक गए हैं।

रामः वह लड़की (गीता) अभी से थक गई? यही तो उसका सपना था जिसे वह अब जी रही है।

(धारा अपनी उंगलियों से उस दिशा में इशारा करती है जहाँ गीता और शक्तिवीर खड़े हैं।)

"सपना जी रही है अपने सपनों के सुपरमैन के साथ"

धाराः गीता बहुत खुश है कि वह किताबों और कॉमिक्स की दुनिया से निकलकर अब वास्तविकता की दुनिया में आ गया है। उस दुनिया में जहाँ वह उस व्यक्ति से मिल सकती है, जिससे वह हमेशा मिलना चाहती थी।

उसके लिए यह किसी सपने के सच होने जैसा है।

सोचकर ही मन खुश हो जाता है कि उसके लिए वह पल कितना खास रहा होगा— कितना सुखद और यादगार अनुभव!

रामः अनुभव तभी वैभव बना रहता है जब आप स्वयं के साथ दूसरे को भी महसूस कर पाते हैं। समय के शोर में अनुभव ही विचार बन कर काम आते हैं।

धाराः क्या तुम्हें वे दोनों साथ में अच्छे नहीं लगते?

रामः मैं तो स्वास्तिक का निशान बन कर रहना चाहता हूँ, जो हमेशा मंगल कामना करता है।

दृश्य- 8

पार्टी के शोर-शराबे और रोशनी से दूर, एक कोने में माहौल थोड़ा चिंतित और तनाव भरा हो गया था। वहाँ अपूर्वा और मैथिली खड़े होकर गीता के बारे में बहस कर रहे थे।

अपूर्वा की आवाज़ में बेचैनी थी।
“तुम समझ क्यों नहीं रही, मैथिली? गीता को इस सब में पड़ने ही नहीं देना चाहिए था!”

मैथिली ने तुरंत जवाब दिया, “और तुम हमेशा की तरह उसे रोकते ही रहोगे? उसे अपनी ज़िंदगी के फैसले खुद लेने दो।”

बस फिर क्या था... बात-बात में दोनों के बीच तू-तू मैं-मैं शुरू हो गई।
उनकी आवाज़ें धीरे-धीरे ऊँची होने लगीं।

आस-पास खड़े कुछ लोगों ने मुड़कर उनकी तरफ देखना शुरू कर दिया, लेकिन दोनों इतने गुस्से में थे कि उन्हें किसी की परवाह ही नहीं थी।

मैथिलीः गीता, गगन के साथ घूमने क्यों नहीं जा सकती?

अपूर्वाः उसे क्यों जाना है?

मैथिलीः दोनों एक-दूसरे को अच्छी तरह जानेंगे और पहचानेंगे, तभी तो बात आगे बढ़ेगी।

अपूर्वा: जो तुम चाहती हो, वह नहीं हो सकता।

मैथिली: अभी ना सही, कुछ सालों बाद तो हो सकता है?

अपूर्वा: मैं इसकी आज्ञा नहीं दूँगा।

मैथिली: क्या कोई कमी है गगन में?

अपूर्वा: कमी गीता में है।

मैथिली: उसमें भी कोई कमी नहीं है, वह एक आज्ञाकारी लड़की है।

अपूर्वा: उसकी कुंडली में दोष है, इसीलिए गुरुजी (पिता) ने उसे "**पूजा के फूल**" कहकर संबोधित किया है।

मैथिली: मैं कुंडली को नहीं मानती। क्या तुमने "मन चंगा तो कठौती में गंगा" वाली कहावत नहीं सुनी?

अपूर्वा: इस बात से तुम्हारे भाई (गगन) का भला हो सकता है, पर इसमें मेरी बहन की भलाई नहीं है।

मैथिली: क्या मैं उससे प्यार नहीं करती? क्या उस पर मेरा अधिकार नहीं? अगर ऐसा है तो मैं यहाँ से जाती हूँ।

(मैथिली उत्तेजित होकर अपने पिता जनरल के साथ चली जाती है)

दृश्य- 9

पार्टी का माहौल पूरी तरह रंगीन और जीवंत था। गीता इस माहौल से बेहद खुश थी। अपने प्रशंसकों से मिलना, उनसे बातें करना और खासकर शक्तिवीर से मिलने के बाद उसका उत्साह और भी बढ़ गया था।

वह मुस्कुराते हुए हॉल में इधर-उधर घूम रही थी, जैसे हर पल को जी लेना चाहती हो। चारों तरफ़ संगीत बज रहा था और लोग खुशी से बातें कर रहे थे।

उसी बीच, भीड़ में चलते-चलते अचानक उसका किसी से हल्का सा टकराव हो गया। गीता ने जल्दी से कहा, "ओह, सॉरी!"

जब उसने ऊपर देखा तो सामने राम खड़ा था—सफेद सूट में, आँखों पर मास्क लगाए हुए।

एक पल के लिए दोनों की नज़रें मिलीं।

गीता [हँसते हुए]: सर जी! आपने ऐसा क्या कर दिया जो आपको मास्क लगाना पड़ा?

रामः बस, चुप हो जाओ! (Just Shut Up!)

गीताः उस दिन मैंने उत्तेजना में बहुत कुछ कह दिया था, क्या उसके लिए मुझे माफ़ी मिल सकती है?

रामः मिल चुकी है।

गीताः क्या आप सच में नाराज़ नहीं हैं?

रामः नहीं।

गीताः फिर तो आज का दिन मेरे लिए बहुत लकी रहा। मैं अपने प्रशंसकों से मिली, शक्तिवीर ने मेरा ऑटोग्राफ लिया और सोने पे सुहागा यह कि आप नाराज़ भी नहीं हैं।

रामः यदि तुम धर्म में रहते हुए कर्म को प्राथमिकता दोगी, तो सफलता मिलती रहेगी। हमारा अंतःकरण और बाह्यकरण हमें सही मार्ग पर ही ले जाता है, बस हमें स्वयं पर नियंत्रण रखने की आवश्यकता है।

गीताः मैं यह बात याद रखूँगी।

रामः वैसे, तुम भूल बहुत जल्दी जाती हो।

गीताः मैं क्या भूल गई?

रामः तुमने मेरा नाम क्यों नहीं लिया? क्या मैं आर्मी में नहीं हूँ?

गीता (हँसते हुए): शक्तिवीर ने पूछा था कि रिश्तेदारों में कौन-कौन आर्मी में है? आप तो मेरे रिश्तेदार नहीं हैं और ना ही आप मेरे दोस्त हैं। फिर आप मेरे हैं कौन, जिसका मैं नाम लेती?

(राम ठहाके लगाकर हँसने लगता है)

राम (गंभीरता के साथ): तुम्हें पता है, पहिये की तरह सवाल भी घूमते हैं। जो प्रश्न तुमने मुझसे किया है, उसका उत्तर तुम देना। मैं आंटी संज्ञा देवी और उनके पति से मिलकर आता हूँ।

(दोनों अपने-अपने रास्ते चले जाते हैं)

पार्टी खत्म होने के बाद सभी को पता चलता है कि मैथिली अपने मायके चली गई है।

इंद्राणी देवीः अपूर्वा! मैथिली को समझाकर ले आओ।

अपूर्वाः वह इतनी समझदार होती तो जाती ही नहीं।

गीताः भैया, आप भाभी को ले आइए।

शक्तिवीर (अपूर्वा से): पार्टी तो उन्होंने ही रखी थी, फिर वह चली क्यों गईं? आप एक बार बात करके देखिए, शायद वह मान जाएँ।

गीताः भैया! भाभी को ले आओ न।

(इंद्राणी, गीता और शक्तिवीर के बहुत मनाने के बाद भी अपूर्वा नहीं मानता और अपने कमरे में चला जाता है।)

गीता (राम से): सरजी! आप भैया को क्यों नहीं समझाते?

राम: पति-पत्नी के बीच में मैं क्यों बोलूँ? इतनी समझदारी तो है मुझमें।

गीता: अगर दोस्त गलती कर रहा हो, तब भी आप नहीं बोलेंगे?

राम: मेरा दोस्त (अपूर्वा) गलती नहीं करता। ज़रूर कोई गंभीर बात होगी, तभी अपूर्वा ऐसा व्यवहार कर रहा है।

गीता: तो क्या आप नहीं बोलेंगे?

राम: नहीं।

गीता (चिढ़ाते हुए): फिर मैं बोल दूँगी!

राम (मंद मुस्कान के साथ): ठीक है, जाता हूँ। पर मैं समझ गया।

गीता (हँसते हुए): क्या समझ गए?

राम (मुस्कुराते हुए): मैथिली खतरा है और तुम खतरनाक!!

(गीता और शक्ति ठहाके लगाकर हँसने लगते हैं। राम, अपूर्वा को समझाने के लिए चला जाता है।)

शक्तिवीर: वाह! तुमने एक बार कहा और राम मान गया? अभी तक 'ना-ना' बोल रहा था और फिर अचानक मान गया!

गीता (हँसते हुए): वही तो!

शक्तिवीर: मुझे जानना है कि तुमने यह कैसे किया?

गीता (शक्तिवीर से): किसी को बताना मत... मेरे पास एक **राज़** है।
जब भी मैं कहती हूँ कि **"मैं बोल दूँगी"**, तो **सरजी** तुरंत मान जाते हैं।

अभी हाल ही में धारा मैम बता रही थीं कि कॉमिक्स खरीदने के लिए उन्होंने एक छोर से दूसरे छोर तक का पुल बना दिया था।

एक बार क्या हुआ कि मेरी खरीदी हुई चप्पल किसी और के पास चली गई। बाद में पता चला कि वह लड़की यहाँ की भी नहीं थी।

मैंने ज़िद पकड़ ली और सरजी से कहा कि अगर मेरी चप्पल नहीं मिली तो मैं भेद खोल दूँगी।
बस फिर क्या था—सरजी तुरंत भागे-भागे गए और ढूँढकर मेरी चप्पल वापस ले आए।

शक्तिवीर: मतलब आप कह रही हैं कि कैप्टन राम, जो उग्रवादियों और आतंकवादियों के छक्के छुड़ा देते हैं, वह आपसे बार-बार 'भयादोहन' (Blackmail) होते रहते हैं? क्या आपके पास कोई ऐसा राज है जिसके खुलने से उनका बड़ा नुकसान या चरित्र हनन हो जाएगा?

गीता (चिंतित होकर): नहीं, बात इतनी बड़ी तो नहीं है।

शक्तिवीर: इसका मतलब, अगर आप ब्लैकमेल नहीं भी करतीं, तब भी वह आपका काम कर देते?

गीता (सोचते हुए): शायद।

शक्तिवीर: तो शायद आप सिर्फ ब्लैकमेल करने का भ्रम पैदा करती हैं और वह स्वेच्छा से वही करते हैं जो आपने कहा हो।

(गीता आश्चर्यचकित, थोड़ी चिंतित और थोड़ी खुश होती हुई अपने कमरे में चली जाती है। शक्तिवीर उसे तिरछी नज़र से देखते हुए हँसने लगता है।)

दृश्य - 11

(अपूर्वा और राम के बीच बातचीत हो रही है)

रामः कौन गलत है और कौन सही?

अपूर्वाः ना मैथिली पूरी तरह गलत है और ना ही मैं पूरी तरह सही हूँ।

रामः फिर तो कोई समस्या ही नहीं है।

अपूर्वाः वह कैसे?

रामः जब तक तुम दोनों में से कोई पूर्णतः गलत या सही साबित नहीं हो जाता, तब तक इस बात को समय पर छोड़ दो। समय आने पर समय ही मार्गदर्शक बनेगा। तब तक अपने सुखी परिवार को नष्ट मत करो। अपनी धर्मपत्नी को सम्मान के साथ ले आओ। **जननी, जोरू और जन्मभूमि** के लिए लड़ाई लड़ी जाती है, उनसे लड़ा नहीं जाता। समझे?

अपूर्वा - हाँ, समझ गया।

निश्चित नहीं रहता स्नेह; धन,
जीवन और परिस्थितियों की तरह तबादला उसका भी होता है।
नहीं होता है तबादला तो सिर्फ भूख का;
वह कल भी लगती थी, आज भी लगती है और आगे भी लगेगी !!
विवाह में भी पतंग के कर्म; कभी अच्छी उड़ान, तो कभी गोल ढलान;
कभी मिले बाँस के बाण, तो कभी मिले बाँसुरी की तान.. !!

चौथा दिन

संगीत कक्ष में राम ने सितार छेड़ा है और सभी झूम रहे हैं। सुबह संगीत से सराबोर है। धारा, ऋषि, वैदेही और अगस्त्य सभी आनंद ले रहे हैं। गीता हाथ में कुछ लेकर आती है।

गीता - सरजी, मैंने इसे जोड़ दिया।

राम - दिखाओ।

(गीता घोड़े के ऊपर से कपड़ा हटा देती है; जो घोड़ा उसने तोड़ा था, वह उसे जोड़ कर लाई है)

अगस्त्य - बहुत सुंदर रूप दिया है।

राम - हाँ, अच्छा लग रहा है।

धारा - कैसे किया?

गीता - घोड़ा जोड़ने के बाद भी दाग दिख रहे थे, फिर मैंने श्वेत रंग से रंग दिया। उसके बाद रेशमी कपड़े, रंगीन धागे और मोतियों से इसे सजा दिया।

वैदेही - शाबाश !!

गीता - धन्यवाद।

ऋषि - मेहनत दिख रही है।

गीता - मैं सबके लिए चाय बनाऊँ?

ऋषि - क्यों? क्या गलत किया हमने?

गीता - मैं खुश हूँ, इसलिए सबके लिए बनाना चाहती हूँ।

ऋषि (हँसते हुए) - तुम खुश हो तो हमें क्यों दुखी करना चाहती हो? लोग चाय में जहर देते हैं, तुम जहर में चाय दोगी।

गीता - धारा मैम, देखो इसे।

धारा -ऋषि, जो करना चाहती है करने दो इसे।

ऋषि - गीता, तुम शक्तिवीर के लिए चाय बनाओ, वह खुश हो जाएगा; फिर तुम्हें अपने साथ ले जाएगा।

गीता (चिढ़ते हुए) - मैं क्यों जाऊँ?

ऋषि - क्यों नहीं जाना है?

(हँसते हुए)

गीता - क्या मैं धार्मिक हूँ, संस्कारी हूँ, सर्वश्रेष्ठ हूँ?

ऋषि -नहीं।

गीता - शक्तिवीर ऐसा ही है और वह वैसी ही योग्यता वाली के लायक है।

ऋषि (सोचते हुए) - मतलब?

राम (हँसते हुए) - मतलब? यह लड़की किसी और पर ओले गिराएगी।

(ऋषि, वैदेही और अगस्त्य हँस पड़ते हैं)

धारा - तुम सब गीता को परेशान मत करो।

*(ऋषि अंदर से काला छाता लाता है और उसे अपने ऊपर रखते हुए '**Engaged**' बोल देता है।*

राम और धारा हँसना शुरू कर देते हैं, गीता चिढ़ते हुए बाहर चली जाती है)

धारा - वह बुरा ना मान जाए?

राम - वह बुरा नहीं मानेगी, तभी तो मेरे, ऋषि और गीता के बीच यह स्वस्थ मजाकिया रिश्ता टिका है।

ऋषि -वह **Jerry** है और हम दोनों (राम और ऋषि) **Tom** हैं।

राम - यह शक्तिवीर दिखाई नहीं दे रहा?

धारा - वह सो रहा था।

ऋषि - राम भाई, वह (शक्तिवीर) आपको कैसा लगता है?

राम - देवर्षि नारद जैसा, बस उनके कपड़ों जैसा सुसज्जित नहीं है।

ऋषि (हँसते हुए) - सूचनाओं का प्रसार करता रहता है।

राम (हँसते हुए) - ॐ नमो नारदाय अमुकस्य अमुकेन सह विद्वेषण कुरु कुरु स्वाहा॥

दृश्य - 2

सभी लोग बगीचे में खड़े होकर बातें कर रहे हैं। हल्की हवा चल रही है और माहौल शांत व सुहावना है।

तभी मैथिली वहाँ आ जाती है।

गीता उसे देखते ही खुशी से भर उठती है। उसके चेहरे पर प्रसन्नता की लहर दौड़ जाती है।

गीता [खुशी से]: भाभी! आप आ गईं!

गीता उसे पाकर बहुत खुश होती है, जैसे उसे अपना कोई बहुत अपना मिल गया हो। कुछ देर सब लोग साथ खड़े होकर बातें करते हैं।

फिर थोड़ी देर बाद मैथिली मुस्कुराते हुए सब से कहती है—

मैथिली (धीमे स्वर में): मैं ज़रा अपने कमरे से होकर आती हूँ।

गीता (शक्तिवीर से) - तुमने मुझे अपना टाइम-मशीन उपकरण नहीं दिखाया।

शक्तिवीर - चलिए, अभी दिखा देता हूँ। आप लोगों (धारा, ऋषि, वैदेही, अगस्त्य और राम) को चलना है तो चलिए।

राम - हमारा मन अभी नहीं है, तुम गीता को लेकर जाओ।

ऋषि - गीता, तुम वहाँ क्या करोगी? तुम्हें तो कुछ समझ आएगा ही नहीं।

गीता - अब तुम्हारा बहुत हुआ!

ऋषि - अच्छा ठीक है, शांत रहता हूँ।

शक्तिवीर, राम को देखते हुए: चलिए गीता जी, चलते हैं।

शक्तिवीर → नारायण-नारायण !! (करते हुए)

(राम अचानक शक्तिवीर को देखने लगता है। ऋषि और धारा भी आश्चर्य से शक्तिवीर को देखते हैं। उनकी समझ में नहीं आ रहा था कि शक्तिवीर ने ऐसा क्यों कहा, वह तो उस समय कमरे में था भी नहीं)

ऋषि - कभी-कभी इसे (शक्तिवीर को) पीटने का मन करता है।

राम - क्यों?

ऋषि - आपको यह (शक्तिवीर) घमंडी नहीं लगता? हमेशा दूसरों को नीचा दिखाता हुआ नहीं लगता? क्या यह सिर्फ अपने मतलब की बात करता हुआ नहीं दिखता?

राम - यही बात है? या फिर तुम चाहते हो कि शक्तिवीर तुम्हें सिर्फ इसलिए महत्व दे क्योंकि तुम उसके लिए सिद्धि प्राप्त कर रहे हो?

ऋषि - आप समझा दीजिए। मैं समझ नहीं पा रहा हूँ कि आप क्या कहना चाहते हैं?

राम - तुम्हें किसमें खुशी मिलेगी? बीमार रोगी का उपचार करने में या इसमें कि कोई व्यक्ति सिर्फ तुम्हारा गुणगान करे?

ऋषि - उपचार करने में।

राम - क्यों?

ऋषि - यह मेरा काम है, इससे मुझे संतुष्टि मिलती है।

राम - फिर शक्तिवीर से मन-मुटाव क्यों रखा है? तुम अपनी कहानी का लेखक किसी और को क्यों बनाना चाहते हो? जीवन में 'अंगुली जितने अपनों' और 'मुट्ठी भर संतुष्टि' के सिवा कुछ और नहीं चाहिए होता है। यह बात हम समय रहते समझ जाएँ, तभी से सुखी रहने लगते हैं। तुम 'अग्निवीर' इसलिए तो नहीं बने कि शक्तिवीर तुम्हारी पूजा करे या तुम्हारी आरती उतारे?

(ऋषि अपनी नज़रें झुका लेता है)

राम - जब हम युद्ध पर जाते हैं या आर्मी का सर्च ऑपरेशन चलता है, तो हम कई नागरिकों को नाम से नहीं जानते और ना ही वे हमें नाम से जानते हैं, फिर भी हम मदद करते हैं क्योंकि देश-रक्षा सर्वोपरि है। इससे हमें संतुष्टि मिलती है। '**परोपकार**' मन से किया जाता है, दबाव से नहीं और ना ही जताने के लिए किया जाता है। यदि तुम्हारा मन नहीं है, तो छोड़ दो 'अग्निवीर' बनना।

ऋषि - आप सही कह रहे हैं 'राम भाई'। आप जो समझाना चाहते थे, मैं वह समझ गया हूँ। आगे से आपको शिकायत नहीं होगी।

राम - अच्छा करोगे।

दृश्य - 3

गीता और शक्तिवीर दोनों **समय-यात्रा यंत्र** के अंदर हैं।

गीता - मैंने ऐसा पहले कभी अनुभव नहीं किया। तुमने कब सोचा कि टाइम-मशीन पर काम करना चाहिए?

शक्तिवीर - मेरे गुरुजी (गीता के पिता) ने सोचा था। उन्होंने हमेशा मुझे वैज्ञानिक बनने के लिए प्रेरित किया। चलिए, आपको उपकरण की बारीकियों और तकनीकों से अवगत कराता हूँ।

(शक्तिवीर बड़े सम्मान और आदर के साथ समय-यात्रा यंत्र की जानकारी गीता को देता है। गीता प्रफुल्लित होकर सारी जानकारी प्राप्त करने लगती है। अचानक उसकी नज़र.वहाँ गिरे कुछ फूलों और पत्तों पर जाती है। वहाँ ताम्रपत्र जैसा भी कुछ मिलता है और वह एक कलश भी देखती है, जिसके ऊपर लाल कपड़ा बँधा है।)

गीता - यह सब क्या है? तुम कहाँ से लाए हो?

शक्ति - पता नहीं।

गीता - चलो, पता करते हैं।

(गीता सभी चीजों को अपने भाई (अपूर्वा) के पास ले जाती है। अपूर्वा, राम और इंद्राणी देवी सभी चीजों को देखते हैं)

गीता - यह समय-यात्रा यंत्र में मिला। शक्तिवीर को नहीं पता कि यह कब से यहाँ है।

राम - जब हम गए थे, तब यह सब वहाँ नहीं था।

शक्तिवीर - पर जब मैं और गीता जी वहाँ गए, तब यह सब प्राप्त हुआ।

अपूर्वा - हम रात को गए थे, कम रोशनी के कारण आँखों से ओझल हो गया होगा। जो साक्ष्य मिले हैं, उनसे प्रतीत होता है कि तुम्हारा यंत्र यहाँ आने से पहले किसी और समय में भी गया है।

गीता - वह कौन-सा समय था, अब यह कैसे पता चलेगा?

राम - यह फूल **कल्पवृक्ष** का है और पत्ते **पारिजात** के लग रहे हैं। कलश और ताम्रपत्र भी प्राचीन काल के लग रहे हैं। ये सभी वस्तुएँ "**महाभारत काल**" का उल्लेख कर रही हैं। उस समय ही स्वर्ग के फूल धरती पर थे, अब तो ये सिर्फ नाम के रूप में जाने जाते हैं। ताम्रपत्र पर जो लिपि है, वह उसके काल को दर्शा रही है।

शक्तिवीर -मैं उस समय में क्यों जाऊँगा?

अपूर्वा - हो सकता है तुम्हारे साथ कोई और गया हो?

गीता (चिढ़ते हुए) - यह शक्तिवीर वहाँ से फूल-पत्ते के साथ किसी की **अस्थियाँ** भी ले आया है। अब इनका क्या करना है?

शक्तिवीर (इंद्राणी देवी से) - गुरु-माँ, मैं अस्थियों को प्राचीन काल में जाकर विसर्जित नहीं कर सकता। क्या मैं इन्हें यहाँ विसर्जित कर सकता हूँ?

राम - जब पता ही नहीं है कि किसकी अस्थियाँ हैं, तो कैसे विसर्जित करोगे?

इंद्राणी देवी - वह सब महा-पंडित जी देख लेंगे। तुम बस विसर्जन की तैयारी कर दो।

इंद्राणी देवी: "न्याय किसी भी काल-चक्र में मिलें, बस उनका मिलना ज़रूरी है। न्याय और शरण मिलने से शांति की प्राप्ति होती है और शांति का अधिकार संपूर्ण जगत को है।"

राम: "आपकी आज्ञा का पालन होगा।"

शांति उत्पन्न करने वाला गलत नहीं होता;
शांति का गलत इस्तेमाल करने वाला गलत होता है।
न्याय की देवी अंधी नहीं होती;
पर दलील पेश करने वाले भी गांधारी से कम नहीं होते..!!

दृश्य - 4

अपूर्वा और राम सभी अग्निवीरों को शस्त्र-कक्ष में बुलाते हैं। अपूर्वा सभी अग्निवीरों को प्रोजेक्ट "सुपरमैन" की विस्तृत योजना बता रहा है। वह सभी को संक्षिप्त विवरण के द्वारा विस्तृत रूपरेखा, उद्देश्य और दिशा समझा रहा है।

अपूर्वा: "हमारे पास **7** अग्नि के आकार के रत्न हैं, जिनमें हमें अपनी प्राप्त शक्तियों और सिद्धियों को संचित करना है। याद रहे, ये शक्तियाँ और सिद्धियाँ हमें (स्वयं के लिए) इस्तेमाल नहीं करनी हैं। इस्तेमाल करने से हमारी प्राप्त शक्तियाँ खंडित हो जाएँगी। हम ये सिद्धियाँ सिर्फ मानव-जाति के उत्थान के लिए प्राप्त कर रहे हैं और हमें आध्यात्मिक तरीके से अपना महामानव—शक्तिशाली 'सुपरमैन'—तैयार करना है, जिसमें सात गुना शक्तियाँ होंगी।"

राम: "'सुपरमैन' प्रोजेक्ट तभी सफल होगा जब हमारे रक्त में ईमानदारी, हमारे हृदय में शक्तिवीर के लिए प्रेम और नीयत में साफ़गोई होगी। अब हमारी नीयत ही शक्तिवीर की नियति निर्धारित करेगी।"

अगस्त्य: "हम अपने प्रोजेक्ट को सफलतापूर्वक पूरा करेंगे, यह हमारा संकल्प है।"

वैदेही: "हम सबका भी यही संकल्प है।"

ऋषि: "हम शक्तिवीर के लिए मन में घृणा और ईर्ष्या नहीं आने देंगे।"

धारा: "हम हमेशा उसे सुरक्षित रखेंगे। अपने लक्ष्य प्राप्ति के लिए कठिन से कठिन कार्य भी कर जाएँगे। यही हमारा 'संकल्प' है।"

अपूर्वा: "अपनी शक्तियाँ और सिद्धियाँ रत्नों में संचित करने के बाद हम साधारण मनुष्य की भाँति अपना जीवन व्यतीत कर सकते हैं। अभी हमें तपस्वी जैसा रहन-सहन रखना है। अभी हमें जीवन के मुख्य अर्थ—सार्थकता, उद्देश्य और सुसंगति पर अपना ध्यान केंद्रित रखना है। अपने प्रोजेक्ट 'सुपरमैन' के बाद ही हमें 'सुख', 'प्रेम', 'जीने की

प्रक्रिया' और 'विकास' की ओर अग्रसर होना है। हम सभी को मांस, मदिरा, प्रजनन क्रिया, पशु-वध, गैर-जरूरी हत्या और हिंसात्मक घटनाओं से दूर रहना है।"

अगस्त्यः "अपूर्वा! तुम और राम तो आर्मी (सेना) में हो। वहाँ तो हिंसात्मक घटनाओं से सामना होगा ही? फिर?"

रामः "वह हमारा 'कर्तव्य' है जो अनिवार्य (बाध्यकारी) है। वह कार्य पूरी तरह से आवश्यक और महत्वपूर्ण है। हमें 'वैकल्पिक' (बेवजह की) हिंसा नहीं करनी है। सबको समझ आ गया?"

(सभी 'हाँ' बोलकर वहाँ से प्रस्थान कर जाते हैं।)

दृश्य - 5

इंद्राणी देवी सभी को एकत्रित होने के लिए कहती हैं और सभी से इन यादगार क्षणों को कैमरे में कैद करने को कहती हैं। अगस्त्य, राम का कैमरा लेकर आता है।

गीताः शक्तिवीर! यह कैमरा सरजी का है, उन्हें फोटो विकसित करना (तस्वीर धोना) भी आता है।

अगस्त्य (जीजा): गीता, तुम ऐसा तो नहीं सोच रही कि फोटो से असली इंसान बाहर निकल आएगा?

(आस-पास खड़े सभी लोग हँसने लगते हैं)

राम कैमरे के लेंस को सही फोकस के लिए समायोजित करता है।

गीता, शक्तिवीर के साथ फोटो खिंचवाने के लिए मुद्रा (Pose) बनाने लगती है।

रामः गीता! तुम यहाँ से हटो वरना आड़े-तिरछे मुँह बनाकर फोटो खराब कर दोगी।

शक्तिवीर: गीता जी, आप मत जाइए! आपके साथ होने से मेरी तस्वीर की कीमत बढ़ जाएगी। यह मेरे लिए सौभाग्य की बात होगी।

(गीता मंद मुस्कान के साथ शक्तिवीर को देखने लगती है। तभी अपूर्वा, राम के कंधे पर हाथ रखकर बोलता है)

अपूर्वा: दोनों की साथ में एक फोटो ले लो।

इंद्राणी देवी: जो क्षण सिर्फ याद ही नहीं, बल्कि यादगार बन जाए, उसे ही 'फोटोग्राफी' कहते हैं।

अचानक राम की नज़र इंद्राणी देवी पर पड़ती है, वह प्यार से अपनी पलकें झपका देती है। राम फोटो लेने की कोशिश करता है, पर उसकी आँखें लेंस पर टिक नहीं पा रही थीं। वह पसीने से लथपथ और घबराया हुआ था। काफी कोशिश के बाद वह 'शक्तिवीर-गीता' की तस्वीर ले पाता है, पर उसकी आँखों में आँसू भर आए थे।

इंद्राणी देवी: शक्तिवीर! अब तुम सभी 'अग्निवीरों' की एक साथ फोटो ले लो।

(सभी अग्निवीर एकत्रित होते हैं। बाईं ओर से राम, अपूर्वा, मैथिली, वैदेही, अगस्त्य, ऋषि और धारा तैयार खड़े थे। जैसे ही शक्तिवीर फोटो खींचने वाला होता है, गीता, अपूर्वा और राम के बीच आकर राम की ठुड्डी पर हल्का मुक्का मारती है। राम का संतुलन बिगड़ जाता है और फोटो खिंच जाती है)

राम (गुस्से में): यह क्या किया तुमने?

गीता (व्यंग्य में): इसे कहते हैं तस्वीर खराब करना!

गीता खुशी और राहत के साथ वहाँ से भाग जाती है। सभी ठहाके लगाकर हँसने लगते हैं।

राम (अगस्त्य से): तस्वीर खराब करके चली गई। पता करो कि यह लड़की कहीं 'स्यूडोबुलबार अफेक्ट' (PBA) से तो पीड़ित नहीं है? हमेशा पागलों की तरह हँसती रहती है।

अगस्त्य: छोड़ो, गीता सामान्य है। वह अभी नासमझ और अपरिपक्व है, इसलिए ऐसा व्यवहार करती है।

दृश्यमान केवल एक तस्वीर नहीं, बल्कि अनुभूतियों की एक श्रेणी है,
जिसका नकारात्मक से सकारात्मक होना संवेदनशील माध्यम (प्रकाश)
पर निर्भर करता है।

दृश्य - 6

वैदेही, धारा और मैथिली, शक्तिवीर को महल का वह हिस्सा दिखाने ले जाती हैं जहाँ राजाओं की पुरानी तस्वीरें और वस्तुएँ रखी हैं।

मैथिली: शक्तिवीर, यह लो खीर खाओ।

शक्तिवीर: कितना खिलाओगी?

मैथिली: खा लो, इसमें जहर नहीं मिलाया है।

वैदेही: यह सब हमारी धरोहर और पहचान है। अपूर्वा ने घर, काम और रिश्तों को बहुत बखूबी संभाला है। वह एक कर्तव्यनिष्ठ व्यक्ति है।

मैथिली: अपूर्वा बहुत अच्छा भाई है। भाई हो तो उसके जैसा, वरना ना हो। उसने मुझसे शादी के लिए यही शर्त रखी थी कि मैं गीता को भी प्यार दूँगी। मेरे लिए अपूर्वा का मतलब गीता है और गीता का मतलब अपूर्वा।

शक्तिवीर: फिर तो अपूर्वा भाई को बदलना होगा।

मैथिली: यहाँ जितनी भी तस्वीरें हैं, सबकी एक ही कहानी है—एक था राजा, एक थी रानी, दोनों मर गए, खत्म कहानी।

शक्तिवीर (अपूर्वा और मैथिली की तस्वीर उठाकर): मैं एक ऐसे राजा-रानी को जानता हूँ जिनके मरने के बाद भी **कहानी** चलती रहती है।

मैथिली (शक्तिवीर को घूरते हुए): एक राजा को मैं भी जानती हूँ जिसका राजा बनना तय था, पर 'रानी' ने उसे बनने नहीं दिया।

सबसे आक्रामक इसकी धमक,
हाथी, ऊँट से ज्यादा इसकी चमक;
राजा की रक्षा इसके पास,
विरोधी राजा को दे देती मात;
हर किसी के पास नहीं रानी,
जिसकी चाल हमेशा अनजानी!!

दृश्य - 7

खेल-कक्ष में शतरंज का मुकाबला चल रहा है। राम के सामने बैठा शक्तिवीर उसे कड़ी टक्कर दे रहा है। गीता कभी राम का उत्साह बढ़ाती है तो कभी शक्तिवीर का।

शक्तिवीर: यह प्यादा गया आपका!

राम: नहीं।

शक्तिवीर (हँसते हुए): गया प्यादा! आपने मुझे सिर्फ मोहरा समझा? मैं खेल हूँ।

राम: होगा वही जो राम ने चाहा होगा।

शक्तिवीर: यह गया आपका हाथी!

गीता: सरजी! हमें आपका तोड़ मिल गया। आपको लगता था कि कोई आपको हरा नहीं सकता।

रामः गीता, मेरा तोड़ हो सकता है, पर मेरे जोड़ का कोई हो नहीं सकता। तुम किसे जीतते हुए देखना चाहती हो?

गीताः दोनों को! ना आप मेरे दोस्त हैं, ना ही शक्तिवीर मेरा दुश्मन।

रामः समझ गया, तुम्हें 'पेंडुलम' (लोलक) पसंद है।

गीताः हाँ सरजी! क्योंकि पेंडुलम में दाएँ जाने पर **टन (Noise of Pendulum)** और बाएँ जाने पर भी **टन** होता है, और मुझे यह बहुत पसंद है।

(सभी हँसने लगते हैं)

ऋषिः राम का मतलब है कि तुम बार-बार अपनी 'साइड' बदल रही हो।

गीताः मैंने कहाँ बदली? मैं तो कब से दाईं तरफ ही बैठी हूँ।

शक्तिवीरः गीता जी, आप बहुत मजाकिया हैं।

राम (चाल चलते हुए): और यह गया तुम्हारा 'राजा'!

शक्तिवीर (दुखी होकर): मैं आपसे हार गया।

अपूर्वाः शतरंज राम का पसंदीदा खेल है। चलो, अब सब हलवा खाओ।

(राम अपनी कटोरी से एक चम्मच हलवा लेकर बाकी पूरी कटोरी गीता को दे देता है)

गीताः क्यों?

रामः काफी उत्साहित किया तुमने, इसलिए तुमको इसकी ज्यादा जरूरत है।

गीताः हलवा की?

रामः बादाम की! (हँसते हुए)

(शक्तिवीर, अपूर्वा और धारा हलवा खा रहे हैं।)

शक्तिवीरः आप जितनी मीठी हैं, उतना ही आपका बनाया हुआ हलवा स्वादिष्ट है।

अपूर्वाः सच में, बहुत अच्छा बनाया है।

धाराः धन्यवाद।

शक्तिवीरः आप लोगों के बीच का प्यार अनोखा है।

धाराः राम ने हम सभी को एक-दूसरे से बाँध रखा है। वह हम सबसे प्यार करता है, बस कभी-कभी गीता से मन-मुटाव हो जाता है।

शक्तिवीरः लगता तो नहीं; उन्होंने और किसी को नहीं, बल्कि सिर्फ गीता को अपने हिस्से का हलवा दे दिया।

(अपूर्वा और धारा के चेहरे पर चिंता के भाव उभर आते हैं। वे 'गीता-राम' के साथ को असुविधाजनक महसूस करने लगते हैं। उनके शारीरिक और मानसिक तनाव उनकी आँखों में दिखने लगते हैं।)

अपूर्वा (झिझक के साथ): राम!

रामः क्या हुआ? इतनी ज़ोर से मेरा नाम क्यों लिया?

अपूर्वाः रात बहुत हो गई है, अब सोने चलो।

रामः हाँ, चलो।

(अपूर्वा और राम के पीछे-पीछे धारा भी निकल जाती है।)

शक्तिवीर (गीता से): गीता जी! अपना काम तो हो गया। नारायण! नारायण! शुभ रात्रि (Good Night)।

गीताः शुभ रात्रि।

दृश्य - 8

(राम बगीचे में टहल रहा है।)

धारा: राम! अभी तक सोने नहीं गए?

राम: बैठे-बैठे पैर जम गए थे, तो सोचा थोड़ा टहल लूँ।

धारा: क्या मैं भी साथ चल सकती हूँ?

राम: हाँ, क्यों नहीं?

धारा: कल क्या कर रहे हो?

राम: कल शक्तिवीर को घाट ले जाना है। याद तो होगा, गुरु-माँ ने आदेश दिया है।

धारा: कब तक के लिए यहाँ हो?

राम: पता नहीं, छुट्टियाँ कब खत्म होंगी।

धारा: क्या यहाँ आना पसंद नहीं है?

राम: मिलने के लिए तो बाहर भी सब से मिल सकता हूँ, पर पता नहीं क्यों हर छुट्टी में यहीं खिंचा चला आता हूँ। अपूर्वा, अगस्त्य और ऋषि का मोह है या फिर कुछ और?

धारा: मुझसे प्रेम भी तो हो सकता है?

(राम अपनी नज़रें झुकाकर चल रहा था, तभी उसके पैर के नीचे टिन का एक डिब्बा आ जाता है। वह उसे पैर से एक तरफ कर देता है। उससे जो आवाज़ निकलती है, उसे सुनकर वह हँसने लगता है।)

धारा: क्या हुआ? हँसने क्यों लगे?

राम (मुस्कुराते हुए): 'पेंडुलम' (Pendulum) का अच्छा विवरण दिया —दाहिने जाकर 'टन'और फिर बाएँ जाकर 'टन'!

(राम अपनी पैंट की जेबों में दोनों हाथ डालकर, हँसते-मस्ती करते हुए और बार-बार इस बात को दोहराते हुए आगे निकल जाता है। उसे यह ध्यान तक नहीं रहता कि धारा उसके साथ चल रही है। वह हँसता-मुस्कुराता अपने कमरे की ओर चला जाता है और धारा मायूस होकर उसे देखती रह जाती है।)

जो रास्ते में मिले वह यात्री,
जो साथ चले वह साथी,
जो मन के साथ चले वह वनवासी,
जो जीवन भर मन में रहे वह जीवनसाथी!

पाँचवाँ दिन

रसोई में हलचल थी। वैदेही, धारा और गीता व्यस्त थीं, मसाले रख रही थीं और कुछ व्यंजन तैयार कर रही थीं।

तभी दरवाज़ा धीरे-धीरे खुला... और शक्तिवीर अंदर आया।

शक्तिवीर: अरे! गीता जी! आप तैयार नहीं हुईं?

गीता: भाभी ने मना किया है।

शक्तिवीर: अच्छा। रसोई में क्या बन रहा है?

वैदेही: बावर्ची ने नाश्ता बना दिया है, हम चाय-कॉफी बना रहे हैं।

शक्तिवीरः काफी नौकर हैं, फिर भी आप लोग काम करती हैं?

धाराः राम ने करते रहने को कहा है।

शक्तिवीरः वैसे आप लोग राम की बात क्यों मानते हो?

वैदेहीः वो हमारा प्रधान है। इंद्राणी महल की सुरक्षा और हमें सुरक्षित रखने वाला वही है।

गीताः तुम्हें 'सरजी' से कोई समस्या है?

शक्तिवीरः आपको ऐसा क्यों लगा?

गीताः कल तुम उनसे शतरंज में हार गए थे।

शक्तिवीर (तिरछी नजरों से): राम से वैसे बहुत लोग हार चुके हैं।

गीताः धारा मैम 'सरजी' से नहीं हारतीं।

शक्तिवीरः ऐसा है क्या?

धाराः हाँ। बचपन की दोस्त हूँ, उसकी प्रकृति और चाल समझ लेती हूँ।

शक्तिवीरः फिर तो वो भी समझ ही लेते होंगे।

धाराः पता नहीं।

शक्तिवीरः वैसे गीता आपको 'मैम' क्यों बुलाती है?

धाराः जब वो 7-8 साल की थी, वो कुछ साल के लिए अनाथालय में थी, मैं वहाँ पढ़ाने जाती थी।

शक्तिवीरः और अपूर्वा कहाँ थे?

धाराः अपूर्वा और राम आर्मी ट्रेनिंग में थे। अच्छा, मैं सबको चाय देकर आती हूँ।

(धारा और वैदेही रसोई से चले जाते हैं।)

शक्तिवीर (गीता से): आप शतरंज नहीं खेलतीं?

गीता: मुझे तो यह खेल समझ नहीं आता।

शक्तिवीर (मुस्कुराते हुए): इसीलिए आपको मोहरा बनाकर अपना खेल खेलते हैं।

गीता (चिंतित होकर): मुझे मोहरा बनाकर कौन अपना खेल खेल रहा है?

शक्तिवीर (मुस्कुराते हुए): मैं तो जानता हूँ, आपका जानना बाकी है।

गीता: कुछ तो बताओ।

शक्तिवीर: विश्वासघात विश्वासपात्र ही करते हैं। अब चलें नाश्ता करने?

गीता: चलो। लेकिन एक बात जान लो, मैं वो चीज नहीं कि किसी के झांसे में आ जाऊँ। जिस काम में मुझे विश्वास नहीं, वो तो मैं कभी नहीं करुँगी।

(शक्तिवीर मुस्कुराते हुए गीता को देखता रह जाता है।)

दृश्य - 2

नाश्ता सभी साथ में कर रहे हैं। वैदेही और धारा भी नाश्ते की मेज पर बैठ जाती हैं।

मैथिली: मैं नहीं जा सकूँगी। मेयर ऑफिस में काम है।

अपूर्वा: राम और शक्तिवीर जाएंगे।

राम: और तुम?

अपूर्वा: हेडक्वार्टर में काम है।

धारा: मैं भी राम के साथ जा रही हूँ।

अपूर्वाः अच्छा।

गीताः मैं भी जा सकती हूँ?

अपूर्वाः ऋषि कहाँ है?

गीताः वो तो कॉलेज गया।

अपूर्वाः तुम भी जाओ।

गीताः मैं उसके कॉलेज क्यों जाऊँ? उसका विषय अलग है।

(धारा, राम और शक्तिवीर हँसने लगते हैं।)

शक्तिवीरः गीता जी! आप बहुत प्यारी हो।

अपूर्वा (क्रोध में): गीता तुम नहीं जाओगी, सिर्फ अपने पर ध्यान दो। हम सात्विक खाना खाते हैं, तुम्हें पूरी छूट मिली है कुछ भी खाने की, इसका मतलब यह नहीं कि तुम एक दिन जहर खा लो और हमें भी दे दो।

गीता (सिसकते हुए): मैंने क्या किया है?

धारा (धीरे से): लगता है अपूर्वा को मैथिली ने काट लिया है।

रामः अपूर्वा! गीता को ऐसे मत कहो, वह रोने लगेगी।

अपूर्वाः हम दोनों के बीच अभी तुम कुछ नहीं बोलोगे।

रामः अच्छा।

शक्तिवीरः अपूर्वा भाई! आप चिंता मत कीजिए, मैं गीता का पूरा ध्यान रखूँगा। उसे इधर-उधर भटकने नहीं दूँगा।

अपूर्वाः तुम कह रहे हो तो ले जाओ इसे अपने साथ, पर इसे अपने पास ही रखना।

शक्तिवीर: अच्छा, विश्वास रखिए।

(राम चुपचाप नाश्ता करने के बाद हाथ धोने चला जाता है। वहाँ एक छोटा सा शीशा लगा है, जिसमें वह देखता है कि गीता बार-बार पलटकर शक्तिवीर को देखकर मुस्कुरा रही है। राम यह दृश्य चिंता के भाव से देख ही रहा था कि तभी अंदर के कमरे से अगस्त्य (जीजा) आ जाता है और राम से बात करने लगता है।)

अगस्त्य (जीजा): देखा... देखा राम!

राम (दुखी मन से): हाँ, लड़की (गीता) पलटने लगी है।

अगस्त्य: मैं तो Fax लेकर आया हूँ जो तेरे लिए आया है।

राम (दाँत पीसते हुए): Idiot!

अगस्त्य (हँसते हुए): पलट वह (गीता) रही है, पर आँख-मिचौली राम के साथ हो रही है।

अपूर्वा: Fax में क्या लिखा है?

राम: मेरे लिए ऑर्डर आया है, एक हफ्ते के भीतर असम में रिपोर्ट करना है।

अपूर्वा: अच्छा! ठीक है, चले जाओ।

राम: जैसे ही समय मिलता है, मैं फिर आता हूँ।

अपूर्वा (झिझक के साथ): क्यों? मतलब तुम्हारा अपना करियर भी है, आगे मेजर (Major) भी तो बनना है। ज़िंदगी में भविष्य के बारे में तो सोचना ही पड़ेगा। आखिर अकेले कब तक ऐसे रहोगे? कुछ चीज़ों की ज़रूरत हो या ना हो, पर वे ज़रूरी होती हैं।

(राम 'हाँ' कहकर वहाँ से चला जाता है।)

अपूर्वा (अपने मन में): राम! मैं तुम्हें दुःख नहीं देना चाहता, पर अपनी बहन को भी दुखी नहीं देख सकता। यह मेरी बहन की ज़िंदगी का सवाल है, मैं गलत जवाब नहीं दे सकता।

दृश्य-3

घाट पर पूजा-पाठ और विसर्जन के बाद गाड़ी से राम, धारा, शक्तिवीर और गीता लौट रहे हैं। पूरे रास्ते राम ने किसी से बात नहीं की, जबकि शक्तिवीर और गीता आपस में बातें करते रहे। रास्ते में अपूर्वा अपनी जीप लेकर आता है।

अपूर्वा: राम! मैं तुमसे ही मिलने आ रहा था।

राम: क्या कोई विशेष बात है?

अपूर्वा: हाँ! संझा देवी (राम की आंटी) का संदेश मिला है। वह बहुत बीमार हैं और तुम्हें याद कर रही हैं। तुम्हें जाना चाहिए।

राम: मैं शक्तिवीर को सुरक्षित 'इंद्राणी महल' छोड़ दूँ, फिर जाता हूँ।

अपूर्वा: तुम जाओ, मैं आ गया हूँ न।

राम: पक्का?

अपूर्वा: हाँ, तुम जाओ।

(राम, अपूर्वा की जीप लेकर चला जाता है।)

इंद्राणी महल की ओर लौटते समय...

अचानक चारों तरफ अंधेरा और धुंध-सा फैल गया।
अज्ञात लोग तेजी से निकल आए। उनके हाथों में चमकते **विद्युत-चुंबकीय उपकरण** थे।

जैसे ही उपकरण सक्रिय हुए, **रेडियो तरंगें और डिजिटल सिग्नल** हवा में फूट पड़े। चारों ओर से तेज़ रोशनी और बिजली की छोटी-छोटी चमकें दिखाई देने लगीं।

गीता का दिल जोर-जोर से धड़क रहा था।
गीता [सहमे स्वर में]: "शक्तिवीर... ये लोग कौन हैं? इतनी ताकत कैसे?"

शक्तिवीर [घबराते हुए, पर कोशिश में संयम]:
"धीरज रखो, गीता... हमें रास्ता ढूँढना होगा, नहीं तो फंस जाएंगे।"

चारों तरफ भयानक आवाज़ें और इलेक्ट्रॉनिक गड़गड़ाहटें गूँज रही थीं।
जीप के पहिये फिसलने लगे और हवाओं में बिजली जैसी कड़कती आवाज़ें गूँज रही थीं।

अचानक, एक अज्ञात व्यक्ति धीमे कदमों से उनके पास आया,
और गीता और शक्तिवीर की सांसें रुक सी गईं। अपूर्वा अपने सामर्थ्य के अनुसार युद्ध करता है।

गीता (धीमे फुसफुसाहट में): "शक्तिवीर... हम अब सुरक्षित नहीं हैं।"

अपूर्वा (धारा से): हमें कुछ नहीं होगा, परंतु गीता और शक्तिवीर को नुकसान पहुँच सकता है।

धारा: ये लोग गीता को नहीं, बल्कि शक्तिवीर को मारने आए हैं।

अपूर्वा (गीता से): गीता, तुम शक्तिवीर को आवृत (cover) कर यहाँ से इंद्राणी महल ले जाओ।

गीता: भैया! मैं शक्तिवीर को आवृत कैसे करूँगी?

अपूर्वाः तुम अपना 'आत्मरक्षक कवच' शक्तिवीर को दे दो।

गीताः पर कैसे?

अपूर्वाः मंत्र बोलकर मन में शक्तिवीर का चेहरा याद करो, कवच उसके पास चला जाएगा। मंत्र याद है ना?

गीताः हाँ।

शक्तिवीरः मैं आपको और धारा को छोड़कर नहीं जाऊँगा।

अपूर्वा (समझाते हुए): तुम भविष्य से आए हो। यदि यहाँ तुम्हारी मृत्यु हो गई, तो भविष्य बदल जाएगा, जो सही नहीं होगा।

हमारी तपस्या, बलिदान, त्याग, प्रेम और ज्ञान सब व्यर्थ हो जाएगा। जब परिस्थिति अनुकूल ना हो, तब प्रतिद्वंद्वी से युद्ध करना मूर्खता का प्रमाण होता है।

गीता और शक्तिवीर वहाँ से निकलते हैं। गीता अपने मन में मंत्र बोलने की कोशिश करती है, परंतु गोलियों की आवाज़ उसे एकाग्रचित्त होने ही नहीं देती। वह आँखें बंद कर बार-बार मंत्र पढ़ती है, परंतु सुरक्षा-कवच शक्तिवीर के पास नहीं पहुँच पा रहा था। तभी 10-20 गोलियाँ शक्तिवीर पर चला दी जाती हैं। रक्त की बूंदें गीता के कपड़ों पर गिरती हैं और शक्तिवीर का शरीर सड़क पर ढह जाता है। खून से लथपथ शक्तिवीर जमीन पर पड़ा था; अब उसकी साँसें थम चुकी थीं। वह मृत्यु को प्राप्त हो चुका था।

स्थानः इंद्राणी महल

सभी अग्निवीर शोकाकुल होकर शक्तिवीर को इंद्राणी महल लाते हैं। सबकी आँखें नम और हृदय आहत थे।

ऋषिः यह क्या हो गया?

धाराः वे लोग आए ही थे शक्तिवीर को मारने के लिए।

वैदेहीः अब हम श्रेष्ठ गुरुओं को क्या जवाब देंगे?

अपूर्वा: राम सही था, शक्तिवीर के प्राण संकट में थे।

गीता (रोते हुए): मुझसे पाप हो गया, मैं शक्तिवीर को बचा नहीं पाई। मैं स्वयं को कभी क्षमा नहीं करूँगी।

अपूर्वा (गीता से): लाडो, तुम्हारी गलती नहीं है, मुझसे चूक हुई। मुझे शक्तिवीर को नहीं रोकना चाहिए था।

ऋषि और अगस्त्य भी भावुक होकर रोने लगते हैं। शक्तिवीर का इस तरह जाना उन सबको झकझोर गया था। कुछ देर बाद राम भी इंद्राणी महल पहुँचता है।

गीता (राम से): सरजी! हमसे गलती नहीं, पाप हो गया है। हम शक्तिवीर को बचा नहीं सके।

राम: जब मैंने संज्ञा देवी को स्वस्थ देखा, तभी मैं समझ गया था कि कुछ गड़बड़ है। मुझ तक झूठी सूचना पहुँचाई गई थी।

धारा: शक्तिवीर हमारे लिए, गुरुदेव के लिए और हमारे समाज के लिए अत्यंत महत्वपूर्ण था। हम सब मिलकर भी उसे बचा नहीं पाए।

अपूर्वा: हमें श्रेष्ठ गुरुओं को सूचित करना होगा, उन्हें संदेश भेजना होगा।

ऋषि (इंद्राणी देवी से): गुरु माँ, क्या इस स्थिति को सँभाला जा सकता है? क्या कोई ऐसी जड़ी-बूटी, औषधि या विद्या है जिससे शक्तिवीर को पुनर्जीवित किया जा सके?

इंद्राणी देवी: "मृत संजीवनी विद्या"। इस विद्या की जानकारी रखना एक बात है और इसका प्रयोग करना दूसरी। इस विद्या का प्रयोग प्रकृति के नियमों को विचलित करने जैसा है। इसका प्रयोग करने वाले पर इसके घातक परिणाम हो सकते हैं। हानि किस सीमा तक होगी, यह कोई नहीं कह सकता; यह जानलेवा भी हो सकता है।

(गीता, अपूर्वा के पास जाकर रोने लगती है)

गीता: भैया, मुझसे गलती नहीं "पाप" हुआ है। मैं गोलीबारी से डर गई। जो मुझे देखना चाहिए था, जो करना चाहिए था, मैं वह नहीं कर पाई।

अपूर्वा (सांत्वना देते हुए): मैं जानता हूँ मेरी लाडो से गलती हो सकती है, पर वह पाप नहीं कर सकती। "जीव-हत्या" पाप की श्रेणी में आती है और मेरी लाडो कभी ऐसा नहीं करेगी। मुझे तुम पर पूर्ण विश्वास है।

राम: तुम अब शांत हो जाओ, सब ठीक हो जाएगा। दाई माँ! आप गीता को भीतर ले जाइए।

(दाई माँ गीता को अंदर ले जाती हैं और दवा देकर सुला देती हैं)

राम (सभी से): मृत संजीवनी विद्या का प्रयोग मैं करूँगा।

ऋषि (राम से): राम भाई! हमें अपनी प्राप्त शक्तियों का दुरुपयोग नहीं करना चाहिए, अन्यथा जो सिद्धियाँ हमें प्राप्त हैं, वे समाप्त हो सकती हैं। आपके साथ कुछ अनिष्ट भी हो सकता है।

अपूर्वा: मुझे भी इस विद्या का ज्ञान है, मैं यह करूँगा।

राम: यदि इसके हानिकारक प्रभाव से तुम्हें कुछ हो गया, तो गीता और मैथिली को असहनीय पीड़ा होगी। प्रोजेक्ट "सुपरमैन" का प्रधान होने के नाते यह मेरा उत्तरदायित्व है। तुम सब अभी बाहर जाओ।

धारा: तुम्हें पता भी है तुम क्या कर रहे हो? प्रोजेक्ट के परे भी हमारा जीवन है। तुम फिर से उसी स्थिति में पहुँच जाओगे जहाँ से तुमने शुरुआत की थी।

राम: मैं तो बस बिछुड़े हुए लोगों को मिलाना चाहता हूँ।

धारा: क्या वे लोग शक्तिवीर और गीता हैं?

(राम बिना कुछ कहे वहाँ से प्रस्थान करता है)

शक्तिवीर का शरीर खुले मैदान में रखा हुआ है। अभी ना पूरी तरह दिन ढला है और ना ही पूरी शाम आई है। सूर्य की किरणें ओझल हो रही हैं और चंद्रमा के उदय होने का समय है। राम अपनी आत्मशक्ति से '**संजीवनी विद्या**' का प्रयोग करने लगता है। दूर खड़ा अपूर्वा यह सब देख रहा है।

रामः हे प्रकृति! मैं आपसे क्षमा माँगते हुए, इस आत्मा को शरीर में पुनः प्रवेश कराने का अनुरोध करता हूँ।

बार-बार मंत्र-जाप का असर दिखने लगता है। शक्तिवीर के मृत शरीर में चेतना लौट आती है और हलचल होने लगती है। अंततः राम, शक्तिवीर को पुनर्जीवित कर देता है। इंद्राणी महल में खुशी की लहर दौड़ जाती है। वैदेही की आँखों में आँसू आ जाते हैं, वह भावुक होकर वहाँ से चली जाती है। एक-एक करके सभी अग्निवीर शक्तिवीर से मिलते हैं।

अगस्त्यः अब सभी शक्तिवीर को आराम करने दो।

शक्तिवीरः मुझे क्या हुआ था?

रामः तुम्हें गोली लगी थी, जिसे अगस्त्य ने निकाल दिया है।

धाराः हम सब डर गए थे, अच्छा हुआ कि राम ने सब संभाल लिया।

शक्तिवीरः मेरा इलाज किसने किया? अगस्त्य ने या राम ने?

रामः हम अग्निवीर स्वयं को एक-दूसरे से अलग नहीं मानते।

शक्तिवीरः आप सभी का बहुत-बहुत धन्यवाद!

अपूर्वाः अब सो जाओ। शुभ रात्रि (Good Night)।

सभी अग्निवीर संगीत-कक्ष में उपस्थित हैं और उनके बीच गहन चर्चा हो रही है।

ऋषिः राम भाई! आप एक अद्‌भुत व्यक्ति हैं।

अपूर्वाः आप यह सब कैसे कर लेते हो?

रामः जब लक्ष्य बड़ा हो और दूर तक जाना हो, तो रास्ते में छोटे-छोटे बलिदान करने पड़ते हैं। शक्तिवीर हमारे गुरुओं और आने वाले भविष्य के लिए बहुत महत्वपूर्ण है। उसका जीवित रहना अति आवश्यक है। शक्तिवीर ही हमारा 'रक्षक' बनकर भविष्य को सुरक्षित करेगा। वैसे, अगर उसे कुछ हो जाता, तो अपूर्वा की बहन (गीता) की प्रेम-कहानी भी अधूरी रह जाती।

यह बोलकर राम हँसने लगता है और सभी उसका साथ देते हैं। अपूर्वा भी खुशी में राम के पास जाता है और स्नेहपूर्ण नज़रों से उसे देखने लगता है।

अपूर्वा (राम से): यह कोई छोटी बात नहीं है। वर्षों की मेहनत को एक झटके में खो देना और फिर से उसे पाने के लिए प्रयास करना आसान नहीं होता। मित्र! तुम साधारण नहीं, बल्कि एक असाधारण व्यक्तित्व वाले व्यक्ति हो। लोग अपनों के लिए त्याग नहीं कर पाते, पर तुम परायों के लिए सर्वस्व त्याग गए। तुमने मन के विकारों को त्याग कर सबका भला किया, तो तुम्हारे साथ भला क्यों नहीं होगा? मैं पूरे दिल से चाहता हूँ कि तुम्हारे मन में जो कुछ भी टूटा है, वह जुड़ जाए। यदि कोई बिछड़ा है, तो वह तुम्हें मिल जाए। मेरे दोस्त को मेरी सबसे प्रिय वस्तु सदैव के लिए मिल जाए।

तभी द्वार खुलने की आवाज़ आती है और साथ ही गीता का स्वर सुनाई देता है:

गीताः भैया! गुरु-माँ (इंद्राणी देवी) बुला रही हैं।

अपूर्वाः मैं आता हूँ।

रामः मुझे थोड़ी देर के लिए बाहर जाना है, तुम लोग जाओ। यदि कोई विशेष बात हो, तो मुझे बताना।

गीता, अपूर्वा, धारा, वैदेही, अगस्त्य और ऋषि, इंद्राणी देवी के कक्ष की ओर चले जाते हैं।

इंद्राणी देवी: शक्तिवीर का स्वास्थ्य अब कैसा है?

अगस्त्य: उत्तम है।

वैदेही: माँ, क्या आप अब ठीक हैं?

इंद्राणी देवी: हाँ, मैं अभी कहीं जाने वाली नहीं हूँ। मैं गीता के बच्चों को देखकर ही जाऊँगी।

ऋषि: गीता के तो तीन बच्चे होंगे, तब तक आप रुकेंगी क्या?

गीता (चिढ़ते हुए): तुम कहना क्या चाहते हो?

ऋषि: अरे, एक बच्चे से तेरा क्या होगा? तू तो यही बोलेगी—एक भैया के लिए, एक दीदी के लिए और एक मेरे लिए! तू बाज़ार में भी तो यही करती है। कुछ भी खरीदना हो, तो पहले भैया के लिए, फिर दीदी के लिए और अंत में अपने लिए लेती है।

अपूर्वा: लाडो (गीता) का स्वभाव ऐसा ही है। वह अपने रिश्तों के प्रति ईमानदार है। ईमानदारी तो आज राम की भी दिखाई दी।

इंद्राणी देवी: मुझे लगता था वह ईमानदार है, परंतु उसकी गहराई आज समझ आई।

अगस्त्य: "गुरु माँ", क्या सच में शक्तिवीर, राम का सौतेला भाई है? सच में क्या हुआ था?

इंद्राणी देवी: तुम लोग बार-बार—और गीता तुम बिना जानकारी के—विषय को उठाया मत करो। वह घायल है, उस पर नमक का लेप मत लगाया करो। अगर तुम लोगों को बताने से राम पर वार कम हो सकता है, तभी बताऊँगी वरना व्यर्थ है।

(सभी के अनुरोध करने के बाद इंद्राणी देवी सत्य बताती हैं)

इंद्राणी देवी: हमारे स्वयंसेवक समाज ने जब यह सोचा कि मनुष्यों को महामानव, धर्मपरायण, युद्ध-कौशल में निपुण और प्रजा-पालक शक्तिशाली '**सुपरमैन**' दिया जाए, क्योंकि '**अपस्मरा**' जीव का आतंक आने वाले समय में और बढ़ने वाला है। हमने

यह भी सुनिश्चित किया कि 'सुपरमैन' की आत्मा का भाव हमारे इष्ट से जुड़ा होना चाहिए। हमारे स्वयंसेवक समाज के युवक-युवतियों में से **कैप्टन महेश चंद्रवंशी** और **काव्यांजलि** को चुना गया। उन्हें यह उत्तरदायित्व दिया गया कि वैवाहिक जीवन का पालन करते हुए वे हमारे इष्ट की उत्पत्ति में सहायक होंगे। उनसे प्राप्त संतान ही अपस्मरा जीव और उसके आतंक का अंत करके पृथ्वी से पाप और अधर्म का नाश करेगा।

विवाह के कुछ दिन पहले ही '**पुत्रेष्टि यज्ञ**' का आयोजन किया गया। यज्ञ के बाद मिले '**प्रसाद के फल**' को कैप्टन महेश चंद्रवंशी और काव्यांजलि नैन सिंह को दिया गया। 'पुत्रेष्टि यज्ञ' के साथ-साथ '**पुनर्वसु यज्ञ**' भी किया गया जिससे सात रत्नों की प्राप्ति हुई, जिनमें अग्निवीरों को अपनी शक्तियों को संचित करना है।

यज्ञ संपन्न हुआ परंतु विवाह टालना पड़ा। कैप्टन महेश चंद्रवंशी को कुछ महीनों के लिए बाहर जाना पड़ा। यहाँ काव्यांजलि और कैप्टन महेश की माँ के बीच मन-मुटाव हो गया। विवाद के कारण स्वाभिमानी काव्यांजलि ने कैप्टन महेश चंद्रवंशी से विवाह करने से मना कर दिया। काव्यांजलि की जिद देखकर कैप्टन महेश ने कहीं और विवाह कर लिया, परंतु काव्यांजलि किसी और के साथ जीवन में आगे नहीं बढ़ पाई। आगे जो दिख रहा है, वह सबके सामने है।

वैदेही: कभी-कभी जिद करना अच्छा नहीं होता।

ऋषि: हाँ! राम-भाई का अपने पिता पर पूरा अधिकार है।

अगस्त्य: राम ने कितना पीड़ादायक समय गुजारा है, फिर भी 'शक्तिवीर' के लिए उसके मन में बैर नहीं बल्कि प्रेम है।

अपूर्वा: योग व्यक्ति को कामना मुक्त '**योगी**' और कर्म व्यक्ति को स्वार्थ मुक्त '**कर्मयोगी**' बना देता है। मुझे आज उस पर गर्व महसूस हो रहा है। मैं कितना गलत था जो स्वार्थ में अपने ही मित्र के प्रति दुर्विचार रखने लगा था। राम ही सर्वत्र है और राम में ही सर्वज्ञ है।

बैर की उम्र असीमित होती है, किंतु सद्भावना सदाबहार होती है।
धूल कहीं भी चली जाए, वह मन के दर्पण को गंदा नहीं कर सकती।
स्वार्थ की परछाई में अक्सर सच्चाई निकल आती है!
सबसे शक्तिशाली हमारी सोच है, जो परिस्थिति में बदलने या परिस्थिति को ही बदल देने की क्षमता रखती है!

धाराः राम बचपन से ही ऐसा है। वह चीजें माँगता नहीं, कमाता है। उसने एड़ियाँ उठाकर स्वयं को लंबा दिखाने का प्रयास नहीं किया। स्वीकारना, सीखना, सुधारना और उभारना उसके जीवन का मंच है, जिसका सरपंच वह स्वयं है।

अपूर्वाः हम फौजी जानते हैं कि समय और साँसें, संपत्ति से भी ज्यादा कीमती होती हैं।

ऋषिः राम-भाई को देखकर भरोसा हो गया कि मिट्टी में पले-बढ़े लोग मर्यादा को अधिक महत्व देते हैं।

अगस्त्यः राम से मिलकर लगता है कि मंज़िल तक केवल वही पहुँच सकता है जिसमें संयम कूट-कूट कर भरा हो, वही उसकी महानता है।

छठा दिन

(गीता अपने भैया-भाभी के कमरे में है और उनके बीच सुखद चर्चा चल रही है।)

अपूर्वाः मुझे थोड़ी देर के लिए बाहर जाना है, फिर तुम लोगों के साथ समय बिताता हूँ।

मैथिलीः जल्दी आना।

अपूर्वाः मेरी Uniform कहाँ है?

(गीता, अपूर्वा की Uniform पहन कर आती है।)

गीताः मेरे पास आपकी Uniform है।

अपूर्वाः यह सही नहीं है, इसे उतार दो।

मैथिली (हँसते हुए): गीता, क्या तुम्हें आर्मी का किरदार मिला है?

गीताः अभी तो नहीं, पर मिलेगा तो ज़रूर करूँगी।

अपूर्वाः मैथिली! पुलिस का क्या कहना है? वे बदमाश कौन थे जिन्होंने शक्तिवीर पर हमला किया था?

मैथिलीः वे आतंकवादी थे। उनका मकसद सिर्फ आतंक फैलाना था, शक्तिवीर को मारना नहीं।

अपूर्वाः मैं स्वयं उन लोगों से मिलूँगा।

मैथिलीः क्या तुम्हें मुझ पर विश्वास नहीं?

अपूर्वाः विश्वास तो है।

मैथिलीः फिर विश्वास रखिए, मैं सब पता कर लूँगी।

अपूर्वाः अच्छा!

गीताः भैया! मैं इस Costume (कपड़े) में कैसी लग रही हूँ?

(राम कमरे में आते हुए यह सुन लेता है।)

राम (गीता से): यह फिल्म या विज्ञापन में इस्तेमाल होने वाला 'कॉस्ट्यूम' नहीं है, बल्कि एक सच्चे सैनिक की शान है जो कड़ी मेहनत और परिश्रम से प्राप्त होती है। यह

'सैन्य वेशभूषा' हमारे अनुशासन, रक्त, प्रशिक्षण, पहचान और गौरव का प्रतीक है। हमारी वेशभूषा ड्यूटी की प्रकृति और तैनाती के आधार पर निर्भर करती है। यह 'सैन्य वर्दी' है, इसे 'कॉस्ट्यूम' कह कर अपमानित मत करो। यही सैन्य वर्दी हमें आम नागरिकों से भिन्न बनाती है।

गीताः क्षमा करें (Sorry)! मैं याद रखूँगी।

रामः हमेशा याद रखना, हमारे जीवन जीने के अर्थ के साथ-साथ हमारी मृत्यु का भी एक अर्थ होना चाहिए। अपने जीवन को कभी अर्थहीन मत होने देना।

अपूर्वाः क्या तुम कुछ कहने आए थे?

रामः हाँ! मेरा पत्र हेडक्वार्टर में दे देना।

अपूर्वाः ठीक है। मिलते हैं थोड़ी देर में।

दृश्य – 2

(बगीचे में सभी चाय-नाश्ते के लिए जा रहे हैं। वहाँ महल का नौकर एक जगह खुदाई कर रहा है।)

रामः किसने कहा ऐसा करने को?

नौकरः छोटी मालकिन (गीता) ने।

अगस्त्यः वह तुम्हें इसके अंदर तो नहीं डालेगी?

राम (व्यंग्य से): क्या उसमें इतना साहस है?

अगस्त्यः साहस तो उसमें (गीता में) हम सबसे ज़्यादा है।

राम (व्यंग्य से): फिर उसे अपना साहस दिखाने दो। वह मुझे गड्ढे में क्यों गिराएगी?

अगस्त्यः तुमने जो वर्दी (Uniform) पर उसे सुनाया, क्या वह काफी नहीं है?

राम (हँसते हुए): वह तो उसमें समझदारी की कमी थी, इसलिए समझा रहा था। इस बात का बुरा नहीं मानना चाहिए।

शक्तिवीरः क्या आप लोग चाय पर नहीं आ रहे?

अगस्त्यः चलो! आते हैं।

(सभी चाय-नाश्ता करते हुए बातचीत करते हैं।)

ऋषि (राम से): राम भाई, क्या इस बार आप 'अश्वधावन' (घुड़दौड़) में हिस्सा नहीं ले सकते?

रामः नहीं। मुझे असम में काम है, तो वहाँ जाना है। वैसे भी, अगर मैं यहाँ रहता तब भी देखने नहीं जाता।

शक्तिवीरः परंतु आप क्यों नहीं जाते?

रामः 'अश्वधावन' में सिर्फ घोड़ों को दौड़ाया जाता है, घोड़ियाँ नहीं दौड़तीं। अगर घोड़ी बोल सकती, तो आज की लड़कियों की तरह समानता की बात करती।

शक्तिवीरः आपको घोड़ी पर ही दाँव क्यों लगाना है?

रामः प्रतियोगिताओं में लड़कियाँ भी तो लड़कों को पीछे छोड़ रही हैं। अगर घोड़ी को भी अवसर मिले, तो वह भी बेहतरीन प्रदर्शन कर सकती है।

ऋषिः आपको कैसे पता?

रामः मैं स्वयं घोड़ी को प्रशिक्षित करता और दाँव भी लगाता, फिर क्या पता मेरी घोड़ी मेरे लिए रेस (Race) जीत जाती!

शक्तिवीरः आप कह रहे हैं तो संभव है।

(तभी दाई माँ वहाँ घबराते हुए आती हैं)

अगस्त्यः क्या हुआ?

दाई माँः वहाँ पेड़ के पीछे कुछ हिलता हुआ लग रहा था।

राम (दाई माँ से): अच्छा, चलिए-चलिए मेरे साथ, मैं देखता हूँ।

(राम अपने साथ लकड़ी का एक डंडा भी ले जाता है और पेड़ के आस-पास डंडे से हटाकर देखने लगता है। गीता अपने कॉलेज के लिए जा रही होती है, परंतु राम के हाथ में डंडा देखकर वह उल्टी दिशा में चिल्लाते हुए भागने लगती है। राम उसकी आवाज़ सुनकर उसके (गीता के) पीछे दौड़ने लगता है। गीता को लगता है कि राम उसे भगा रहा है, इसलिए वह और तेज़ी से दौड़ती है और जहाँ नौकर ने गड्ढा खोदा था, वहाँ गिर जाती है)

राम (हँसते हुए): जो दूसरों के लिए गड्ढा खोदता है, वही उसमें गिरता है।

गीता (रोते हुए): एक तो मैं गिर गई, ऊपर से आप मुझे निकालने की सोच भी नहीं रहे!

राम (हँसते हुए): कीचड़ में अच्छी लग रही हो। इसी में बैठी रहो।

(तभी गीता राम का ध्यान भटकाकर, उसका पैर खींच लेती है और उसे भी कीचड़ में गिरा देती है)

राम (आश्चर्य से): मुझे क्यों गिराया?

(धारा और अपूर्वा के साथ शक्तिवीर और वैदेही भी वहाँ आ जाते हैं)

गीता: भैया! सर जी ने मुझे कीचड़ में गिरा दिया।

राम: मैंने कब किया? तुम स्वयं गिरी हो, बल्कि तुमने तो मुझे ज़बरदस्ती गिराया है।

अपूर्वा: अच्छा अब झगड़ा मत करो, यह रस्सी पकड़कर बाहर निकलो।

(दोनों कीचड़ से लथपथ होकर गड्ढे से बाहर निकलते हैं। शक्तिवीर, धारा, वैदेही और अपूर्वा हँसने लगते हैं। गीता अपनी नटखट हरकतें शुरू कर देती है और सबके पीछे भागने लगती है। सभी कीचड़ के डर से यहाँ-वहाँ भागते हैं, जबकि गीता मस्ती में सबके ऊपर कीचड़ फेंकने लगती है)

अपूर्वा (प्रार्थना करते हुए): राम, इस नटखट लड़की को अपने साथ यहाँ से ले जाओ।

वैदेही: हाँ राम, इसे ले जाओ वरना यह हमें भी गंदा कर देगी।

(गीता मज़ाक कर ही रही होती है कि तभी राम उसका हाथ पकड़ लेता है)

गीता (आश्चर्य से): सर जी! आप मुझे विद्युत धारा (करेंट) क्यों दे रहे हैं?

राम: क्या मैं बिजली का खंभा हूँ जो तुम्हें इलेक्ट्रॉनों का बहाव दूँगा? चलो, अब चुपचाप यहाँ से।

गीता: सर जी!

राम: Just Shut Up.

(राम गीता को अपने साथ ले जाने लगता है)

गीता: एक प्रश्न है?

राम: बोलो।

गीता: क्या हम साफ़ हो जाएँगे?

राम: यह केवल कीचड़ है, कलंक का दाग नहीं जो छूटेगा नहीं।

(दोनों एक-दूसरे को देखते हुए मुस्कुराते हैं और आगे बढ़ जाते हैं।

दूर खड़े शक्तिवीर और अपूर्वा उन्हें देखकर हँसते रहते हैं)

शक्तिवीर: अपूर्वा भाई! आपने राम को गीता को साथ ले जाने के लिए क्यों कहा?

अपूर्वा: क्योंकि गीता की तरह राम भी अब कीचड़ से सना (ढका हुआ) है।

शक्तिवीर: अब यह बात याद रखना..अक्सर रंगाई करने वाला भी खुद उसी रंग में रंग जाता है।

मन की शांत झील की सतह पर जब धूप आई;
पुराने पेड़ की छाया में बस ठहरने की नौबत आई;
सुबह की किरण उजाले का अपना रंग लाई,
मंदिर की घंटी के साथ प्रार्थना रास आई,
तब प्रेम की घोषणा नहीं, रचे गए विश्वास पर बात आई... ॥

सभी बैठक-कक्ष में फिल्म का आनंद ले रहे हैं। सभी वैदेही की पसंदीदा फिल्म देख रहे होते हैं।

गीता: भैया, आप आज्ञा क्यों नहीं देते?

अपूर्वा: नहीं! अभी ये सब नहीं करना है।

धारा: एक्सपोज़र दृश्य करना है?

गीता: नहीं मैम! फिल्म में पानी के अंदर स्टंट करना है। भैया नहीं करने दे रहे हैं।

राम: अपूर्वा सही कह रहे हैं, तुमको चोट लग जाएगी।

मैथिली: मैं भी अपूर्वा और राम की बात से सहमत हूँ। फेफड़ों में पानी भर जाएगा।

गीता: भाभी, कुछ नहीं होगा। वैसे फेफड़ा मतलब?

(ऋषि, अगस्त्य, राम और शक्तिवीर हँसने लगते हैं)

गीताः मुझे कुछ नहीं होगा भैया! आप सरजी (राम) से पूछ लो, मुझे तैरना आता है।

अपूर्वा (राम से): क्या यह ठीक कह रही है? क्या यह अच्छी तरह से तैर लेती है?

गीता (अपूर्वा से): मुझे आता है, बल्कि सरजी को अच्छी तरह तैरना नहीं आता। सरजी पानी में सो जाते हैं।

धारा (हँसते हुए): वो सोया नहीं था, पानी के अंदर चोट लग गई थी।

शक्तिवीरः यह कब की बात है?

धाराः बहुत पुरानी।

शक्तिवीरः मतलब पूरी कहानी फ्लैशबैक (Flashback) में ही चलेगी?

ऋषिः यह भी ठीक है, पर 'फेफड़ा' मतलब?

(फिर सभी ठहाके लगाकर हँसने लगते हैं)

गीताः इसमें हँसने की क्या बात है? हमने सरजी को पानी से निकाला था, फिर इसके बाद हमारे खराब नाच पर सरजी ने तालियाँ भी बजाई थीं।

राम (मन में): आज यह पूरा पोल-खोल कर देगी।

अगस्त्य (राम से): तुमने गीता के खराब प्रदर्शन पर तालियाँ क्यों बजाई थीं?

रामः तुम लोग किसकी बात सुन रहे हो? मैंने खराब नाच देखकर नहीं, बल्कि उसके नाच को पूरा करने के जुनून पर ताली बजाई थी। उसके पैर में चोट लगी थी, फिर भी उस लड़की ने कार्यक्रम में अपना प्रदर्शन पूरा किया।

धाराः इसकी (गीता) आदत है, हर बात का गलत मतलब समझने की।

राम (अपूर्वा से): तुम आज्ञा दे दो। यह अच्छा तैरती है।

अपूर्वा: क्यों?

राम: उसको (गीता) लाभ या हानि की चिंता कभी नहीं रहती। वह लोभी नहीं है, अपितु उसका स्वभाव 'भोगी' जैसा है। वह अपने जीवन में हर अनुभव का आनंद लेना चाहती है। उसका मन है, तो उसे करने दो।

अपूर्वा: ठीक है! तुम स्टंट कर सकती हो, पर ध्यान रखना।

(गीता 'हाँ' बोलकर चली जाती है)

अपूर्वा (राम से): तुम यह बताओ, तैरना आते हुए भी तुम डूबे कैसे?

राम (हँसते हुए): बचाते-बचाते। (सांकेतिक रूप से)

दृश्य-4

धारा और ऋषि के बीच वार्तालाप धारा के कमरे में हो रही है

ऋषि: दीदी! आप चिंता मत कीजिए, मैं अपना और राम-भाई का ध्यान रख लूँगा।

धारा: तुम तो युद्ध-भूमि में नहीं जा रहे हो, राम जा रहे हैं और इस बार उनके पास असाधारण शक्तियाँ भी नहीं हैं। राम को कुछ हो ना जाए, फिर मैं क्या करूँगी?

ऋषि: राम-भाई प्रशिक्षित फौजी हैं, वह सकुशल लौट आएँगे। अब तो कुछ ही दिन शेष हैं, उन्हें अपनी साधना पूरी करने दें। फिर मैं उन्हें राम-भाई नहीं, 'जीजाजी' कहकर पुकारूँगा।

धारा: राम की शक्तियाँ तो नष्ट हो गई हैं!

ऋषिः राम-भाई उन्हें शीघ्र ही पुनः प्राप्त कर लेंगे, वे अपनी क्षमता के स्वामी हैं।

धाराः तुम कब तक वापस आओगे?

ऋषिः अमेरिका से पढ़ाई पूरी करके मैं आर्मी ज्वाइन करूँगा और अपने जीजाजी (राम) के साथ ही रहूँगा।

(धारा मंद-मंद मुस्कुराने लगती है)

सामने से **दाईं माँ** आ रही होती हैं।

दाईं माँ (शांति देवी): धारा! वाराणसी जाने की तैयारी करो।

ऋषि (दाईं माँ से): क्यों माँ?

दाईं माँः वाराणसी में अपने रिश्तेदारों के घर जाना है। बहुत दिन हो गए हैं उन सबसे मिले हुए।

धाराः ऋषि तो नहीं आ सकेगा।

दाईं माँः हम चलेंगे। ऋषि को पढ़ाई के लिए अमेरिका जाना है।

ऋषिः आप लोग वाराणसी से लौट आइये, उसके बाद ही मैं जाऊँगा।

दाईं माँः नहीं! जिस दिन शक्तिवीर जा रहा है, उसी दिन गीता भी अमेरिका जा रही है। तुम भी उन्हीं के साथ चले जाओ। अपना और उसका ध्यान रखना; और हाँ, "पूजा के फूल" का विशेष ध्यान रखना।

ऋषिः आप जैसा कह रही हैं, मैं वैसा ही करूँगा!

दृश्य-5

(राम अपने कमरे में काम कर रहा होता है, तभी शक्तिवीर और गीता वहाँ आते हैं।)

शक्तिवीरः चलिए मेरे साथ, गीता ने बहुत सुंदर उपहार दिया है; मैं उसे आपको दिखाना चाहता हूँ।

रामः गीता, तुम लोग जाओ; मैं अभी काम कर रहा हूँ।

शक्तिवीरः गीता जी नहीं, बल्कि मैं आपसे साथ चलने का अनुरोध कर रहा हूँ।

रामः ठीक है, चलो।

(शक्तिवीर, राम को बगीचे में ले जाता है। वहाँ गीता ने शक्तिवीर के लिए झूले को बहुत सुंदर तरीके से सजाया था।)

रामः बहुत उत्तम!

शक्तिवीरः क्या मैं इस पर बैठ सकता हूँ?

रामः रुको! यह लड़की (गीता) नटखट स्वभाव की है, इसने ज़रूर कोई ना कोई शरारत की होगी।

गीताः मैं उपहार दे रही हूँ, इसमें शरारत क्यों करूँगी?

रामः तुम्हारा कोई भरोसा नहीं है। तुम चंदन का पेड़ हो। दूर से खुशबू आती है, परंतु सामने जाने से पता चलता है कि चारों तरफ साँप ही साँप हैं।

(राम झूले का हर तरफ से बारीकी से निरीक्षण करता है और फिर शक्तिवीर को बैठने के लिए कहता है। गीता अपना मुँह फुलाकर वहाँ से चली जाती है और नाराज़ होकर वैदेही को सारी बात बता देती है।)

(थोड़ी देर बाद जब राम अपने कमरे में वापस आता है और जैसे ही अपने सोफे पर बैठता है, वह उससे चिपक जाता है। उसके ज़रा-सा भी हिलते ही सूखे पत्तों और पापड़ के टूटने जैसी आवाज़ आने लगती है।)

यह दृश्य देखकर **अपूर्वा, अगस्त्य, मैथिली, वैदेही, धारा, शक्तिवीर और गीता** जोर-जोर से हँसने लगते हैं।

वैदेही: राम, मुझे माफ करना।

राम: यह क्या किया? मैं तो बुरी तरह फँस गया हूँ।

वैदेही: जो लाडो (गीता) ने कहा, मैंने बस वही किया।

राम (गीता से): गी... गी... गी... गीता! गी... ता! गीता। बोलते हुए जैसे ही वह हिलता है, फिर से पापड़ टूटने की आवाज़ आती है और सब दोबारा हँसने लगते हैं।

राम: समझ गया! सब समझ गया।

शक्तिवीर: क्या समझ गए?

राम: जानलेवा सिर्फ बीमारियाँ नहीं होतीं, लड़कियाँ भी होती हैं!

गीता (हँसते हुए): सरजी! आप कोशिश कर रहे थे कि शक्तिवीर हमारी शरारतों में ना फँसे, इसीलिए हमने उल्टा आपको ही फँसा दिया।

राम (हँसते हुए): समझ गया! अच्छी तरह समझ गया।

गीता (खुशी से): क्या?

राम (मुस्कुराते हुए): यही, कि तुम अपने ऊपर से लाइमलाइट (Limelight) कभी हटने नहीं दोगी।

*(दोनों एक-दूसरे को देखते हुए हँस रहे थे, परंतु दूर खड़ी **अपूर्वा और धारा** को जैसे बिजली का करंट लग रहा था। उन दोनों के चेहरे पर डर और ईर्ष्या का अंधकार साफ़ दिखाई दे रहा था।)*

अपूर्वा (चिल्लाते हुए): गीता! अपने कमरे में जाओ और अपना काम करो!

गीता डर जाती है और राम सहम जाता है। गीता दौड़ते हुए वहाँ से चली जाती है। सभी धीरे-धीरे राम के कमरे से बाहर आ जाते हैं। राम सिर्फ अपूर्वा को रोकता है।

राम (असमंजस से): क्या बात है दोस्त?

अपूर्वा (क्रोधित): अपने जाने की तैयारी करो।

राम (दुखी): मुझसे कोई गलती हुई है?

अपूर्वा: गलती ना हो इसलिए गीता को डाँटा है।

राम: उसने ऐसा कुछ नहीं किया है जिससे कोई हानि हुई हो।

अपूर्वा (क्रोधित): किसी और की हानि नहीं परंतु उसकी हानि हो सकती है। मैं नहीं चाहता चंद्रवंशी स्वयंसेवक समाज को दूसरी "**काव्यांजलि**" मिले।

राम (चिल्लाते हुए): आगे से फिर ऐसी बात की तो मैं तेरा मुँह तोड़ दूँगा।

अपूर्वा (क्रोधित): हिम्मत अभी क्यों नहीं दिखाता?

राम: दोस्ती की भी एक मर्यादा होती है, जो जल्दी टूटनी नहीं चाहिए।

अपूर्वा क्रोधित होते हुए राम के कमरे से बाहर आ जाता है। कमरे के बाहर धारा चिंतित खड़ी होती है।

धारा: उस लड़की (गीता) ने '**महाभारत**'शुरू करा दी। राम सही कहता था।

शक्तिवीर (धारा से): किनके बीच '**महाभारत**' होगी, यह तो मैं जानता हूँ, आप लोगों का जानना बाकी है।

दृश्य - 6

बात इंद्राणी देवी तक पहुँचती है। वह दोनों को अपने कमरे में बुलाती हैं।

इंद्राणी देवी: क्या बात हुई? साफ़-साफ़ बताओ।

अपूर्वा: गीता को लेकर बात हुई है।

राम: मैं गीता पर व्यंग्य कर देता हूँ, वही इसे पसंद नहीं आया।

इंद्राणी देवी: ठीक है। वैदेही! गीता को यहाँ ले आओ।

(वैदेही गीता को साथ लाती है, वह रो रही होती है।)

इंद्राणी देवी: क्या हुआ लाडो (गीता)?

गीता (दुखी): भैया ने डाँटा, इसलिए भावुक हो गई।

इंद्राणी देवी: इन दोनों दोस्तों का कहना है कि तुम इनके बीच तनाव का कारण हो।

गीता (दुखी): भैया, क्या आपकी दोस्ती सरजी से मेरे कारण हुई थी? मैंने हमेशा कहा है कि मैं आपकी ही बात मानूँगी।

अपूर्वा (शांत): नहीं, दोस्ती तुम्हारे कारण नहीं हुई थी।

गीता (दुखी): सरजी! क्या आप दोनों की दोस्ती इतने वर्षों से मेरे कारण चल रही थी?

राम: नहीं।

गीता (दुखी): फिर आपके बीच आए मन-मुटाव और तनाव का कारण मैं कैसे हो सकती हूँ? जब आप दोनों का जुड़ाव मेरे कारण नहीं था, तो मुझे अलगाव का कारण क्यों बना रहे हैं? मैं आप दोनों का सम्मान करती हूँ और यह मैंने आप दोनों की दोस्ती से ही सीखा है। आप दोनों के तनाव का कारण निजी है, जो साथ रहने से सुलझेगा, अलगाव से नहीं।

इंद्राणी देवी: सुन लिया? अब तुम दोनों एक-दूसरे को क्षमा करो।

(दोनों दोस्त गले मिलते हैं और अपने-अपने कमरे में चले जाते हैं।)

दृश्य - 7

राम अपने कमरे में उदास बैठा है। वह अपने पर्स में रखी अपनी माँ '**काव्यांजलि**' की तस्वीर देख रहा है और रो रहा है। शक्तिवीर, धारा और ऋषि उसके कमरे में उसे शांत करने आते हैं।

शक्तिवीर: ये फूल मैं आपके लिए लाया हूँ।

राम: इससे प्यारा और सुंदर फूल मैंने आज तक नहीं देखा। इस फूल का नाम क्या है?

शक्तिवीर: '**स्नेहलता**'।

राम: तुम इसे कहाँ से लाए हो?

शक्तिवीर: कहाँ से लाया हूँ यह जरूरी नहीं है, किसके लिए लाया हूँ यह जरूरी है। मैं इसे आपके लिए लाया हूँ।

राम: धन्यवाद।

धारा: तुम ठीक हो?

राम: हूँ।

ऋषि: अपूर्वा भाई को आज क्या हो गया था?

धाराः वह कभी-कभी मैथिली की तरह व्यवहार करने लगता है। मैंने तुमसे कितनी बार कहा है कि गीता का स्नेही स्वभाव और उसके प्रति तुम्हारी मिलनसार प्रकृति तुम्हें प्रभावित करेगी। आज वही हुआ, अपूर्वा को अपनी बहन के नज़दीक तुम्हारा होना पसंद नहीं आया। यह लड़की (गीता) भी अपने दोस्ताना व्यवहार पर नियंत्रण नहीं रखती। गलती किसी की भी हो, दोषी हमेशा '**पुरुष**' को ही बनाया जाता है।

ऋषिः आज जो कुछ भी हुआ, उसमें गीता गलत नहीं है। उसने तो बात को संभाला है और अपने भाई के उग्र स्वभाव को शांत किया है।

शक्तिवीरः आप कुछ नहीं कहेंगे राम?

राम (दुखी होकर): जो कुछ भी था, मैं समझ गया; और अच्छा हुआ कि समय रहते समझ गया।

शक्तिवीरः क्या?

राम (दुखी होकर): लड़की (गीता) को आग में घी नहीं, बल्कि पानी डालना आता है।

धाराः अब मैं तुम्हें क्या कहूँ?

रामः फिर भी मैं तुम्हारी बात मानूँगा; अब से गीता से ना के बराबर ही बात करूँगा।

धारा (मुस्कुराते हुए): और मुझसे?

राम (हँसते हुए): बस उतनी ही, जितनी ज़रूरी है।

शक्तिवीर (मजाक में): फिर भी ओले तो आप पर ही गिरेंगे, और आपने तो छाता भी नहीं लिया था।

(शक्तिवीर की बात पर सभी हँसने लगते हैं)

बंद किताबें जागरूक नहीं बनातीं,
और बंद अल्फ़ाज़ अहसास नहीं झुठलाते।
उतने शब्द तो किताबों में भी नहीं होते,
जितनी साँसें इन धड़कनों में बसती हैं...!!

दृश्य - 8

रात के खाने के लिए सभी मेज (Dinning Table) पर मौजूद हैं। ऋषि, गीता और शक्तिवीर के बीच हँसी-मजाक चल रहा है। अगस्त्य और वैदेही भी भोजन के साथ चर्चा का आनंद ले रहे हैं।

ऋषिः कॉलेज से आते समय मैंने गीता की एक बहुत बड़ी तस्वीर लगी हुई देखी।

गीताः क्या वह चूना फैक्ट्री के पास वाली थी?

ऋषिः क्या वहाँ कोई फैक्ट्री भी है?

गीताः हाँ, वहाँ चूना बनाने का कारखाना है।

शक्तिवीरः आप तो बहुत बड़ा सितारा बनने वाली हैं।

गीता (उत्साहित होते हुए): हाँ! सबसे बड़ी!

(राम के गले में कुछ खराश महसूस होती है, वैदेही उसे पानी देती है)

गीताः मैं जानती हूँ सर जी! आप मुझे वे 'तीन जादुई शब्द' कहने के लिए बेसब्र हैं।

(अपूर्वा और राम एक-दूसरे को देखने लगते हैं)

राम (क्रोध में): लड़की! मैंने तुमसे कब वे तीन शब्द (Three magical words) कहे? तुम कुछ भी मत बोला करो।

गीताः आप कितने झूठे हैं! आप हमेशा तो कहते रहते हैं। जब आप यहाँ नहीं होते, तब भी मुझे वे शब्द सुनाई देते हैं।

शक्तिवीरः राम?

रामः गीता, साफ-साफ बताओ कि मैंने तुमसे कब और क्या कहा?

गीता (हँसते हुए): आप हमेशा कहते तो हैं— "**Just Shut Up!!**"

(सभी ठहाके मारकर हँसने लगते हैं)

राम (हँसते हुए): इसमें भला 'मैजिक' (जादू) क्या है?

गीताः जादू ही तो है! जब भी आप "Just Shut Up" कहते हैं, मैं तुरंत चुप हो जाती हूँ। क्या यह किसी जादू से कम है?

(वैदेही, अगस्त्य और अपूर्वा भी अपनी कुर्सियों से उठकर हँसने लगते हैं। कुछ देर पहले जो माहौल तनावपूर्ण और शांत था, अब वह खुशनुमा शोर में बदल जाता है। राम भी सिर झुकाकर हँसने लगता है। इसी बीच गीता के हाथ में काँटा (Fork) चुभ जाता है और वैदेही अंदर से पट्टी लाकर उसके हाथ पर बाँधने लगती है।)

राम चुपचाप गीता और वैदेही को देख रहा होता है। अगस्त्य दस्तावेज़ (Documents) राम को दिखाने की कोशिश करता है।

अगस्त्यः राम! देखा! देखा तुमने?

राम (व्यंग्य से): हाँ! देख रहा हूँ। लड़की (गीता) को भी चूना लगाना आता है।

अगस्त्य (अधीर होकर): क्या?

राम (व्यंग्य से): चूना (चकमा या धोखाधड़ी)।

अगस्त्यः मैं तो दिखा रहा था कि मुझे और वैदेही को पुरस्कार समारोह में आमंत्रित किया गया है।

राम (दाँत पीसते हुए): बधाई हो।

अगस्त्य (हँसते हुए): ऐसे धमकी भरी नज़रें दिखाकर बधाई कौन देता है?

राम उसे देखता हुआ वहाँ से चला जाता है।

अगस्त्य (वैदेही से): चोट गीता को लगी और घायल राम हो गया।

राम अपने कमरे में जाकर मोटरसाइकिल की चाबी ढूँढने लगता है। वह मिल नहीं रही थी, तभी अगस्त्य और शक्तिवीर राम को नीचे बुलाने आते हैं।

अगस्त्य: चल नीचे, सब इंतज़ार कर रहे हैं। गुरु-माँ और दाई-माँ भी हैं।

राम: क्या तुमने मेरी मोटरसाइकिल की चाबी ली है?

अगस्त्य: हाँ।

राम: तुम्हें तो चलाना नहीं आता, तुम्हें तो सिर्फ कार से जाना पसंद है। क्या तुमने यह गीता के लिए ली थी?

अगस्त्य: गीता के लिए ली थी, परंतु हर समय उसका दोष नहीं होता। उसने मुझसे माँगा नहीं था, मैंने स्वयं ही उसे दिया था।

राम: क्यों? ताकि वह फिर से अपने आप को घायल कर ले और उसका भाई मुझे दोषी ठहराए?

अगस्त्य: तुम अपूर्वा की बातों से आहत हो, परंतु लाडो (गीता) ने कुछ गलत नहीं किया। उसे कॉलेज जाने में देर हो रही थी और ड्राइवर भी नहीं आया था, इसलिए मैंने उसे मोटरसाइकिल ले जाने दी। अगर तुम्हें पसंद नहीं, तो अगली बार नहीं दूँगा।

राम: तुम्हें चाबी लेने में आपत्ति नहीं है, परंतु अपनी लाडो (गीता) को मत दिया करो। उसकी हर बात पर पर्दा मत डाला करो, तुम्हें एक दिन पछतावा होगा। अगर उसे कुछ हो गया, तो सबको लगेगा कि हमने कोई षड्यंत्र (साजिश) किया है।

शक्तिवीरः मुझे कुछ कहना है।

अगस्त्यः कहो।

शक्तिवीरः षड्यंत्र सिर्फ लोगों के बीच नहीं, बल्कि शरीर के अंगों के बीच भी होता है।आपके चेहरे के भाव और बॉडी लैंग्वेज को देखकर ऐसा ही प्रतीत होता है।

अब मैं नीचे आप दोनों का इंतज़ार करता हूँ।

शक्तिवीर नीचे चला जाता है।

अगस्त्यः यह शक्तिवीर कहना क्या चाहता था?

राम (व्यंग्य से): यह भी अपनी लाडो (गीता) की तरह बातें करता रहता है।

अगस्त्यः क्या अपूर्वा को यह पसंद आ गया है?

रामः शायद। तुम मुझे क्यों बुला रहे थे?

अगस्त्यः वैदेही ने अंताक्षरी रखी है और सब खेल रहे हैं।

रामः मैं बच्चों वाले खेल खेलने नहीं जाता।

अगस्त्यः तुम्हें बच्चा बनने के लिए नहीं कहा जा रहा, तुम बस वहाँ साथ रहना।

फिर राम और अगस्त्य दोनों इंद्राणी देवी के कक्ष में जाते हैं, जहाँ सभी—अग्निवीर, शक्तिवीर और गीता भी मौजूद होते हैं।

रामः मैं बच्चों वाले खेल नहीं खेलूँगा, तुम लोग खेलो।

मैथिलीः तो मेरे साथ शतरंज का खेल खेलो। वह तो तुम्हें बच्चों वाला खेल नहीं लगता?

रामः शुरू करो।

(दोनों के बीच शतरंज का खेल शुरू होता है। कभी राम तो कभी मैथिली एक-दूसरे को मात दे रहे होते हैं।)

मैथिली: सुना है असम में गहरे तालाब हैं, तुम कहीं उनमें डूब ना जाना।

राम (तिरछी मुस्कान के साथ): 'राम' नाम लिखा हुआ पत्थर कभी नहीं डूबा, तो तुम्हें क्या लगता है कि "राम" नाम का व्यक्ति डूब जाएगा?

दोनों के बीच मुकाबला 'टाई' हो जाता है। अंत में वैदेही सभी पर अंताक्षरी खेलने का दबाव बनाती है और सभी मान जाते हैं।

धारा (शक्तिवीर से): देखा मैथिली को? पता नहीं क्यों ऐसा लगता है कि वह राम के खिलाफ षड्यंत्र कर रही है। मैथिली चालाक और चतुर है।

शक्तिवीर (धारा से): आपको किसने कह दिया कि साजिशकर्ता सिर्फ चालाक और चतुर लोग ही होते हैं?

धारा: मतलब?

शक्तिवीर (गीता को देखते हुए): मैं एक ऐसी साजिशकर्ता को जानता हूँ जो बहुत खूबसूरत और मासूम है; जो सारे षड्यंत्रों पर पानी फेर देगी।

धारा: कौन?

शक्तिवीर (गीता को देखते हुए): वही जिसे आग में पानी डालना आता है।उसे मैं जानता हूँ, आपका जानना अभी बाकी है।

दस चेहरे रावण के थे;
नाभि में चले तीर और चलाने वाले एक थे..!!
मतलब साफ है; हर युग में समय वह ताज है;
जिसका गरीब और अमीर, सब पर राज है!!
षड्यंत्रों की भीड़ में, अपनापन तलाशती जिंदगी;
वक्त और किस्मत दमदार; फिर बच ही जाती मर्यादा की दीवार !!

दृश्य - 9

बैठक-कक्ष में अंताक्षरी का खेल शुरू होता है। गीता अपने भाई (अपूर्वा) और भाभी (मैथिली) के बीच बैठ जाती है। शक्तिवीर अपना हाथ गीता की तरफ बढ़ाते हुए बात करता है।

शक्तिवीर: आप मेरी टीम में आ जाओ।

गीता: नहीं! मैं भैया और भाभी की टीम में हूँ।

शक्तिवीर: अपूर्वा भाई! आप ही बोलो।

अपूर्वा, गीता का हाथ शक्तिवीर के हाथ में दे देता है।

अपूर्वा (गीता से): शक्तिवीर की टीम में चली जाओ।

राम और अगस्त्य एक-दूसरे को देखने लगते हैं। अंताक्षरी के बीच में शक्तिवीर बातें भी कर रहा होता है।

शक्तिवीर: राम! अगर मैं थोड़ी दाढ़ी-मूँछ बढ़ा लूँ और श्वेत वस्त्र (सफेद रंग) पहनना शुरू करूँ, तो क्या मैं आपके जैसा दिखूँगा?

ऋषि: और आँखों का क्या करोगे? राम-भाई की आँखें थोड़ी हरी और थोड़ी नीली हैं।

धारा: बिलकुल समुद्र की तरह गहरी आँखें हैं।

शक्तिवीर: राम! आपकी आँखें बहुत सुंदर हैं। मेरी आँखें तो काली हैं।

राम: हमारी आँखों में ही नहीं, बल्कि हमारे दृष्टिकोण में भी अंतर है।

शक्तिवीर: वैसे, क्या आप हमेशा सफेद रंग के कपड़े ही पहनते हैं?

राम: जब मैं यूनिफॉर्म में नहीं होता, तब सफेद रंग के कपड़े ही पहनता हूँ।

शक्तिवीरः क्यों?

रामः मैं रंगीन (मिजाज) लोगों के साथ रहता हूँ, इसलिए कुछ अलग दिखने के लिए सफेद रंग पहनता हूँ।

गीता (उत्सुकता से): सरजी! आप काले रंग के कपड़े भी तो पहन सकते थे? उसमें भी आप बहुत अलग लगते।

ऋषि, धारा, अगस्त्य और शक्तिवीर हँस पड़ते हैं। राम मुस्कुराते हुए गीता की ओर देखता है।

अंताक्षरी के दौरान कोई श्लोक बोलता है तो कोई कविता सुनाता है। जब गीता की बारी आती है, तो वह खुशी से झूमते हुए गाती है:

"हर सीने की धड़कन मैं हूँ,
हर दिल है मुझ पर फ़िदा,
लेकिन मेरे दिल को भायी ज़ालिम तेरी ही अदा।"

उसके साथ वैदेही और धारा भी नाचने लगती हैं। सभी मनोरंजन में डूबे हुए थे। शक्तिवीर बड़े प्यार भरी नजरों से सबको देख रहा था, वहीं राम की नजरों में क्रोध था। प्रसन्नता और अप्रसन्नता के अलग-अलग दृष्टिकोणों के साथ वह दिन समाप्त होता है और सभी अपने कमरों में सोने चले जाते हैं।

सिक्के के दो पक्ष, कभी मिले चित तो कभी मिले पट;
तीसरे पक्ष का ज्ञान तब मिले, जब सिक्का खड़ा मिले;
ये घूमे भी और घुमाए भी; तब बन जाए तीसरा दृष्टिकोण;
और कहलाए चित भी मेरी, पट भी मेरी...!!

सातवाँ दिन

दृश्य-1

इंद्राणी देवी रामायण का पाठ कर रही हैं, बगल में दाईं माँ भी बैठी हुई हैं। शक्तिवीर, अपूर्वा, राम और ऋषि आते हैं।

शक्तिवीर: "गुरू माँ", अब तो मैं चला जाऊँगा। इन दिनों आपको कोई शिकायत तो नहीं हुई?

इंद्राणी देवी: तुम बहुत सरल और सौम्य हो। ईश्वर तुम पर अपनी कृपा बनाए रखे।

राम: "गुरू माँ", मेरे लिए कोई आज्ञा?

इंद्राणी देवी: रथ के सारथी हो तुम! ध्यान से चलाना।

राम: माँ! आपका कहा सदैव याद रखूँगा।

ऋषि: "गुरू माँ", आप मुझे गीता के साथ अमेरिका क्यों भेज रही हैं? वह (गीता) मुझे फिर से क्रू मेंबर (crew member) से पिटवा देगी।

इंद्राणी देवी (हँसते हुए): मैथिली ही जाती पर उसे काम आ गया है। और फिर तुम तो जा ही रहे थे, इसलिए गीता को भी साथ भेज रही हूँ। मगर उसने तुम्हें कष्ट दिया है तो मैं उससे कह दूँगी कि दोबारा ऐसा ना करे।

ऋषि: कष्ट तो नहीं दिया है, परंतु नटखट शरारत का शिकार बना देती है।

अपूर्वा (हँसते हुए): अब नहीं करेगी! "गुरू माँ", पिताजी (गुरूजी) की कोई खबर है?

इंद्राणी देवी: वे बहुत जल्द आएँगे।

अपूर्वा: अच्छा।

फिर सभी अपने-अपने काम की ओर निकल जाते हैं।

दृश्य-2

नाश्ते के लिए सभी इकट्ठा हुए हैं। नाश्ते की मेज पर धारा और राम नहीं हैं। गीता खुशी-खुशी आती है।

गीता: सबके लिए एक अच्छी खबर है।

अगस्त्य: क्या?

गीता: मुझे हॉकी टीम का कप्तान बना दिया गया है।

वैदेही: सच में? यह हुआ कैसे?

ऋषि: बधाई हो! फिर अमेरिका कैसे जाओगी?

गीता: मैं और भाभी (मैथिली) देख लेंगे।

शक्तिवीर: बहुत-बहुत बधाई हो आपको, गीता जी!!

गीता(शक्तिवीर से) : मैं आपको धन्यवाद देना चाहती हूँ। तुम मेरे 'लकी चार्म' (lucky charm) बने। तुमने बहुत कुछ बदल दिया।

अपूर्वा: आ जा, मेरे गले लग जा।

गीता अपने भैया-भाभी और दीदी-जीजाजी को प्रणाम करती है। सभी प्यार से उसका माथा चूम लेते हैं।

गीता (खुशी से): भैया! मैं सरजी को बताकर आ जाऊँ?

अपूर्वा: हाँ।

ऋषि: अभी तो शक्तिवीर को 'लकी चार्म' कह रही थी, फिर राम भाई से मिलने क्यों जा रही हो?

गीता: शक्तिवीर तो मेहमान है, मैं तो बस उसका मान रखकर मन रख रही थी। मेरे साथ अच्छा हो रहा है क्योंकि मैं सही और गलत का अंतर समझने लगी हूँ, सही रास्ते पर चलने लगी हूँ और मुझे सही रास्ते पर लाने वाले 'सरजी' ही हैं।

गीता की बातों को अपूर्वा बड़ी गौर से सुन रहा था ।

गीता और शक्तिवीर राम से मिलने चले जाते हैं।

सफेद रंग में मौन की प्रेरणा है;
यह संवेदना की भी भाषा है,
जो एक शब्द में सब कह जाता है...!!
पौधों में दिया गया ज्ञान का पानी;
उसके सौंदर्य और सुगंध के रूप में बाहर आता है!!

दृश्य - 3

राम सुबह से अपने संगीत-कक्ष में है और अपना अभ्यास कर रहा है। गीता उसे अपने कप्तान बनने की खुशखबरी देने आती है।

गीता (खुशी से): मैं आपको कुछ बताने आई हूँ।

राम (क्रोधित होकर): तुम यहाँ से चली जाओ।

शक्तिवीर: आप उसकी (गीता की) बात सुन तो लीजिए।

राम (क्रोधित): जिसके मन के भाव और शरीर के भाव का मेल ना हो, उससे दूरी रखनी चाहिए। फिल्मी पर्दे पर तो पर्दा गिरता है, परंतु तुम्हारी (गीता की) अदाकारी हर वक्त चलती रहती है।

गीता (दुखी होकर): क्या मैंने कुछ गलत किया है?

राम (क्रोधित): तुम अपनी शरारत और मस्ती का शिकार दूसरों को बनाती हो, क्या यह गलत नहीं है? सबसे बड़ा पुण्य 'सेवा भाव' रखना है, तो सबसे बड़ा पाप किसी के हृदय पर आघात करना है। तुम केवल अपने मज़े और आनंद के लिए दूसरों के हृदय से मत खेलो। जो मन को स्वीकार्य ना हो, वह मत करो। जब हमारी अंतरात्मा में ईश्वर का वास है, तो दूसरों की अंतरात्मा में भी ईश्वर का वास होता है। कभी भी किसी के हृदय के साथ छल मत करो, और अपने हृदय के साथ भी नहीं।

(यह सब बोलकर राम, गीता की पूरी बात सुने बिना वहाँ से चला जाता है)

गीता (संशय में): मुझे तो कुछ समझ ही नहीं आया।

शक्तिवीर (हँसते हुए): आप बहुत प्यारी हैं।

गीता: नहीं, मैं नासमझ हूँ।

शक्तिवीर (विचारपूर्ण): यह दुनिया सिर्फ समझदार लोगों की नहीं है, नासमझ लोगों की भी है। यह कहानी सिर्फ समझदारी की ही नहीं, बल्कि नासमझदारी की भी है। **(Symbolic)**

गीता: सरजी ने जो कहा वह मेरे सिर के ऊपर से निकल गया। मुझ तक पहुँचा ही नहीं! इसीलिए शायद सरजी मुझसे हर काम दो बार करवाते हैं। क्या करूँ, दोबारा पूछ लूँ क्या?

शक्तिवीर: नहीं-नहीं, मैं समझा देता हूँ।

गीताः बताओ।

शक्तिवीरः आपके सरजी समझदारी के हल चलाते जाएँगे, और आप नासमझदारी के बीज डालती जाना।

गीता (दुविधा में): उससे होगा क्या?

शक्तिवीर (हँसते हुए): फसल अच्छी होगी।

सलाह के पहिये सिर्फ बातों पर ही नहीं, सहयोग पर भी चलने चाहिए।
पर्दा जिंदगी का भी गिरता है और सिनेमा हॉल का भी,
परंतु दोनों ही परिस्थितियों में पर्दा गिराने वाला दिखाई नहीं देता।

दृश्य - 4

राम अपने कमरे में सामान पैक कर रहा है। अपूर्वा उससे मिलने कमरे में आता है।

अपूर्वाः क्या सब तैयारी हो गई?

राम (विचारमग्न होकर): नौकरी एक महँगा सौदा होती है, इसमें सबको छोड़ना पड़ता है। मैं थोड़ा अलग हूँ, मुझे तन्हाई पसंद है। मेरा काम सबसे सुरक्षित बीमा है—आत्मा का भरोसा। कल से एक नए मिशन की शुरुआत होगी।

अपूर्वाः क्या तुम अभी भी नाराज हो?

रामः चिंता मत करो, दूर रहूँगा पर दूरी नहीं रखूँगा।

अपूर्वा (संयम से): तुम धारा को एक और मौका दो।

राम (गंभीर स्वभाव से): विश्वास 'धागे की रील' जैसा होता है। यदि वह एक बार पूरा खुल जाए, तो कितना भी पहले जैसा लपेटने की कोशिश करो, वह पुराना आकार नहीं ले पाता; उलझन रह ही जाती है। मैं अपने जीवन में विश्वास चाहता हूँ, विश्वासघात नहीं।

मैं सिर्फ खुद पर विश्वास रखता हूँ। मुझे अकेले चलना पसंद है, किसी के सहारे का आदि बनना नहीं।

अपूर्वा: संसार में केवल समय ही परम मित्र है। यदि समय सही है तो सब सही है। यह सिर्फ समय की ही बात है कि जो जनवरी की धूप सुकून देती है, वही जून की धूप जलन देती है।

राम: जो दलदल से निकल आया हो, उसे सड़क पर चलना आसान लगता है। मुझे एक ऐसी चोट मिली है जिसे भरने का मन नहीं करता; क्योंकि उससे खुशी तो नहीं मिली, परंतु एक ऐसा तजुर्बा हाथ लग गया जिसने मुझे संवेदनशील बना दिया। अब सही और गलत की समझ आ गई है।

अपूर्वा (उदास होकर): ठीक है।

(धारा, राम के कक्ष में आती है और उसे साथ चलने को कहती है। राम उसके साथ रसोई-कक्ष में चला जाता है।)

धारा: मेरा व्रत है।

राम: तो?

धारा: क्या तुम मेरे लिए मेरा पसंदीदा बादाम का हलवा बना दोगे?

राम: मुझे अभी पैकिंग करनी है।

धारा: उसमें मैं तुम्हारी मदद कर दूँगी।

राम: बावर्ची को बोलो, वह बना देगा।

धारा: तुम क्यों नहीं?

राम: ठीक है, बना देता हूँ।

(फिर राम और धारा हलवा बनाने लगते हैं। वैदेही, गीता और शक्तिवीर भी वहाँ आ जाते हैं।)

गीता (खुशी से): मुझे भी चाहिए।

राम: बिल्कुल भी नहीं, धारा के अधिकार की वस्तु तुम्हें नहीं मिलेगी।

गीता: क्यों? मुझे भी पसंद है।

राम: अभी यह सिर्फ धारा के लिए बना है।

वैदेही: गीता यहाँ आ जा, मैंने तेरे लिए गुलाब-जामुन बनाया है।

(गीता और शक्तिवीर दोनों खाने लगते हैं। धारा खुशी से प्रफुल्लित हो रही थी क्योंकि राम ने उसका हलवा किसी और को नहीं दिया। धारा रसोई-कक्ष में रेडियो लेकर आती है।)

धारा: अभी कुछ देर में 'चित्रहार' शुरू होने वाला है।

राम: हलवा अभी गर्म है, ठंडा करके खाना।

धारा: हाँ।

(राम हलवा कटोरी में परोसने लगता है, तभी रेडियो पर "तेरा-मेरा प्यार अमर" गाना बजने लगता है। धारा की नज़रें राम को देखने लगती हैं, गीता भी राम को ही देख रही होती है, लेकिन राम की नज़र सिर्फ हलवे पर होती है। यह सब देखकर शक्तिवीर हँसने लगता है।)

वैदेही: क्या हुआ?

शक्तिवीर: बहुत कुछ हुआ है और आगे भी होगा। मैं तो जानता हूँ, बस आप लोगों का जानना बाकी है।

गीता: दीदी! मैं प्रैक्टिस मैच के लिए जा रही हूँ, यदि देर हो जाए तो परेशान मत होना।

वैदेही: अच्छा! अपना ध्यान रखना।

(गीता कमरे से बाहर चली जाती है।)

रामः गीता अभी क्यों जा रही है? क्या टीम का चयन हो गया है?

वैदेहीः गीता तुम्हें यही बताने आई थी, पर तुमने सुना ही नहीं।

राम (आश्चर्य से): क्या?

वैदेहीः टीम का चयन भी हो गया और गीता 'कप्तान' भी बन गई है।

राम (खुशी से): सचमुच!

शक्तिवीरः हम संगीत-कक्ष में यही बताने आए थे, पर आप सुनना नहीं, सुनाना चाहते थे।

(राम दौड़ता हुआ कमरे से बाहर चला जाता है। धारा और वैदेही उसे देखते रह जाते हैं।)

राम (चिल्लाते हुए): ओ लड़की (गीता)! सुनो।

गीताः क्या हुआ सरजी? आपको मेरा नाम भी याद नहीं रहता। जब देखो 'लड़की-लड़की' करते रहते हो।

राम (हँसते हुए): बधाई हो!

गीताः क्या आपको खुशी हुई?

राम (हँसते हुए): बहुत खुशी हुई।

गीताः अब क्या मैं प्रैक्टिस के लिए जा सकती हूँ?

राम (मुस्कुराते हुए): आज धारा के माता-पिता की पुण्यतिथि (निधन का दिन) थी, इसलिए मैं उसे दुखी नहीं करना चाहता था।

गीताः आप जो करेंगे सही ही करेंगे। सिर्फ मेरे लिए ही नहीं, बल्कि सबके लिए। मुझे आप पर यह विश्वास है।

राम- मैं समझ गया, समझ गया.

गीता (हँसते हुए)- क्या?

राम (हँसते हुए)- मुझे कीमती बना देगी।

(दूर से ये दृश्य शक्तिवीर देख रहा होता है उसके पीछे किए हुए हाथ में वही "गीता" पुस्तक होती है, जो राम ने दिल्ली से आने के बाद दी थी। शक्तिवीर पुस्तक का पन्ना पलटने लगता है और उसमें उपस्थित 'मोर पंख' निकल कर हवा में तैरने लगता है। मंद-मंद मुस्कुराता हुआ शक्तिवीर 'गीता-राम' को देखे जा रहा होता है।)

"आरोप-प्रत्यारोप पर चाहिए साक्ष्य;
उड़ने भर पर नहीं बनते बाज़-!!
दर्पण और शीशे की नहीं मिलती एक बात;
एक बने आर-पार के साथ, दूसरा कर ना पाए हद पार...!!"

दृश्य-5

बैठक कक्ष में धारा, वैदेही, ऋषि और राम के बीच बातचीत हो रही है। सभी आने वाले समय में क्या करेंगे इसकी चर्चा कर रहे होते हैं। वहाँ मैथिली आ जाती है।

मैथिली- ऋषि! ये लो तुम्हारा पासपोर्ट और वीज़ा, दोनों बन गए हैं।

ऋषि- धन्यवाद । गीता का क्या हुआ है?

मैथिली- हाँ! मैं उसके साथ रख दूँगी। मैं भी 15 दिन के बाद अमेरिका चली आऊँगी।

ऋषि- अच्छा।

मैथिली (वैदेही से)- लाडो (गीता) कहाँ है? उसे मैंने अपने मायके बुलाया था, मैं और गगन प्रतीक्षा करते रह गए।

वैदेही- गीता को मैच का अभ्यास करना था।

मैथिली- लाडो को बहुत बार बोला है खेलना छोड़ने के लिए।

वैदेही- हॉकी खेलना उसका शौक है।

मैथिली- शौक के लिए करियर खराब नहीं किया जाता।

धारा- मुझे कभी-कभी लगता है मैथिली तुमको हीरोइन बनना था?

मैथिली- ईमानदारी के साथ तो हाँ मुझे हीरोइन बनना था, पर इस रास्ते पर मैं चल नहीं पाई। मैं स्वीकारोक्ति करती हूँ, मैं अपना सपना अपनी लाडो में देखती हूँ। जब पहली बार अपूर्वा ने मुझे गीता से मिलवाया था मैं उसे देखती रह गई थी। तभी सोच लिया था उसका खूबसूरत चेहरा, कोमल त्वचा, सफेद रंग सिर्फ और सिर्फ सिल्वर स्क्रीन (उच्च कोटि का सिनेमा का पर्दा) पर चमकने के लिए बना है। मुझे फिल्म उद्योग में उसका नाम सुनहरा करना है। उसे ग्लैमर की चकाचौंध का हिस्सा और पहचान बनाना है।

धारा- वो बहुत आज्ञाकारी है वो सब करेगी जो तुम चाहती हो लेकिन कुछ सपने सिर्फ अपने लिए होते हैं इसलिए चुभते हैं।

मैथिली- हाँ। लेकिन पता नहीं क्यों आज खाने पर मेरे मायके नहीं आई?

वैदेही- तुम थक गई होगी जाकर आराम कर लो।

(मैथिली अपने कमरे में चली जाती है)

ऋषि- बुरी नहीं है वो थोड़े उग्र स्वभाव की हैं।

धारा- परंतु गीता का सौम्य और आज्ञाकारी स्वभाव उसके मन के अस्पष्टीकरण का कारण बन सकता है।

वैदेही- लाडो को पता है उसको क्या करना है और क्या करना उसके लिए सही है।

धारा (राम से)- राम तुम बहुत देर से चुप हो। क्या हुआ?

राम (धारा से)- तुम लोगों की बातें सुन रहा था और समझ भी रहा था।

वैदेही- क्या समझा तुमने?

राम- बस समझ गया।

वैदेही- हमें भी तो बताओ।

राम (हँसते हुए)- लड़की यानी आपकी लाडो (गीता) को निन्यानवे (99) Ninety-Nine पर काटना आता है।

(सभी हँसने लगते हैं और राम की बातों में हामी भी भरने लगते हैं)

"हर चुप्पी जरूरी नहीं व्यस्तता बने, घमंड बने;
हर कही हुई बात सिर्फ और सिर्फ संघर्ष बने..!!"

दृश्य-6

शाम को जब सब अपने काम से लौट आए, तब सभी ने अलाव (धुनी) सजाई और महफ़िल जमाकर बैठ गए। सबके बीच हंसी-मज़ाक और मनोरंजन की बातें होने लगीं। इसी बीच ऋषि हाथ में ढोल लेकर आता है।

ऋषिः राम भाई, आपने इस बार ढोल नहीं बजाया। मेरी विनती है कि आज आप इसे बजाएं।

शक्तिवीरः क्या आपको ढोल बजाना भी आता है?

धाराः राम एक कुशल संगीतज्ञ हैं, यह और बात है कि वे अपनी कला का सौदा नहीं करते।

रामः तुम (धारा) जब मंच पर प्रदर्शन के लिए जाती हो, तो क्या वह कला को बेचना हुआ?

(धारा लज्जित हो जाती है और अपनी नज़रें झुका लेती है)

राम (शक्तिवीर से): मुझे संगीत से प्रेम है, इससे मुझे आत्मिक आनंद मिलता है और मैं इस आनंद को केवल निजी रखना चाहता हूँ।

राम (धारा से): क्षमा करना (Sorry)!

धारा (मुस्कुराते हुए): छोड़ो, ऋषि जो कह रहा है वही करो।

(शक्तिवीर, अपूर्वा और अगस्त्य के आग्रह पर राम ढोल बजाने लगता है। रंगारंग कार्यक्रम के बीच नौकर खाने-पीने की वस्तुएं परोसते रहते हैं। गीता अपनी गुरु-माँ इंद्राणी देवी के पास चुपचाप बैठी रहती है। अगस्त्य, गीता को अपने साथ ले जाता है।)

अगस्त्यः क्या सब काम नौकर ही करेंगे? तुम भी अपने हाथों से अपने 'हीरो' को कुछ परोसकर खिला दो।

(यह कहकर अगस्त्य, शक्तिवीर की ओर इशारा करता है। गीता झटके से अगस्त्य का हाथ राम की तरफ मोड़ देती है।)

गीताः मेरी रुचि 'हीरो' में नहीं, बल्कि असली '**हीरे**' में है।

अगस्त्य (आश्चर्य से): राम?

गीताः हाँ, सरजी!

अगस्त्यः वह तो तुम्हारी तरफ देखता तक नहीं है।

गीताः हमें तो उनके अलावा कोई और देखने लायक लगता भी नहीं।

अगस्त्यः वह तुमसे 9 साल बड़ा है।

गीता (मुस्कुराते हुए): भैया भी तो 11 साल बड़े हैं।

अगस्त्य (हँसते हुए): उसकी दाढ़ी-मूँछ है, जो तुम्हें पसंद नहीं है।

गीताः अब उन्हें काटने नहीं दूँगी।

अगस्त्यः और यदि उसकी तरफ से 'ना' हुई तो?

गीताः मुझे तो केवल उसकी 'हाँ' से डर लगता है।

अगस्त्यः वह तो भरी दुपहरी में तुम्हें देख ले तो घबरा जाता है, कहीं वह दूर चला गया तो?

गीताः और अगर भैया उसे वापस ले आए तो?

अगस्त्यः मतलब तुम नहीं मानोगी?

गीताः मानना तो भैया को है। जैसे मुझे 'सरजी' दिख गए, वैसे ही भैया को भी दिखने लगेंगे। हम भैया के विरुद्ध नहीं जाएंगे, बल्कि भैया स्वयं हमारे समर्थन में आएंगे।

अगस्त्य (जीजा): भाई, यह तो कहानी में नया मोड़ है!

गीताः नया मोड़ तो मेरे जीवन में शक्तिवीर लाया है। यदि वह यहाँ ना आता, तो हम कभी 'सरजी' को पहचान ही नहीं पाते। जो भीड़ आज हमें देखकर तालियाँ बजाती है, वही कभी हमारा उपहास उड़ाती थी; और उस सन्नाटे में तालियाँ बजाने वाले अकेले 'सरजी' ही थे। शक्तिवीर की अच्छाई में मुझे सरजी की सच्चाई दिखने लगी। हम 'सुपरमैन' शक्तिवीर का ऑटोग्राफ चाहते थे, परंतु हम तो बहुत पहले ही सरजी के पदचिन्हों को अपना चुके हैं। पहले हमें सरजी का 'हेडमास्टर' वाला स्वभाव खलता था, पर अब समझ आया है कि मेकअप और सुपरमैन की पोशाक के पीछे भी आखिर एक

मनुष्य ही होता है, और मनुष्य को 'हीरे' जैसा होना चाहिए। शक्तिशाली सुपरमैन से मिलते-मिलते, मैं अपने 'मैन' (सच्चे इंसान) से मिल गई।

अगस्त्यः वह अपने नियमों को कभी नहीं तोड़ता।

गीताः मैं नियम तोड़ सकती हूँ, पर विश्वास नहीं।

अगस्त्यः वह बुद्धिमान है, अपना रास्ता खुद बनाएगा।

गीताः मुझ पर रंग भी तो इसी बात का चढ़ा है।

अगस्त्यः क्या तुम हजारों का दिल तोड़ दोगी?

गीताः संजीवनी बूटी का पूरा पहाड़ आया था, परंतु जीवन तो केवल एक को ही मिला था!

तुम संग कठिन राह नहीं;
गड्ढे का भराव हो साथी!
मंदिर में पूजा कर आई,
हाथ में आया प्रसाद हो साथी!
सखी संग खेला रंगों का गुब्बार नहीं,
मन से रंगा गुलाल हो साथी!!
जीवन एक परंपरा; तुम रीति-रिवाज हो साथी!!
मेरी विभूति जैसी पीड़ा का, पुदीना जैसा उपचार हो साथी!!
तुम बिन मैं अधूरी जैसे; बिना दीया के बाती साथी!!

दृश्य - 7

(भोजन के पश्चात सभी बैठक कक्ष में बैठे हैं। अचानक गीता वहाँ से जाने की बात करती है।)

गीता (अपूर्वा से): भैया! मैं सोने जाना चाहती हूँ।

अपूर्वा: क्यों?

गीता: बहुत थक गई हूँ।

अपूर्वा: ऐसा क्या किया?

गीता: बहुत सारा अभ्यास किया, फिर शाम को दोस्तों के साथ पार्टी में भी चली गई थी।

दाई माँ: आ जा, मैं तुझे ले चलती हूँ।

(दाई माँ गीता को लेकर चली जाती हैं)

धारा: मेहनती तो है।

ऋषि: हाँ। नृत्य का अभ्यास, अभिनय का अभ्यास, हॉकी का अभ्यास और फिर दोस्तों के साथ घूमना-फिरना... सब कर लेती है।

मैथिली: भँवर से गुजरने के बाद ही मंझधार के दर्शन होते हैं। पत्तों की तरह उम्र है— आज हरे, कल पीले और फिर सूखे।

राम: मेहनत आसमान की तरह हो तभी अच्छा होता है, क्योंकि जमीन तो सबके हिस्से आती है।

मैथिली: तुम्हारी कोई कमी है?

रामः त्याग की भावना रखने वाले जिम्मेदारी रखते हैं, कमजोरियाँ नहीं। और मैं वह इंसान हूँ जो दूसरों की पीठ के साथ अपनी भी पीठ देख लेता हूँ।

मैथिलीः अपने आप को इतना समझदार मत समझा करो, तुम्हारे हिस्से सिर्फ समझौता ही आएगा। मेरे पास तो सहारे हैं, तुम्हारे पास कोई है?

रामः गंगा नहाने से पाप नहीं धुलते, कर्म तो भोगना ही पड़ता है। सहारे भी काम नहीं आते। भाग्य में सहारा ना होना ही यदि भाग्य हो, तो मुझे किसी का सहारा बनना है।

मैथिलीः अतीत को छिपाकर रखने से आने वाला कल नहीं बदलता...!!

रामः किसी और की नज़र में ना सही, पर अपनी नज़र में फलक का चाँद मैं ही हूँ।

इंद्राणी देवीः बंद करो! तुम दोनों कब से एक-दूसरे को व्यंग्यपूर्ण उत्तर दे रहे हो। पानी का बहाव और वाणी के भाव यदि मर्यादा तोड़ें, तो विनाश ही होता है। हम मिट्टी से बने हैं और मिट्टी में ही मिल जाएंगे, फिर कटाक्ष किस बात का!

(अगस्त्य हाथ में कुछ लेकर आता है)

अगस्त्यः गीता (लाडो) कहाँ है?

अपूर्वाः वह सोने चली गई।

अगस्त्यः उसे यह देखने का बड़ा शौक था। राम, तुमने देखा? देखा?

रामः हाँ, देखा! लड़की (गीता) को रास्ते पर सही तरीके से चलना आए ना आए, पर उसे रास्ता बनाना आता है।

अगस्त्य (स्पष्ट करते हुए): मैं तो जो प्रयोग कर रहा था, उसकी सफलता दिखा रहा था।

(धारा, मैथिली, अपूर्वा और ऋषि हँसने लगते हैं। राम तिरछी नजरों से उन्हें देखते हुए वहाँ से जाने लगता है, परंतु छोटे से मेज से टकराकर गिर जाता है)

अगस्त्य (चकित होते हुए): लाडो (गीता) को रास्ते पर चलना नहीं आता और गिर राम जाता है!

(फिर तो हँसी के ठहाके छूटने लगते हैं। राम, अपूर्वा को पकड़ने के लिए दौड़ता है, अपूर्वा बचने के लिए दौड़ता है। फिर अपूर्वा और ऋषि भी दोनों पर चढ़कर उछल-कूद करने लगते हैं। पास में बैठी इंद्राणी, धारा, वैदेही और मैथिली सब हँसने लगते हैं। दूर खड़ा शक्तिवीर यह सब होते हुए देख रहा था।)

शक्तिवीर (मन में): मैं आखिरी बार आप सबको साथ और खुश देख रहा हूँ। अब आगे जो होगा, उसके बारे में सोचकर मन में अंधेरा, शरीर में सिहरन और आँखों में पानी आ रहा है। मैं आप सबको बहुत याद करता रहूँगा।

(शक्तिवीर हँसते हुए अपूर्वा के पास जाता है और उसके पैर छू लेता है।)

शक्तिवीर: अपूर्वा भाई! आपसे कुछ कहना था।

अपूर्वा: बोलो।

शक्तिवीर: I Love You.

अपूर्वा (हँसते हुए): अभी क्यों?

शक्तिवीर: जिसने मेरा बुरा समय सहा है, प्यार का हकदार भी वही हुआ है। मेरे आने के बाद आपका हाथ थामकर रखना, आपके लिए उपासना जैसा बन गया।

अपूर्वा (हँसते हुए): Love you too.

शक्तिवीर (हँसते हुए): मैं आप सभी 'अग्निवीर' से बहुत प्यार करता हूँ, पर धन्यवाद सिर्फ और सिर्फ मैथिली भाभी का करना चाहता हूँ।

मैथिली (अस्पष्टता के भाव के साथ): मेरा क्यों?

शक्तिवीर: आपने मेरा वहम और अहम (अहंकार) दोनों नष्ट किए हैं। मेरे मन के दर्पण में खूबसूरत चेहरा और संसार का असली चेहरा दिखाने वाली आप ही हैं।

धारा - राम से (धीमे स्वर में): धन्यवाद के पात्र तो तुम हो, यह मैथिली को क्यों 'धन्यवाद' कह रहा है?

राम (धीमे स्वर में): दुष्ट और स्पष्ट, दोनों ही धन्यवाद के पात्र होते हैं क्योंकि दोनों ही कुछ ना कुछ परिणाम दे जाते हैं। प्राप्त परिणाम कभी विफलता का संकेत नहीं देता, इसलिए वह व्यर्थ नहीं होता।

इसी के साथ दुष्टता और स्पष्टता वाला दिन धन्यवाद पर समाप्त होता है। सभी परिणाम की चिंता किए बिना अपने-अपने कक्ष में चले जाते हैं।

आठवां दिन

दृश्य-1

आज राम और अपूर्वा की छुट्टी खत्म हो रही है और शक्तिवीर के रहने की मोहलत भी खत्म हो रही है। गीता भी फिल्म की शूटिंग के लिए अमेरिका जा रही है और ऋषि पढ़ाई के लिए अमेरिका जा रहा है। धारा और दाई-माँ वाराणसी के लिए निकलने वाली हैं। चारों तरफ भागमभाग मची हुई है। गीता अभी तक अमेरिका निकलने के लिए तैयार नहीं हुई है।

ऋषि: चल राजकुमारी, जल्दी तैयार हो जा, वरना हवाई जहाज हमें लिए बिना ही उड़ जाएगा।

गीता: मेरी हेयर ड्रेसर नहीं आई है।

धारा: चलो, मैं बाल बना देती हूँ।

गीता: मुझे अपने हेयर ड्रेसर से ही बाल बनवाने हैं।

(दाई-माँ और राम वहाँ आते हैं जहाँ गीता नखरे दिखा रही है।)

रामः खुशामद करवाना अच्छी बात नहीं है। जल्दी से तैयार हो जाओ। पहले तुम्हारे बाल कौन बनाता था?

गीताः भाभी, दाई-माँ या फिर हेयर ड्रेसर आती है।

राम (प्यार से): तुम कहो तो मैं तुम्हारे बाल बना दूँ?

गीता (आश्चर्य से): आपको आता है सरजी?

रामः इसमें ऐसा क्या है?

गीताः बहुत सारी उलझनें हैं। मुझे तो बिल्कुल नहीं पसंद आता।

रामः अच्छा तुम बैठ जाओ, मैं तुम्हें एक नया हेयर स्टाइल दूँगा।

(सामने धारा और ऋषि भी उत्सुकता से देख रहे थे। राम, गीता के पास एक बड़ी सी कैंची रखता है और उससे पूछने लगता है।)

रामः गीता! तुमको मेरी हेयर स्टाइल कैसी लगती है?

गीता (चकित/हतप्रभ): क्या आप मुझे सैनिक वाला (Army Cut) हेयर कट देंगे?

रामः हाँ! चिंता ही खत्म। ना रहेंगे बाल और ना ही रहेंगी उलझन।

(गीता का स्तब्ध चेहरा देखकर धारा और ऋषि ज़ोर-ज़ोर से हँसने लगते हैं। गीता हक्का-बक्का चेहरा लेकर दाई-माँ के पास छुप जाती है।)

गीता (दाई-माँ से): मुझे सरजी से बचाइए!

दाई माँ (हँसते हुए): राम! गीता पर अत्याचार मत करो।

रामः क्या मैं अत्याचार कर रहा हूँ?

गीता (लज्जित होकर): कुछ नहीं कहना।

रामः ऐसा है तो तुम्हें खुलकर मुझ पर भी अत्याचार कर ही लेना चाहिए।

गीता (चकित चेहरा लेकर): मैं अपनी उलझन सुलझा लूँगी।

(गीता और दाई-माँ वहाँ से प्रस्थान करती हैं परन्तु धारा और ऋषि की हँसी रुक ही नहीं रही थी।)

ऋषिः राम भाई! क्या सबक सिखाया। क्या सच में उसके बाल काटते?

राम (हँसते हुए): नहीं! मैं तो सिर्फ डरा रहा था।

धाराः गीता ने एक बार फिर गलत ही समझा।

रामः यार, मैं समझ गया कैंची क्यों बनाई गई?

धाराः क्यों?

रामः नखरे काटने के लिए!!

(सभी हँसने लगते हैं तभी शक्तिवीर उनके बीच आता है।)

शक्तिवीरः मैं तो आज जा रहा हूँ। आप लोगों ने बहुत प्यार दिया।

धाराः हम लोग किस्मत से मिले हैं, फिर किस्मत हमें मिला देगी।

शक्तिवीरः ज़रूर।

(गीता वहाँ आती है और सभी से पूछती है कि वह कैसी लग रही है।)

गीताः धारा मैम! मैंने सही से बाल बनाए?

ऋषिः बहुत अच्छा है।

रामः आता तो है तुम्हें, सिर्फ नखरे कर रही थी।

गीताः मैं सामने वाले आईने में देखती हूँ कि कैसी लग रही हूँ।

शक्तिवीर (धारा से): धारा जी! आप किस्मत को मानती हैं?

धारा: हाँ! पूरा विश्वास है किस्मत पर।

शक्तिवीर (गीता को देखते हुए): विश्वास रखना अच्छी बात है, परंतु अंधविश्वास मत रखिएगा क्योंकि बहुत से लोग हैं जो अपने निर्णय से किस्मत बदलना चाहते हैं। वे लोग सिर्फ अपनी किस्मत नहीं, दूसरों की भी किस्मत बदल देते हैं।

धारा: कौन है वो?

शक्तिवीर: वही जिसे रास्ता बनाना आता है।

(गीता सभी के पास आती है और अपने करियर के बारे में बात करने लगती है।)

गीता: देखना आप लोग ऐसा काम करूँगी, आप सब के होश ही उड़ जाएंगे।

ऋषि: हमें होश में रहना है, तुम अच्छा अभिनय करना।

गीता: बहुत अच्छा काम करूँगी।

(गीता ये बात बोलकर वहाँ से चली जाती है।)

शक्तिवीर: क्या लगता है? अच्छा काम करेगी? ये बात मैं अभी नहीं बताऊंगा।

राम (हँसते हुए): जब भी इसने ऐसा कहा, काम तो नहीं किया, कांड ज़रूर कर दिया है।

ऋषि (हँसते हुए): कितने तोड़-फोड़ किए हैं? कितने नियम तोड़े हैं, कितने सिग्नल तोड़े? वो हम सब जानते हैं।

शक्तिवीर: फिर क्या होता था?

धारा (हँसते हुए): गीता के गुल्लक में पैसे से ज्यादा गलतियाँ हैं। हमेशा कोई ना कोई कांड करती रहती है और बाद में अपूर्वा, राम, ऋषि और अगस्त्य बीच बचाव करते रहे हैं।

शक्तिवीर: मतलब?

राम (हँसते हुए): पापा तो यूँ ही बदनाम हैं, परियों को उड़ान मर्दों के अलग-अलग रूप ने भी दे रखी है। जब-जब मर्दों ने सहायता की; बात सिर्फ संभली नहीं, निखरी भी है। हम अल्फा, बीटा, गामा, ओमेगा और सिग्मा में बाँट सकते हैं पर हमारी जाति एक ही है। हमारी जाति का मूल अर्थ 'बन्धु' होता है। माँ दुर्गा ने महिषासुर का वध किया था, परंतु उनको अस्त्रों से सुसज्जित देवताओं ने ही किया था।

सृष्टि को परिपूर्ण करे; फिर भी स्वार्थी पुरुष..!
बच्चे सा कौतूहल करे; फिर भी शरारती पुरुष..!
बचपन से साथ चले; फिर भी डगमगाया पुरुष..!
विशाल प्रेम लेकर खड़ा रहे; फिर भी हार जाए पुरुष..!
लीला में रास करे; फिर भी अकेला पुरुष..!
नदियों को समेटा करे; फिर भी खारा पुरुष..!
विजय का अर्थ पूरा करे; फिर भी अर्थहीन पुरुष..!
रोज़ के काम करे; फिर भी कशमकश पुरुष..!
मुस्कुराहट परोसा करे; फिर भी तड़पता पुरुष..!
गुलाब दिया करे; फिर भी सूखा पुरुष..!

दृश्य-2

पूजा-कक्ष में वैदेही और अगस्त्य पूजा कर रहे हैं। पूजा समाप्त होने के बाद वैदेही सभी को प्रसाद देने चली जाती है। अगस्त्य वहीं रुक कर प्रार्थना कर रहा होता है। गीता जाने से पहले जीजाजी (अगस्त्य) से मिलने आती है।

गीता (हँसते हुए): आज आप! ज़्यादा पूजा-पाठ तो नहीं कर रहे?

अगस्त्य: ज़रूरत मेरी भी है।

गीता: क्यों?

अगस्त्य: मैं थोड़ा राम के लिए चिंतित हूँ। राम के पास तपोबल नहीं है और वह अपने मिशन पर जा रहा है। मुझे उसके पराक्रम-सूझबूझ पर संदेह नहीं है परंतु मित्र होने के नाते थोड़ा भयभीत हूँ।

गीता: आप परेशान हैं इसलिए बता देती हूँ वरना नहीं बताती। जिस दिन भैया (अपूर्वा) ने शक्तिवीर को सुरक्षा-कवच देने बोला था, परंतु सुरक्षा-कवच ना मिलने के कारण शक्तिवीर की मृत्यु हो गई थी, उस दिन हमने मंत्र सही पढ़ा था परंतु चेहरा ध्यान में सरजी का आ गया था।

अगस्त्य (आश्चर्य से): तो इससे क्या हुआ?

गीता: हमारा कवच सरजी के पास आ गया होगा।

अगस्त्य: फिर राम को पता कैसे नहीं चला?

गीता: वह तो सफेद चमक जैसा होगा जो दिखाई तभी देगा जब वह बच जाएँगे और सरजी को दिखाई नहीं देगा। सिर्फ हमें या भैया को ही दिखाई देगा।

अगस्त्य: इसका अर्थ यह है कि तुम्हारे पास सुरक्षा-कवच नहीं रहा। इससे तुम खतरे में आ सकती हो। वह अदृश्य शक्तियों का स्वामी तुम्हारी हत्या करना चाहता है, राम की नहीं।

गीताः मुझे अब किसी बात का भय नहीं है। मेरे से ज़्यादा हमारे समाज को समझदार (राम) की ज़रूरत है। सरजी सबको संभाल लेंगे। आप बाहर आ जाओ हम सब निकल रहे हैं।

अगस्त्यः तुम चलो, मैं आता हूँ।

गीता पूजा-कक्ष से चली जाती है। अगस्त्य सामने ईश्वर की मूर्ति को देखता है। उसकी आँखों में आँसू आ रहे होते हैं।

अगस्त्यः यह क्या हो रहा है प्रभु! राम समाज और गीता के भविष्य के लिए शक्तिवीर को जीवित करता है और गीता समाज के भले और अपने भविष्य के लिए राम का कवच वरदान बन रही है। कड़ियाँ जुड़ रही हैं, यह तो आप भी जानते हैं और मैं भी। कड़ियाँ जुड़ते वक्त चिंगारी निकलती है। आप इतनी कृपा करना कि चिंगारी को हमारे लाड़ो (गीता) के दामन (आँचल) से दूर रखना।

अगस्त्य की बातों को दूर से शक्तिवीर सुन रहा होता है। वह तिरछी नज़रों से अगस्त्य को देखते हुए मंद-मंद मुस्कुराता है।

शक्तिवीर (अपने मन में): चिंगारी तो दामन तक पहुँचेगी, अब यह चिंगारी स्वयं से पहुँची या पहुँचायी गई, यह तो मैं जानता हूँ, आप लोगों का जानना बाकी है। समय कभी किसी का नहीं होता, कभी समय सुप्रभात है तो कभी सूर्यास्त। जिस सुबह राम को राज्य मिला, उसी दिन उसे सूर्यास्त के बाद वनवास मिला।

महल के नीचे सभी एक-दूसरे से मिलते हुए विदा होते हैं। जाते समय गीता सबको प्रणाम भी करती है।

गीताः मेरे लिए किसी को कुछ कहना है तो अभी बोल दो।

मैथिलीः चोट नहीं लगनी चाहिए।

वैदेहीः अपना ध्यान रखना।

धाराः गलतियाँ मत करना।

अपूर्वा: जल्दी से आ जाना।

राम (हँसते हुए): हमेशा याद रखना, समय में संपत्ति और सौंदर्य साथ दें या ना दें, मगर तुम्हारे अपनों से जुड़ा संबंध समय के बाद भी तुम्हारा साथ देगा। तुम अपने भीतर पल रही समझदारी पर हमेशा विश्वास बनाए रखना। अडिग और अचल बने रहने का संकल्प लेकर जाओ।

गीता: मैं याद रखूँगी पर आप भी मेरा नाम याद रखना। हमेशा लड़की-लड़की कहते रहते हैं।

धारा (मुस्कुराते हुए): राम को नाम याद नहीं रहते, यह समस्या उसको बचपन से है। अभी फिर भी बहुत सुधार हुआ है। वह सिर्फ महत्वपूर्ण चीज़ों को याद रखता है।

विदाई के बाद समय-चक्र यंत्र से आया "**सुपरमैन**" शक्तिवीर समय के साथ गुम गया। वह आएगा या नहीं, यह तो बीत रहा समय ही समय पर बताएगा। "**सपनों की दुनिया**" में रहने वाली "**हीरोइन**" निकल पड़ी हवाई उड़ान पर; उसकी तृष्णा को आयाम मिलेगा या नहीं, यह भी समय को ही सुनिश्चित करना है।

जमीन से जुड़ा **फौजी** भी निकल चुका है रेलगाड़ी से। अब उसकी गाड़ी कहाँ-कहाँ रुकेगी या वापस फिर **इंद्राणी-महल** ले आएगी, यह भी समय के द्वारा निर्धारित होगा। इस सब से अलग सर्वगुण संपन्न **नृत्यांगना** का इंतजार भी बस से निकल चुका है और इंतजार करने पर बस रखना है या बस इंतजार करते रहना है, यह भी आने वाले समय के अनुसार उल्लेख होगा।

समय अस्पष्ट तो मन से पलायन; समय स्पष्ट तो मन में पावन।
समय अस्पष्ट तो मन में विवशता; समय स्पष्ट तो मन पर निर्भरता।
समय अस्पष्ट तो मन पर तीर; समय स्पष्ट तो मन में भीड़।
समय अस्पष्ट तो मन में घोर निंदा; समय स्पष्ट तो मन के नाम प्रशंसा।

अध्याय 5

मोह

चार महीने बीत चुके हैं। सभी अग्निवीर और गीता अपने-अपने कार्यक्षेत्र में लीन हैं। सभी अपनी व्यस्तता में भी सिद्धि और शक्ति प्राप्ति की तपस्या कर रहे हैं। अचानक फोन की घंटी बजी और सामने से फौजी राम फोन उठाता है।

रामः कौन?

अपूर्वा (भावुक): मैं हूँ दोस्त।

रामः बहुत दिनों बाद याद किया?

अपूर्वाः निःस्वार्थ भाव मन में आया तो याद में तुम्हारा नाम आया। तुम्हारी खबर मिलती रहती है। जनरल साहब बता रहे थे कैसे तुमने उग्रवादियों को हथियार छोड़ने के लिए मजबूर कर दिया और जिसने नहीं किया उसे दुनिया छोड़ने के लिए। तुम्हारे साहस और परिश्रम पर संदेह कभी था भी नहीं।

राम (भावुक होते हुए): मैं सोचा था हम दूर तक साथ चलेंगे पर पता नहीं क्यों तुम दूर हो गए। कलंकित रहा हूँ परंतु चरित्र से नहीं, फिर भी मेरा चुप रहना साफ-सुथरों के लिए अच्छा है।

अपूर्वाः तुम इंद्राणी-महल कब आ रहे हो? तुम्हें गले लगाना है।

रामः गौण शव बन गया तो फिर अच्छा मित्र कहलाऊंगा?

अपूर्वाः हम दोस्त हैं, हमारे बीच तर्क-वितर्क, क्लेश, कलह की अव्यवस्था भी आ सकती है, परंतु जो हमारे रिश्ते को जीवंत बनाए रखेगा वह एक-दूसरे को अहमियत देना है।

रामः तो फिर?

अपूर्वाः पीछे मुड़ के देख ले।

राम पीछे देखता है, वहाँ अपूर्वा खड़ा रहता है। राम की खुशी आँखों से झलक रही थी। उसे देखकर लग रहा था राम वह मछली है जो पानी यानी अपूर्वा के बिना तड़प रहा था। राम भागता हुआ अपूर्वा को गले लगा लेता है। अपूर्वा भी राम को कस कर पकड़ लेता है जैसे कह रहा हो अब तुम्हें दूर जाने नहीं दूँगा। दोनों मिलकर खूब सारा खाना खाते हैं और बहुत सी बातें करते हैं।

दृश्य-2

मैथिली अपने कार्य से वापस घर आती है। वैदेही और अगस्त्य भी मैथिली के साथ भोजन ग्रहण करते हैं।

मैथिलीः कुछ बताया अपूर्वा ने? कहाँ गया है?

अगस्त्यः अपूर्वा कुछ देर के लिए राम की चौकी तक गया है।

मैथिलीः असम में?

अगस्त्यः हाँ! वह उससे मिलने गया है।

वैदेहीः अचानक?

अगस्त्यः दो दिन से बोल रहा था राम के साथ गलत किया, मिलकर क्षमा माँग लूँगा।

मैथिलीः मुझे क्यों नहीं बताया?

वैदेहीः तुम्हारे और राम के बीच हमेशा क्लेश होता रहता है।

मैथिलीः हाँ, क्योंकि हम दोनों लोहा हैं और लोहा ही लोहे को काटता है। हम दोनों में से कोई तो एक को काटेगा ही।

वैदेहीः हमारा आचरण साध्वी वाला है। अभी हम शाश्वत जीवन जी रहे हैं, इसलिए हमें अपनी वाणी को कठोर नहीं रखना चाहिए; कोई भी बात सच हो सकती है।

मैथिलीः राम को कुछ हो जाए तो मुझे दुःख नहीं होगा, परंतु अपूर्वा और गीता को कुछ नहीं होना चाहिए।

वैदेहीः यह तुम्हारा प्यार नहीं, 'मोह' बोल रहा है। मोह करना ही है तो वस्तु का करो; वस्तु मिले या ना मिले, बात वहीं रह जाती है। परंतु यदि मोह व्यक्ति से हो जाए, तो बात बहुत दूर तक जाती है। जिस राम से तुम घृणा करती हो, उसने अपने हिस्से का आसमान स्वयं बनाया है। इससे ज्यादा मैं तुम्हें और कुछ नहीं समझा सकती।

मैथिलीः मुझे दिल्ली के लिए रवाना होना है। कल मिलते हैं।

मोह का पकना एक विधि,
मोह की गंध—बासी सी पोटली;
मोह का ना ताप घटे, ना उतरे चढ़ा ज्वर।
मोह की मदिरा में विष सा, बन जाए अधर।
काया पर ना हो औषधि का असर;
नीला पड़ जाए पर नीलकंठ ना कहलाए,
उसका जीवन एक निःशब्द बन जाए!!

दृश्य-3

घटनाक्रमः कुछ घंटों बाद अपूर्वा, राम को अपने साथ 'इंद्राणी-महल' लेकर आता है। दोनों बहुत खुश थे और उनके बीच के गिले-शिकवे अब दूर हो चुके थे।

अपूर्वा (वैदेही से): देखो! मैं राम को ले आया। बाकी सब कहाँ हैं?

वैदेहीः आओ राम! सभी व्यस्त हैं। थोड़ी देर में अगस्त्य चिकित्सालय से आ जाएंगे। मैथिली, गीता के पास दिल्ली गई है और गुरु-माँ (इंद्राणी देवी) कथा सुनने मंदिर गई हुई हैं। ऋषि अमेरिका में है और धारा वाराणसी में रुक गई है।

रामः ऋषि और धारा से अक्सर बात होती रहती है। अगस्त्य भी मुझसे मिलने असम आया था।

वैदेहीः तुम कैसे हो? क्या तुम्हें हमारी याद आती थी?

रामः हाँ, मैंने सभी को बहुत याद किया।

अपूर्वा (वैदेही से): वैदेही, राम को अच्छे-अच्छे पकवान खिलाओ।

राम (हँसते हुए): हलाल तो नहीं करेगा?

अपूर्वा (हँसते हुए): दोस्त! तेरे लिए तो मैं खुद हलाल हो जाऊँगा, पर तुझे चोट नहीं पहुँचने दूँगा।

राम मुस्कुराते हुए अपूर्वा के गले लग जाता है। कुछ देर में अगस्त्य भी आ जाता है और फिर सभी मिलकर गुणवत्तापूर्ण समय साथ बिताते हैं। इसके बाद अपूर्वा और वैदेही अपने कार्यस्थल पर चले जाते हैं, जबकि अगस्त्य और राम के बीच हल्की नोक-झोंक चलती रहती है।

अगस्त्यः राम, अभी असम में क्या स्थिति है?

रामः अभी सब नियंत्रण में है।

अगस्त्यः क्या उनका आतंक बहुत ज्यादा था?

रामः हाँ! उन्होंने बहुत से पुरुषों को कैद कर रखा था और कईयों की हत्या भी कर दी गई थी। उनमें सैनिकों (फौजियों) की संख्या अधिक थी।

अगस्त्यः आखिर वे क्या चाहते थे?

रामः देश की सरकार को घुटनों पर लाना ही उनका मुख्य लक्ष्य रहता है। परंतु जो ताकत निर्दोष देशवासियों को नुकसान पहुँचाकर हासिल की जाए, वह 'आधारहीन स्तंभ' कहलाती है, जिसका ढहना अत्यंत आवश्यक है।

अगस्त्यः तुम सरकार के पक्ष में हो?

राम (मुस्कुराते हुए): मैं फौजी हूँ, मैं सिर्फ देश के पक्ष में हूँ। कोई भी आंदोलन हिंसक नहीं होना चाहिए। स्त्रियों से उनके पुरुषों को छीनना अत्याचार ही है। स्थितियाँ ऐसी बन जाती हैं जहाँ हमें स्त्रियों और बच्चों को प्राथमिकता देनी पड़ती है। इसका अर्थ यह नहीं कि स्त्रियाँ कमज़ोर होती हैं; वे तो घर का मज़बूत स्तंभ हैं। अगर कोई अप्रिय घटना हो, तो वे घर को गिरने नहीं देंगी और अपने घर का संरक्षण करेंगी। वे अपने से बड़ों और छोटों को संभाल लेंगी। नारी ही तो 'नारायणी' है, जिसे पहचानने की आवश्यकता है। स्त्रियाँ सवाल जैसी नहीं, बल्कि उत्तर जैसा महत्व रखती हैं। उनका दयालु होना भी साहस का काम है।

दुनिया में आना, बोझ का भार नहीं उतारती;
ममता का बुढ़ापा, माँ की कीमत कम नहीं करती;
मीठी सी पीड़ा, समर्पण नहीं बन सकती;
आत्मा का उत्सव, प्रार्थना के भाव नहीं ले सकती;
संघर्ष का चुनाव, सफलता से बड़ी नहीं होती;
आँसुओं की ताकत, मेहंदी नहीं घुलती;
जन्म से मज़बूती नहीं बरसती;
वीर पुत्रों के सामने, वीरांगनाएँ कम नहीं रहतीं!

अगस्त्यः क्या तुम्हारी तरह और भी लोग सोचते हैं?

रामः सोचना तो चाहिए। परिवर्तन तभी आएगा और परिवर्तन आकर ही रहता है। अपनी सोच को हमेशा स्वयं को मज़बूत बनाने पर केंद्रित रखना चाहिए, क्योंकि यदि हम भीतर से स्थिर हो गए, तो बाहरी तत्व हमारे भीतर हलचल पैदा नहीं कर पाएंगे। सच्चे अर्थों में किरदार का परिचय यही है कि विसंगतियों में भी जीवित रहना और जीवन देना।

अगस्त्यः तुमने सही कहा। अब मैं भी मानता हूँ कि परिवर्तन होता है। कल तक हम अपनी लाडो (गीता) को नासमझ समझते थे, पर आज वह ग्लैमर का उभरता सितारा है। उसने "फैशन आइकन फेस" का अवार्ड (पुरस्कार) भी अपने नाम कर लिया है। क्या तुमने कभी ऐसा सोचा था?

राम (हँसते हुए): सोचा तो नहीं था, पर अब सोचता हूँ कि मैं भी स्लीवलेस (बिना आस्तीन), बैकलेस (पीठ रहित वस्त्र) और मिनी स्कर्ट पहनकर ही 'फैशन आइकन' बन सकता था।

अगस्त्य (हँसते हुए): क्या तुम्हें सच में ऐसा लगता है?

रामः नहीं! गीता कुछ भी पहनती, चाहे वह साड़ी ही क्यों ना हो, वह तब भी फैशन आइकन ही बनती। फैशन और स्टाइल में हमेशा उसका रुझान रहा है और उसने अपने भीतर एक अनोखी शैली विकसित की है। उसने फैशन के मूलभूत सिद्धांतों—जैसे ज़ोर (Emphasis), संतुलन, संरेखण (Alignment), कंट्रास्ट, पुनरावृत्ति, अनुपात, गति और रिक्त स्थान—को ध्यान में रखते हुए प्रयोग किया है और उसे अपने आत्मविश्वास के साथ जोड़ा है। वह अपने परिधानों में हमेशा डिज़ाइन के सही तत्वों—रेखा, आकार, रूप, बनावट, टोन और रंग—का सटीक चयन करती है। वह जो भी पहनती है, उसमें उसका आत्मविश्वास झलकता है। वह उन कपड़ों में रत्ती भर भी असहज महसूस नहीं करती और इसकी जितनी प्रशंसा की जाए, कम है।

अगस्त्यः क्या तुम यहाँ मैथिली के कारण नहीं आना चाहते?

रामः मैथिली को मैं हमेशा अपने पास रखना चाहता हूँ। निंदा करने वाले (निंदक) को नींद से ज़्यादा महत्व देना चाहिए। नींद तो सिर्फ जगाती है, पर निंदक हमें आने वाली विपरीत परिस्थितियों से बचने के लिए सचेत रखता है।

अगस्त्यः जब तुम यहाँ नहीं रहते, तो धारा भी यहाँ कम ही रहती है। वैसे, धारा तुम्हारी कौन है?

रामः जो तुम हो, वही वह भी है—दोस्त से कम नहीं।

अगस्त्य (हँसते हुए): और दोस्त से ज़्यादा कौन है?

रामः दुश्मन।

अगस्त्यः कौन?

रामः और कौन? जिसने जीना मुश्किल कर रखा है!

अगस्त्यः ऋषि?

रामः अपूर्वा और गीता। दोनों मेरे दुश्मन हैं; दोनों मुझे यहाँ से दूर जाने नहीं देते। मैं जाना भी चाहता हूँ तो पकड़कर ले आते हैं।

अगस्त्य (हँसते हुए): ऐसा भी तो हो सकता है कि तुम खुद ही आना चाहते हो?

रामः मैं सच से मुँह नहीं मोड़ता। सच यही है कि मैं अपूर्वा और उसके परिवार से दूर नहीं रह पाता।

अगस्त्यः क्योंकि उसके परिवार का हिस्सा तुम भी हो।

रामः इतने वर्षों से मुझे अपूर्वा से यही इशारा मिला है।

अगस्त्यः वह तुमसे बहुत प्यार करता है।

रामः मैं भी करता हूँ, परंतु गीता के कारण पिछली बार नाराज़ हो गया था। वह शरारती लड़की है, तो मैं भी शरारती व्यवहार कर देता हूँ। यही बात अपूर्वा को पसंद नहीं आई,

पर अब हमारे बीच सब ठीक है। मैं उसके लिए कुछ भी कर सकता हूँ, चाहे वह मेरे लिए लाभकारी हो या ना हो। मैं उसके लिए अपने हर रिश्ते का त्याग कर सकता हूँ। मैं उसके लिए जीवनभर का कष्ट उठा सकता हूँ। वह वस्तु अपने पास रख सकता हूँ जो मुझे पसंद तक नहीं; वह कार्य करने की स्वीकृति दे सकता हूँ जो मुझे कभी करना ही नहीं था। मैं उसके लिए अकल्पनीय नियम भी तोड़ सकता हूँ। मैं उसके लिए 'जला से जला' (सादा/रूखा) खाना भी खा सकता हूँ—सिर्फ अपने दोस्त के लिए, उससे मिले सम्मान और प्रेम के लिए।

दृश्य - 4

राम इंद्राणी जी के कक्ष में जाता है। उनसे मिलने के लिए वह अपनी गुरु-माँ को भाव-विभोर भावों के साथ देखता है, हर अंदाज़ में उनका आदर और श्रद्धा व्यक्त करता है। उसकी आंखों में उत्सुकता और सम्मान दोनों झलक रहे होते हैं, जैसे हर क्षण वह उनके शब्दों और कर्मों से कुछ सीखने के लिए तत्पर हो।

इंद्राणी देवी: आओ राम! बैठो।

राम: मैंने ज्यादा इंतज़ार तो नहीं कराया?

इंद्राणी देवी: मेरी पोटली में कुछ ऐसे सपने हैं जिन्हें सिर्फ समझदार ही पूरे कर सकते हैं और मैं उनके पूरा होने का इंतज़ार कर सकती हूँ। बाज़ार में सिक्का उसी का चमकता है, जो अपना भरोसा दाँव पर नहीं लगाता।

राम (हँसते हुए): संस्कारी और सफल लोगों से बहुत कुछ सीखने को मिलता है। आपने हमेशा एक मार्गदर्शक की भूमिका निभाई है। आपने मुझे कभी 'कंट्रोल' नहीं किया, बल्कि हमेशा 'गाइड' किया।

इंद्राणी देवी: जो चिड़िया पिंजरे में नहीं पली, उसे रास्ता भी पता था और रास्ता बताने का तरीका भी। हमेशा याद रखना, जो अकेले आगे बढ़ता है, वही उदाहरण बनता है।

रामः मैं सिर्फ उदाहरण नहीं बनना चाहता, बल्कि और भी बहुत कुछ हासिल करना चाहता हूँ। मैं अपनी जेब भारी करना चाहता हूँ। खाली जेब ने मुझे ज़िंदगी का असली मतलब समझा दिया है।

इंद्राणी देवीः एक ईमानदार व्यक्ति अपनी 'बच्चे जैसी सादगी' कभी नहीं खोता, इसलिए हमेशा अपने अंदर का बचपना बनाए रखना। खाली जेब कोई बंद दरवाज़ा नहीं थी, बल्कि सही दिशा दिखाने वाला एक अहसास था। अपना सब्र कभी मत खोना, देखना सब कुछ संभव होगा। यदि तुम्हें कोई नीचा दिखा रहा है, तो समझ लेना कि तुम्हारी ऊँचाई उससे कहीं अधिक है।

रामः आपने जो लक्ष्य दिखाया है, मैं उससे भटक नहीं सकता। पर आने वाले समय में मैं अपने पिता से ज़रूर मिलना चाहता हूँ। आपने मुझे बहुत बड़ा दान दिया है और अपने पैरों पर खड़ा होने में मदद की है। परंतु मेरी माँ का मुझ पर किया गया भरोसा ही मेरा सबसे सुरक्षित निवेश है। पिता के विचार भले ही काम ना आए हों, पर माँ के संस्कारों का शोर मेरे अंदर आज भी बहुत है।

इंद्राणी देवीः तुम्हारे लिए अपनी माँ द्वारा दिया गया चरित्र, संस्कार और ज्ञान ही काफी होना चाहिए। अपने रक्त (वंश) पर पश्चाताप मत किया करो, क्योंकि आज भी अस्पतालों में रक्त की ही ज़रूरत पड़ती है। नकारात्मकता कभी भी सकारात्मक भविष्य का आधार नहीं बन सकती।

रामः मैं आपकी इन बातों का हमेशा ध्यान रखूँगा।

इंद्राणी देवीः अपने जुनून को अपनी इच्छाओं के अनुरूप ही रखा करो। परिस्थितियाँ हमेशा विपरीत नहीं रहतीं।

रामः मनुष्य व्यस्तता में भी अपने कष्टों को नहीं भूल पाता।

इंद्राणी देवीः कष्ट का होना 'अंत' होने जैसा नहीं है। कष्ट पर हमारा अधिकार नहीं होता, परंतु आस्था से उसका निवारण किया जा सकता है। संस्कार और आत्मशक्ति

मनुष्य की वह प्रवृत्ति है, जिससे अनगिनत सवालों और उलझनों को हल किया जा सकता है।

रामः इसका मतलब, समय बदलने के लिए समय से ही लड़ना होगा?

इंद्राणी देवीः जब मन का युद्ध लंबा हो, तो सारे पत्ते एक साथ नहीं खोलने चाहिए। अपना चरित्र पानी की तरह बनाओ—साफ़, स्वच्छ और घुलनशील। कर्म कभी किसी के साथ धोखा नहीं करता, तुम्हारे पिता को भी उनके किए की क्षमा नहीं मिलेगी।

राम (भावुक होते हुए)ः तब तक मैं अपने अंदर की हर बुराई को पराजित कर लूँगा।

श्रीमद्भगवद्गीता श्लोकः

यतो यतो निश्चरति मनश्चञ्चलमस्थिरम् ।

ततस्ततो नियम्यैतदात्मन्येव वशं नयेत् ॥

अर्थात्ः यह चंचल और अस्थिर मन जहाँ-जहाँ भटके, वहाँ-वहाँ से इसे रोककर आत्मा में ही स्थिर करना चाहिए।

अगले दिन सुबह मैथिली का फोन अपूर्वा को आता है, जो उससे आज के कार्यक्रम का विवरण माँग रही थी।

मैथिलीः "आज शहर में युवा और कैडेट कार्यक्रम रखा गया है। क्या आप आ रहे हैं?"

अपूर्वाः "मुझे थोड़ी देर के लिए हेडक्वार्टर जाना है, फिर तुमने जो युवा कैडेटों के लिए मेडल का बॉक्स रखा है, उसे कार्यक्रम में लेकर चला जाऊँगा। तुम और गीता दिल्ली से कब तक आओगी?"

मैथिलीः "एक काम करो, मेडल का बॉक्स (संदूक) राम के हाथों कार्यक्रम स्थल तक पहुँचा दो। हम कुछ घंटों में वहाँ पहुँच जाएँगे।"

अपूर्वाः "कौन सा बॉक्स?"

मैथिलीः "जिस बॉक्स के ऊपर **Confidential (गोपनीय)** लिखा हुआ है। कार्यक्रम के कर्मचारियों को बोल देना कि उसमें मेडल हैं, इसलिए वे 'मेटल डिटेक्टर' का उपयोग ना करें।"

अपूर्वाः "ठीक है, मैं राम के हाथों बॉक्स कार्यक्रम में भिजवा देता हूँ।"

मैथिलीः "आप हेडक्वार्टर का काम खत्म कर हमें लेने आ जाना।"

अपूर्वाः "ठीक है, आता हूँ।"

अपूर्वा, राम को बॉक्स लेकर जाने के लिए कह देता है और फिर अपने काम के लिए निकल जाता है। वह कार्यक्रम के कर्मचारियों को भी सूचित कर देता है कि बॉक्स में कैडेटों के लिए मेडल हैं, इसलिए किसी बात की चिंता ना करें।

कार्यक्रम में हज़ारों की भीड़ जमा हो चुकी है और सभी अपने-अपने स्थान पर विराजमान हैं। राम भी कार्यक्रम में पहुँच जाता है, जहाँ कर्मचारी उसे बॉक्स अंदर ले जाने की अनुमति दे देते हैं। राम अंदर तो आ जाता है, परंतु कार्यक्रम स्थल पर लगे **स्मोक डिटेक्टर (Smoke Detector)**, **पार्टिकल डिटेक्टर (Particle Detector)** और **गैस डिटेक्टर (Gas Detector)** में कुछ हलचल महसूस होती है। कर्मचारी तुरंत इसकी जानकारी अपूर्वा को देते हैं। अपूर्वा जल्द से जल्द वहाँ पहुँचने का वादा करता है और उन्हें यह बात गोपनीय रखने के लिए कहता है।

राम मेडल का संदूक लेकर मंच पर पहुँचता है। जैसे ही एक-एक करके युवा कैडेटों के नाम पुकारे जाते हैं, राम संदूक खोलने की कोशिश करता है। तभी अचानक पीछे से अपूर्वा आ जाता है और उसके हाथ से बॉक्स छीनने लगता है। झटके से बॉक्स खुल जाता है, और दोनों—राम और अपूर्वा—के हाथ अंदर फंस जाते हैं। किसी अनजाने डर और भय की तरह, अपूर्वा के अंदर घबराहट और बेचैनी फैल जाती है। उसके हाथ और शरीर में बिजली की तरह झटके दौड़ते हैं। फुर्ती से बॉक्स उठाकर मंच से नीचे कूदते ही, उसके पैरों के नीचे हवा जैसे गायब हो जाती है, और दिल की धड़कन हर पल तेज़ होकर उसे घुटन और डर में जकड़ लेती है। राम पीछे मुड़कर देखता है, तो उसे नीचे गिरे हुए जख्मी अपूर्वा दिखाई देता हैं। अपूर्वा को राम के पास एक सफेद

प्रकाश का आवरण दिखाई देता है। अपूर्वा हल्की मुस्कान के साथ राम की ओर देखता है और फिर पूरे जोश के साथ संदूक लेकर भागने लगता है। राम भी उसे आवाज़ देते हुए उसके पीछे दौड़ता है।

राम (दौड़ते हुए): "अपूर्वा, क्या हुआ?"

अपूर्वा (दौड़ते हुए): "सभी को कार्यक्रम से बाहर निकालो! मैं पास के **ग्लास हाउस (Glass House)** में जा रहा हूँ।"

राम (दौड़ते हुए): "पर हुआ क्या है?"

अपूर्वा (दौड़ते हुए): "यहाँ जहरीली गैस या वायरस का हमला हुआ है। तुम सबको सुरक्षित स्थान पर ले जाओ!"

राम और वहाँ मौजूद कर्मचारी सभी लोगों को सुरक्षित बाहर निकालते हैं। तुरंत पुलिस और डॉक्टरों की टीम को मौके पर बुलाया जाता है।

राम: कांचगृह के पास अपूर्वा को देखने जाता है, तब तक अगस्त्य भी वहाँ आ जाता है।

राम: देखा तुमने अपूर्वा को?

अगस्त्य: जहरीली गैस के साथ वायरस का भी आक्रमण हुआ है।

अपूर्वा पूरी तरीके से संक्रमित हो चुका है। उसका चेहरा दागों से भर गया है और घावों से रक्त का रिसाव हो रहा है।

राम: अपूर्वा! बाहर आओ! चलो चिकित्सालय। सब ठीक हो जाएगा।

अपूर्वा: मैं संक्रमित हो चुका हूँ। जिसके भी संपर्क में आऊँगा, उसे भी संक्रमित कर दूँगा। इस विषाणु (वायरस) का अभी कोई तोड़ भी नहीं है। मेरे अंदर तक विषाणु फैल चुका है, मेरी कोशिकाएं भी टूट रही हैं। यह एक जानलेवा विषाणु है। मेरा बाहर आना पूरे शहर को खतरे में डाल सकता है। मैं एक फौजी हूँ, मेरा काम बचाना है, खतरे में

डालना नहीं। इसलिए मुझे इस कांचगृह (शीशे के घर) के साथ जलाना ही सही होगा। तुम भी एक फौजी का कर्तव्य निभाओ और अपने देश के नागरिकों को बचाओ। एक के लिए मानवता को खतरे में नहीं डालते।

राम (रोते हुए): पागलों जैसी बात क्यों कर रहा है? सब ठीक होगा, हम तुमको बचा लेंगे।

अगस्त्य (रोते हुए): मैं रक्त का नमूना लेकर जाता हूँ, कोई ना कोई उपाय ढूँढ लेंगे। तुम बस हिम्मत मत हारना।

राम और अगस्त्य दोनों कांचगृह में अपूर्वा को देखकर बेतहाशा रो रहे थे। उनका प्यारा दोस्त, उनका साथी, अब दयनीय और असहाय स्थिति में घिरा हुआ था। उसके शरीर पर पूरी आर्मी की वर्दी थी, पर आज उसके कंधे झुके हुए, थके और बेसहारा लग रहे थे। अपूर्वा का शरीर क्षत-विक्षत हो चुका था, हर चोट और हर घाव से वह दर्द से कराह रहा था। उसकी कराहते हुए आवाज़ ने कांचगृह के भीतर हर दिल को झकझोर दिया। राम और अगस्त्य, अपने हाथों में अपने चेहरे दबाकर, फूट-फूट कर रोने लगे, जैसे उनका अपना हिस्सा भी अपूर्वा के दर्द में फंस गया हो।

बड़े-बड़े डॉक्टर और वैज्ञानिकों की टीम भी इस रहस्यमय वायरस का कोई विषहर औषध (Antidote) नहीं खोज पा रही थी। हर मिनट, हर घड़ी अपूर्वा की हालत और बिगड़ती जा रही थी।

कुछ घंटों बाद एयरपोर्ट से गीता, मैथिली और वैदेही भी वहाँ पहुँचती हैं। मैथिली अपूर्वा की क्षत-विक्षत हालत देखकर बेहोश हो जाती है, और गीता, अपने भाई को खोने के डर से, भाग-भाग कर चीखते हुए उसे कांचगृह से निकालने की कोशिश करती है। हर कदम पर उनका दिल धड़क रहा है, हर सांस डर और बेचैनी से भरी है। अपूर्वा की पीड़ा ने सबका मन, शरीर और आत्मा हिला दिया था—हर पल, हर सेकंड, एक अनजानी त्रासदी की तरह बीत रहा था।

अपूर्वा (इशारे से): गीता, यहाँ आओ।

गीता (बिलखते हुए): भैया! आपके साथ किसने ऐसा किया?

अपूर्वा (रोते हुए): अब सभी के साथ अपना भी ध्यान रखना। हमारा साथ यहीं तक था, परंतु संबंध आगे भी जारी रहेगा। तुम संघर्ष के साथ-साथ सही निर्णय चुनना; क्योंकि जो सही निर्णय ले पाता है, वही भविष्य पर राज करता है। मेरे जाने का दुःख मत करना, मैं तो बलिदान के लिए चुना गया था। मृत्यु तो शाश्वत सत्य है, बिना संघर्ष के भी तो लोग मरते ही हैं।

गीता (चीखते हुए): कुछ नहीं होगा! आप हमें छोड़कर नहीं जा सकते। हम सबको आपकी जरूरत है। हम पर ऐसा अत्याचार मत कीजिए।

अपूर्वा: यह वायरस मुझसे होता हुआ और लोगों तक फैल जाएगा। पुलिस प्रशासन को इस **कांचगृह (Glass House)** को विस्फोटक पदार्थ से उड़ा देने दो। यही करना सही होगा। मेरे पास अब चंद सांसें ही बची हैं, जिन्हें मैं एक सही निर्णय लेकर समाप्त करना चाहता हूँ। गीता, सूर्योदय और सूर्यास्त—दोनों ही देखने में सुंदर होते हैं। यह प्रमाणित करता है कि जीवन में आरंभ और अंत दोनों को सुंदर बनाए रखना चाहिए। हमारा अग्निवीर जीवन त्याग पर आधारित है, क्योंकि यही हमें मानव से महा-मानव बनाता है।

राम, अगस्त्य, वैदेही और गीता के बार-बार मना करने के बाद भी अपूर्वा शहर की सुरक्षा के लिए पुलिस को कांचगृह को जलाने का आदेश दे देता है। पुलिस प्रशासन अपना काम शुरू कर देता है और कांचगृह के चारों ओर विस्फोटक लगा दिए जाते हैं। जब मैथिली को होश आता है, तो वह चीखने-चिल्लाने लगती है। अपूर्वा को उस अवस्था में देखकर वह सिसक-सिसक कर रोने लगती है।

राम (गुस्से से): मैथिली, तुम क्या करना चाहती थी?

मैथिली: मैं तुम्हें मारना चाहती थी।

अगस्त्य (आश्चर्य से): राम ने ऐसा क्या किया है?

मैथिलीः इसने जीवित किया है 'शक्तिवीर' को, जो हमारी मृत्यु और गीता के दुःख का कारण बनेगा।

राम (गुस्से से): अंदेशा मात्र से ही 'स्वार्थ' जन्म लेता है। यही स्वार्थ अपनों के प्रति 'मोह' पैदा करता है, जो आगे चलकर 'पाप' करवाता है। वही तुमने भी किया है। सिर्फ अंदेशा होने मात्र से 'शक्तिवीर' दोषी नहीं बन जाता,वह निर्दोष है। कभी भी निर्दोष को सजा नहीं दी जानी चाहिए, यह पूरी मानवता के लिए खतरनाक है। घमंड और ईर्ष्या एक मानसिक बीमारी हैं, जिसका उपचार केवल प्रकृति और समय करते हैं। यदि मेरा समय सीमित है, तो मैं अपनी आत्मा की संतुष्टि ही चुनूँगा।

मैथिली (क्रोध में): एक दिन तुम इसी महानता के कारण मारे जाओगे। तुमने शक्तिवीर को जीवनदान देकर अपने गले में फंदा डाल लिया है और हम सबको खतरे में डाल दिया है। जब तुम्हें सच्चाई का ज्ञान होगा, तब तुम्हारे पैरों तले जमीन खिसक जाएगी।

रामः मेरे लिए महानता के पथ पर चलना गर्व की बात है। तुमने जो किया, तुम्हें उस पर गर्व नहीं होना चाहिए। देखो! अपूर्वा के साथ क्या हो रहा है, उसे कितनी भयानक मृत्यु मिलने वाली है।

मैथिलीः तुम्हें क्या लगता है, मैं खुश हूँ? अपने अपूर्वा को इस हाल में देखकर मैं अंदर से टूट चुकी हूँ। मैं स्वयं मर सकती हूँ, परंतु अपने पति (अपूर्वा) को मरते हुए नहीं देख सकती। यह बात तुम उस दिन समझोगे, जब तुम्हारी प्रिय भी इसी तरह जल रही होगी।

(मैथिली धीरे-धीरे चलकर गीता के पास जाती है, जो काँच की दीवार को पकड़कर बैठी है। वह मौन है, परंतु उसके आँसू उसकी व्यथा कह रहे हैं।)

मैथिली (रोते हुए): तुम मुझसे घृणा मत करना, मैंने तुम्हारे भाई और तुमसे अत्यधिक प्रेम किया है। ये लोग नहीं समझ रहे, परंतु मैं सच कह रही हूँ कि कहीं कुछ तो गड़बड़ है। वरना, जिसके लिए हमने वर्षों तक तप किया, वह हमसे क्यों नहीं मिला?

(यह कहकर मैथिली दूसरे रास्ते से काँचगृह में अपूर्वा से मिलने चली जाती है, जहाँ विस्फोट होने लगता है। अगस्त्य और वैदेही, गीता को काँचगृह से दूर ले आते हैं, परंतु मैथिली, अपूर्वा के साथ ही काँचगृह में रहने का निर्णय लेती है।)

अपूर्वा (रोते हुए): तुम्हें बाहर ही रुकना चाहिए था।

मैथिली (रोते हुए): मुझे क्षमा कर दीजिएगा।

अपूर्वा (रोते हुए): यदि कोई संदेह था, तो मुझसे बात करती। संवाद करने से बड़ी से बड़ी समस्या का समाधान मिल जाता है।

मैथिली: क्या अभी भी समाधान तलाशने का समय शेष है?

अपूर्वा (सिसकते हुए): नहीं, अब तो सिर्फ स्वयं को समाधि की ओर ले जाया जा सकता है।

मैथिली और अपूर्वा, दोनों आँसू भरे हुए, एक-दूसरे को मजबूती से गले लगा लेते हैं। उनके शरीर की हर झिंझरी पीड़ा और दर्द की कहानी कह रही थी। तभी अचानक, एक जोरदार धमाके के साथ कांचगृह में भयानक विस्फोट होता है। कांच के टुकड़े और धुआँ चारों ओर उड़ते हैं। सभी वहाँ मौजूद लोग, नम आँखों और थरथराते दिलों के साथ, इस दहशत भरे दृश्य को देखते रह जाते हैं। उनका प्रिय मित्र, अपूर्वा, अपनी पत्नी के साथ, इसी भयावह आग और धुएँ के बीच बलिदान हो चुका था।

गीता के भीतर भी भावनाओं का ऐसा तूफान उठ खड़ा होता है कि उसकी आँखों से लगातार अश्रुओं की धारा बहती रहती है। उसकी आत्मा चीख रही थी, पर कोई आवाज़ नहीं निकल रही थी। अपने भाई और भाभी को खोने के गहरे सदमे के कारण, वह एक तीव्र भावनात्मक आघात ('ट्रॉमा अटैक') की स्थिति में पहुँच चुकी थी। हर सांस दर्द में डूबी हुई थी, हर पल उसका मन हिलता और कांपता था।

कई दिनों तक गीता मानसिक आघात के जाल में जकड़ी रही। वह अपने पैरों पर खड़ी होने में असमर्थ थी, अपने ही शरीर और मन को नियंत्रित नहीं कर पा रही थी। उसकी हालत इतनी चिंताजनक और दुखद थी कि वह अपूर्वा और मैथिली के आयोजित

प्रार्थना-सभा में भी शामिल नहीं हो सकी। चारों ओर श्रद्धांजलि और यादों का माहौल था, पर गीता के लिए यह सब खाली और अधूरा प्रतीत हो रहा था। हर याद, हर दृश्य उसके दिल और आत्मा को चीर रहा था। वह उस भयावह रात और अपूर्वा की पीड़ा को बार-बार महसूस कर रही थी, जैसे हर क्षण उसकी आत्मा भी वही दर्द झेल रही हो।

अपूर्वा की शोक सभा के बाद राम इंद्राणी महल से प्रस्थान कर रहा होता है, तभी इंद्राणी देवी वहां पहुँच जाती हैं।

इंद्राणी देवी: मैथिली ने जो भी बुरा किया, उसे अपने मन में मत रखना। उसका मोह उसे लील गया। पत्नी के अच्छे कर्म सौभाग्य लाते हैं, तो बुरे कर्म दुर्भाग्य।

अगस्त्य (मन में): मैं इस घटना का साक्षी बना हूँ। राम सुरक्षित रहा क्योंकि उसके पास गीता का सुरक्षा-कवच था। परंतु अपूर्वा ने अपना कवच मैथिली को दे दिया था, इसलिए वह संक्रमित हो गया। अंततः मैथिली ने भी वह कवच त्याग कर अपने पति के साथ मृत्यु को स्वीकार कर लिया।

राम (दुखी होकर): मेरे भीतर केवल दुःख शेष है। अपूर्वा और मैथिली अब नहीं रहे, और गीता इस सत्य को सहन नहीं कर पा रही है। उन्हें खोना उसके लिए एक गहरे आघात जैसा है। कुछ लोग याद बनकर दिल में बस जाते हैं, बिछड़ कर भी जिंदगी के सफर में महत्त्वपूर्ण बन जाते हैं।

वैदेही: हमने उसे समझाया, पर वह अपनी दिनचर्या में नहीं लौट पा रही है। योग और अभ्यास ने हमें तो मानसिक मजबूती दी है जिससे हम मृत्यु के सत्य को समझने लगे हैं, पर वह एक साधारण लड़की है, उसे उबरने में समय लगेगा।

राम (इंद्राणी से): गुरु माँ, क्या मैं प्रस्थान करने से पूर्व एक बार गीता से मिल लूँ?

इंद्राणी देवी (राम से): यदि तुम्हारी बातों से उसमें सुधार की संभावना है, तो प्रयास अवश्य करो।

राम (गीता के कक्ष में): गीता! कैसी हो?

गीता (रोते हुए): सरजी! नमस्ते! आप जा रहे होंगे?

राम: तुम्हारी फिल्म पूरी हो गई?

गीता: मैंने पैसे लौटा दिए हैं, मैं अब काम नहीं कर सकती।

राम: विपरीत परिस्थितियों में व्यक्तित्व और निखरता है, क्योंकि बाधाओं की आग में जलकर ही बड़ा सम्मान प्राप्त होता है।

गीता (रोते हुए): यदि आप मेरे स्थान पर होते, तो भी क्या यही कहते?

राम (दुखी होकर): क्या मैं उस स्थिति में रहा नहीं हूँ? मैं रोया हूँ, बिलखा हूँ और तड़पा हूँ, परंतु घबराया नहीं; क्योंकि माँ भी तो यही चाहती थी। प्रत्येक व्यक्ति अपने अंतिम क्षणों में अपनों से अपने लिए मरने की कामना नहीं करता, बल्कि उनके सुखद जीवन की कामना करता है। तुम्हारे भैया अपूर्वा भी यही चाहते होंगे कि तुम उनसे भी ज्यादा चाँद-सितारे (सफलता) इकट्ठा करो।

गीता (रोते हुए): भैया यह बात खुद आकर क्यों नहीं कहते? वे दिखाई भी तो नहीं दे रहे।

राम (विचारपूर्ण होकर): तुम अपूर्वा के कहे बिना बात क्यों नहीं समझ जातीं? समय पर जो बातें समझ नहीं आतीं, वही अक्सर जीवन का सबसे बड़ा सबक बनती हैं। अपने सम्मान और चरित्र के कद को ऊँचा करो, तो बुरे दिन छोटे लगने लगेंगे। अक्सर दुख में सिर्फ ईश्वर और सुख में केवल प्रियजन दिखाई देते हैं, लेकिन सफलता ही वह एकमात्र स्थिति है जहाँ ईश्वर और प्रियजन दोनों को साथ देखा जा सकता है। जब तुम उस मुकाम पर होगी जहाँ अपूर्वा तुम्हें देखना चाहता था, तब वह तुम्हें स्वतः दिखाई देने लगेगा।

गीता (भावुक होकर): मुझे लगता था कि केवल 'जीवन-दान' ही सबसे बड़ा होता है, पर आज समझ आया कि किसी को उसके दुःख से बाहर निकालना भी 'दान' की श्रेणी में आता है।

रामः अपने कार्य में पूरी तरह मग्न हो जाना ही वास्तविक सौंदर्य है। कर्तव्यों के पूर्ण होने से ही जीवन की गंगा निर्बाध बहती है।

गीता की आँखें भर आती हैं और वह रुँधे हुए गले से राम को धन्यवाद कहती है।

राम अपने कार्य हेतु असम की ओर निकल पड़ता है। इस बार वह इंद्राणी-महल से निकलते समय मुड़कर देख रहा था। वह वहाँ रुकना चाहता था, परंतु जो पाठ उसने गीता को पढ़ाया था, उसे स्वयं भी तो याद रखना था। अपने दायित्वों, जिम्मेदारियों और नैतिक कर्तव्यों को तन, मन और वचन से ईमानदारी, निष्ठा तथा समर्पण के साथ पूरा करना ही धर्म है। राम जैसे सदाचारी व्यक्ति कर्तव्यपरायणता को ही सर्वोपरि महत्व देते हैं।

पढ़ नहीं पाते कुछ लोग;
उदासी से भरे पन्ने;
वे तो तब भी खिलखिलाते हैं;
जब धुंधली होती हैं दीवारें!!
उनकी चुप्पियों में भी;
गूँजता है एक सुर-संगीत!
उनकी शरारत में भी;
पनपता है एक पावन तीर्थ!
उनकी आँखों में भी;
बसता है सुनहरी यादों का मृग!!
जैसे सूरज मुस्कुराता है, काली रात के बाद;
वैसा ही विश्वास बढ़ता है, आँखों की नमी के साथ...!!
अरमानों के समंदर में; कर्तव्यपरायणता सबसे प्यारी है।
कर्म कीजिए और निरंतर करते रहिए; सपनों का ज्वारभाटा अभी जारी है!!

अध्याय 6

जबरन विवाह

तीन महीने बीत चुके हैं, परंतु अब भी इंद्राणी महल में खुशियों का आगमन होना बाकी है। सभी अपनी-अपनी दिनचर्या में व्यस्त हो चुके हैं। गीता भी अपनी शूटिंग पर जाने लगी है, परंतु उसका वह पुराना बचपन कहीं खो सा गया है। इंद्राणी देवी ने सभी को हर **पाँच वर्ष** में होने वाले **अनुष्ठान** के लिए बुलाया है। ऋषि अमेरिका से लौट आया है और धारा भी इंद्राणी महल में उपस्थित है। सभी डाइनिंग टेबल पर दोपहर का भोजन कर रहे हैं।

अगस्त्यः ऋषि! राम से बात हुई? वह कब तक आएगा?

ऋषिः वे कल तक आ जाएंगे।

धाराः अनुष्ठान संपन्न होने के बाद हम भी चले जाएंगे।

वैदेहीः क्यों?

धाराः घर का काम अभी अधूरा है और ऋषि को पढ़ाई भी पूरी करनी है। वैसे भी अपूर्वा और मैथिली के जाने के बाद यहाँ वह पहले जैसी चहल-पहल नहीं रही।

इंद्रधनुष के रंग उतरते ही,
नीले आकाश ने चुपके से;
प्रदूषण का आँचल ओढ़ लिया!
ठहरने वाली बूंदों ने पत्तों पर आना छोड़ दिया,
फूलों को निहारती खिड़कियों ने खुलना छोड़ दिया।
कहते हैं यह जीवन चक्र है;
पर मुझे लगता है, यह जीवन का फुसफुसाता शोर है!

तभी गीता विवाह के जोड़े में तैयार होकर आती है और सभी का अभिवादन करती है।

गीताः दीदी, मैं शूटिंग पर जा रही हूँ।

ऋषिः तुमने यह वेशभूषा (Dress) क्यों पहनी है?

गीताः कहानी में अभी शादी का सीक्वेंस चल रहा है, इसलिए सेट पर पहुँचते ही शूटिंग शुरू करनी होगी।

ऋषिः अच्छा।

धाराः तुम्हें वापस काम पर लौटते देख अच्छा लगा।

गीताः धन्यवाद! अब मैं निकलती हूँ।

गीता बिना दोपहर का भोजन किए ही वहाँ से चली जाती है।

वैदेही (दुखी होकर): पता नहीं इसके मन में क्या चल रहा है? अब इसके पास सिर्फ काम ही रह गया है। हमारी प्यारी लाडो बहुत जल्दी बड़ी हो गई है; उसका यह मौन ही अब उसके व्यवहार का अनुवाद बन गया है।

धाराः जीवन में हर चीज़ की तलाश की जाती है, परंतु बिना तलाश किए जो मिलता है, वह केवल मृत्यु है। इस दुनिया में हमारा कुछ भी नहीं है, यहाँ तक कि हमारा शरीर भी नहीं।

अगस्त्यः ज़िंदगी कभी हमें जमाकर, जलाकर, या डुबाकर मारती है, तो कभी प्यासा रखकर। और हमारे पीछे जो प्रियजन रह जाते हैं, उन्हें यह ज़िंदगी रुला-रुलाकर मारती है।

ऋषिः मृत्यु तो एक प्रक्रिया है, जिसकी प्रतिक्रिया केवल जीवित रहकर ही दी जा सकती है।

वैदेहीः न्याय तो होकर ही रहता है, चाहे वह कर्म का हो या अत्याचार का। श्री कृष्ण ने दुर्योधन के बहनोई का वध करने के लिए सूर्य को ढलने से रोक दिया था; क्या वे महाभारत का युद्ध नहीं रोक सकते थे? अपूर्वा का व्यक्तित्व बहुत प्रभावशाली था, उसकी कमी उम्र भर महसूस होगी। अपूर्वा उस मंदिर के समान जहाँ बिना माँगे ही इच्छाएँ पूरी हो जाती थीं। मैथिली को यह समझना चाहिए था कि दूसरों का दीया बुझाने से उसका अपना घर रोशन नहीं होगा। ईर्ष्या से कभी किसी का भला नहीं होता। मुझे ईश्वर के विधान पर पूर्ण विश्वास है; उनकी बनाई योजना हमारी प्रार्थनाओं से कहीं बेहतर होगी।

अगस्त्यः सच है! कली भी सुबह होते-होते खिल ही जाती है।

ऋषिः वह सुबह गीता के जीवन में भी अवश्य आएगी। आने वाला सूरज इतना प्रखर होगा कि उसका संरक्षण और तेज अपूर्वा से कम नहीं होगा।

भोजन के पश्चात सभी आगामी अनुष्ठान की तैयारी में जुट जाते हैं। यह अनुष्ठान हापुड़ के 'लाल मंदिर' के समीप के जंगलों में होने वाला है। जनश्रुति के अनुसार, इस लाल मंदिर का निर्माण भूतों ने किया था। यहाँ सदैव श्रद्धालुओं का तांता लगा रहता है। इस मंदिर की सबसे बड़ी विशेषता यह है कि इसके निर्माण में मिट्टी, चूने या सीमेंट का तनिक भी प्रयोग नहीं किया गया है।

इस स्थान को अनुष्ठान के लिए इसलिए चुना गया है क्योंकि यहाँ शिवलिंग स्थित है। इस अनुष्ठान में चंद्रवंशी स्वयंसेवकों के अनुयायियों के साथ-साथ पर्वतों में रहने वाले ऋषि-मुनि और अघोरी भी उपस्थित होंगे। साधु और अघोरी भगवान शिव को अपना आराध्य मानते हैं। ये सभी एक गहन आध्यात्मिक साधना करने वाले हैं जो कुछ दिनों तक चलेगी; इसमें वे निश्चित संख्या में मंत्रों का जाप और तपस्या करेंगे।

अनुष्ठान के दौरान सभी को आदर्श रूप में मौन रहना है, सात्विक भोजन करना है और मन को विचलित होने से रोकना है। इस अनुष्ठान का उद्देश्य उस तत्व की प्राप्ति करना है जो अवर्णनीय हो। हापुड़ के लाल मंदिर के समीप के जंगलों में तीनों प्रकार की पौराणिक कथाओं का पुनर्मंचन होगा। यहाँ जीवन के विभिन्न चरणों और पारिवारिक मूल्यों से संबंधित अनुष्ठान आयोजित किए जाने वाले हैं। अनुष्ठान व्यक्ति को धर्म और संस्कृति से जोड़ता है। प्रत्येक 5 वर्षों में यह आयोजन सबको एक सूत्र में बाँधने, आध्यात्मिकता और अनुशासन प्राप्त करने के लिए किया जाता है।

अगले दिन अनुष्ठान में जाने के लिए सब तैयार हो रहे थे। सभी को राम का इंतज़ार था और गीता के शूटिंग पर जाने का भी। वैदेही, गीता के कक्ष में जाती है।

वैदेही (गीता से): आज भी तो शूटिंग होगी?

(गीता अपने भाई की नेमप्लेट हाथ में लिए उसे निरंतर देख रही है।)

वैदेही: मैं तुमसे बात कर रही हूँ।

गीता: सुन रही हूँ।

वैदेही: तो निकलो फिर, शूटिंग के लिए हमें भी निकलना है।

गीता: क्या आप मेरे एक प्रश्न का उत्तर देंगी?

वैदेही: पूछो।

गीता: जब मृत्यु ही अंतिम सत्य है, तो फिर हम यह झूठ क्यों जी रहे हैं? जब एक दिन इस संसार से जाना ही है, तो फिर यह सब जीने का क्या अर्थ है?

वैदेही: क्योंकि जो झूठ सच जैसा लगे, उसे बोलते रहना चाहिए। जो झूठ हमें ऊँचाई का बोध कराए, वह चढ़ाई हमें चढ़नी चाहिए। जो झूठ हमें भीतर से टूटने ना दे, उस झूठ को बाहर से सुन लेना चाहिए। हमारे दुःख संकेत देते हैं कि हम संघर्ष के मार्ग पर हैं; संघर्ष उस सृष्टि का आमंत्रण है, जिसे स्वीकार करते हुए आगे बढ़ना चाहिए। जीवन में जब आप दिशाहीन हो जाएं, तो सिर्फ 'चलते रहना' ही हिम्मत देता है। जीवन वह

मोह है जिसके बाद मनुष्य निर्भर हो जाता है। यह जीवन हमें यह भी समझाता है कि यदि हम कुछ अच्छा खो सकते हैं, तो उससे भी श्रेष्ठ प्राप्त करने का सामर्थ्य रखते हैं।

गीता (विचारमग्न होकर): मैं स्नान करके शूटिंग पर चली जाऊँगी। आप लोग अपना ध्यान रखना।

वैदेही: जल्दी नीचे आ जाना।

(थोड़ी देर बाद गीता शूटिंग की ड्रेस पहन कर नीचे आती है और हॉल के बीचों-बीच अपने भाई की तस्वीर पर माला चढ़ाकर दीपक प्रज्वलित करती है। तभी कैप्टन राम वहाँ आता है और दोनों हाथ जोड़कर अपूर्वा को प्रणाम करता है।)

गीता (वैदेही से): दीदी! शूटिंग के बाद मैं प्रैक्टिस मैच के लिए जाऊँगी। आप चिंता मत करना।

ऋषि: आज भी यही ड्रेस?

गीता: तीन दिन से शूटिंग चल रही है, अभी तक सीक्वेंस खत्म ही नहीं हुआ।

धारा: इन कपड़ों में तुम बहुत सुंदर लग रही हो।

गीता: धन्यवाद, धारा मैम।

इंद्राणी देवी: अपना ध्यान रखना।

गीता: जी माँ।

राम (गीता से): श्रृंगार के साथ संघर्ष करती हुई स्त्री को पहली बार देख रहा हूँ, वरना इतिहास में तो सिर्फ इसके बारे में पढ़ा ही था।

गीता (राम से): मैंने संघर्ष के साथ खामोशी को भी चुन लिया है।

राम (गीता से): शांति से मिली सफलता ही चरित्र का निर्माण करती है, जिसे अहंकार छू भी नहीं सकता।

गीता (राम से): मैं समझी नहीं?

रामः "सफ़र बहुत लंबा होगा। जो पल बीता वह प्यारा था, लेकिन वह कल था। जब तुम यह बात समझने लगोगी, तब जानोगी कि दुःख क्षणिक है, पर कर्म की चमक सदैव बनी रहती है।"

गीताः "मेरे लिए सफलता तभी मूल्यवान होगी, जब मेरे अपने मेरे साथ रहेंगे।"

(यह कहकर गीता अपनी शूटिंग के लिए चली जाती है।)

धारा (राम से): "अचानक तुम चुप क्यों हो गए?"

राम (धारा से): "लोगों को ईश्वर में विश्वास होता है, पर इस लड़की (गीता) को सब पर विश्वास है।

धाराः "इसमें बुराई क्या है?"

रामः जब मनुष्य हर किसी पर आँख बंद करके विश्वास करने लगता है, तो धीरे-धीरे उसका स्वयं पर रखा हुआ विश्वास धुंधला पड़ने लगता है। दूसरों पर अत्यधिक भरोसा करना कई बार अपने ही आत्मबल को कमजोर कर देता है। जब आत्मविश्वास डगमगाने लगता है, तब व्यक्ति की अपनी ही नज़रों में उसकी कीमत कम होने लगती है। और जब कोई व्यक्ति अपनी ही नज़रों में छोटा हो जाता है, तो वही उसके पतन की शुरुआत बन सकता है।

मनुष्य का सबसे बड़ा सहारा उसका आत्मविश्वास और उसकी अंतरात्मा की आवाज़ होती है। यदि वही कमजोर पड़ जाए, तो वह कितनी भी शक्ति या सामर्थ्य क्यों ना रखता हो, भीतर से टूटने लगता है। इसलिए आवश्यक है कि हम दूसरों पर विश्वास करें, परंतु अपने आत्मविश्वास को कभी कमजोर ना होने दें।

फिलहाल मुझे अनुष्ठान के लिए जाना होगा। वहाँ से लौटने के बाद मैं गीता से अवश्य बात करूँगा। शायद मुझसे बात करके उसके मन का बोझ थोड़ा हल्का हो सके, और वह इस कठिन समय से बाहर आने की शक्ति पा सके।

उद्धरेदात्मनात्मानं नात्मानमवसादयेत्।

आत्मैव ह्यात्मनो बन्धुरात्मैव रिपुरात्मनः॥

(अर्थ: मनुष्य को चाहिए कि वह स्वयं अपना उद्धार करे, अपने को पतित ना होने दे। क्योंकि आत्मा ही अपना मित्र है और आत्मा ही अपना शत्रु है।)

सभी ऋषि, मुनि और अघोरियों के साथ गुरुजी भी जंगल में अनुष्ठान के लिए पहुँचे हैं। सभी अग्निवीर, इंद्राणी देवी और दाई-माँ भी अनुष्ठान का हिस्सा बनने के लिए वहाँ पहुँच चुके हैं। दूर-दूर से आए पंडितों और आचार्यों ने 'शतचंडी-यज्ञ', ब्रह्म-यज्ञ, देव-यज्ञ, पितृ-यज्ञ, भूत-यज्ञ एवं मनुष्य-यज्ञ प्रारंभ किया। यह एक सूक्ष्म प्रक्रिया है जो व्यक्ति की चेतना को निम्न स्तर से उच्च स्तर तक ले जाती है, जिससे आत्मा का शुद्धिकरण होता है।

यज्ञ शांतिपूर्वक संपन्न ना हो, इसके लिए अपस्मरा के अनुयायी और उसके अधर्मी लोग यज्ञ में विघ्न डालने लगते हैं। उनकी ओर से 'भार्गवास्त्र' का प्रयोग किया जाता है, जिससे कई ऋषि-मुनि घायल होने लगते हैं। अग्निवीरों ने जवाबी कार्रवाई की और अपनी ज्ञानेंद्रिय शक्तियों का प्रयोग कर युद्ध किया, परंतु अपस्मरा के अस्त्र-शस्त्रों के सामने वे परास्त हो रहे थे। गुरुजी और आचार्यों ने सभी अधर्मियों को बांधने का प्रयास किया, परंतु वे भी विफल रहे।

आचार्य: "महंत गुरुजी! हमें अपस्मरा के सामने अपना 'राजा' खड़ा करना होगा। आखिर कब तक हम अपनों को खोते रहेंगे? हमें सिर्फ योगी नहीं, बल्कि 'राजा' अर्थात् शस्त्र उठाने वाला अपना संरक्षक चाहिए।"

गुरुजी (गीता के पिता): "हम अनुष्ठान के बाद अपना कार्यवाहक 'राजा' ही घोषित करने आए थे।"

आचार्य: "अब हम क्या करेंगे? निर्दोष ऋषि-मुनियों और अपने अनुयायियों को कैसे बचाएंगे?"

गुरुजी: "अभी परिस्थितियाँ अनुकूल नहीं हैं। इस असामयिक समय में हम 'राजा' की घोषणा नहीं कर सकते। मैं सबको सुरक्षित निकालने का उपाय करता हूँ।"

तत्पश्चात गुरुजी ने अपनी ध्यानमग्न दृष्टि आकाश की ओर उठाई और अग्निवीरों के साथ मिलकर शक्तिशाली वैदिक मंत्रों का उच्चारण प्रारंभ किया। उनके स्वर एक साथ गूंजने लगे, और देखते ही देखते मंत्रों की दिव्य ऊर्जा से एक अदृश्य 'मंत्रों का जाल' तैयार होने लगा। वह जाल जंगल के चारों ओर फैलकर एक सुरक्षा कवच की तरह फैल गया। गुरुजी और अग्निवीरों ने मिलकर उस दिव्य शक्ति की सहायता से वहाँ फँसे लोगों को सुरक्षित बाहर निकालने का प्रयास किया। कुछ लोगों को उस भयानक परिस्थिति से बचा लिया गया, परंतु अभी भी कई लोग आश्रम के भीतर भय और अराजकता के बीच फँसे हुए थे।

तभी अचानक आकाश में एक भयंकर गर्जना हुई, मानो प्रकृति स्वयं क्रोध से कांप उठी हो। अगले ही क्षण 'भार्गवास्त्र' की प्रचंड शक्ति प्रकट हुई। देखते ही देखते आकाश से हजारों तीव्र बाणों और विषैले सर्पों की वर्षा होने लगी। वे बाण बिजली की गति से नीचे गिर रहे थे, और सर्प फुफकारते हुए चारों ओर फैलने लगे। इस अचानक हुए आक्रमण ने गुरुजी और अग्निवीरों को घेर लिया। वे चारों ओर से उस प्रचंड अस्त्र की शक्ति में बंधक बन गए, मानो किसी अदृश्य शक्ति ने उन्हें जकड़ लिया हो।

आश्रम के एक ओर, घने पेड़ों की ओट में छिपकर धारा, इंद्राणी और दाई-माँ यह भयावह दृश्य देख रही थीं। उनके चेहरों पर चिंता और भय स्पष्ट दिखाई दे रहा था। वे असहाय होकर इस विनाशकारी घटना को देख रही थीं, परंतु कुछ कर पाने की स्थिति में नहीं थीं। हर पल उन्हें ऐसा प्रतीत हो रहा था कि स्थिति और भी भयानक होती जा रही है।

धारा: "अब क्या करूँ? क्या गीता के सेट पर फ़ोन करूँ?"

इंद्राणी: "क्यों?"

धारा: "वह हमारे लिए पुलिस प्रशासन को लेकर आ सकती है।"

इंद्राणीः "पुलिस इनका कुछ नहीं बिगाड़ सकती! ये सब दुष्टशक्तियाँ हैं, और कुछ शक्तियाँ भूत-प्रेत के समान हैं, जो कभी दिखाई देती हैं और कभी अदृश्य हो जाती हैं।

जल्दबाजी में, धारा ने इंद्राणी की बातों को नज़रअंदाज़ करते हुए गीता के सेट पर संदेश भिजवा दिया।

इंद्राणी देवी (धारा से): "यह तुमने अच्छा नहीं किया, अब और भी लोग यहाँ आकर फँस जाएंगे।"

कुछ देर बाद **अपस्मरा** की आवाज़ के साथ उसके मायावी साथी **गुरुजी** से वार्तालाप करने लगते हैं।

अपस्मराः हमें सत्य का पता दे दो, तुम्हें मुक्ति मिल जाएगी। मैं एक बार फिर से उससे युद्ध करना चाहता हूँ। पिछली बार बच निकला था, इस बार बचने का अवसर नहीं दूँगा।

ऋषि (गुरुजी से): हमारे प्राण ही क्यों ना चले जाएँ, आप कोई प्रतिक्रिया ना देना।

राम (गुरुजी से): आपके साथ आपके अग्निवीर हैं।

क्रोध में आकर अपस्मरा का एक साथी **शारंग धनुष** से तीर चला देता है, जो सभी अग्निवीरों को **नागपाश** में बाँध देता है।

वैदेहीः दुष्ट! पापी!

अपस्मराः तुम लोगों की मृत्यु सुनिश्चित है और इसका दोषी तुम्हारा गुरुजी है। तुम लोग **सत्य** नामक व्यक्ति के लिए अपनी मृत्यु क्यों आमंत्रित कर रहे हो? यह द्वंद्व अपस्मरा और सत्य के बीच है; तुम्हें इसमें नहीं आना चाहिए। सत्य तुम्हारा धर्मसंस्थापक है, परंतु वह मेरा प्रतिद्वंदी है।गुरुजी को बोलो **सत्य** हमें दे दे, फिर तुम लोग सुरक्षित रहोगे।

वार्तालाप के बीच अचानक जंगल में एक **बुलेट मोटरसाइकिल** रुकती है। बुलेट से लहँगे में **गीता** उतरती है और उसके हाथ में **शारंग धनुष और बाण** होता है। ये वही धनुष-बाण हैं, जिन्हें मैथिली ने इंद्राणी के संदूक में देखा था।

सभी ऋषिगण, मुनि, अग्निवीर, इंद्राणी, गुरुजी, धारा और दाई-माँ आश्चर्यचकित हो जाते हैं क्योंकि वह अकेली ही आती है।

अपस्मरा का साथी: तुम क्या कर लोगी?

गीता: वह तीर खड़ा करूँगी जो तुम्हारे आर-पार होगा।

गीता अपस्मरा के अनुयायियों पर **मोहिनी अस्त्र** चला देती है। सभी अधर्मी-असुरगण इधर-उधर भटकने लगते हैं। फिर वह एक तीर बंधकों के बंधन छुड़ाने के लिए चला देती है, जिससे बंधक रिहा हो जाते हैं।

गुरुजी (गीता से): तुमको यहाँ किसने बुलाया?

गीता: मैं स्वयं आई हूँ अपने लोगों को बचाने।

गुरुजी (गीता से): ठीक है! अब यहाँ से जाओ।

गीता (मुस्कुराते हुए): अभी काम पूरा नहीं हुआ है।

वैदेही: कौन सा काम पूरा करोगी?

गीता (मुस्कुराते हुए): 'राजा' चुनने का काम बाकी है।

गुरुजी (गीता से): तुम लौट जाओ, मैं आगाह करता हूँ कि तुम्हारी क्षति हो जाएगी, अभी उचित समय नहीं है।

गीता (दुखी होकर): हम निर्णय ले चुके हैं। अब भाई और भाभी की तरह किसी की भी मृत्यु नहीं होने देंगे, फिर चाहे इसमें मेरी क्षति ही क्यों ना हो।

गीता मंत्रों के साथ हर्षण-भरे पुष्प-बाण राम की ओर भेज देती है। जैसे ही वे बाण उसके पास पहुँचते हैं, वहाँ उपस्थित सभी लोग घुटनों के बल बैठ जाते, जैसे किसी दिव्य शक्ति के प्रभाव में उनका शरीर स्वतः नतमस्तक हो गया हो। परंतु राम, इस दिव्यता और ऊर्जा को अनुभव करते हुए, आनंदित होने लगता है। उसके भीतर वह बाण एक अजीब उन्माद और उत्साह पैदा करने लगता है, जो उसके चेतन मन को झकझोर देता है।

इसके तुरंत बाद, गीता सम्मोहन बाण चला देती है, जो राम को उसकी ओर मोहित कर देता है। राम का मन और दृष्टि गीता पर केन्द्रित हो जाता है, जैसे उसके सम्पूर्ण अस्तित्व पर किसी मंत्रमुग्ध शक्ति का प्रभाव हो। इस अद्‌भुत और रहस्यमय दृश्य को ऋषिगण शांतिपूर्वक और सजीव आनंद के साथ देख रहे हैं, हर पल उस दिव्यता और ऊर्जा के अनुभव में डूबे हुए। वे देखते हैं कि कैसे चेतना, शक्ति और भौतिक अनुभूति एक-दूसरे में मिश्रित होकर, दिव्य खेल का रूप ले रही हैं।

यह दृश्य केवल शक्ति का नहीं, बल्कि चेतना, भौतिकता और आध्यात्मिक ऊर्जा के अद्‌भुत समागम का प्रतीक है। हर बाण, हर मंत्र, और हर प्रतिक्रिया, एक दर्शनात्मक अनुभव का अंग बनकर उपस्थित सभी के मन और आत्मा को छू जाता है।

गुरुजी (गुस्से से): तुम क्या कर रही हो? तुम्हें आपराधिक दंड मिलेगा। तुमको सिर्फ आपातकाल के लिए रखा गया है, अभी जो तुम कर रही हो वह सही नहीं है।

गीता (स्वाभिमान के साथ): मुझे हर दंड स्वीकार है, परंतु पाप करना स्वीकार नहीं है।

गीता राम को यज्ञ-वेदी के पास ले जाती है और वहाँ फूलों की माला (वरमाला) राम को पहना देती है। वहाँ पास में खड़े आचार्य और पंडित विवशता भरी नज़रों से गुरुजी को देखते हुए विवाह-संस्कार के **वैदिक मंत्रों** का उच्चारण करने लगते हैं। मंत्रों के जाप से गुरुजी क्रोधित होकर राम का सम्मोहन तोड़ने के लिए बार-बार उसका नाम पुकारने लगते हैं। वैदिक रीति के प्रभाव से राम का सम्मोहन टूटता है, परंतु राम की आँखों से सिर्फ आँसू बह रहे थे और उसका शरीर पुष्प-बाण के प्रभाव से ग्रसित रहता है।

विवाह संस्कार के पूरा होते-होते विवाह भी संपन्न हो जाता है।

धारा के साथ अगस्त्य, ऋषि और वैदेही को कुछ समझ नहीं आ रहा था कि गीता ने ऐसा क्यों किया। इंद्राणी और गुरुजी भी स्तब्ध होकर यह सब देख रहे थे।

इंद्राणी देवी के कदम धीरे-धीरे गीता की ओर बढ़ते हैं। उनकी आँखों से आँसू गिर रहे थे और क्रोध से उनका चेहरा लाल हो उठा था। उन्होंने गीता के समीप जाकर उसे बलपूर्वक एक ज़ोरदार थप्पड़ जड़ दिया। उस थप्पड़ की गूँज ने राम का सम्मोहन भी तोड़ दिया।

इंद्राणी देवी (क्रोधित होकर): "यह क्या किया तुमने? समझ नहीं आ रहा कि तुमने शूर्पणखा की तरह सिर्फ अपनी नाक कटवाई है या उसके समान अपने पूरे वंश के विनाश का कारण उत्पन्न किया है? तुम्हें स्वयं को इतनी दूर लाने की क्या आवश्यकता थी?"

गीता: "जब आप शांत हो जाएँगी, तब आपको सब स्पष्ट दिखाई देगा। तब आप समझेंगी कि मैं इतनी दूर हारने के लिए तो बिल्कुल नहीं आई थी। मैं अपने परिवार की परवाह करती हूँ, इसलिए अंत तक 'बुरी' ही बनी रहूँगी। मैंने तो यही सीखा है कि यदि ज़मीन वाले वकालत पर उतर आएं, तो वे फैसलों में आसमान उतार लाते हैं।"

गुरुजी (गीता से): "तुम्हारा तात्पर्य क्या है?"

गीता (विवेकपूर्ण स्वर में): "मैं अपनी पूर्ण समझ, बुद्धि और विवेक के साथ सर जी (**Captain Ram**) को '**चंद्रवंशी स्वयंसेवकों का राजा**' घोषित करती हूँ।"

राम की मति तो जैसे मारी गई थी, वह मौन रहकर तीनों की बातें सुन रहा था। वहाँ उपस्थित धारा, ऋषि अगस्त्य, वैदेही और दाई-माँ जड़वत खड़े थे। जैसे ही गीता ने अपने शब्दों के बाण छोड़े, विपत्ति के बादल छँट गए। अब जंगल में एक भी अधर्मी शेष नहीं था।

गीता अपनी मोटरसाइकिल से चली जाती है और गुरुजी उसके पीछे निकल जाते हैं। इंद्राणी देवी लड़खड़ाकर ज़मीन पर गिर पड़ती हैं।

राम (अगस्त्य से): "इस लड़की ने यह क्या किया?"

अगस्त्य: "इसने तुमसे बलपूर्वक विवाह कर लिया है।"

राम: "पर ऐसा क्यों किया?"

अगस्त्य: "पूरी बात तो मुझे भी ज्ञात नहीं है।"

राम: "पर मैं इसे पसंद कब आया? मैंने तो कभी इसकी तरह स्लीवलेस, बैकलेस या मिनी स्कर्ट नहीं पहनी, ना ही मैं कभी 'कैट-वॉक' करता हूँ। फिर मैं इसकी पसंद कैसे बना? मैं तो बुर्के में था, फिर मैं इसकी नज़र में कैसे आ गया?"

ऋषि (राम से): राम भाई, आपने हमारे गुरुजी को तो देखा ही होगा। वे वैराग्य का रूप धारण किए हुए हैं, और गीता उन्हें 'Dad' बुलाती है। 'Dad' से सम्बोधन गुरुजी के लिए उपयुक्त नहीं है। गीता ऐसे ही अजीब हरकतें करती रहती है। यही कारण है कि उसने विवाह भी शायद इन ही बचकानी हरकतों के चलते कर लिया होगा।

राम आश्चर्यचकित होकर भाव-विभोर होने लगा। तभी उसके चारों ओर चक्र जैसा दिव्य प्रकाश घूमने लगा। राम के मस्तक पर मुकुट का प्रतिबिंब उभरने लगा और शरीर पर रत्नों से जड़ित कवच स्वतः ही प्रकट होने लगता है। उसके चरणों के समीप शस्त्रों का एक विशाल भंडार (संग्रहालय) खुल गया। राम के भीतर एक नई अलौकिक शक्ति का संचार होने लगा, जो उसे नई स्फूर्ति प्रदान कर रही थी।

अगस्त्य (आश्चर्य से): "गुरु-माँ, यह सब क्या है?"

आचार्य जी: "हमारे समाज की रानी, जो हमारी कुलरानी भी हैं, उन्होंने अपना राजा चुन लिया है। हमारे चंद्रवंशी समाज की यह परंपरा है कि राजा वही होगा जिसे रानी अपने जीवनसाथी के रूप में चुनेगी। गीता ही हमारी कुलरानी का अंश है। उसने कैप्टन राम को चुना है, इसलिए आज से हमारे वास्तविक राजा राम ही हैं। रानी ने अधर्मियों के आतंक को समाप्त करने के लिए 'राजा' को प्रकट कर दिया है। अब सभी मुनि, ऋषि-गण, अनुयायी और अतिथि उत्सव मनाएँ, क्योंकि हमें हमारे वास्तविक राजा और रानी मिल गए हैं।"

सभी ऋषि, अघोरी और प्रियजन हर्षोल्लास के साथ विदा हुए, किंतु राम, अगस्त्य और ऋषि अपने गुरुजी को ढूँढ़ने लगे।

उधर, मोटरसाइकिल से जा रही गीता को गुरुजी अचानक रोकते हैं और फटकार लगाते हैं। डर और संकोच से भरी गीता, मोटरसाइकिल वहीं छोड़कर शहर की ओर पैदल ही चल देती है। पर अचानक, आकाश से एक भीषण बिजली की चमक टूटती है और सीधे उसके ऊपर गिरती है। बिजली की तेज़ रौशनी और धधकती आग में गीता झुलस जाती है।

अधजली हुई अवस्था में, वह अपने पिता—गुरुजी—की गोद में गिरती है। गुरुजी के हाथों ने उसे संभाला, लेकिन उनके चेहरे पर चिंता और पीड़ा की गहरी छाया थी। यह भयानक दृश्य देखकर राम, अगस्त्य और ऋषि चीख उठते हैं, उनकी आवाज़ हवा में गूँजती है। गुरुजी की नज़रें जब राम से मिलती हैं, तो उनकी आँखों से अश्रुओं की अनवरत धारा बह निकलती है—वह दर्द, भय और हार का प्रतीक बन गई थी।

राम का चेहरा भी भय, पीड़ा और असहायपन का चित्र प्रस्तुत कर रहा था। हृदय में उठती व्यथा और दुःख से वह जड़वत सा हो गया; स्तब्ध होकर दूर खड़ा रह गया। उसकी आत्मा भीतर से कराह रही थी, परंतु कोई शब्द नहीं निकल रहा था।

तभी वैदेही, धारा, ऋषि और अगस्त्य, चीखते हुए और हृदय में भरे डर के साथ, गीता की ओर भागते हैं। वे उसे अपने हाथों में संभालते हैं, हर पल भय और दर्द का भार साझा करते हुए, और कोशिश करते हैं कि गीता की जली हुई काया को सुरक्षित और शांत किया जा सके। यह दृश्य केवल एक दुर्घटना नहीं, बल्कि प्रेम, चिंता और मानवीय पीड़ा का अत्यंत भावपूर्ण प्रतीक बन गया था।

अगस्त्य (ऋषि से): राम ने प्रतिक्रिया देना छोड़ दिया है, उसे होश में लाओ! मैं और वैदेही गीता को चिकित्सालय लेकर जा रहे हैं।

(इसके बाद सभी गीता को चिकित्सालय ले जाते हैं। ऋषि, राम के पास ही रुकता है।)

ऋषि (दुखी होकर): राम भाई! जागो, जागिए! गीता जल गई है।

(ऋषि ज़ोर-ज़ोर से राम को थप्पड़ मारने लगता है। थप्पड़ पड़ने के बाद राम चिल्लाने लगता है। उसे अपने सामने मैथिली की उपस्थिति का आभास होने लगता है और वह उससे पूछने लगता है।)

राम (दुखी): यह क्या हुआ? यह जल कैसे गई?

मैथिली (काल्पनिक रूप): मैंने नहीं किया?

रामः यह लड़की (गीता) मेरी प्रिय कब बनी?

मैथिलीः यह तो तुम बताओ? मैंने तो नाम भी नहीं लिया था।

बस इतना सुनते ही राम की भौंहों के बीच की दूरी बढ़ जाती है, उसका शरीर पसीने से तर-बतर हो जाता है। उसकी आँखों के सामने अंधेरा छाने लगता है और वह अचेत (बेसुध) होकर ज़मीन पर गिर पड़ता है। ऋषि बार-बार राम को चेतना में लाने की कोशिश करता है, परंतु राम की पुतलियाँ स्थिर रहती हैं।

जिसका स्मरण ध्वनि जैसी अनुगूँज है,
जिसका चिंतन गहनतम धर्म में स्वयं का उद्घाटन है।
जिसका समस्त अस्तित्व एक दीर्घ अनवरत जाप है,
जिसका ध्रुवतारा चेतना के आकाश की दिशा है;
यह सब विरह का उद्वेग नहीं, स्मृति का एक ज्वार है!
अंतरात्मा की वेदी पर किया गया जाप है!
जो बिछड़े थे हादसे बनकर, वे फिर से मिल रहे हैं महक बनकर!
सूखे पत्तों पर कहानी लिख रहे. रंगों की कलाकारी बनकर!

अग्निवीर और गुरुजी उपचार के लिए गीता को 'इंद्राणी-महल' के चिकित्सालय में लाते हैं। वैदेही की सहेली और शल्य-चिकित्सक सोनाली को भी वहाँ बुलाया जाता है। फिर सोनाली, वैदेही और अगस्त्य—ये तीनों डॉक्टर मिलकर गीता का उपचार करने लगते हैं।

गुरुजी (करुण स्वर में): यह क्या किया मेरी पुत्री ने? हीरे गलत हाथों में पत्थर ही कहलाते हैं। मेरे लिए तो तीनों लोकों का धन और वैभव तुम ही थीं। औपचारिक लोग केवल औपचारिक ही होते हैं, उनमें रिश्तों जैसी संवेदनाएं नहीं होतीं; वे स्वयं अपने दुखों का कारण बनते हैं।

धारा: गुरुजी! आप शांत रहिए। सब ठीक हो जाएगा।

गुरुजी: नए पत्तों की चरचराहट स्वाभाविक है क्योंकि उन्होंने तूफानों का अनुभव नहीं किया होता। प्रकृति ने तो उसके लिए किसी और को चुन रखा था, परंतु समय से पूर्व समय की गंभीरता को ना समझना, फूल नहीं बल्कि समय की सुइयाँ चुभाता है। गीता ने अपना विश्वास 'राम' को सौंपकर अपने लिए वैभवशाली धन नहीं, बल्कि निधन को चुना है।

"अकालमृत्युर्विश्वासो विश्वसन् हि विपद्यते।

यस्मिन् करोति विश्वासमिच्छतस्तस्य जीवति।"

अर्थ: आँख मूँदकर किसी पर पूर्ण विश्वास करना अकाल मृत्यु के समान है। ऐसा करने से मनुष्य घोर विपत्ति में पड़ सकता है।

गुरुजी (क्रोधित स्वर में): अगर किसी ने विश्वासघात किया है, तो उसे दंड अवश्य दूँगा। मेरा वचन ही मेरा संकल्प है!

इस शाम वह विदाई का दृश्य याद रहेगा,
वह जंगल में कुचला जाना याद रहेगा।
वह बेबसी, वह लकीर का फकीर याद रहेगा,
वह दर्द की ज्वाला में जलता शरीर याद रहेगा।
ना वे क्षण भूल सके हैं, ना तुझे भूल सकेंगे,
पुत्री का चेहरा याद रहेगा, यह शोक याद रहेगा।

अध्याय 7

स्वीकार

इंद्राणी देवी अपने पूजा-कक्ष में ईश्वर की मूर्ति के सामने अपनी लाडली 'गीता' के जीवन-रक्षा की प्रार्थना कर रही हैं।

अब यह स्पष्ट हो चुका है कि जो वृद्ध महिला **Flashback** (स्मृति- Chapter 1: Page No 6) में दिखाई दी थी, वे इंद्राणी देवी हैं और जो लड़की अग्नि से झुलसी हुई अवस्था में पीड़ा से तड़प रही है, वह गीता है। हम अब यह जान चुके हैं कि गीता क्यों और कैसे जली।

ऋषि, राम को संज्ञाहीन (बेसुध) अवस्था में इंद्राणी-महल लेकर आता है। महल के द्वार पर राम को रक्त से सनी हुई एक हॉकी स्टिक दिखाई देती है, जिसे वह धीरे से उठा लेता है। ऋषि, राम को उसके कक्ष में ले जाता है। उस समय राम की आँखों से निरंतर अश्रु धारा बह रही थी।

राम (ऋषि से): "यदि कोई व्यक्ति संयोगवश बुद्धिमान बन भी जाए, तो भी वह किसी नासमझ की सोच को नहीं बदल सकता। ईश्वर को मानना सरल है, किंतु स्त्री को समझना अत्यंत कठिन; इसीलिए हम ईश्वर को जानने का प्रयास करते हैं। मैं अपनी परेशानियों के कारण नहीं, बल्कि दूसरों की संकीर्ण सोच के कारण 'तमाशा' बन गया हूँ। तमाशा बनाना या तमाशा बनना मनुष्य को ऊँचाई नहीं देता, बल्कि वह केवल उपहास का पात्र बनता है।"

ऋषि (राम से): "मैं आपकी व्यथा समझ सकता हूँ राम भाई। जीवन अभावों में काटा जा सकता है, परंतु किसी गलत व्यक्ति के साथ नहीं।"

राम (दुखी होकर): "वह मेरे साथ क्या करेगी? अंततः क्या होगा?"

ऋषि: "वही, जो आप करेंगे राम भाई!"

राम: "अर्थात?"

ऋषि: "गुरुजी के सम्मुख अपना पक्ष रखिए और गीता के प्रस्ताव को अस्वीकार कर दीजिए। आप उस बंधन (जंजीर) को आभूषण (जेवर) मानने से इनकार कर दें।"

राम: "मेरा चरित्र चाहे कितना भी निष्कलंक क्यों ना हो, गुरुजी वही मानेंगे जो गीता ने उन्हें दिखाया है।"

ऋषि: "जब उनकी पुत्री की आँखों पर ही पट्टी बंधी है, तो अंधकार में खड़े व्यक्ति पर क्रोध करना व्यर्थ है।"

राम (विचारमग्न होकर): "मैं अपना पक्ष अवश्य रखूँगा। 'ईश्वर की इच्छा' समझकर मैं चुप नहीं बैठूँगा। प्राचीन काल से ही स्त्रियों को स्वयंवर में वर चुनने का अधिकार रहा है, परंतु उसे ठुकराने का अधिकार राम ने अपने पास सुरक्षित रखा है—फिर सामने कोई राजकुमारी हो या शूर्पणखा।"

राम गुरुजी से मिलने उनके पास जाता है। वहाँ दाई-माँ और इंद्राणी देवी भी उपस्थित थीं। राम उन्हें प्रणाम कर अपना पक्ष रखता है।

राम: "मुझे नहीं ज्ञात कि आपकी दृष्टि में मेरा क्या स्थान है, परंतु मेरे लिए आप इस संसार में सर्वश्रेष्ठ हैं। किसी के मन की बात और उसके मौन को बहुत कम लोग समझ पाते हैं। गीता का यह आचरण मेरी ही विफलता है।"

गुरुजी: "राम! जो कुछ भी घटित हुआ, क्या तुम उस पर प्रकाश डाल सकते हो? उसने ऐसा क्यों किया होगा?"

राम (भावुक होकर): "मैं निर्दोष हूँ। मैंने कभी गीता से ऐसी कोई बात नहीं कही और ना ही ऐसा कोई कार्य किया जिससे वह मेरी ओर आकर्षित हो। मैं पूजा के लिए अर्पित पुष्पों और साज-सज्जा के फूलों के बीच का अंतर भली-भांति जानता हूँ।"

गुरुजी: "तो फिर यह बताओ कि वही पूजा के फूल तुम्हारे लिए 'वरमाला' कैसे बन गए?"

राम आत्मग्लानि से भरकर गुरुजी की ओर देखने लगता है।

इंद्राणी देवी: "जब नदियों में उफान आता है, तो वे अपनी मर्यादाएँ (सीमाएँ) तोड़ देती हैं। इसके लिए नदी के तट (मेड़) को दोषी नहीं ठहराया जा सकता। जिसने नियम भंग किया, वह अपराधी है और उसे दंड मिल चुका है—वह जल चुकी है।"

गुरुजी (राम से): "राम, क्या तुम सम्मोहन-विद्या जानते हो? जिसके द्वारा मनुष्य को अर्द्ध-चेतनावस्था में ले जाया जाता है, जो स्वप्नावस्था के समान होती है।"

इंद्राणी देवी (हस्तक्षेप करते हुए): "यदि राम ने ऐसा (छल) किया होता, तो उसे दैवीय मुकुट और कवच प्राप्त नहीं होते। उसे 'इच्छा मृत्यु' का वरदान और 'राजा' होने का गौरव प्राप्त नहीं होता। उसे ब्रह्मास्त्र जैसी महाशक्तियाँ और अपनी खोई हुई विद्याएँ पुनः प्राप्त नहीं होतीं। अतः राम को अपराधी मानना पूर्णतः अनुचित है।"

गुरुजी (दाई-माँ से): अगस्त्य से कहना कि जब गीता को होश आए, तो सबसे पहले मैं उससे मिलूँगा।

दाई-माँ: ठीक है, मैं संदेश दे दूँगी।

(दाई-माँ और राम पूजा-कक्ष से बाहर चले जाते हैं। इंद्राणी और गुरुजी के बीच बातचीत जारी रहती है।)

गुरुजी (इंद्राणी देवी से): मैं यह कैसे मान लूँ? जिस पर समाज का रक्षक चुनने का उत्तरदायित्व था, वह वासना से भर गया। कैसे मान लूँ कि वह यौवन का वेग सँभाल नहीं पाया? मैं यह कैसे स्वीकार करूँ कि मेरी खिलाड़ी बेटी मेरे भरोसे के साथ खेल

गई? मैंने उसे 'किताब' नहीं, बल्कि एक 'उपन्यास' बनने की कामना की थी, पर जलती दोपहर में मेरा अस्तित्व (चाँद) ही जल गया।

इंद्राणी देवी: गीता को वास्तविकता की धूप में जलना ही था। मैं उसकी नानी हूँ, पत्थर बनकर मैंने उसके हजारों नखरे देखे हैं। जो छिपाए नहीं छिपता, वह रंग उस पर चढ़ चुका है। यह वह युद्ध है जिसमें लड़ने वाले दोनों पक्ष हार जाते हैं, और उस हार में ही अपनी जीत पक्की समझते हैं। सत्य तो यह है कि 'अग्निवीरों' के प्राणों की रक्षा का कर्तव्य उसे जंगल तक ले गया, परंतु राम पर बाणों की वर्षा उसने प्रेमवश की है। मृत्यु की दौड़ व्यक्ति वासना के लिए नहीं, बल्कि प्रेम के लिए लगाता है।

प्राचीन काल से प्रेम की अग्नि अधिकतर पुरुषों के हिस्से आई है, परंतु उस अग्नि में जलने वाली सदैव स्त्रियाँ ही रही हैं—चाहे वह सती प्रथा हो या जौहर। इतिहास साक्षी है कि जब भी कोई स्त्री प्रेम की अग्नि में जली है, नक्षत्र बदल गए हैं। तुम प्रजापति दक्ष की भाँति व्यवहार करना बंद कर दो, अन्यथा तुम्हारे वर्चस्व का खंड-खंड होना निश्चित है। राम अब 'राजा' बन चुका है; प्रेम और सम्मान के साथ इस सत्य को स्वीकार कर लो। यह विवाह रहे ना रहे, या गीता जीवित रहे ना रहे—जब तक राम जीवित है, 'चंद्रवंशी समाज' के राजा की उपाधि उसी के पास रहेगी।

गुरुजी (इंद्राणी देवी से): गीता की कुंडली और उसका गठबंधन उस सत्य को दर्शाता है, जो आने वाले समय में एक 'शक्तिवीर' के रूप में प्रकट होगा। मैंने सदैव शक्तिवीर और गीता को एक साथ देखने का स्वप्न देखा था; फिर अचानक राम को कैसे स्वीकार कर लूँ? मैंने पहले ही दिन कहा था कि काव्यांजलि के पुत्र को 'स्वयंसेवक समाज' के निकट नहीं लाना चाहिए। यह भूल हमसे हुई है। यदि वह विश्वासघाती का पुत्र इस महल में ना होता, तो गीता कभी अपना गठबंधन नहीं तोड़ती और ना ही उसे यह भयानक दंड मिलता।

इंद्राणी देवी (दुखी होकर): अपने मन में द्वेष मत पालो, तुम एक संन्यासी हो। अपनी पुत्री के मोह में किसी निर्दोष को दोषी मत ठहराओ। तुम वैरागी हो, इस आपाधापी और महत्त्वाकांक्षा का हिस्सा मत बनो। तुम्हारे पास केवल दो ही विकल्प हैं—बीती बातों को त्याग दो और सबको जीने दो। संन्यासी होकर भी क्या तुम नहीं जानते कि

जीवन में सब कुछ मनचाहा नहीं मिलता? यदि सब मनचाहा होता, तो स्वप्न और वास्तविकता में अंतर ही क्या रह जाता? गीता चाहती तो मौन रह सकती थी, परंतु उसने जन्म से मृत्यु तक के संघर्ष को चुना है। अब से अंत तक वह अपने पिता, पति और समाज की दृष्टि में 'शून्य' ही मानी जाएगी।

मैं जानती हूँ कि जिसे समाज परिवर्तन के लिए चुना जाता है, उसका मार्ग सरल नहीं होता। जैसे तुम अपने शरीर (योग) पर नियंत्रण रखते हो, वैसे ही अपने अहंकार को भी वश में रखो; अन्यथा तुम चाहकर भी अपनों को गले नहीं लगा पाओगे। याद रखो, नींबू की कुछ बूँदें हजारों लीटर दूध को व्यर्थ कर देती हैं। अपना आचरण शास्त्रों के अनुरूप रखो, भेदभाव त्याग दो। "आत्मानं सततं रक्षेत्" (अपनी आत्मा की सदैव रक्षा करें)।

गुरुजी: फूलों का बिखरना तो नियति है, परंतु कुछ षड्यंत्रकारी हवाओं की राजनीति भी सदैव सक्रिय रहती है। जब अहित करने वाला व्यक्ति ही शासन का राजदार बन जाए, तो समझ लेना चाहिए कि कोई अपना ही भेद खोल रहा है। कोई तो यह जानता था कि गीता हमारे लिए एक "अतिरिक्त योजना" (Backup) है। हमारी मुख्य योजना "प्रोजेक्ट सुपरमैन" के विफल होने पर स्थितियों को सँभालने के लिए ही गीता को सुरक्षित रखा गया था। जब 'प्लान-ए' की रणनीति काम नहीं आती, तो 'प्लान-बी' के रूप में गीता ही हमारा आधार थी। गीता चंद्रवंशी समाज की केवल पूँजी ही नहीं, बल्कि सफलता की 'कुंजी' भी है। हमारी आँखों के सामने से ही किसी ने काजल चुरा लिया। अब मुझे भावी शक्तिवीर की सुरक्षा और अधिक सुदृढ़ करनी होगी, उस पर संकट के बादल मंडरा रहे हैं।

इंद्राणी देवी: हाँ, वर्तमान में यही उचित होगा।

रात तो सभी ने आँखों में ही काटी है। गीता का समाचार सुनने के बाद लोगों की भीड़ ने भी जमना नहीं छोड़ा। सभी गीता के जलने से दुखी थे। गीता के प्रशंसकों की भारी भीड़ को ऋषि ने समझा-बुझाकर घर भेज दिया है। चोट के निशान तो खत्म हो जाते हैं, पर दुर्घटना की स्मृतियाँ मनपटल पर जीवित रहती हैं। राम बगीचे में बेंच पर बैठा है और गीता की हॉकी स्टिक से दूसरे बेंच को हिला रहा है, तभी धारा आती है।

धारा: राम, सब ठीक हो जाएगा। तुम उदास मत रहो।

रामः तुम यह बताओ कि गीता किस खेल की खिलाड़ी है?

धाराः हॉकी!

रामः तो उसे 'अग्निवीरों' के खेल में क्यों लाया गया? इस खेल में आपकी एक गलती आपको 'मृत्युशय्या' पर लेटा सकती है; उसके साथ यही हुआ है। गुरुजी के सामने मेरी आँखें झुकी थीं और मैं शब्दविहीन खड़ा था। मैं 'इंद्राणी महल' अपनी माँ का सपना पूरा करने आया था, पर गुरुजी की नज़र में अपराधी बन गया।

धाराः तुमने और मैंने कुछ नहीं किया। मैंने तो सहायता के लिए बुलाया था; मैं नहीं जानती थी कि वह क्या करने वाली है।

(राम हॉकी स्टिक धारा की ठुड्डी पर रख देता है)

राम (क्रोधित होकर): लड़की धोखा देगी, यह मैं हमेशा से जानता था। परंतु मैं वह लड़का नहीं हूँ जो दीन बनकर याचना करेगा। मैं वह बीन हूँ, जिसकी धुन पर तुम दोनों को नचाऊँगा—एक के साथ संबंध तोड़कर और दूसरे के साथ संबंध जोड़कर।

धारा फूट-फूटकर रोने लगती है, उसकी हर आह और कराह हृदय को छलनी कर रही थी। वह राम के पास जाती है और सिसकियों के बीच क्षमा माँगने लगती है। उसकी आँखों में चिंता, प्यार और डर का समुंदर उमड़ रहा था। वह उसे समझाने का हर संभव प्रयास करती है, लेकिन राम जैसे उसके शब्दों को सुनने की बजाय अपनी पीड़ा में गुम हो गया हो। वह ना तो रुकता है, ना उसकी बातों को ध्यान देता है, और धारा की मन की बेचैनी हर पल बढ़ती चली जाती है।

रामः मैं किसी से साझा नहीं कर पा रहा कि मेरी पीड़ा कितनी अकल्पनीय और अकथनीय है। माँ ने मेरा नाम 'राम' रखा तो सब मुझे मृदुलभाषी समझने लगे। धारा, तुम्हारी हरकतों ने मुझसे सवाल किया है। अब मेरा जवाब सुनकर दंग मत रह जाना। मैं कठोरता के साथ निर्णय लूँगा और उसका निर्वाह भी करूँगा।

कुछ समय पश्चात् चार महंत, जो बहुत प्रतापी लग रहे थे, इंद्राणी महल में गुरुजी से मिलते हैं। ये चार महंत चारों अलग दिशाओं से आए थे। अब चारों महंत और गुरुजी

के साथ गीता से मिलने जाते हैं। गीता पेट के बल लेटी हुई है, उसके शरीर पर सूती कपड़ों का दबाव रखा गया है और डॉक्टर उसके **जख्मों** पर **औषधि** का लेप लगा रहे हैं ताकि उसकी जलन कम हो। महंत और गुरुजी के कक्ष में आने के बाद सभी बाहर चले जाते हैं। कक्ष के बाहर अगस्त्य, वैदेही, ऋषि और राम दरवाजे के पास खड़े रहते हैं।

महंत प्रथमः लड़की, क्या तुम्हें तुम्हारी **कुंडली दोष** के विषय में बताया गया था?

गीताः जी महंत जी।

महंत द्वितीयः क्या तुम्हें बताया गया था कि तुम्हें किसी से हारना नहीं है?

गीताः जब जीने वाले मौत से डरते हैं, तो लड़ने वाले भी तो हार सकते हैं।

महंत तृतीयः तुम्हें ज्ञात भी है कि तुमने क्या किया है? तुम सिर्फ चंद्रवंशी नहीं हो; तुमसे ही चंद्रवंशी समाज धरती पर नहीं टिका है। तुम चंद्रवंशी का वैसे ही हिस्सा हो जैसे हम हैं। हमें सिर्फ अपने कर्तव्यों के पालन का प्रयास करना चाहिए।

गीताः परिणाम आपके पक्ष में नहीं है, क्या इसलिए आप मेरे प्रयास को महत्व नहीं दे रहे हैं?

गुरुजी (क्रोधित होकर): क्या तुमको कार्यवाहक राजा (अपूर्वा) ने नहीं बताया था कि तुम किस लिए लाई गई हो?

गीता (दुखी होकर): बताया था, परंतु क्या किसी ने मेरी सहमति ली थी? बलि से पहले लोग देवी की अनुमति लेते हैं, तो मुझसे क्यों नहीं पूछा गया कि मैं क्या चाहती हूँ? आप महंत, गुरुजी और अग्निवीर अपनी मन की इच्छा के अनुसार बने, फिर मुझसे मेरी इच्छा क्यों नहीं पूछी गई?

महंत चतुर्थः हम तुमसे क्या पूछते? तुम्हारी कुंडली दोष का कारण तुम्हारा पूर्व जन्म है। फिर इसमें हम क्या हस्तक्षेप करते? हम तो स्वयं तुम्हें इस दोष से निकालने का प्रयत्न कर रहे थे, परंतु समय से पहले ही तुमने अपने लिए काँटों भरा जीवन चुन लिया।

महंत प्रथमः तुम्हारे इस दोष से हमारे इष्ट देव भी जुड़े हुए हैं। उनका नया जन्म जो 'सुपरमैन' शक्तिवीर बनेगा, उसे यदि कुछ हुआ या किसी कारणवश हमारा "**प्रोजेक्ट सुपरमैन**" खतरे में पड़ा, तो याद रखना—अभी तो तुम एक जन्म की गलती भुगत रही हो, आने वाले हर जन्म में हमारे क्रोध की भागी बनोगी। यदि तुम्हारी गलती के कारण 'शक्तिवीर' की मृत्यु हुई, तो तुम नरक की आग में जलोगी। हम अलग-अलग दिशाओं में रहकर इस बात पर नजर रखेंगे।

गीताः मैं तो पेड़ की पत्तियों के समान हूँ और आप लोग पेड़ की जड़ के समान हैं। मैं वाणी, आचरण और व्यवहार से किसी को कष्ट नहीं देना चाहती थी, ना ही कभी दिया है। मेरा संकल्प बचाने का था, तो क्या अग्निवीर जरूरी नहीं? क्या वे लोग मनुष्य नहीं हैं? क्या उनके जीवन का मोल 'सुपरमैन' के जीवन से कम है?

गुरुजीः मोल कम नहीं है, परंतु अग्निवीरों की भी प्राथमिकता शक्तिवीर ही है। फिर तुम्हारी प्राथमिकता शक्तिवीर क्यों नहीं हुई? तुमने अपूर्वा की बात क्यों नहीं मानी?

गीताः "पिताजी! यदि राजा चुनना होता तो मैं उसे ही चुनती, परंतु राजा वही होगा जो जीवनसाथी बनेगा; फिर मैं उसे कैसे चुनती?

सर जी को मन में रखकर किसी और की ओर बढ़ना मुझे पाप लगा, इसलिए हमने गलती करना ही सही समझा। मेरे पास विकल्प ही क्या था? मैं फिर से अनाथालय नहीं जाना चाहती थी। भैया-भाभी के बाद अब मैं और लोगों को खोना नहीं चाहती। मैंने हमेशा अपूर्वा भाई की बात मानी है और अभी तक मान रही हूँ। अपूर्वा भाई ने ही हमें सर जी का चुनाव करने को कहा था। भैया को उन पर विश्वास हुआ, हमें भी उन पर विश्वास है और हम दोनों भाई-बहन का यह साझा विश्वास अब एक 'अटूट विश्वास' बन गया है, जो कभी नहीं टूटेगा।"

गीता के मुख से ये बातें सुनकर महंत और गुरुजी स्तब्ध रह गए। साथ ही राम, ऋषि, अगस्त्य और वैदेही भी आश्चर्यचकित हो जाते हैं।

महंत द्वितीय (क्रोधित होकर): "तुम्हारा कहना है कि अपूर्वा ने सब कुछ जानते हुए भी—कि तुम जल जाओगी—तुम्हें राम पर विश्वास करने को कहा?"

गीता (रोते हुए): "हाँ!"

महंत तृतीय (क्रोधित होकर): "अगर यह बात असत्य हुई, तो मैं बहुत कठोर दंड दूँगा!"

यह बोलकर चारों महंत अपने कमंडल (पारंपरिक जलपात्र) से जल का छिड़काव वहाँ लगे दर्पण (शीशे) पर करते हैं और अतीत के क्षणों को प्रकट होने का आदेश देते हैं। दृश्य उपस्थित होता है और सब देखते हैं कि कक्ष के भीतर अपूर्वा, गीता से बात कर रहा है।

अपूर्वा (कांच के घर में, गीता से): "जब भी तुम पर कोई समस्या या संकट आए, तो 'राम' नाम याद रखना। तुम्हारे भाई का पूर्ण विश्वास राम पर ही टिका है। परंतु मैं तुम्हें सचेत भी करता हूँ कि यह रास्ता अत्यंत कठिन है; इसमें तुम्हारा अस्तित्व समाप्त भी हो सकता है। यह प्रेम का मार्ग गहराई, तपस्या और बलिदान का प्रतीक है। इसमें अपार कठिनाइयाँ, त्याग और पीड़ा होगी, जिसे पार करने के लिए पूर्ण समर्पण आवश्यक है।"

अपूर्वा और गीता के बीच के इस वार्तालाप को देखकर महंत, गुरुजी और अग्निवीर अचंभित रह जाते हैं। उन्हें कुछ ऐसा अनुभव होता है जो साधारण नहीं है। इसके बाद चारों महंत और गुरुजी क्रोधित अवस्था में चिकित्सा कक्ष से बाहर आ जाते हैं।

महंत प्रथम: "अब यह पूर्णतः प्रमाणित हो गया है कि अपूर्वा ने शक्तिवीर की तुलना में राम को अधिक महत्व दिया है। मनुष्य को प्रकृति के नियमों के साथ छेड़छाड़ नहीं करनी चाहिए। प्रकृति की प्रवृत्ति वही है जो वह व्यक्ति से करवाना चाहती है, और वह किसी भी स्थिति में उसे पूरा करवाती है। गीता को जिस उद्देश्य के लिए यहाँ लाया गया है, वह अवश्य पूर्ण होगा। वह हमारे 'इष्ट सत्य' (शक्तिवीर) से ज़रूर मिलेगी। उसे 'सुपरमैन शक्तिवीर' के पुनरुत्थान और उसे जीवित रखने के लिए लाया गया है। भविष्य में गीता को उसका साथ देना ही होगा, चाहे वह किसी और की पत्नी ही क्यों ना हो!"

कुछ समय पश्चात जलपान ग्रहण कर चारों महंत अपनी-अपनी दिशा की ओर प्रस्थान करते हैं। गुरुजी विश्राम के लिए अतिथि-कक्ष में चले जाते हैं। उधर इंद्राणी-महल में गीता और महंतों के बीच हुई बातचीत पर चर्चा होने लगती है।

ऋषि (परिहास के स्वर में): "राम भाई को बड़ी 'तूफानी' लड़की मिली है! जिस तरह उसने महंतों और गुरुजी का डटकर सामना किया है, उससे तो यही प्रतीत होता है।"

राम (व्यथित होकर): "मैं समझ गया! मैं सब समझ गया।"

अगस्त्य: "क्या समझ गए?"

राम: "लड़की के भाई को भी 'लगाना' आता था।"

अगस्त्य: "क्या लगाना आता था?"

राम: "चूना! (धोखा देना या चपत लगाना)"

ऋषि: "अरे भाई, आप ऐसा क्यों बोल रहे हैं?"

राम (दुखी होकर): मैं अपनी माँ का इकलौता बेटा हूँ।

अपूर्वा को पूरी दुनिया में मैं ही दिखा? जो अपनी अंगूठा-छाप बहन (गीता) मेरे सुपुर्द कर दी। मैं ऐसा अनुभव कर रहा हूँ कि दोनों ने मुझे अभिमन्यु बनाकर चक्रव्यूह में लड़ने को भेज दिया है और मुझे ना तो चक्रव्यूह में घुसना आता है ना तोड़ना।

अगस्त्य: लाडो (गीता) पढ़ी-लिखी है, उसे अंगूठा-छाप क्यों कह रहे हो? हमेशा पढ़ाई में अच्छे नंबरों से पास होती थी। अभी उसका बुरा समय चल रहा है, परंतु वह बुरी नहीं है। वह वफादार लड़की है इसलिए बर्बाद है। उसकी तुम में आस्था पूरे परिवार के लिए सुरक्षा कवच बन गई। दो ही करवटें हैं, वह अब दोनों तरफ बेचैन रहेगी।

ऋषि: उसका हाल देखकर मन दुखी है, शायद दुःख का कारण लगाव ही होता है।

राम (दुखी होकर): जब घटना घटित होती है तो समझ आता है, निराधार है सपनों की कल्पना करना। लड़की को बहुत बड़ी हीरोइन बनना था परंतु उसने 'श्रीमती' बनना चुना।

अगस्त्य (दुखी होकर): तुम्हें हीरा कहती थी, कम से कम तुम तो महंतों और गुरुजी की तरह उसे ना कोसो।

राम (दुखी होकर): मैं वो नहीं जो जीत पर इज्जत और हार पर बदनामी दिया करे। मैं समझता भी हूँ और समझाता भी हूँ, एक बीज स्नेह का क्यों बोना जिसकी फसल दर्द भरी काटनी पड़े। हीरा समझती थी तो तिजोरी में रख लेती, मुँह में लेने की क्या जरूरत थी? ये दुनिया सिर्फ यहाँ रह रही आत्माओं ने ही नहीं, महात्माओं ने दर्द भरी कर रखी है अपने-अपने खराब तौर-तरीके और नीति-नियम बना के। मुझे लगता है गुरुजी को गीता को क्षमा कर देना चाहिए। उसने छल तो नहीं किया है। हमारे साथ षड्यंत्रों का दौर चल पड़ा है और हम कोशिशों में उलझे हुए हैं।

ऋषि (राम से): आपको क्यों लगता है गीता को क्षमा मिलनी चाहिए?

राम: स्वीकृत त्रुटि: विजय: एव!! स्वीकार की गई गलती एक विजय है।

ऋषि: हमें तो आज ही पता चला गीता प्राचीन काल से कांड पर कांड किए जा रही है। प्राचीन काल में भी किसी के साथ गलत किया है, फिर गुरुजी कैसे देंगे उसको क्षमा?

राम: मैं माँगकर लाऊँगा। मुझे जो करना पड़ेगा मैं करूँगा। अगर अपूर्वा ने जिम्मेदारी दी है तो उसे पूर्ण सहमति के साथ निभाकर रहूँगा। लड़की पहले ही बहुत दंड सहन कर चुकी है, अब उसे कोई दंड नहीं मिलना चाहिए। स्वास्थ्य उपहार है, हमें गीता को स्वस्थ करना होगा।

दया कोई आवाज़ नहीं,
बस हल्की सी आहट है।
जो आत्मा के मंथन में, गुनगुनाती पायल है!!
भले धड़कन पर लिखे अक्षर ना मिलें,
पर दिल को पूरा करती करुणा है!!
जैसे नदी का समंदर तक पहुँचना,
तलाश पूरी होने वाली फितरत है।

(रात्रि को राम गुरुजी और इंद्राणी देवी के पास जाता है। दोनों गीता की स्थिति को देखकर चिंतित थे, दोनों ने अन्न-जल तक ग्रहण नहीं किया था।)

रामः गुरुजी! क्या मैं आपसे बात कर सकता हूँ?

गुरुजीः तुम्हें चिंता करने की कोई आवश्यकता नहीं है। तुम निर्दोष साबित हो चुके हो, मुझे तो अपनों ने छला है।

राम (विचारपूर्ण): मैं आपसे जानने आया था कि जब महंत अतीत के क्षण उपस्थित कर सकते हैं, तो वे गीता की पीड़ा को कम क्यों नहीं कर पाए?

गुरुजीः 'श्राप' वो चीज़ है जो जन्म भर, मृत्यु तक और शायद उसके बाद भी पीछा नहीं छोड़ती। श्रीकृष्ण भी कहाँ बचा पाए थे अपनी द्वारिका को। श्राप भस्म कर देता है स्वर्ग, शांति और अमृत सब छीन लेता है। बचपन से दी गई शिक्षा सब भूल गई, प्रतिष्ठा, परंपरा और अनुशासन के सफ़ेद रंग को लाल रंग से रंग दिया। मर्यादा जब भी कोई भूला है, मिट्टी ही बन गया है। अपने प्राचीन काल (पुनर्जन्म) में भी शायद मर्यादा ही कम की होगी तो इसे भयानक कष्ट भोगना पड़ रहा है। मिट्टी को सोना बनाने चला था, मिट्टी-मिट्टी में ही मिल गई।

इंद्राणी देवीः तुम्हारे कोसने से तुम्हारा दर्द और उसकी पीड़ा कम नहीं होगी। शांति बनाए रखो, ये औषधि का काम करेगी।

राम (विचारपूर्ण स्वर में): उसके बुरे वक्त में आपका साथ उसके लिए तालियों जैसा ना हो परंतु तीली भी नहीं होगा। व्यक्ति ज़रूरी होता है इसलिए हमें उसे क्षमा कर देना चाहिए। 'क्षमा' नामक आभूषण हर किसी के पास होता है इसे दिया भी जा सकता है और लिया भी। सब कुछ सही करना एक की जिम्मेदारी नहीं होती पर किसी बीमार, बेबस, पीड़ा से ग्रसित व्यक्ति को स्वस्थ करना हर किसी की जिम्मेदारी होनी चाहिए, सिर्फ चिकित्सक की नहीं। स्वस्थ शरीर, स्वस्थ मन के लिए आवश्यक है।

उसने मौलिक मर्यादा पार की है तो मैं अंतिम क्षण तक साथ अवश्य दूँगा। मुझे सच का दुःख नहीं होता क्योंकि उसे बदला नहीं जा सकता फिर कोई माने या ना माने। मैं फौजी हूँ इसलिए मिट्टी की कीमत जानता हूँ। क्या आपकी मिट्टी (गीता) को मैं अपने लिए रख लूँ?

(गुरुजी और इंद्राणी देवी भौचक्का रह जाते हैं। उनके चेहरे पर स्तब्धता और आश्चर्य का मिश्रित भाव था। वह कुछ समझ ही नहीं पा रहे थे; दोनों पूरी तरह निराधार और निशब्द बन गए थे। वातावरण भारी और मौन से घिरा हुआ था, मानो समय रुक सा गया हो।)

गुरुजी (दुख और पीड़ा से भरे स्वर में, धीरे-धीरे बोलते हुए): *"गीता का लालन-पालन करने वाली गुरु-माँ अभी जीवित हैं। यह निर्णय उनका होगा। परंतु... परंतु तुम क्यों उसके दोष का दोषी बनना चाहते हो? क्या करोगे—मिट्टी का फूल खिला के? क्या सोचते हो कि उसके जख्म मिट जाएंगे? क्या समझते हो कि उसके पीड़ित हृदय को तुम अपने छोटे कामों से ठीक कर दोगे?"*

(गुरुजी की आँखों में आँसू और गहरी चिंता झलक रही थी। उनकी आवाज़ में दर्द और प्रेम का संगम था। इंद्राणी देवी चुपचाप उनके पास खड़ी थीं, उनके हृदय में भी गहरा भाव और व्याकुलता उमड़ रही थी।)

रामः नहीं! मिट्टी को मिट्टी ही रहने दूँगा, क्योंकि उसमें ना आग लगाई जाती है ना आग लगती है। मैं किसी का अपमान नहीं कर रहा परंतु मुझे लगता है उसने गलती नहीं की उसके साथ गलत हुआ है। सब ने उसको अच्छे कपड़े, आभूषण, अच्छा भोजन, धन सब दिया परंतु उसको नियत समय पर फटने वाले बम के साथ जोड़ दिया जिसका फटना ना फटना उसके हाथ में था।

मैं नहीं तो कोई और होता पर हो सकता है इसकी संभावनाएँ तो बनी हुई थीं। उसके लिए कुछ करना चाहिए था।

गुरुजी — तुम सही कह रहे हो। हमने और आचार्यों ने विचार-विमर्श किया था परंतु गीता ने यह कदम उठा लिया। मैं कभी भी उसको कष्ट में नहीं रखना चाहता था।

ये बोलकर गुरुजी रोने लगे। गुरुजी कभी इतने दुखी नहीं दिखे थे, उनका पूर्ण नियंत्रण था संवेदनाओं पर परंतु गीता की दर्दनाक स्थिति ने उनको अंदर से भयभीत और कुंठित कर दिया था।

राम (गुरुजी और इंद्राणी देवी से) — मैं वचन देता हूँ गीता से जो चूक हुई है उससे शक्तिवीर को कोई क्षति नहीं पहुँचने दूँगा, वो 'सुपरमैन' जरूर बनेगा। गीता की गलती से जो कमी हुई है उसकी भरपाई मैं करूँगा।बस आप सहमति दे दीजिए!

इंद्राणी देवी रोते हुए अपने कक्ष में चली जाती हैं, पीछे से राम भी गुरु-माँ के कक्ष में आ जाता है।

राम — मैंने कुछ आपत्तिजनक बात रखी है?

गुरुमाँ (इंद्राणी) — "अपराध-बोध" में निर्णय नहीं लिया जाता, तुमने कोई अपराध नहीं किया है। गीता अगर तुम्हारे स्थान पर होती तो मेरा निर्णय 'ना' में होता। प्रणय-सूत्र में बँधकर चलने के लिए सौंदर्य से उत्तम समझदार व्यक्ति होता है। समझदार गीता नहीं है और सौंदर्य अब उसके पास रहा नहीं। समझौता करने की सहमति मैं दूँगी नहीं। समझौता व्यापार की आपूर्ति और वितरण में होता है रिश्तों के बीच नहीं। उसको एक बार मिलो समझ आ जाएगा क्यों पुरुष पुरुषार्थ के लिए मरता और स्त्रियाँ सौंदर्य से सजती हैं। जीवन नष्ट करने जैसा है तुम्हारा यह निर्णय।

राम (बिलखते हुए) — जब उस दिन मुझे मारने के लिए आपने बंदूक उठा ही ली थी तो गोली भी चला देनी थी। आपने स्वयं को नहीं रोका होता तो आपको ये दिन नहीं देखने पड़ते। मुझे अपने दो सौ छह (206) हड्डियों के टूटने जैसा दर्द हो रहा है, मैं मर जाऊँगा ऐसा प्रतीत हो रहा है। मैं जीवित रहना चाहता हूँ, अपने कर्तव्यों का पालन करना चाहता हूँ। मैं गीता की देखभाल करना चाहता हूँ। समझदार व्यक्ति और सौंदर्य व्यक्ति तब तक अपना नहीं होता जब तक उसमें समर्पण का भाव नहीं आता। मैंने समर्पण को चुना है, कभी-कभी समझदारी भी काम नहीं आती और सौंदर्य हमेशा नहीं रहता परंतु समर्पित व्यक्ति सदैव समर्पित ही रहता है।

राम और इंद्राणी देवी एक-दूसरे को पकड़कर खूब रोते हैं। उनका रोना सुनकर धारा, ऋषि, वैदेही और अगस्त्य भी वहाँ आ जाते हैं और दोनों को सांत्वना देते हैं। धीरज के साथ इंद्राणी अपने कक्ष में सो जाती है। राम इंद्राणी देवी से प्राप्त अनुमति लेकर अपने कक्ष में लौट जाता है।

अगली सुबह इंद्राणी देवी सभी को सूचित करती हैं कि उन्होंने अपने वकीलों को शादी का प्रमाण पत्र बनाने को कहा है।

इंद्राणी देवी — तारीख मिलते ही वैदेही तुम गीता को तैयार कर ले आना।

वैदेही (दुखी) — अभी उसकी स्थिति अच्छी नहीं है पहले उसे ठीक हो जाने दें।

इंद्राणी देवी — राम को अपने कार्यक्षेत्र के लिए निकलना है वो उसके साथ जाएगी वहाँ गीता का अच्छा इलाज होगा।

वैदेही — वो हमारे साथ क्यों नहीं रह सकती? मैं और अगस्त्य उसका ध्यान रखेंगे। फिर इस हालत में इतनी दूर जाना सही नहीं है।

इंद्राणी देवी — कश्मीर देश का अभिन्न अंग है सिर्फ ऊँचाई पर है परंतु दूर नहीं है। शादी का प्रमाण पत्र आवश्यक है इसलिए जल्दबाजी कर रही हूँ। अगर उसे विदेश लेकर जाना पड़ेगा तो राम साथ जाएगा।

वैदेही: हम क्यों नहीं जा सकते?

इंद्राणी देवी: क्योंकि फिर से अज्ञात शत्रुओं का हमला हुआ तो इस बार राम ही सक्षम है। तुम लोगों के प्राण गीता के कारण संकट में नहीं आने चाहिए।

वैदेही (दुखी): गीता को क्या पहना कर लाएंगे? अभी उसके शरीर पर छाले ताज़ा ही हैं। उसके घावों से रक्तस्राव होता रहता है।

इंद्राणी देवी (दुखी): बच्चे की ज़िद और गलतियों को नज़रअंदाज़ नहीं करना चाहिए पर कभी-कभी बच्चों की खुशी और अपने मन की शांति के लिए वह सब करना चाहिए जो हमारी सीमा और नियम के अनुरूप हो। गीता को चंद्रवंशी की रुई में लपेटकर, हमारे संस्कार की साड़ी पहना देना, फिर परिवार का साथ और आशीर्वाद की चुनरी ओढ़ा देना। उसे परिवार के प्यार की क्रीम और पाउडर लगाकर सम्मान वाली बिंदी लगा देना। बाकी राम की स्वीकृति ही उसका आभूषण बनेगी। राम ने अपनी विनम्रता का ऋणी बना दिया।

वैदेही (दुखी होकर): उसने हमारे भारी ऋणों को हथियार नहीं बनाया बल्कि तर्क और समझ के साथ बड़प्पन दिखाया है। राम मुझे हमेशा चंट (चालाक, धूर्त) व्यक्ति लगता था परंतु आज उसने मुझे अपनी धैर्यता से चौंका दिया है। आपने जो आज्ञा दी है वह मैं तत्परता के साथ पूरी करूँगी।

महल में यह बात फैल जाती है, धीरे-धीरे यह बात ऋषि और धारा के कानों तक भी आ जाती है।

ऋषि (धारा से): आप राम-भाई से अपना अधिकार क्यों नहीं माँग रही?

धारा (ऋषि से): जब उसने मुझे कोई अधिकार दिया ही नहीं फिर क्या माँगूँ?

ऋषि (दुखी): आपने इतने वर्षों से इंतज़ार किया फिर क्यों? राम-भाई को बलि चढ़ाने के लिए?

धारा (रोते हुए): गुरु माँ और अपूर्वा का प्रभाव हमेशा से राम पर हावी रहा है। वह उनके लिए कुछ भी कर सकता है। अपनी बलि भी दे सकता है।

ऋषि (क्रोधित होकर): और आप सिर्फ राम-भाई से अपनी पसंद का हलवा बनवा सकती हैं इसके अलावा कुछ नहीं कर सकतीं?

धारा (रोते हुए): इंद्राणी जी ने हमारा भी भरपूर साथ दिया है, कमियाँ मुझमें ही होंगी जो बंजर रह गईं।

ऋषि (क्रोधित): मैं राम-भाई को स्वयं पर अत्याचार नहीं करने दूँगा, ज़रूर पड़ी तो गीता को समझाऊँगा कि वह अपना फैसला बदल ले।

*(गुस्से में **ऋषि** इधर-उधर राम को ढूँढने लगता है। राम बगीचे में अपनी गीत के बोल लिख रहा होता है। ऋषि और राम के बीच बातचीत शुरू होती है।)*

ऋषि: राम-भाई आपको स्वयं से प्यार नहीं है?

राम (मुस्कुराते हुए): बहुत है!

ऋषि: फिर आप जिस लड़की को परेशान करने का एक मौका नहीं छोड़ते थे उसे स्वयं को परेशान करने का अवसर क्यों दे रहे हैं?

राम (मुस्कुराते हुए): तुम्हें मैं कैसा व्यक्ति लगता हूँ? ईमानदारी से उत्तर देना?

ऋषि (हँसते हुए): अप्रत्याशित व्यक्ति (Unpredictable) लगते हो, जिसका व्यवहार, स्वभाव और कार्यों का पहले से अंदाज़ा नहीं लगाया जा सकता।

राम (मुस्कुराते हुए): और गीता कैसी लगती है?

ऋषि (हँसते हुए): गीता हमेशा से पूर्वानुमानित (Predictable) लड़की रही है उसकी सोच, स्वभाव और व्यवहार का अंदाज़ा लगाना मुश्किल नहीं है।

राम (हँसते हुए): फिर वह मुझे कैसे परेशान कर सकती है? परेशान तो वह हो जाएगी।

ऋषि: फिर भी आप उसकी तरफ क्यों बढ़ रहे हैं?

राम: क्योंकि किसी ने मुझसे कहा था कुछ बातों की ज़रूरत नहीं होती परंतु उनका बनना ज़रूरी होता है। मैं अपने मृत मित्र अपूर्वा की यह बात मान रहा हूँ। जीवन में वही व्यक्ति चुनना चाहिए जिसमें सुधार संभव है। जिसमें विश्वासघात का प्रहार छुपा हो उसके साथ कठोरता रखनी ही चाहिए। मैं गलती सहन कर सकता हूँ पर विश्वासघात सहन नहीं कर सकता।

सभी को भविष्य चुनने का अवसर मिलता है परंतु भाग्यशाली को बनाने को मिलता है। मैं अपने आप को भाग्यशाली मानता हूँ। मेरे कथन पर भरोसा करो मेरे साथ किसी ने अन्याय नहीं किया है और ना मैंने होने दिया है।

ऋषि (दुखी होकर): मतलब! आप समस्या के समाधान की कहानी लिखेंगे?

राम (हँसते हुए): समस्या देने वाले का पहले लिखूँगा।

ऋषि: क्या आप गीता से मिले या बात हुई?

रामः मैं अभी वहाँ ही जा रहा हूँ मुझे दो प्रश्न पूछने हैं।

ऋषिः मैं साथ चल सकता हूँ?

रामः हाँ।

राम और ऋषि दोनों चिकित्सालय के पास पहुँचते हैं और वैदेही से आग्रह करते हैं कि वो उन्हें गीता से मिलने दें। वैदेही दोनों को मास्क देती है।

ऋषिः इसका हम क्या करेंगे?

वैदेहीः वो अभी रोगी है, तुम लोगों को इसका इस्तेमाल करना चाहिए।

रामः अब! हम जा सकते हैं?

वैदेहीः तुम ज़ोर से बात नहीं करोगे और डाँट-फटकार नहीं होनी चाहिए। तुम क्रोध पर नियंत्रण रखना और अपने हाथ पीछे रखना।

रामः मैं लड़कियों पर हाथ नहीं उठाता।

वैदेहीः क्यों लड़कियों को कमज़ोर समझते हो?

राम (मुस्कुराते हुए)ः नहीं! सामने से आने का भी डर रहता है।

ऋषि और राम एक-दूसरे को देखकर हँस पड़ते हैं।

वैदेही (विचारपूर्ण)ः तुम दोनों ने अतीत में उसे बहुत परेशान किया है अभी वो बीमार है तो इस बात का ध्यान रखना वो उत्तेजित ना हो जाए। अभी वो दर्द में है। सहन कर रही है मगर उसके भीतर बहुत कुछ मर गया है।

राम (विचारपूर्ण)ः मैं कोई कष्ट नहीं दूँगा। मुझे दो प्रश्नों का उत्तर चाहिए। चाहो तो तुम साथ रह सकती हो।

वैदेहीः चलो!

राम, ऋषि और वैदेही तीनों गीता के कक्ष में आ चुके हैं। वहाँ आते ही उन्हें एहसास होता है कि झुलसी हुई लड़की की पीड़ा सिर्फ बाहरी घाव नहीं, बल्कि उसकी आत्मा की सिसकी होती है, जब वह आग से गुज़रती है तो केवल अपनी त्वचा नहीं खोती बल्कि समाज की उन सुंदर परिभाषाओं से स्वयं को बाहर महसूस करने लगती है, जिन्हें उसने बचपन से देखा था। गीता के शरीर पर आग के निशान अब उसकी पहचान का हिस्सा बन चुके हैं। गीता की आँखों में एक अजीब सा ठहराव और गहराई होती है जिसमें बीता हुआ डर भी है। दर्द केवल शारीरिक जलन तक सीमित नहीं है, वह एक बहुआयामी कष्ट भोग रही है जिसने उसके शरीर, मन और सामाजिक अस्तित्व को झकझोर कर रख दिया है। जो कभी पश्चिमी पोशाक (आधुनिक पोशाक) में घूमा करती थी वो अब सूती कपड़े से ढकी हुई है।

कमरे में आते ही ऋषि और राम फूट-फूटकर रोने लगते हैं। वैदेही की भी आँखें भर आती हैं। गीता उन सबको देख कर अपने हाथ से आँखों को ढँक लेती है।

गीता (दुखी): आप लोग यहाँ क्यों आए?

ऋषि (दुखी): तुम से ही मिलने आए हैं। तुमने ये क्या हाल बना लिया?

गीता (रोते हुए): सब चले जाओ। मुझे अभी किसी से बात नहीं करनी है।

राम (दुखी): मुझे करनी है। कुछ सवाल के जवाब चाहिए।

गीता (रोते हुए): मैंने आपके साथ गलत किया है, मैं अब कभी आपसे नज़र नहीं मिला पाऊँगी। मुझे ऐसा नहीं करना था परंतु मैं विवश हो गई। आपके वश में हो तो क्षमा कर दीजिएगा या फिर सजा दे दीजिएगा।

राम (दुखी होकर): जो अपने चरित्र को पूर्ण करना चाहते हैं वो दूसरे के चरित्र पर सवाल कर सजा नहीं दिया करते। सादगी तो क्षमा में ही है। मुझे तुमको गलत साबित नहीं करना है। अपने लिए, तुम्हारे लिए बेहतर करना है।

गीता (रोते हुए): आप सजा ही दे दो सरजी! सबसे बुरा और अधर्मी मेरा ही चरित्र है। मैंने जबरदस्ती की है। **यही आपने किया होता तो आपको राख कर दिया गया होता।**

राम (दुखी होकर): सबसे पहले यह बताओ, तुम्हारा अपराध क्या था?

गीता (रोते हुए): 'सत्य' से जुड़ा गठबंधन नहीं तोड़ना है। अगर यह टूटा, तो असहनीय पीड़ा की प्राप्ति होगी।

राम (विचारमग्न होकर): अगर अपूर्वा के विश्वासपात्र का नाम कुछ और होता, तब भी क्या तुम्हारा निर्णय यही होता?

(ये सवाल सुनने के बाद गीता की आँखों के कोरों से आँसू बहने लगते हैं। वह चुपचाप अपना चेहरा दूसरी तरफ मोड़ लेती है। शायद कमरे में उपस्थित राम को उसके मौन में ही सवाल का जवाब मिल गया है। राम समझ चुका है कि अब वह उसके लिए मायने रखने लगा है।)

राम (गंभीर स्वर में): तुम्हारी कार्यशैली में कड़वाहट ज़रूर है, परंतु तुम्हारे चरित्र में मिलावट नहीं है। तुम्हें तो पता ही होगा—जल, वायु, अग्नि, आकाश और ज़मीन, इन सब में मिलावट है; यहाँ तक कि हमारे रक्त में भी। तुम जैसी हो, हमेशा वैसी ही रहना। देखना, तुम्हारी और मेरी जीवन-कहानी के अंत तक तुम्हारा ही चरित्र अविश्वसनीय, अद्भुत, सराहनीय और सबसे सुंदर कहलाएगा।

(राम और ऋषि चिकित्सालय से बाहर आते हैं। दोनों साथ चल रहे हैं, परंतु उनके बीच कोई संवाद नहीं हो रहा। दोनों दुखी मन से एक-दूसरे को देखते हैं। चलते-चलते वे उस स्थान पर पहुँच जाते हैं जहाँ अपूर्वा की तस्वीर लगी है।)

राम (अपूर्वा की तस्वीर से): तुम्हारा जाना 'दुर्भाग्य' ले आया।

ऋषि (व्यथित होकर): हाँ राम भाई! अपने भाई की मृत्यु के बाद वह दुनिया से कट गई थी। अब पता नहीं वह क्या करेगी? ऐसी स्थिति में मनुष्य अक्सर अपना आत्मविश्वास खो देता है, जो अंततः आत्मघाती कदम का कारण बनता है।

राम (दृढ़ता से): वह इतनी कमज़ोर नहीं है, ऐसी स्थिति नहीं आएगी। जब तक वह चाहेगी, मैं उसके साथ रहूँगा—जीवन भर, जीवन के अंत तक और जीवन के बाद भी। हमारा मस्तिष्क सभी उपकरणों में सर्वश्रेष्ठ है, इसलिए पहले गीता के मन को स्थिर और स्वस्थ करना होगा।

राम (एक गहरी साँस लेता है और अपनी आँखें मूँदकर मंत्रमुग्ध स्वर में श्लोक बोलता है):

"एषा एका दग्धा बालिका अस्ति।"

"अस्याः शरीरं अग्निना दग्धं जातम्।"

"सा तीव्र वेदनां अनुभवति।"

"तस्याः त्वक् अग्निज्वालाभिः विवर्णा अभवत्।"

भावार्थः यह एक अग्नि से झुलसी हुई बालिका है। इसका शरीर आग में जल गया है और यह तीव्र पीड़ा का अनुभव कर रही है। अग्नि की लपटों से इसकी त्वचा झुलसकर विवर्ण (रंगहीन) हो गई है। हमें इसके प्रति हृदय में स्वीकार का भाव जगाना होगा और इसे गरिमा के साथ जीने का समान अवसर देना होगा।

(ऋषि भारी कदमों से धारा के कक्ष तक पहुँचता है, जहाँ वह पुरानी तस्वीरों को देख रही है। उन तस्वीरों में धारा के माता-पिता के साथ राम भी है।)

धारा (कविता गुनगुनाते हुए):

"माँ की मूरत निराली, पिता का ध्यान महान्,
उनके चरणों में ही खिलता रहा मेरा पूरा जहान।"
"घनी छाँव सी माता, पाँव के छाले समझें पापा,
दुनिया की भीड़ में सुरक्षित रखें पापा।
जब टूटने लगे हिम्मत, तो ढांढस बंधाती माता।"

धारा: ऋषि! क्या हुआ? गीता से बात हुई?

ऋषि (भावुक होकर): क्या आप गीता से मिलीं?

धारा (दुखी स्वर में): मुझमें इतनी हिम्मत नहीं हो रही। क्या मैं उसे देख पाऊँगी? उसकी हालत कैसी है?

ऋषि (रुँधे गले से): दीदी! मैंने गीता को नहीं, बल्कि उसकी कुचली हुई आत्मा को देखा है। उसके पास अब कुछ नहीं बचा। शायद वह जीवित ना बचे। उसके पास ना साहस है, ना सौंदर्य, ना आत्मविश्वास और ना ही स्वस्थ शरीर। हम सब उससे नाराज़ थे, सबने उसे खरी-खोटी सुनाई, डराया और धमकाया, परंतु राम भाई के अलावा किसी ने उसे समझने का प्रयास नहीं किया। मैं उसे समझाने गया था, पर स्वयं बहुत कुछ समझकर लौटा हूँ। जली हुई स्त्री तिरस्कार की पात्र नहीं होती। गलती चाहे उसकी हो या किसी और की, उसे संवेदना और सामाजिक स्वीकृति मिलनी चाहिए। गीता, राम भाई की केवल दोस्त नहीं, बल्कि उससे कहीं बढ़कर है। मुझे तो उस दिन बहुत आश्चर्य हुआ था जब गीता को जलते हुए देखकर चीखने-चिल्लाने लगे थे। इतने वर्षों में जाने-अनजाने में उनका गीता के साथ एक भावनात्मक जुड़ाव हो गया था, जिसका आभास उन्हें अब हुआ है। एक मनोवैज्ञानिक चिकित्सक होने के नाते, उनके मानसिक और भावनात्मक व्यवहार को देखकर मैं यह कह सकता हूँ।

धारा (क्रोधित होकर): "राम का स्वभाव ऐसा नहीं है कि वह आसानी से बदल जाए।वर्षों पहले अपने ऊपर मेरे द्वारा किए गए तिरस्कार को उसने भुलाया नहीं है,

और फिर गीता ने उसके साथ जबरदस्ती की है। गुरुजी के सामने उसे अपमानित भी किया गया है; यह वह कैसे भूल सकता है? उसकी इस स्वीकृति के पीछे अवश्य ही कोई और बात होगी। वह एक अत्यंत कठोर व्यक्ति है जो किसी पर भी भरोसा नहीं करता, इसीलिए सबसे दूरी बनाकर रखता है। अब तो मैं यह जानकर ही रहूँगी कि राम के मन में क्या चल रहा है। जो व्यक्ति गीता से सीधे मुँह बात तक नहीं करता था, अचानक उसका हृदय परिवर्तन कैसे हो गया?"

कुछ दिनों बाद, राम सीधे कश्मीर से मैरिज रजिस्ट्रार कार्यालय पहुँचता है। उसने अपना कार्य पुनः प्रारंभ कर दिया था, और उसकी नियुक्ति फिर से कश्मीर क्षेत्र में ही हुई थी। कार्यालय का माहौल शांत और गंभीर था, परंतु राम के मन में हलचल और बेचैनी की लहरें उठ रही थीं।

न्यायालय में इंद्राणी देवी, गुरुजी, धारा, ऋषि, अगस्त्य और वैदेही उपस्थित थे। उनकी आँखों में गंभीरता, चिंता और थोड़ी असमंजस की झलक साफ दिखाई दे रही थी। हर किसी का दिल इस महत्वपूर्ण क्षण की नाजुकता और संभावित परिणामों के लिए धड़क रहा था।

दाई माँ, सावधानी और सम्मान के साथ, गीता को पारंपरिक वेशभूषा में कोर्ट के भीतर ले आती हैं। गीता की चाल धीमी और नाज़ुक थी; हर कदम में उसकी चिंता और हृदय की हल्की धड़कन महसूस हो रही थी। उसके हाथ हल्के कांप रहे थे और आँखों में अनकहे सवाल और भावनाएँ छलक रही थीं।

गीता अपनी नानी से कुछ कहना चाहती थी, पर शब्दों का बोझ और भावनाओं की गहराई उसके होंठों तक पहुँच ही नहीं पा रही थी। उसका मन दोनों तरफ बँधा हुआ था—एक ओर न्याय और कर्तव्य की गंभीरता, दूसरी ओर अपनों की सुरक्षा और स्नेह।

इंद्राणी देवी: "अचानक क्या हुआ? सभी तुम्हारी प्रतीक्षा कर रहे हैं।"

गीता (भावुक होकर): "मैं अपना जला हुआ भविष्य तो स्वीकार कर सकती हूँ, परंतु किसी और का भविष्य नहीं जला सकती।"

इंद्राणी देवी: "तुम्हारे कहने का क्या अर्थ है? क्या अब तुम पीछे हटना चाहती हो?"

गीता (सिसकते हुए): "मैं अब वह सुंदर लड़की नहीं रही, फिर मैं किसी और का जीवन बदसूरत क्यों बनाऊँ? सर जी मुझसे कहीं बेहतर लड़की के योग्य हैं।"

इंद्राणी देवी: "देखो बेटी, 'ओखली में सिर दिया है तो मूसल से क्या डरना?' जिस नाम से जुड़ने के लिए तुमने स्वयं को अग्नि को समर्पित कर दिया, अब उसी नाम के साथ तुम्हें पूर्ण होना होगा। सत्य तो यह है कि राम तुम्हें अभाव में भी स्वीकार कर सकता है, पर तुम उसे पूर्णता में भी स्वीकार नहीं कर पा रही हो। यदि मैं राम से जाकर कह दूँ कि वह तुम्हारे बराबरी में आ जाए, तब तो तुम हस्ताक्षर करोगी ना?"

गीता (रोते हुए): "आप सर जी से कुछ मत कहिएगा। उन्हें कष्ट में देखकर मुझे अच्छा नहीं लगेगा।"

इंद्राणी देवी: "तो क्या जो तुम अब करना चाहती हो, उसे सुनकर उन्हें कष्ट नहीं होगा?"

गीता (असहाय होकर): "फिर मैं क्या करूँ?"

इंद्राणी देवी: "अपने निर्णय पर अडिग रहो और स्वभाव में ठहराव लाओ। नियति सदैव नेक नीयत का फल देती है। मुझसे वचन करो कि तुम इसी नाम के साथ इस संसार से विदा लोगी। अपना आचरण और संस्कार चंद्रवंशी कन्याओं जैसा रखना। सदैव राम का ध्यान रखना और उसे कभी धोखा मत देना। अपने पत्नी-धर्म का पालन उसी निष्ठा और समर्पण से करना जैसा तुम्हारी माता ,वैदेही और मैथिली ने किया था। यदि तुम मानती हो कि राम को बेहतर मिलना चाहिए, तो तुम स्वयं बेहतर बनने का प्रयास क्यों नहीं करतीं? धैर्य रखो, सब ठीक हो जाएगा।"

इंद्राणी देवी की मृदु समझाइश और प्रोत्साहन पर गीता अंततः विवाह की प्रक्रिया के लिए तैयार हो जाती है।

उसके हृदय में भारी उलझन और बेचैनी थी, पर वह अपने डर और असमंजस के बावजूद आगे बढ़ती है।

मैरिज रजिस्ट्रार के समक्ष, जब गीता हस्ताक्षर करने बैठती है, उसकी आँखों के सामने अचानक महंतों का चेहरा घूमने लगता है। वह कुछ क्षणों के लिए अपने अतीत और भय में उलझ जाती है; उसे ऐसा भ्रम होता है कि वह असंतुलित होकर गिर पड़ेगी।

इस भय और घबराहट के क्षण में, उसके हाथ कांपने लगते हैं, और बिना सोच-विचार के, वह हस्ताक्षर करने के स्थान पर स्याही से अपने अंगूठे का निशान लगा देती है।
उसका चेहरा भरा हुआ, आँखों में असहायता और डर झलक रहा था, और उसकी यह हरकत उसके मनोबल और भीतर की पीड़ा का प्रतीक बन गई।

वातावरण में तनाव और संवेदनशीलता की हवा थी; रजिस्ट्रार और उपस्थित लोग स्तब्ध रह गए। हर किसी की आँखों में गीता की अंतरात्मा और उसके हृदय की बेचैनी साफ झलक रही थी। यह क्षण, जितना कानूनी था, उतना ही भावनात्मक और मार्मिक भी बन गया था।

यह देखकर अगस्त्य, राम की ओर देखता है । राम भी हल्की मुस्कान के साथ तिरछी नजरों से उसे देखता है। बिना किसी पारंपरिक रीति-रिवाज के, रजिस्ट्रार के समक्ष हस्ताक्षर होते ही विवाह संपन्न हो जाता है। अगस्त्य मिठाई लेकर राम की ओर बढ़ता है।

अगस्त्यः "बधाई हो, मित्र!"

रामः "धन्यवाद!"

अगस्त्य (भावुक स्वर में): "तुमने जो साहस दिखाया है, उसके लिए बड़े जिगर की आवश्यकता होती है।"

राम (मुस्कुराते हुए): "मैंने कहा था ना, अपूर्वा ने मुझे यह 'अंगूठाछाप' बहन (गीता) सौंप दी है।"

अगस्त्य (हँसते हुए): "अब तो वह तुम्हारे साथ है, समय निकालकर उसे साक्षर भी बना लेना!"

राम और अगस्त्य हँसते हुए गले मिलते हैं। ऋषि और धारा भी राम और गीता को बधाई देते हैं। वैदेही थोड़ी देर बाद गीता को अपने साथ लेकर चली जाती है, क्योंकि उसके घाव की ड्रेसिंग का समय हो रहा था।

इंद्राणी देवी सभी को साथ लेकर राजवंश के पारंपरिक मंदिर में ले जाती हैं, जहाँ आज राम का **राजतिलक समारोह** होना था। मंदिर के आसपास लोगों की भारी भीड़ जमा हो गई है; सभी नवनिर्वाचित राजा से मिलना चाहते हैं। मंदिर में पुजारियों के घंटों के स्वर के साथ पूजा-अर्चना होती है। गुरुजी समस्त परिजनों और उत्साहित भीड़ के सामने नए **'राजा राम'** के नाम की घोषणा करते हैं। फिर पुजारी राम के माथे पर कुमकुम और अक्षत का तिलक लगाते हैं। इंद्राणी देवी अपने समाज की पारंपरिक पगड़ी भी राम को पहनाती हैं, जो सम्मान और विजय का प्रतीक है।

इंद्राणी देवी: "आज से तुम समाज की पहचान और विश्वास का माध्यम हो। 'राजा' केवल एक उपाधि नहीं, बल्कि एक जिम्मेदारी भी है। मुझे पूर्ण विश्वास है कि तुम इसे निर्बाध रूप से और कुशलता के साथ पूरा करोगे। यहाँ आए हुए लोगों के बीच फल, मेवे, मिठाइयाँ, कपड़े और भेंट वितरित करो।"

राम: "जी, बिल्कुल करता हूँ।"

राम सभी को भेंट प्रदान करता है और बड़े सम्मान व स्नेह के साथ सबसे मिलता है। वह सभी को आयोजित भोज के लिए भी आमंत्रित करता है। सभी परिजन और अतिथि भोजन व भेंट पाकर अपने-अपने घर लौट जाते हैं।

इंद्राणी देवी सभी के साथ महल लौट आती हैं। राम को अपने कक्ष में जाते हुए धारा गौर से देखने लगती है। अचानक उसे अपने पिता की आवाज़ सुनाई देती है; वह स्पष्ट रूप से उनके शब्दों को महसूस करने लगती है।

धारा के पिता (आवाज़): “मैंने कहा था ना कि राम के हाथ में 'राज्य योग' है। जौहरी ही असली हीरे को पहचान पाता है।”

धारा (हल्की मुस्कान के साथ): “हाँ पिताजी, आप सही थे। अब सब समझ आ गया कि राम का वास्तविक उद्देश्य क्या था। उसे हमेशा से राजा ही बनना था, फिर चाहे वह मेहनत से मिले या चालाकी से। राम को केवल पैसा, पावर और पोजीशन चाहिए थी। उसे ऐसी लड़की चाहिए थी जो उसके आदेशों पर चले और उसकी कठपुतली बनकर रहे; जो हमेशा आज्ञाकारी हो और निर्देशानुसार कार्य करे। राम को अपने करीब कोई “मजबूतलड़की नहीं चाहिए थी। राम के चरित्र का असली रंग अब निखर कर सामने आया है।”

धारा महल के चबूतरे पर बैठ जाती है। तभी वहाँ राम आता है, जिसके हाथ में कुछ दस्तावेज़ हैं।

राम: “धारा! तुम्हारे लिए फैक्स (Fax) आया है।”

धारा: “मैं यहाँ से जा रही हूँ। तुमने मेरे साथ अच्छा नहीं किया।”

राम: “आखिर मैंने क्या किया?”

धारा: “तुम बहुत कुछ कर सकते थे, लेकिन तुमने केवल अपना स्वार्थ चुना।”

राम: “ये दस्तावेज़ लो और जाओ।”

धारा: “मैं वापस वाराणसी जा रही हूँ।”

राम: “ठीक है, पर मेरे और गीता के ‘स्वागत समारोह’ का भोजन करके ही जाना।”

धारा (भावुक होकर): “क्या अब तुम मुझसे बदला ले रहे हो?”

राम: “गलत समय पर गलत व्यंग्य करना मैंने तुमसे ही तो सीखा है।”

धारा (भावुकता के साथ): “तुम मेरी एक छोटी सी गलती आज तक माफ़ नहीं कर पाए, लेकिन तुमने गीता की इतनी बड़ी गलती को नज़रअंदाज़ कर दिया क्योंकि उसमें

तुम्हें अपना स्वार्थ दिख रहा था। तुममें संवेदनशीलता बची ही नहीं है। कल तक मुझे लगता था कि मेरे और तुम्हारे बीच गीता आ गई है, परंतु सच तो यह है कि तुम सत्य (शक्तिवीर) और गीता के बीच आए हो।"

रामः "वह कैसे?"

धाराः "गीता की आदत ही थी गलतियाँ करने की। तुम पहले उसे टोकते थे, समझाते थे, परंतु आज उसकी गलती पर भी तुम उसके साथ खड़े हो गए। यह जानते हुए भी कि वे दो लोग (गीता और शक्तिवीर) कभी मिले थे और फिर मिल सकते हैं।

महंतों और गुरुजी ने यही कहा था। कच्ची उम्र में अक्सर आकर्षण हो जाता है; तुमने उसे समझने के बजाय और बढ़ावा दिया। तुमने यह सोच कैसे लिया कि तुम सुखी रहोगे? क्योंकि दुखों का पहाड़ तो उठाया जा सकता है, परंतु दुखों की नींव पर घर नहीं बसाया जा सकता। तुमने मेरे साथ-साथ गीता के साथ भी गलत किया है। तुम कुछ भी कर लो, एक दिन गीता को पता चल ही जाएगा कि उस दिन सिर्फ तुम पर नहीं, मुझ पर भी तीर चले थे। समय कब राजा को रंक बना दे, यह कोई नहीं बता सकता।

राम (हँसते हुए): अच्छा है! चलो तुमने यह तो नहीं कहा कि राजा बनने के लिए मैंने अपूर्वा और मैथिली को रास्ते से हटा दिया।

धारा (विचारमग्न): चलो, फिर तुमने जाने-अनजाने कुछ तो स्वीकार किया।

राम (गंभीर मुद्रा में): जिराफ़ की जीभ और उसकी गर्दन प्रकृति का एक बेहतरीन नमूना है। जिराफ़ की गर्दन में 7 हड्डियाँ होती हैं और उसकी एक-एक हड्डी 10 इंच तक लंबी होती है, जिसके कारण वह केवल ऊँचे पेड़ों के पत्ते ही खा सकता है। बकरी की तरह ज़मीन पर घास खाना उसके लिए मुश्किल है, क्योंकि उसका झुकना कठिन है।

धारा (आश्चर्य के साथ): हाँ! पर तुम मुझे यह सब क्यों बता रहे हो?

राम (गंभीरता से): एक श्लोक है—

स्वभावो नोपदेशेन शक्यते कर्तुमन्यथा।
सुतप्तमपि पानीयं पुनर्गच्छति शीतताम्।।

अर्थात्,

किसी व्यक्ति को आप चाहे कितनी भी सलाह दे दें, किंतु उसका मूल स्वभाव नहीं बदलता। जैसे पानी को उबालने पर वह गर्म तो हो जाता है, लेकिन स्वभाववश अंततः पुनः ठंडा ही हो जाता है। मैं कितना भी झुक जाऊँ, मेरी सोच तुम्हारी तरह गिर नहीं सकती। मैं हमेशा अपनी सोच के लिए ऊँचे पेड़ों के पत्ते ही चुनूँगा और तुम अपनी सोच के लिए घास ही चुनोगी।

माँ ने मेरा नाम 'राम' इसलिए नहीं रखा कि मैं बस संस्कारी बन जाऊँ। संस्कारी होने का तात्पर्य यह नहीं है कि मैं किसी का बुरा बर्ताव और गलत बात सुनकर चुप रहूँ। मनुष्य की असली शक्ति उसकी सोच पर निर्भर करती है। तुम अपने जीवन को नकारात्मक दिशा की ओर मत ले जाओ।

बहुत साल पहले मेरी माँ (काव्यांजलि) जब अपने स्वाभिमान के लिए उठ खड़ी हुई थीं, तब किसी ने उनकी सहायता करने की नहीं सोची। किसी ने यह तक नहीं पूछा कि उन्होंने ऐसा क्यों किया? जिन पर उन्हें अटूट विश्वास था, उन मेजर महेश चंद्रवंशी ने भी उनका साथ नहीं दिया था। मैं वही गलती दोबारा नहीं करूँगा। मैं उस लड़की (गीता) के स्वाभिमान को बनाए रखने के लिए कुछ भी करूँगा। मेरा नाम राम है, अर्जुन नहीं—जो बटेगा और दुखों को बाँटेगा। युद्ध में तीर तो सबने चलाए थे, पर मस्तिष्क की बुद्धि को गति श्रीकृष्ण ने दी थी। इसीलिए ईश्वर के रूप में श्रीकृष्ण पूजे जाते हैं, अर्जुन नहीं; जबकि दोनों ही मानव रूप में अवतार थे।

जब हम उम्र के अलग-अलग पड़ाव पर अपनी पसंद का खाना और स्वास्थ्य के अनुरूप वस्तुएं चुन सकते हैं, तो अलग-अलग जन्मों में हमारी पसंद एक ही हो, यह अनिवार्य तो नहीं। अतीत को सुधारने की आवश्यकता हो सकती है, परंतु भविष्य की चिंता अनावश्यक है। मैं वर्तमान में जीता हूँ, अतः वर्तमान को ही सच मानूँगा। वर्तमान में जो सच है, उसे मैं साफ़ देख पा रहा हूँ। मैं ना मजबूर होने वाला हूँ, ना किसी को मजबूर करने वाला हूँ और ना ही किसी को मजबूर होते देखने वाला हूँ। मैं तो अब दोष और दोषी, दोनों को समाप्त करने वाला हूँ।

धारा चबूतरे से अचानक उठ खड़ी होती है। उसकी आँखों में भरे आँसू और चेहरे पर उभरता आक्रोश उसके भीतर के गहरे दुख को स्पष्ट कर रहे थे। बिना किसी से कुछ कहे, वह तेज़ क़दमों से वहाँ से चली जाती है। उसके जाते ही वातावरण में एक अजीब-सा मौन छा जाता है, मानो किसी ने अचानक सारी आवाज़ें थाम ली हों।

(गुरुजी दूर खड़े यह सब देख रहे होते हैं। उनकी अनुभवी आँखें धारा के मन में उठते तूफ़ान को भाँप लेती हैं। उसके चेहरे की पीड़ा और क्रोध उन्हें बेचैन कर देता है। वे धीरे-धीरे राम की ओर बढ़ते हैं।)

गुरुजी (गंभीर और चिंतित स्वर में): "राम... धारा इतनी व्यथित होकर क्यों चली गई? उसके मन में इतना क्रोध और पीड़ा किस कारण है? क्या बात है जो उसके हृदय को इस तरह आहत कर रही है?"

(गुरुजी की आँखों में चिंता साफ़ झलक रही थी। वे राम के चेहरे को ध्यान से देखते हैं, मानो उसके मौन में छिपे उत्तर को पढ़ लेना चाहते हों। वातावरण में एक भारी भावनात्मक बोझ महसूस हो रहा था, जहाँ हर शब्द और हर मौन अपने भीतर कई अनकहे दर्द समेटे हुए था।)

राम: गुरुजी, निराशा, अपमान, विफलता और ग्लानियाँ विकास का ही हिस्सा हैं। वह जीवन में अपना सम्मानजनक स्थान अवश्य प्राप्त कर पाएगी।

गुरुजी: परंतु उसके क्रोध को देखकर लग रहा है कि वह 'अग्नि-वीर') बनना नहीं चाहती।

राम: सामने वाले का चेहरा बदलता है, तो दोष उसका स्वयं का होता है।

गुरुजी: 'प्रोजेक्ट शक्तिवीर' विफल नहीं होना चाहिए। तुम इस कार्य के प्रधान हो।

राम (मुस्कुराते हुए): मैं यहाँ सबकी इच्छाएँ पूरी करने ही आया हूँ।

गुरुजी (आश्चर्य से): कभी-कभी तुम्हारा चरित्र मुझे समझ नहीं आता।

राम (मुस्कुराते हुए): कैसे समझ आएगा गुरुजी? मैं राम का नाम लेकर कृष्ण को जीने आया हूँ। वह तो बड़े छलिया ही थे।

गुरुजी (हँसते हुए): उससे होगा क्या?

राम (हँसते हुए): आपको कलियुग में सतयुग और द्वापर युग के कालचक्र का आनंद आएगा।

(दोनों एक-दूसरे को देखकर हँसने लगते हैं। बहुत दिनों के बाद गुरुजी के चेहरे पर मुस्कान ने दस्तक दी थी, जिसे देखकर सामने खड़ी इंद्राणी-देवी पुलकित हो रही थीं। शायद यह हँसी 'स्वीकार होने' और 'स्वीकार करने' का वह चंद्रबिंदु है जिसे अक्सर लोग लगाना भूल जाते हैं। वे भूल जाते हैं कि जीवन की प्रत्येक परेशानी को सकारात्मक ऊर्जा और प्रसन्नता से सुलझाया जा सकता है।)

हर एक अल्फ़ाज़ को अपेक्षा मान लिया,
जो टूटा, उसमें उसका ही दोष बतलाया गया।
काँच का घरौंदा, बहता चला गया,
वह एक स्वप्न-दोष, जो मुझे डराता चला गया।
आँखों की गहराइयाँ नासमझ समझ ना सका,
अंदर के लावे को अक्रिय ज्वालामुखी कहता गया।
जो रोता रहा, उसे ताबूत बनाया गया,
जो चुप रहा, उसे पर्वत बतलाया गया।

दृश्य: चिकित्सालय (Hospital)

(उसी रात राम चिकित्सालय में गीता के कक्ष के बाहर अगस्त्य और वैदेही से मिलता है। वह गीता को कश्मीर ले जाने की बात करने आता है।)

वैदेही: यहाँ भी डॉक्टर और नर्स हैं, फिर वहाँ क्यों ले जा रहे हो?

राम: वहाँ आर्मी कैंप में मशहूर शल्य-चिकित्सक (Surgeon) डॉ. माया चौधरी हैं। मैं चाहता हूँ कि गीता का केस एक बार वह देखें। मैंने उनका उपचार देखा है।

अगस्त्यः पर इतनी लंबी दूरी की यात्रा उसके लिए कठिन होगी।

रामः मेडिकल एयरलिफ्ट (Air Ambulance) किया जा सकता है।

अगस्त्यः ठीक है, मैं व्यवस्था करता हूँ।

रामः वैदेही! क्या मैं गीता से मिल सकता हूँ?

वैदेही (गंभीरता के साथ): कल को मैं यह बात तुमसे पूछूँ तो?

राम (मुस्कुराते हुए): माँ की ममता के सामने मैं नतमस्तक हूँ।

वैदेही (रोते हुए): जानते हो राम? जैसे उसने अपना नाम 'गीतांजलि' से छोटा करके 'गीता' कर दिया, वैसे ही अपनी आयु को भी छोटा कर लिया।

राम (गंभीरता के साथ): कमज़ोर वक्त, सशक्त चरित्र को कभी पराजित नहीं कर सकता। चाहे नाम छोटा हो या उम्र कम, जीवन का आश्वासन नहीं खोना चाहिए; पहचान बड़ी होनी चाहिए।

वैदेही (रोते हुए): उसकी पीठ, पाँव और हाथों पर छाले-ही-छाले हैं। इतने कम दिनों में उसकी 6 बार सर्जरी हो चुकी है। घाव भर भी गए, तो दाग तो रह ही जाएँगे। वह अब कभी हीरोइन नहीं बन पाएगी। यह बात उसे अंदर से तोड़ देगी। फिर वह क्या करेगी? स्वयं को कैसे संभालेगी?

रामः जो लोग स्क्रीन पर नहीं दिखते, क्या वे अपनी जिंदगी के हीरो या हीरोइन नहीं होते? वह जो भी करेगी, अच्छा करेगी और एक मिसाल बनेगी।

वैदेहीः तुम्हें उस पर विश्वास है?

राम (हँसते हुए): अब पूरा विश्वास है।

(याद रखिएगा)

वैदेहीः तुम कब तक उसका साथ दोगे?

रामः जब तक मृत्यु नहीं आती... मेरे लिए सब कुछ गीता ही है।

वैदेहीः तुम्हें उसके साथ बहुत संवेदनशीलता और भावुकता से रहना होगा। तुम्हारा व्यवहार ही पहली दवा का काम करेगा। जलने का दर्द केवल शारीरिक नहीं, मानसिक भी होता है। स्वस्थ होने (रिकवरी) के दौरान चिड़चिड़ापन होना स्वाभाविक है, ऐसे में थोड़ा धैर्य रखना।

राम (हँसते हुए)ः मेरी माँ का अतीत मेरी सबसे बड़ी सीख है, जिसके कारण मेरे अंदर 'राम' के साथ 'कृष्ण' की रणनीतिक कुशलता का ज्ञान भी मिल जाएगा। मैं अपने भीतर परंपरा और आधुनिकता का मिश्रण रखता हूँ। किसी भी अन्याय के विरुद्ध खड़े होने को ही मैं असली संस्कार मानता हूँ। मैं पूरी संवेदनशीलता के साथ गीता का पूर्ण सहयोग करूँगा। मैंने तुम्हें अपना पक्ष इसलिए बताया क्योंकि मुझे तुम्हारे भीतर उसके प्रति ममता दिखी। माँ को यह बताना बहुत आवश्यक हो जाता है कि उसके बच्चे को कुछ नहीं होगा, तभी उसे शांति मिलती है। मुझे आशा है कि अब तुम बेहतर महसूस कर रही होगी।

वैदेही (शांति महसूस करते हुए)ः हाँ! अब अच्छा लग रहा है। मुझे भी गीता के विश्वास पर अब भरोसा हो रहा है।

(राम अस्पताल में गीता के कक्ष में उससे मिलने जाता है। कमरे में सन्नाटा था, जिसे केवल बाहर बहती हवा की सरसराहट तोड़ रही थी। गीता के चेहरे पर चिंता की लकीरें साफ़ दिख रही थीं। राम अपने चेहरे पर एक हल्की मुस्कान लिए प्रवेश करता है। उसकी आवाज़ में एक ऐसी स्थिरता थी, जो किसी को भी सुकून दे सके।)

राम (धीमे स्वर में)ः मैं तुम्हारे लिए एक उपहार लाया हूँ। आशा करता हूँ कि तुम्हें पसंद आएगा।

गीता (शांत भाव से)ः ये पट्टियाँ ही मेरी शोभा बढ़ा रही हैं, अभी मुझे सिर्फ इनकी ही जरूरत है। फिर आप मेरे लिए ये रेशमी कपड़े क्यों लाए?

रामः मैं जानता हूँ कि दर्द बहुत है, पर दर्द को ढाँपती ये पट्टियाँ तुम्हारी हिम्मत की कहानी कह रही हैं।

गीता (मुस्कुराते हुए): इन सफेद दीवारों और दवाइयों की गंध के बीच खुद को सामान्य बनाए रखना भी तो हिम्मत ही है।

राम (मुस्कान के साथ): हिम्मत सिर्फ लड़ने के लिए नहीं, सहने के लिए भी चाहिए होती है। युद्ध केवल वही नहीं जीतता जो सबसे ज्यादा प्रहार करता है, बल्कि सहने वाला भी विजेता कहलाता है। यदि तुम तनाव में रहोगी तो समस्या सुलझने के बजाय और उलझ जाएगी। जिस समस्या का हल अपने पास ना हो, उसे समय पर छोड़ देना ही सबसे उचित उपाय है।

गीता (धीमे स्वर में): आप उपहार को मेज पर रख दीजिए, मैं परिचारिका (दाई-माँ) से कहकर इसे अपने पास रखवा लूँगी।

राम (मुस्कुराते हुए): ईमानदारी से एक बात बताता हूँ; मैं एक अप्रत्याशित व्यक्ति हूँ। जरूरी नहीं कि उपहार तुम्हारी उम्मीद के मुताबिक ही हो।

गीता (हँसते हुए): अप्रत्याशित होना अच्छी बात है या बुरी?

राम (मुस्कुराते हुए): यदि परिणाम अपने पक्ष में हो तो अच्छा है, और यदि पक्ष में ना हो तो बुरा।

गीताः फिर तो मेरे लिए अच्छा ही है, क्योंकि परिणाम मेरे पक्ष में है। आप अग्निवीर, शक्तिवीर और सामाजिक मूल्यों की रक्षा कर ही लेंगे।

राम (विचारमग्न होकर): तुम्हारा शारीरिक कष्ट तो कोई नहीं बाँट सकता, फिर यह तुम्हारे पक्ष में कैसे हुआ?

गीता (धैर्य के साथ): हर वह रिश्ता जिसे मैंने अपना माना है—चाहे वह प्रेम हो या गहरी दोस्ती—उन्हें खोने का एक डर मन में हमेशा रहता है। यह डर बरसों से चला आ रहा है क्योंकि वे सब मेरे सुख-दुःख के साथी रहे हैं। इसलिए मैंने शरीर के कष्ट को

नज़रअंदाज़ कर मन के जुड़ाव को ज्यादा महत्व दिया है। बढ़ती उम्र के साथ यह समझ आने लगा है कि परिपक्वता जरूरी है और अकेलापन कोई आनंद नहीं है। सच्चा आनंद तो सबके साथ होने में है।

राम (मुस्कुराते हुए): मैं समझ गया।

गीता: क्या समझ गए?

राम: आंधियाँ सिर्फ तबाही नहीं लातीं, वे उन जड़ों को भी हिला देती हैं जो खुद को बहुत मजबूत समझती हैं। सच कहूँ तो ईश्वर भी 'होनी' (नियति) को टाल नहीं सकते।

गीता (हँसते हुए): कम से कम मैंने उन रिश्तों को जोड़े रखने की कोशिश तो की जो आपने हमें सिखाया था। देखिए, मैं आपका सिखाया हुआ पाठ अभी तक भूली नहीं हूँ।

राम (रोते हुए): मुझे समझ नहीं आ रहा कि मुझे इतना पछतावा क्यों हो रहा है? इस ग्लानि के कारण मुझसे चला भी नहीं जा रहा।

गीता: आपने मुझे कुछ गलत नहीं सिखाया था और ना ही मैंने आपको पछतावे में डालने के लिए कुछ कहा था। यदि आप दुखी होंगे, तो कष्ट मुझे ही होगा।

(राम अपनी चाल में आशा और दृढ़ता लेकर गीता की ओर बढ़ता है। वह कोमलता से उसके चेहरे पर आए बालों को हटाता है, उसके बहते आँसुओं को रुमाल से पोंछता है और पूरे सम्मान के साथ गीता के पास बैठ जाता है।)

राम (मुस्कुराते हुए): क्या कोई और भी है जिसे बचाना है? शायद कोई और लोग हों—कोई रिश्तेदार, कोई दोस्त या फिर कोई पूर्व पति या पुराना साथी?

गीता (हँसते हुए): सरजी! यह मेरी पहली शादी है।

राम (हँसते हुए): और मेरी दूसरी।

दोनों अलग-अलग रास्तों से निकलकर अब एक ही मंज़िल पर पहुँच गए हैं, जिसे 'साथ चलना' कहते हैं। एक-दूसरे से बात करते हुए दोनों मुस्कुराने लगते हैं, जिससे गीता

का दर्द अब हल्की मुस्कान में बदलने लगा है। उनके अधरों पर यह मुस्कान उस 'स्वीकार' का प्रतीक है, जिसे केवल अनुभव से ही समझा जा सकता है। राम का परिहास और उस पर गीता की हँसी उनके बीच एक सहज रिश्ता बना रही है। 'स्वीकार' एक मौन समझ है और एक ऐसी ओझल कथा भी, जो हृदय की गहराइयों में दबी रहती है। इसका विस्तार गहरी साँसों में निहित है। अब वह गहरी साँस ली जाएगी या रोक दी जाएगी, यह तो मनुष्य के चरित्र पर निर्भर करता है।

स्वीकारः स्वसारोऽस्ति, व्यर्थं लहरैः सह रणम्।
नौका समर्पणं यत्र, तत्रैव सिन्धुतारणम्॥

यदा विरोधः शाम्यति, तदा शान्तिः प्रसरति।
स्वीकारो यत्र जायते, तत्रैव जीवनं विकसति॥

आतपः सूर्यस्य सत्यम्, छायायाः स्वकीया वार्ता।
स्वीकरोमि दिवाकरं च, रात्रेश्च कृष्णता मया धृता॥

गतकालः पाशोऽभवत्, यावत् मया सः धृतः।
अतीतं स्वीकृत्य मया, नवीनः बीजः वप्तः॥

अध्याय 8

छलिया

रात में चाँद-सितारों की भागदौड़ के बाद जब खामोशी धीरे-धीरे सूर्य से बातें करने लगती है, तब रात जाते-जाते सिखाती है—थोड़ा रुकना, थोड़ा महसूस करना। जो कल पूरा ना हो सका, उसे आज की उम्मीदों के हवाले कर दो। सूरज की हल्की रोशनी ने अपनी थकान उतारी और हमारे सपनों को खुला छोड़ दिया; आज एक नई शुरुआत है, सपनों के साथ।

आज की सुबह राम की संगीत-भक्ति और धारा के विरह भरे नृत्य के साथ शुरू हुई। कोई और भी जागा था जो हलाहल (विष) की अग्नि से जली थी, परंतु अब मीरा के भजनों जैसी बन गई थी; वैसी ही मिठास जो हर किसी के जीवन में रच जाती थी। वह 'गीता' नाम से जानी जा रही थी।

आज वह दिन है जब धारा वाराणसी को निकल जाएगी, ऋषि अपनी पढ़ाई पूरी करने के लिए अमेरिका और गीता-राम कश्मीर की तरफ निकल जाएंगे।

सुबह-सुबह संज्ञा देवी और "खेलमंत्री भूपेंद्र चौहान 'इन्द्राणी महल' आते हैं—गीता और इन्द्राणी जी से मिलने। धारा, संज्ञा देवी और भूपेंद्र चौहान को गीता से मिलवाती है और कुछ देर के लिए गीता के पास ही बैठ जाती है।

धारा (दुखी होकर गीता से): "नियति अत्यंत क्रूर होती है, गीता। वह हमारे विचारों के अनुसार नहीं चलती; वह केवल हमारे कर्मों को परिणामों में बदल देती है। हम अपने

कर्मों के दूरगामी परिणाम पहले नहीं देख पाते और जब वे सामने आते हैं, तब उन्हें रोकने का कोई उपाय नहीं रहता। यदि तुम अपने कर्मों में थोड़ी सी भी दूरदर्शिता रखतीं, तो स्वयं इतना कष्ट ना पातीं। असंयमित कर्मों की कीमत कभी-कभी पूरी पीढ़ियाँ चुकाती हैं।"

गीता की मेडिकल फाइल लेने आए राम ने धारा की बातों को काफी देर तक सुना, फिर अपनी प्रतिक्रिया दी:

राम (गीता से): "हमें जिंदगी बहुत कुछ सिखाती है, परंतु लोगों की पहचान का जिम्मा हम पर छोड़ देती है। विश्वास सिर्फ ताकत नहीं, बल्कि चमत्कार भी है। चमत्कार भी विश्वास के साथ ही संभव है। इसलिए अधूरे सच के जुगनू संख्या में कितने भी हों, वे पूर्ण सत्य के सूर्य को सहन नहीं कर पाते। इसीलिए तो वे दिन के उजाले में दिखाई नहीं देते।"

राम (श्लोक):

कर्मण्येवाधिकारस्ते मा फलेषु कदाचन।
मा कर्मफलहेतुर्भूर्मा ते सङ्गोऽस्त्वकर्मणि॥

(अर्थ: तुम्हारा अधिकार केवल कर्म करने पर है, उसके फल पर कभी नहीं। इसलिए ना तो तुम स्वयं को कर्मों के फल का कारण मानो, ना ही तुम्हारी आसक्ति अकर्मण्यता में हो।)

धारा (गीता से): "मैं तो तुम्हें दुनिया की चाल और पासे का ज्ञान दे रही थी। यह दुनिया बहुत स्वार्थी है; यह दुःख दिखाने और परवाह करने का ढोंग भी करती है। लोग वैसे होते नहीं जैसे दिखते हैं; यहाँ ईमानदारी की बातें किस्तों में बिकती हैं।"

राम (गीता से): "अच्छा है, भटकाव क्यों? ठहराव तो इंसान को सड़ाने लगता है।"

धारा (गीता से): "शकुनि की बातें पांडवों के लिए भी मीठी हुआ करती थीं, अर्थात् मीठा बोलकर भी धोखा दिया जा सकता है।"

राम (गीता से): "ईर्ष्या ही संकीर्णता का कारण है। यह आपको उदासीनता की ओर ले जाती है। यहाँ लोग ईर्ष्या को परवाह का नाम देते हैं; 'मेरी दीवार से ऊँची तेरी दीवार क्यों'—इसी सोच में लोग घुटते रहते हैं।"

गीता (दुखी होकर): "क्या आप दोनों के बीच कुछ हुआ है? कब से आप दोनों एक-दूसरे पर व्यंग्यबाण चला रहे हैं? क्या आप दोनों सीधे तौर पर बात नहीं कर सकते?"

धारा (व्यंग्यपूर्वक): "हमारे बीच दूरियाँ आ गई हैं।"

राम (व्यंग्यपूर्वक): "और यह दूरी बढ़ेगी या घटेगी, यह धारा के व्यवहार पर निर्भर करता है।"

गीता (धारा से): "मैम! क्या हुआ है?"

धारा (गीता से): "राम नाराज है, क्योंकि उसे लगता है कि मैंने तुम्हें जंगल जलाने के लिए बुलाया था।"

गीता (दुखी होकर): "सरजी! आप गलत कर रहे हैं। मैम को मेरे बारे में कोई जानकारी नहीं थी, फिर उन्हें मेरे मन की बात कहाँ पता थी? आप धारा मैम से अपना झगड़ा खत्म कर दीजिए।"

राम: "गलतियाँ सुधारी जा सकती हैं, गलतफहमियाँ भी सुधारी जा सकती हैं, लेकिन गलत धारणाएँ कभी सुधारी नहीं जा सकतीं। गलत धारणाएँ तुम्हारी धारा मैम अपने मन में बातें बनाती हैं, उन्हें लगता है कि वही सही हैं, परंतु वे तुम्हारे प्रति ईर्ष्या रखती हैं। ईर्ष्या करने से ना दूसरे का भला होता है और ना ही अपना जीवन सुधरता है—इससे केवल मन में तनाव बढ़ता है। ईर्ष्या को छोड़कर यदि उनके मन में तुम्हारे लिए स्वस्थ प्रतिस्पर्धा होती, तो आज हमारे बीच यह दूरी नहीं होती।

धारा (क्रोधित होकर): "पुरुष अपने आप को रुपया समझता है, जिससे वह सब कुछ खरीद सकता है और किसी को भी नचा सकता है। परंतु तुम्हारे जैसा पुरुष! राम, तुम सिर्फ एक बहरूपिया ही हो सकते हो।"

दोनों की तीखी बहस और टकराव का दृश्य देखकर गीता का मन टूट जाता है।

उसकी आँखों में अचानक आँसू भर आते हैं और वह फूट-फूट कर रोने लगती है। उसकी सिसकियाँ पूरे वातावरण को भारी और पीड़ादायक बना देती हैं। ऐसा लगता था मानो उसके हर आँसू के साथ उसका हृदय भी चुपचाप बिखर रहा हो।

गीता को इस अवस्था में देखकर धारा और राम दोनों स्तब्ध रह जाते हैं। क्षण भर पहले जो क्रोध और अहंकार उनके शब्दों में झलक रहा था, वह अचानक गायब हो जाता है। दोनों के चेहरे पर पछतावा और ग्लानि के भाव उभर आते हैं। वे गीता के पास आते हैं, उसकी पीड़ा को देखकर उनका मन भी द्रवित हो उठता है।

धारा और राम दोनों गीता से क्षमा माँगते हैं और काँपती हुई आवाज़ में उसे आश्वासन देते हैं कि अब वे कभी आपस में नहीं लड़ेंगे। वे समझ चुके थे कि गीता की हालत अत्यंत नाजुक है, और ऐसे समय में उनका आपसी संघर्ष उसके लिए और भी घातक साबित हो सकता है। इसलिए वे अपने सारे मतभेद भुलाकर केवल उसे मुस्कुराते देखने का प्रयास करने लगते हैं।

परंतु भीतर-ही-भीतर वे दोनों यह भी जानते थे कि उनके बीच लगा यह “पूर्णविराम” अतीत में कहे गए कठोर शब्दों को पूरी तरह मिटा नहीं सकता। वे शब्द अब भी कहीं ना कहीं उनके हृदय में गूंज रहे थे—एक ऐसे दर्द की तरह, जो दिखाई तो नहीं देता, पर महसूस हर पल होता रहता है।

एक-दूसरे पर की गई छींटाकशी उनके व्यक्तित्व और स्वरूप के अनुरूप नहीं थी। समय आने पर वह स्वयं ही रहस्यों को खोल देता है। कभी-कभी राज़दार भी एक-दूसरे का राज़ खोल देते हैं। अब यह रहस्य राम ने खोला था या धारा ने, यह बात केवल इंद्राणी महल की दीवारें जानती थीं, क्योंकि दीवारों के भी कान होते हैं। हम अक्सर उन्हें नजरअंदाज कर देते हैं, पर वे सब सुनती रहती हैं।

किसी के तन पर छाले, किसी के मन पर छाले,
संसार बस उन्हें देखे, जो बाहर से हों काले।
यहाँ हज़ारों औषधियाँ सजाई गई हैं,
पर मन को छलनी करने के लिए जहर की नदियाँ बहाई गई हैं।
हाथों में अमृत लेकर, मन में विष रखते हैं लोग,
तन को सँवारते-सँवारते, मन को दे देते हैं रोग॥

दृश्य-2

गुरुजी, इंद्राणी देवी, अगस्त्य, ऋषि, राम और वैदेही, गीता के समीप आते हैं। गुरुजी अपने कार्यस्थल के लिए प्रस्थान करने वाले होते हैं, इसलिए निकलने से पहले वे गीता से मिलने आते हैं।

गुरुजी (प्रेमपूर्वक): "गीता! अब हमारा क्या होगा? तुम उत्तराधिकारी थीं, अब तो मेरा वंश ही समाप्त हो जाएगा।"

गीता: "डैड! उत्तराधिकारी वही होता है जो उत्तरदायित्व सँभाले। सरजी सब कुछ सँभाल लेंगे। आप लोग मुझे शांति से जाने दें। यदि उपचार के दौरान मुझे कुछ हो जाए, तो आप मेरे हिस्से का प्यार भी सरजी को दे देना। उनके साथ ही रहना, मुझे इसी में शरण मिल जाएगी।"

राम (गीता को समझाते हुए): "गीता, आत्मशक्ति से सब कुछ प्राप्त किया जा सकता है। तुम बस जीने की इच्छा बनाए रखो।"

गुरुजी (विचारमग्न होकर): "'प्रेम-रोगी' के पास इच्छाशक्ति, आत्मसम्मान, प्राथमिकता, उद्देश्य और कर्तव्यपालन का बोध नहीं रह जाता। इसने सबसे कठिन व्यक्ति को अपना जीवनसाथी चुना है। इसे तो यह भी नहीं पता कि तुम्हारा चरित्र कैसा है!"

(राम दुखी होकर सिर झुका लेता है। गुरुजी की बातों ने उसे आहत किया था, परंतु एक शिष्य के नाते उसे गुरुजी की बातें प्रेरणादायक ही लगती हैं।)

गीता (मुस्कुराते हुए): "मैं जानती हूँ डैड! सरजी ऐसे खिलाड़ी हैं जो आपके हाथ से गेंद ले लेंगे, उसे ऊपर उछालेंगे और आपको दिखा कर कहेंगे—'देखो तुम्हारी गेंद कितनी ऊँची गई है!' परंतु असलियत में वह गेंद उन्हीं के पास, उनकी जेब के अंदर ही रहती है।"

गीता की यह बात सुनते ही कक्ष में उपस्थित सभी के चेहरों पर मुस्कान आ जाती है। ऋषि और अगस्त्य भी हँसने लगते हैं। गुरुजी के चेहरे पर भी मुस्कान की एक हल्की रेखा उभर आती है।

ऋषि: "कम शब्दों में इसने राम भाई को 'छलिया' कह दिया है।"

गीता (हँसते हुए): "नहीं-नहीं! मैंने तो उन्हें 'समझदार' कहा है।"

अगस्त्य: "राम, तुम्हें क्या समझ आया?"

राम: "यही कि यह मुझे खेल में एक दिन 'शाह-मात' (Checkmate) दे देगी।"

गीता से विदाई लेकर ऋषि अमेरिका के लिए प्रस्थान करता है और गुरुजी अपने संरक्षण एवं संतुलन के प्रतीक को बचाने निकल पड़ते हैं। प्रस्थान से पूर्व वे यह कहकर जाते हैं कि 'शक्तिवीर' को लोकहितकारी, श्रेष्ठ और सार्थक बनाना ही उनका उद्देश्य है। यह उस सत्य और प्रेम का प्रमाण है जो वे अपने शिष्य 'शक्तिवीर' से करते हैं। उसकी सुरक्षा करना और उसे आसुरी (काली) शक्तियों से बचाना वे अपना धर्म मानते हैं।

राम भी धर्म को अपना आधार मानता है, परंतु उसकी अटूट आस्था केवल करुणामयी इंद्राणी देवी में है। उसे ज्ञात है कि न्यायाधीश की कुर्सी पर बैठने वाला व्यक्ति सेवानिवृत्ति के बाद भी न्याय करना नहीं छोड़ता। इंद्राणी जी के बुलाने पर राम उनके कक्ष में प्रवेश करता है।

राम (विनम्रतापूर्वक): गुरु माँ, आपने याद किया?

इंद्राणी: हाँ राम, बैठो।

राम: आज्ञा दीजिए।

इंद्राणी (अग्निवीरों के रत्नों का डिब्बा देते हुए): राम, इसे अपने पास रखो।

राम: पर क्यों, गुरु माँ?

इंद्राणी: प्रधान के साथ-साथ अब तुम 'राजा' की उपाधि प्राप्त कर चुके हो अतः इनका तुम्हारे पास सुरक्षित रहना अनिवार्य है। ये रत्न 'अग्निवीरों' के लिए पृथ्वी पर लाए गए थे। अब यह तुम्हारा उत्तरदायित्व है कि प्रत्येक रत्न में सिद्धि और शक्ति संचित रहे। अभी तक केवल 'राजा' अपूर्वा और 'रानी' मैथिली ने ही अपना संकल्प पूर्ण किया है।

राम (आश्चर्यचकित होकर): मैथिली ने संकल्प कब पूरा किया?

इंद्राणी देवी: मैथिली ने तो अपूर्वा से भी पहले अपना संकल्प सिद्ध कर लिया था। यदि उसकी बुद्धि भ्रष्ट ना हुई होती, तो वह आज जीवित होती। वह अत्यंत परिश्रमी और दृढ़ निश्चयी थी।

राम: वह अद्भुत कला की स्वामिनी थी। उसके भीतर ज्ञान और कला का असीमित भंडार था। मैथिली अत्यंत होनहार, चतुर और प्रभावशाली थी।

इंद्राणी देवी (स्नेहपूर्वक): मैथिली से अपराध हुआ, फिर भी मैं उससे घृणा नहीं कर पा रही हूँ। गीता तो आज भी अपने भाई-भाभी की तस्वीर सीने से लगाकर सोती है। मैथिली ने सबको बहुत प्रेम और सम्मान दिया था।

राम: जी, सत्य है।

इंद्राणी देवी (चाबियाँ देते हुए): यह लो राम, गाड़ी की चाबियाँ। यह गाड़ी मेरे पति और गीता के नाना जी की है। उन्हें वाहनों का बहुत शौक था; बाजार में कोई भी नई गाड़ी आते ही वे उसे खरीद लेते थे। आज से यह गाड़ी तुम्हारी हुई।

राम (प्रसन्नतापूर्वक): पर मुझे क्यों?

इंद्राणी देवी: तुम्हें भी तो गाड़ियों का शौक है, इसलिए तुम इसे अपने साथ ले जा सकते हो।

राम: धन्यवाद, गुरु माँ!

(राम गैराज में जाकर गाड़ी बाहर निकालने लगता है। मंदिर जाते समय दाई-माँ की दृष्टि उस पर पड़ती है और वह राम के पास आकर पूछताछ करने लगती हैं।)

दाई-माँ: राम, यह गाड़ी क्यों निकाली?

राम (उत्साह में): मन हुआ कि इसे चलाकर देखूँ।

दाई-माँ: इसी गाड़ी में गीता के नाना जी की मृत्यु हुई थी। यह दुर्घटनाग्रस्त हो चुकी है, अतः इसे सावधानी से चलाना।

राम: आप निश्चिंत रहें। मेरी दृष्टि केवल स्टीयरिंग और मार्ग पर ही नहीं, बल्कि सामने से आने वाले चालक के मस्तिष्क पर भी रहती है। दुर्घटना का तो प्रश्न ही नहीं उठता। वैसे, मुझे आपसे एक बात कहनी थी।

दाई-माँ: कहो?

राम: यदि 'धारा' का वाराणसी में घर बन जाए, तो उसे समझा-बुझाकर आप 'अग्निवीर पथ' पर ले आइएगा।

दाई-माँ: वह तुम्हारी वजह से ही इस परियोजना से जुड़ी थी और अब तुम्हारी ही वजह से इसे छोड़ना चाहती है।

राम: क्या मैंने उसके साथ कुछ अनुचित किया है?

दाई-माँ: वह स्वयं शायद यह कभी नहीं कहेगी।

रामः तो फिर मैं 'साम-दाम-दंड-भेद' की नीति अपनाऊँगा। गुरुजी ने आप लोगों को कहा था कि मुझे लोगों को अर्ध-चेतनावस्था में लाना आता है; फिर वह व्यक्ति चाहे या ना चाहे, परिणाम सदैव मेरे पक्ष में ही होता है।

दाई-माँ (क्रोधित होकर): क्या तुम मुझे धमका रहे हो?

राम (मंद मुस्कान के साथ): मैं तो बस अपना कार्य सिद्ध कर रहा हूँ।

दाई-माँः जब से तुम्हें 'राजा' की उपाधि मिली है, तुम अहंकारी हो गए हो।

राम (मुस्कुराते हुए): "आटे में नमक" जितना अहंकार तो मैं भी रखता हूँ। आपने इसे देखा नहीं, यह आपकी नज़रों का दोष है। आपसे जो कहा है, वह कर दीजियेगा। गीता की चिंता छोड़ दीजिये, अब वह मेरी ज़िम्मेदारी है और मैं उसे लेकर यहाँ से जा रहा हूँ। जब से मैं माँ का 'राजा बेटा' बना हूँ, तब से मैंने स्वयं को राजा ही समझा है।

दाई-माँः गीता मेरी बेटी है, उसे बचपन से मैंने पाला है। तुम उसे कहीं भी ले जाओगे, वह मेरे लिए तड़प उठेगी। वह हमेशा मेरी प्रार्थनाओं का हिस्सा रहेगी।

राम (शांतिपूर्वक): दाई-माँ! आप चाहे कितनी भी प्रार्थना गीता के लिए कर लें, इच्छाएँ और मन्नतें मेरी ही पूरी होंगी।

दाई-माँः तुम ऐसा क्यों कह रहे हो?

राम (शांतिपूर्वक): गुरुजी ने जो शब्द कहे थे—इच्छाशक्ति, आत्मसम्मान, प्राथमिकता, उद्देश्य और कर्तव्यपालन—इन सबका अर्थ 'मैं' होता है। यह आपका राम जानता है, पर आपकी गीता नहीं जानती। आपकी गीता एक भावुक लड़की है। देखिये ना, भावनाओं में बहकर और संवेदनशील होकर उसने अपना क्या हाल बना लिया है! मैं भावनाओं को अधिक महत्त्व नहीं देता, पर बीमार व्यक्ति को दवा ज़रूर देता हूँ। मैं गीता के भटके हुए मन की दवा बन गया हूँ। अब वह ना 'ना' कहेगी और ना ही 'हाँ'; वह बस राम-राम कहेगी। अब चलता हूँ, फिर मिलेंगे।

(दाई-माँ आँखों में आँसू लिए राम को क्रोध से देखती रहती हैं और वह अपनी गाड़ी लेकर चला जाता है। दाई-माँ को समझ नहीं आ रहा था कि यह पैसे और शक्ति का अहंकार था या राम का स्वभाव ही ऐसा था।)

शब्दों में वह शहद है रखता, पर मन में विष की खेती।
जिसकी बातें मिश्री कीगोटी; उसकी नीयत सबसे खोटी।
सीधे-सच्चे लोग अक्सर; दुनिया को थोड़े बिगड़े लगते।
पर जो मीठा-मीठा बोलते; वे शिकारी बन के हैं आते।

दृश्य-3

चिकित्सालय के कक्ष में वैदेही, गीता को यात्रा के लिए तैयार कर रही है। तभी गीता की नज़र मेज़ पर रखे उस उपहार पर पड़ती है, जिसे राम ने दिया था। वैदेही गीता की मेडिकल फ़ाइल लेने चली जाती है और गीता उपहार हाथ में लेकर लेट जाती है। वह उत्सुकता वश उपहार का आवरण (Wrapping paper) हटाने लगती है।

आवरण हटते ही गीता को समझ आता है कि 'सरजी' ने उसके लिए उसका **पोर्टफोलियो (Portfolio)** तैयार किया है। इसमें उसके करियर, रचनात्मक कार्यों, कौशल, योग्यता और अनुभवों का संकलन है, जो उसकी प्रतिभा को प्रदर्शित कर रहा है। सरजी ने एक-एक पन्ने में उसके व्यक्तित्व और कार्यक्षमता को संजोया है।

बचपन की हर याद, हर प्रतियोगिता और हर पुरस्कार उसे याद आने लगता है। यह उपहार उसे उसकी पहचान दिलाने के लिए दिया गया है। गीता भावुक होकर पन्नों को सहला रही है। उसकी आँखों में चमक है और हल्की सी नमी भी। वह पोर्टफोलियो को कभी चूमती है तो कभी सीने से लगा लेती है।

गीता (स्वयं से): सरजी! आपकी इस जादू भरी कला ने मेरे चेहरे पर मुस्कान ला दी है। इस पोर्टफोलियो ने मुझे सिर्फ मेरा अतीत ही नहीं दिखाया, बल्कि आगे बढ़ने की

हिम्मत भी दी है। अब मेरे चेहरे पर अस्पताल वाली कमजोरी नहीं, बल्कि गर्व है। मुझे स्वयं पर और आप पर गर्व है, जो सदैव रहेगा। आपने हमेशा एक मार्गदर्शक और शुभचिंतक की तरह मुझे संभाला है।

वैदेही सामान लेकर आती है। गीता के चलने के अंदाज़ में अब ऊर्जा है। वह मुस्कुराते हुए अगस्त्य, वैदेही, धारा, दाई-माँ और इंद्राणी देवी से विदा लेती है और **शल्य-चिकित्सक** सोनाली उनकी टीम के साथ गाड़ी से एयर एम्बुलेंस की ओर निकल पड़ती हैं। रास्ते में राम भी इस यात्रा में जुड़ेगा, जो अभी किसी ज़रूरी काम से बाहर गया हुआ है।

गीता के निकलते ही सभी संतोषजनक भाव के साथ अपने-अपने कार्य पर लौट जाते हैं। उन्हें अब यह पूरा भरोसा था कि गीता पूरी तरह स्वस्थ होकर वापस 'इंद्राणी महल' लौट आएगी।

रिश्तेदारों को छोड़कर जाने का एहसास वाकई बहुत भारी होता है। इसे शब्दों में पिरोना मुश्किल है, क्योंकि इसमें एक साथ कई भावनाएँ मिली होती हैं—दुःख, पुरानी यादें और भविष्य की घबराहट। विदाई के बाद मन इतना व्याकुल हो जाता है कि वह आँसुओं के रूप में बाहर छलक आता है।

दूर होकर भी दरकिनार ना लगें, इतना अपनापन बनाए रखना।
संबंध दोस्ती का हो या प्यार का, शब्दों का मेलजोल सच्चा रखना।
जब जिज्ञासा की हवा चले, अधूरे में भी मेरा हिस्सा बचाए रखना।
किस्मत शब्दों से नहीं, विश्वास से जीती जाती है,
बस उस विश्वास को विश्वास से बनाए रखना।
हृदय की ज़मीन पर, सच्चाई का बीज उगाए रखना।
कुंडली का खेल तो चलता रहेगा, हर मोड़ पर मुझ पर नज़र बनाए रखना।

दृश्य- 4

पार्टी चल रही है और उसमें बहुत से लोग शामिल हैं। यह पार्टी **अपस्मरा** की ओर से एक गुप्त स्थान पर दी गई है, जहाँ उसके मित्रगण, भाई-बंधु और उसका 'दाहिना हाथ' कहलाने वाली **डाकिनी** भी उपस्थित है। डाकिनी ने चेहरे पर मुखौटा (मास्क) लगा रखा है, परंतु कलि, महाबली, हेति और प्रहेति ने मृत मनुष्यों का रूप धारण किया हुआ है। यदि कोई विपत्ति आती है, तो वे तुरंत अपना शरीर बदल लेते हैं।

पार्टी में अपस्मरा शरीर रूप में नहीं, बल्कि केवल उसकी आवाज़ उपस्थित रहती है। सब खुशी में झूम रहे हैं, मदिरा का सेवन चल रहा है और चारों ओर धुएँ का साम्राज्य है। इसी बीच उनके बीच वार्तालाप शुरू होता है:

डाकिनी (अपस्मरा से): "मालिक! आपने जंगल में अचानक हमला क्यों किया? हमारा भरोसेमंद आदमी वहाँ मौजूद था, जो हज़ारों पर भारी है। उसके प्रयासों ने ही हमें इस जीत के जश्न में झूमने पर मजबूर कर दिया है।"

अपस्मरा (डाकिनी से): "रानी कब तक छिपी रहती? उसे बिल से बाहर निकालने के लिए ही मुझे ऐसा करना पड़ा।"

डाकिनी (एक कुटिल मुस्कान के साथ): "तो रानी ही आपका मुख्य लक्ष्य है? पर इस हमले में उस 'भरोसेमंद आदमी' की जान भी जा सकती थी।"

अपस्मरा: "मैं रानी की शक्ति और उसकी बुद्धि, सब छीन लेना चाहता हूँ। देखो! वह स्वयं घुटनों पर आ गई है। इससे हमारा काम और भी आसान हो गया है। असली खुशी तो उस दिन मिलेगी, जब मैं शक्तिवीर और गीता, दोनों की बलि चढ़ा दूँगा।"

कलि (बीच में हस्तक्षेप करते हुए): "धुआँ और मदिरा अपना काम कर रहे हैं, हमारा यह इंसानी रूप अब ज़्यादा देर तक नहीं टिक पाएगा।"

अपस्मरा (मुस्कुराते हुए): "मेरे रहते तुम सब सुरक्षित हो। पार्टी का संगीत और तेज़ कर दो! वातावरण में हमारा खौफ कायम रहना चाहिए।"

हेति (अपस्मरा से): मालिक! आप उसे मारना क्यों चाहते थे? वह तो बहुत सुंदर और कोमल लड़की है; वह तो हमें जानती तक नहीं है।

अपस्मरा (क्रोध में): अपने पूर्वजन्म में उसने मुझसे युद्ध किया था और मेरी गर्दन धड़ से अलग कर दी थी। तभी से मैं उससे प्रतिशोध लेना चाहता हूँ।

प्रहेति (अपस्मरा से): सत्य (जो चंद्रवंशियों के इष्ट देव हैं) की क्या कहानी है? और गीता का पूर्वजन्म में क्या नाम था?

अपस्मरा (खड़े होते हुए): सत्य एक राजा था, जो अपना राज्य छोड़कर धर्म-संस्थापक बना। उसे तो मैंने युद्ध में पराजित कर दिया था, परंतु इस लड़की (गीता) ने मेरी हत्या कर दी थी। इसीलिए अब मैं इसकी हत्या करना चाहता हूँ। सत्य और गीता के बीच क्या संबंध था, यह मुझे नहीं पता। मैंने उन दोनों को कभी साथ नहीं देखा, ना ही मैं गीता के पूर्वजन्म का नाम जानता हूँ। मैं तो बस उस चेहरे से कुछ क्षणों के लिए मिला था, जिसने युद्ध में मुझे शिकस्त दी थी।

डाकिनी (मुस्कुराते हुए): अब खुश रहिए मालिक! अब वह बस कुछ ही दिनों की मेहमान रह गई है। उसके मरते ही चंद्रवंशी समाज की रीढ़ की हड्डी टूट जाएगी।

कलि (स्थिर होकर): परंतु एक बात समझ नहीं आ रही; ये चंद्रवंशी गुरु, आचार्य और महंत, गीता और शक्तिवीर को एक क्यों करना चाहते थे?

अपस्मरा (शांत लेकिन दृढ़ स्वर में): महंतों के पास गीता की जो कुंडली है, वह दर्शाती है कि उसका जीवनसाथी 'इच्छामृत्यु' प्राप्त करेगा। वैसे ही उन महंतों के पास शक्तिवीर की भी कुंडली होगी, जो यह दर्शाती होगी कि वह अल्पायु है। इसीलिए वे 'Endgame' (खेल के अंतिम चरण) में शक्तिवीर और गीता को साथ देखना चाहते थे।

डाकिनी (अचंभित होकर): यह तो बहुत लंबा खेल चल रहा था! ये आचार्य और गुरुजी किसी मंजे हुए खिलाड़ी से कम नहीं हैं। परंतु हमारे उस भरोसेमंद आदमी को धन्यवाद, जिसने ऐसा मायाजाल बुना है कि वे सब एक-एक करके इसमें फँसते जा रहे हैं।

(अपस्मरा का चेहरा प्रकट होता है, जो काले धुएँ जैसा धुंधला है। उसके पीछे से एक डरावनी हँसी सुनाई देती है। वह अपना हाथ हवा में लहराता है और पूरी पार्टी में फैला हुआ काला धुआँ अचानक तीखे काँटों और जंजीरों का रूप लेने लगता है। अपस्मरा की गूँजती आवाज़ सबको थरथरा देती है।)

डाकिनी (गंभीर स्वर में): मालिक! शांत हो जाइए। अब हम अपनी मंज़िल के बहुत करीब हैं। हम वर्षों से प्रयास कर रहे थे, परंतु सफलता अब जाकर हाथ लगी है। अब सब कुछ हमारे अनुरूप होगा, क्योंकि उनकी दिशा और दशा निर्धारित करने वाला हमारा आदमी उनके चारों ओर मायाजाल बिछा चुका है।

(तभी पार्टी में एक अनजान व्यक्ति का प्रवेश होता है। उसने काली शर्ट, पैंट और ऊपर से काली लेदर जैकेट पहनी है। उसकी कलाई पर बँधी मैटेलिक घड़ी उसके काले लिबास पर बहुत जंच रही है। आँखों पर काला चश्मा, सँवारे हुए बाल और हल्की बढ़ी हुई दाढ़ी उसे एक 'Gentleman' का लुक दे रही है। उसकी फिटिंग वाली शर्ट उसकी मेहनत और सुगठित काया (Physique) को बखूबी दर्शा रही है। वह व्यक्ति एक 'Sharp' और 'Intense' लुक के साथ आता है और शोर-शराबे वाले संगीत को बंद कर देता है। फिर बैकग्राउंड में धीमा संगीत बजाकर वह स्वयं वही गाना गाने लगता है, जो इंद्राणी-महल में अंताक्षरी के दिन गीता ने गाया था:)

"हर सीने की धड़कन मैं हूँ, हर दिल है मुझपे फिदा; लेकिन मेरे दिल को भायी, ज़ालिम तेरी ही अदा।"

एक व्यक्ति का प्रतिबिंब वहाँ रखे चतुर्भुज रत्न के ऊपर उभरता है; यह प्रतिबिंब राम का है। सभी असुरगण और समर्थक तालियों और सीटियों से राम का स्वागत करने लगते हैं। सभी उन पर पैसे, रत्न और पंखुड़ियों की वर्षा करते हैं।

राम (सभ्रम मुस्कान के साथ): रानी गीता ने निन्यानवे (99) पर चंद्रवंशियों को काट लिया।

डाकिनी (क्रोध में): तुम इतनी देर से क्यों आ रहे हो? पहेलियाँ मत बुझाओ राम! यह बताओ कि यह सब तुमने किया कैसे?

राम (क्रूर मुस्कान के साथ): कोई भी सात दिन रहकर मेरी सात साल की सोच को हरा नहीं सकता था। जब वह लड़की (गीता) मुझसे मिली थी, तब वह एक खाली कैसेट की तरह थी। मैंने उसमें अपनी 'चुंबकीय सोच' की एक बहुत लंबी रील (Reel) डाल दी। अब उससे केवल मेरी ही सोच की ध्वनि और चित्र बाहर आएंगे। गीता तो प्रेम-रोगिणी है, परंतु मैं वह 'महामारी' हूँ जो पूरे चंद्रवंशी समाज पर फैल गया हूँ । जब यज्ञ का फल दो अलग-अलग व्यक्तियों (काव्यांजलि और महेश चंद्रवंशी) ने खाया था, तो उसके परिणाम का फल केवल शक्तिवीर को ही क्यों मिले? उसका हकदार तो आज का राम यानी मैं भी हूँ। "माँ ने राम नाम रखा, सबको लगा कि हर युग में रावण को मारूंगा।

हेति (हँसते हुए): तुमने अपूर्वा को कैसे संभाला?

राम (हँसते हुए): अपूर्वा को तो मैंने पहले ही कह दिया था कि वह सिर्फ नाम का राजा है; उसका राज्य तो कोई और चलाएगा। वह एक ऐसा घोड़ा है जो रेस में दौड़ा ही नहीं, बल्कि उसके बदले घोड़ी दौड़ रही थी। सबने देखा कि कैसे मेरी घोड़ी ने रेस जीता दिया!!

प्रहेति (क्रूर हँसी के साथ): चंद्रवंशी गुरुजी का हाल बताओ?

रामः अभी तो वे प्रतिशोध की उस अग्नि में जल रहे होंगे, जिसमें आज तक हम जलते रहे हैं। जहाँ से मेरी माँ को अपमानित करके निकाला गया था, आज मैं वहीं का राजा बन बैठा हूँ। राजा कल तक रक्त और अधिकार से बनता था, पर अब से राजा चतुराई से बनाया जाएगा।

अपस्मरा (गंभीरता से): शक्तिवीर को कहाँ रखा गया है, यह पता लगा?

राम (गंभीरता से): तिब्बत और अरुणाचल प्रदेश की सीमा पर 'शांगरी-ला' घाटी स्थित है। वह स्थान 'चौथे आयाम' (Fourth Dimension) से प्रभावित होने के कारण रहस्यमयी बना हुआ है; गुरुजी वहीं जाकर अदृश्य हो जाते हैं। मैं वहाँ गया हूँ और मेरी शिक्षा भी वहीं हुई है, पर वे मुझे और अपूर्वा को आँखों पर पट्टी बाँधकर ले गए थे। हमने वहाँ स्थित ज्ञानगंज मठ, सिद्ध विज्ञान आश्रम और योग सिद्ध आश्रम में साधना की है। मुझे जानकारी है कि घाटी के समीप गुरुजी अपने सूक्ष्म शरीर को विकसित करके जाते हैं, परंतु वहाँ समय नगण्य (ना के बराबर) होता है, इसलिए मैं आगे कुछ देख नहीं पाता। अभी चंद्रवंशी गुरुजी का विश्वास मुझ पर से उठ गया है; जब तक उनकी बेटी खड़ी नहीं होती, हमें धैर्य रखना होगा।

अपस्मरा: इसका अर्थ यह है कि अभी हमें थोड़ा और प्रतीक्षा करनी होगी। ठीक है, हम प्रतीक्षा कर लेंगे, परंतु मुझे अपनी माँ की सौगंध खाकर वचन दो कि तुम उन दोनों को एक साथ मेरे पास लाओगे।

राम (क्रूरता भरी हँसी के साथ): मुझे मेरी माँ और गीता की कसम, मैं गीता से ही गीता (कर्म ग्रंथ) लिखवाऊँगा।

अपस्मरा (भारी आवाज़ में): क्या कभी उस लड़की पर मोहित नहीं हुए? क्या तुम्हें गीता से कभी मोह नहीं हुआ? वह लड़की रूप और सौंदर्य का खजाना थी। क्या तुम्हारा मन कभी नहीं भटका?

राम (शांतिपूर्वक): मैंने जब भी देखा लक्ष्य के रूप में ही देखा है; लक्ष्य से ज्यादा खूबसूरत और कोई वस्तु नहीं है। जिस दिन मैं अपना लक्ष्य प्राप्त करूँगा उसका रूप और सौन्दर्य दोनों अनूठा होगा। मैं अपनी माँ का इकलौता बेटा हूँ और फौजी भी हूँ मुझे गोली के छल्लों में दिलचस्पी है किसी के साथ गुलछर्रे उड़ाने में नहीं।

अपस्मरा (गंभीर स्वर में): लक्ष्य क्या है?

राम: अपने पिता और माता को मिलाना। बिछड़े हुए साथी को मिलाना। फिर मेरे पिता कितनी भी अदृश्य शक्तियों से घिरे हों, कितने भी दूर-ओझल हों उनको प्राप्त करूँगा। अपनी माता (काव्यांजलि) के सामने ले आऊँगा।

डाकिनी (हँसते हुए): वो तो किसी और के पति हैं और अभी तक जीवित हैं या नहीं किसी को कहाँ पता है। उन तक कैसे पहुँचोगे?

राम (गंभीरता के साथ): वो जहाँ भी होंगे जिस किसी के भी साथ होंगे पकड़कर लाऊँगा। जिंदा (जीवित) नहीं भी होंगे तो भी उनकी धूल उठाकर लाऊँगा परंतु अपनी माँ के पास लाऊँगा तभी मिलेगा मेरी माँ को न्याय और मुझे शांति मिलेगी।

प्रहेति (व्यंग्यपूर्वक): चंद्रवंशी आचार्य और महंत तुमको ऐसा करने देंगे? वो तो हमेशा से उसको सुरक्षित स्थान पर रखते आए हैं। कभी उनके परिवार को किसी से मिलने तक नहीं दिया। वो लोग बनेंगे तुम्हारे बाधक फिर क्या करोगे?

राम (व्यंग्यपूर्वक): इसलिए तो आप लोगों की सहायता कर रहा हूँ। आप लोगों को कैप्टन महेश चंद्रवंशी का बेटा शक्तिवीर चाहिए और मुझे मेरे पिता। मैं प्रतिशोध के बजाय परिवर्तन की सोच रखता हूँ परंतु कभी-कभी अन्याय अपनी सीमा तोड़ देता है तब जरूरी हो जाता है प्रतिशोध के लिए 'शस्त्र उठाना' और युद्ध करना।

तपिश बढ़ी ब्रह्मांड की, कौंध उठी हर जान,
तब टूटी उस योगी की, महासमाधि महान।
नैन खुले त्रिनेत्र के, क्रोधित हुआ स्वरूप,
गूँज उठा आकाश भी, देख कराल अनूप।
आँखें रक्तिम अग्नि सी, पर मन में दया का भाव,
स्थिति देखी जगत की, और विष का गहरा घाव।

डाकिनी (हँसते हुए): कर्म के पथ पर बढ़ना अच्छी बात है परंतु इसमें एक कोमल और मासूम लड़की जल गई; बुरा नहीं लगा तुमको? आस-पास ही तो रहती थी, बातचीत भी हो ही जाती थी उसका जल जाना दुःखी नहीं किया?

राम (विचारपूर्ण होकर): जो अपनी प्रतिक्रिया पर नियंत्रण रखता है वही सफलता प्राप्त करता है। आज सत्ता का नियंत्रण लड़की (गीता) के हाथ से इसलिए ही गया क्योंकि उसको नियंत्रण नहीं था अपनी भावनाओं पर। सफलता के कपड़े किसी दुकान

में नहीं मिलते इसको हमें स्वयं के लिए स्वयं द्वारा बनाया जाता है। **नास्ति बुद्धिरयुक्तस्य।** बिना आत्मनियंत्रण और स्पष्टता के आप अपना वर्चस्व स्थापित नहीं कर सकते हैं।

डाकिनी (अपनी हँसी रोकते हुए): गिरगिट भी रंग बदलने में तुमसे हार मान जाए, राम। खूबसूरत लड़की को बड़ी हीरोइन बनना था।

राम (घमंडी मुस्कान के साथ): मैं तो गुप्तचर हूँ छलिया हूँ मुझे क्यों दुःख होगा। लड़की को हीरोइन बनना था और ये भी नहीं जानती थी फिल्म में किरदार आते हैं अपने आप को मुख्य किरदार के रूप में देखते हैं फिर जैसे ही हीरो का किरदार कहानी में आता है सभी किरदार के साथ-साथ हीरोइन भी सह-किरदार बन कर ही रह जाती है। हीरो से फिल्म चलती है और बिकती भी है। मुझे उसके दुःख का मलाल क्यों होने लगा? वैसे भी लड़की ने ही तो कहा था, "मैं उसका हूँ ही कौन?" उसको स्वीकार्यता, सम्मान और अटूट विश्वास रखना है तो अपने पास रखे।

अचानक राम को **वायरलेस फोन** (बिना तार वाला फोन) पर तरंगों का अहसास होता है। धारा ने ये तरंगें भेजी थीं। राम पार्टी स्थल से दूर हटकर बात करने चला जाता है।

हेति (मुस्कुराते हुए): यह राम बहुत धूर्त व्यक्ति है। यह अपने मित्र, गुरुजी, गुरु-माँ और गीता का सगा नहीं है। जो व्यक्ति इन सबको छल रहा है, वह कल हमें भी छल सकता है। आज उसने वहाँ की सत्ता हासिल कर ली है, कल यहाँ भी हाथ मार सकता है। हमें सावधान रहना होगा।

डाकिनी (बालों को घुमाती हुई): करके तो देखे! जब इस राजदार (राम) के पास औरों के राज हैं, तो इसका राज भी हमारे पास है। यह पिता के लिए घृणा रखता है और उस तक पहुँचने के लिए हाथ-पाँव मार रहा है, वहाँ तक तो ठीक है; पर हमें अपने पिता जैसा मामूली इंसान ना समझे। हम अलौकिक नकारात्मक ऊर्जा हैं। हम रूप बदलते हैं, घर और शरीर बदलते हैं। दिन, तारीख और वर्ष बदलते हैं, परंतु हमारा जिया हुआ क्षण नहीं बदलता। इसकी धूर्तता सिर्फ गीता की मूर्खता के सामने ही टिकेगी, बाकी कोई इसके झाँसे में आसानी से नहीं आएगा। इस पर मेरी नज़र बनी रहेगी।

इसकी भावनाएं मर चुकी हैं, इसे फर्क नहीं पड़ता। हम मृत लोगों के भीतर हैं और इसके शरीर के अंदर भी बहुत कुछ मर गया है। इसका बदला हमारी कहानी बदलेगा।

आँखों का स्पर्श कभी-कभी, शब्दों से ज्यादा गहरा।
फिर भी आँखों को मिले धोखा!
व्यक्ति का बदलाव, उसके स्वरूप का पड़ाव।
व्यक्ति सच्चा तो जय-जयमाला,
व्यक्ति अच्छा तो जय-जयकारा!

रामः बोलो धारा! क्यों फोन किया? मैंने यह नंबर तभी उपयोग करने को दिया था जब बहुत जरूरी हो। बताओ क्या बात है?

धारा (दुखी मन से): तुमने सही कहा था। मुझे गीता को सहायता के लिए नहीं बुलाना चाहिए था, यह मेरी भूल थी। मुझसे बहुत बड़ा पाप हो गया है, मुझे माफ कर दो। मैं तुमसे नाराज हुई क्योंकि तुमने सब कुछ का दोषी मुझे बना दिया था।

राम (हँसते हुए): तुम्हें पता है, हम मनुष्य श्वास लेना और निगलना दोनों काम एक साथ नहीं कर सकते?

धाराः यह मुझे क्यों बता रहे हो?

राम (हँसते हुए): दोष लगाना और क्षमा याचना भी साथ-साथ नहीं हो सकते। तुम आत्मग्लानि में हो या नहीं? दोनों का अनुभव एक साथ नहीं कर सकते। अपने खाली पात्र को भरने की कोशिश करो, दूसरों की गलती निकालने की आवश्यकता नहीं है। रही बात कि क्या और भी लोग गलत थे? तो हाँ! सबसे ज्यादा गलत गीता थी और एक दिन उसे भी अपनी गलती का बोध हो जाएगा। समय के साथ उसे पता चल जाएगा कि 'शक्ति' प्राप्त करने और 'अपयश' समाप्त करने के बीच जो जीवन उसे मिला है, वह पर्याप्त है। उसे स्वयं को महत्व देना चाहिए, अपनी अनावश्यक इच्छाओं को नहीं। सब ठीक हो जाएगा, तुम अपना ध्यान रखना।

आस कह रही श्वास से, धीरज धरना सीख।
बिन माँगे मोती मिले, माँगे मिले ना भीख।

अपनी बात धारा से समाप्त कर राम पुनः पार्टी में आ जाता है। उसे देखकर हेति और प्रहेति थोड़ा दूर बैठ जाते हैं। डाकिनी राम के पास आकर जानकारी लेने लगती है।

डाकिनी: कौन था?

राम: राम आया तो 'रामराज्य' भी ले आया, और राज्य आया तो 'रामलीला' भी शुरू हो गई। लीला करने तक तो ठीक है, लेकिन ये गोपियाँ मुझसे संभलती नहीं हैं; एक तो गले ही पड़ गई है।

अपस्मरा (हँसते हुए): उसके साथ क्या करोगे, हमें भी तो बताओ?

राम: लड़की धोखा देती है, यह मैं जानता हूँ; पर लड़का भी सदियों से धोखा देता आ रहा है, यह उसे बताना है।

कलि: कब से दे रहे हो यह मीठा जहर? उसे तुम्हारी बात सच क्यों लगती है? क्या उसे कभी संदेह नहीं हुआ?

राम (मुस्कुराते हुए): मैं तो हमेशा सच ही बोलता हूँ, अब यह सामने वाले पर निर्भर है कि वह उसे 'सच' के रूप में देखता है या 'झूठ' के। संक्षेप में, यह उनकी समस्या है। जब मैं पहली बार गीता से मिला—

डाकिनी (हस्तक्षेप करते हुए): वाराणसी के घाट पर?

राम (मुस्कुराते हुए): नहीं! वहाँ तो मैं गीतांजलि से मिला था। वह वैदेही और उसके माता-पिता—यानी अपने चाचा-चाची—के साथ विदेश चली गई थी। गीता से तो मैं बहुत बाद में मिला; यहाँ भी एक दिलचस्प कहानी है, कश्मीर से वापस आकर सुनाता हूँ।

हाँ, तो जब मैं गीता से मिला, मैंने देखा कि यह लड़की भारी सुरक्षा में है और सभी इसकी देखभाल कर रहे हैं। जबकि खूबसूरती के अलावा इसमें कोई और गुण दिख ही नहीं रहा था। और खूबसूरती कोई 'गुण' तो है नहीं, वह तो माता-पिता से प्राप्त आशीर्वाद है। बाद में समझ आया कि क्यों एक तोते में बहुत सारे लोगों की जान बसी हुई है।

अपस्मरा (आश्चर्य से): क्यों?

राम (मुस्कुराते हुए): समय बीतने के साथ मुझे समझ आने लगा कि गीता में सहनशीलता और विश्वास कूट-कूट कर भरा है। यह मजबूत हड्डियों वाली लड़की है। यही वह गुण है जिसके कारण प्राचीन काल में भी इसे 'रानी' की उपाधि से नवाजा गया होगा।

अपस्मरा (दृढ़ विश्वास से): ठीक कहा तुमने। प्राचीन काल में जब वह मुझसे युद्ध कर रही थी, तब वह मुझे एक महान योद्धा जैसी प्रतीत हो रही थी। वह युद्ध कला में कुशल और प्रतापी वीरांगना लग रही थी। 'सत्य' मुझसे हार गया और वह विजयी हुई।

राम (हँसते हुए): तो क्या फिर आपने गुस्से में उसे श्राप दे दिया?

अपस्मरा: बिल्कुल नहीं। मैं तो स्वयं मृत्यु को प्राप्त हो चुका था, मैंने श्राप नहीं दिया।

राम (आश्चर्य से): यदि आपने नहीं, तो फिर वह कौन था जिसने उसे श्रापित किया?

हेति, प्रहेति, कलि और डाकिनी भी कहते हैं कि उन्होंने श्राप नहीं दिया।

राम (सोच में डूबे हुए): अगर इन सब में से किसी ने श्राप नहीं दिया, तो फिर गीता इस नियति का शिकार कैसे हुई? इन लोगों की बातचीत से तो यही पता चलता है कि उसका चरित्र प्राचीन काल में वीरता और सहनशीलता का ही था।

कलि (गंभीरता के साथ): अच्छा राम, यह बताओ कि गीता लड़की कैसी है?

राम (सोचते हुए): घरेलू।

डाकिनी (हँसते हुए): वह तुम्हें घरेलू कैसे लगी?

राम (हँसते हुए): जो वफादार होता है वही घरेलू होता है, और जो वफादार नहीं होता वह 'बाजारू' होता है। अब आप लोग मुझे ही देख लो। मैं अब चलता हूँ।

डाकिनी जी! क्या आप अपनी शक्ति का प्रयोग करके मुझे छोड़ देंगी?

डाकिनी (गंभीरता के साथ): चलो, छोड़ देती हूँ।

(दोनों के जाने के बाद भी अपस्मरा और उसके बंधुओं की बातचीत जारी रहती है। हेति और प्रहेति, अपस्मरा से जानना चाहते हैं कि आखिर 'राम' से पूछताछ क्यों की गई?)

प्रहेतिः आपने इतने आक्रामक तरीके से सवाल क्यों किए?

अपस्मराः मैं देख रहा था कि वह हमें भ्रमित कर रहा है या स्वयं भ्रम में है। माँ का इकलौता बेटा सच्चा फौजी तो बन गया, परंतु इसकी एक आँख खिलाड़ी की और दूसरी शिकारी जैसी है। 'राम' एक निर्भीक व्यक्ति है; जो कुछ भी हुआ, उसका एक-एक शब्द अपनी वास्तविकता बता रहा था। इसकी बातों में स्पष्टता है और इसका झुकाव किसी (पक्ष) की तरफ नहीं है। फिर भी इसकी सच्चाई की छानबीन जरूरी थी। राम पर नज़र बनाए रखना; सोहबत का असर नज़र और नज़रिया, दोनों को पत्थर होने से बचा लेता है।

डाकिनी (वापस आकर): आपको संदेह है कि यह कहीं रंग ना बदल ले? क्या यह हमें धोखा देने की हिम्मत करेगा?

अपस्मराः जो मैं समझ गया, वह यह नहीं समझा। प्रकृति हमें संपूर्ण खुशी नहीं देती; यदि कुछ देती है, तो बदले में कुछ ले भी लेती है। इसकी पत्नी (गीता) ने अगर इसके लिए 'इच्छा मृत्यु' का वरदान पाया है, तो उसके पास निश्चित ही किसी चीज़ की कमी रही होगी—वह कमी आयु की होगी। बिजली से जल जाना, यह प्रारंभिक संकेत है। शक्तिवीर के साथ-साथ गीता भी अल्पायु लेकर आई है। गीता के पिता इसीलिए इससे बचने का उपाय ढूँढ रहे थे; वे चाहते थे कि गीता की मृत्यु का कोई अर्थ हो और वह अर्थ शक्तिवीर को मिले।

डाकिनीः आपका तात्पर्य क्या है?

अपस्मरा: यदि राम जीवित रहा, तो शक्तिवीर और गीता नहीं रहेंगे; और यदि शक्तिवीर और गीता जीवित रहे, तो राम जीवित नहीं रहेगा। "राजवश हमेशा चाहेगा कि उनके धर्मसंस्थापक सत्य को इच्छामृत्यु का वरदान मिले, और राम रास्ते से हट जाए।"

डाकिनी: मुझे तो राम पर पूरा भरोसा हो गया है। वह बड़े से बड़ा सच जानकर भी उसे अनदेखा करेगा और अपने लक्ष्य को प्राप्त करेगा। अपस्मरा! यदि आप गीता को मारते, तो वह एक ही बार मरती; परंतु अब राम के कारण वह हर दिन थोड़ा-थोड़ा मरेगी। मुझे तो हर हाल में राम ही जीवित चाहिए।

कलि: अब हम सबको क्या करना है?

अपस्मरा: हमें 'शंगरीला घाटी' के रहस्य खुलने का इंतज़ार करना होगा। इस रहस्य के खुलते ही हम शक्तिवीर और उसके परिवार से मिल पाएंगे और यह जान पाएंगे कि आखिर उसे कहाँ छिपा कर रखा गया है। ज्ञानी पुरुष 'सत्य' की जानकारी भी हमें तभी प्राप्त होगी। तब तक 'राम' पर भरोसा करके अडिग रहना होगा। जैसे आज तक सब कुछ शांतिपूर्वक होता आया है, वैसे ही आगे के सारे रहस्यपूर्ण कार्य भी शांतिपूर्वक संपन्न होंगे।

रहस्यों का चारों ओर बोलबाला है, शंगरीला घाटी में उबलता हुआ लावा है।
देखो, कैसा यह विचित्र युग आया, अदृश्य शक्तियों का दिल भी राम पर आया।
लक्ष्यभेदी बाण चलेंगे, फिर शांतिपूर्वक बात करेंगे।
महापुरुष सत्य की खोज में निकल पड़े, छल-कपट भी मशाल बनकर खड़े रहे।
भटके राही को सत्य का द्वार मिलेगा, हृदय के मरुस्थल में मर्यादा का राग मिलेगा।
गीता ने भी अब दृढ़ निश्चय किया, राम-नाम को स्वयं से बाँध लिया।

हेति: मालिक! आपको राम पर भरोसा है या संदेह? इसका उत्तर तो आपने दिया ही नहीं।

अपस्मरा: बिना परिणाम प्राप्त किए ना तो मैं संदेह करूँगा, ना मैं पूर्ण विश्वास करूँगा I। मुझे परिणाम स्वरूप गीता और शक्तिवीर अपने सामने बेबस, असहाय और लाचार

चाहिए। जो स्वयं को कहानी का नायक समझता है, वह कभी भी नायिका के लिए खड़ा हो सकता है। यह तो संसार भी जानता है कि नायक और खलनायक की कभी पटरी नहीं बैठती। हमें एक-एक कदम फूँक-फूँक कर रखना होगा, क्योंकि सामने वाला व्यक्ति (राम) स्वयं में एक रहस्य है। उसकी बातें हमारे लिए 'मकड़ी का जाल' और चंद्रवंशियों के लिए 'मायाजाल' हो सकती हैं। राम फौजी होने के साथ-साथ एक योगी भी है; वह अग्निवीर के पथ पर है, इसलिए उसकी वाणी जल के समान (निर्मल पर गहरा प्रभाव रखने वाली) है। वह भली-भांति जानता है कि स्वयं पर और परिस्थितियों पर नियंत्रण कैसे रखना है।

प्रहेतिः फिर भी, राम हमारे भय का मुख्य कारण नहीं होना चाहिए। हमारे भय का वास्तविक विषय तो चंद्रवंशी कुलरानी गीता है।

डाकिनी (कुटिलता से): वह अधजली और अधमरी लड़की हमारा क्या बिगाड़ लेगी? वह तो स्वयं दूसरों के सहारे जी रही है, फिर वह हमारे लक्ष्य को कैसे प्रभावित कर सकती है?

प्रहेतिः शास्त्र कहते हैं—

अग्निदोषं मृणशेषं शत्रुशेषं तथैव च।

पुनः पुनः प्रवर्धेत तस्माच्छेषं ना कारयेत्॥

अर्थातः यदि अग्नि, ऋण (कर्ज) या शत्रु का थोड़ा सा भी अंश शेष रह जाए, तो वह बार-बार बढ़ता है। इसलिए इन तीनों को जड़ से समाप्त कर देना ही उचित है।

यह लड़की (गीता) अपने साथ पुनर्जन्म की अग्नि लेकर आई है। जब तक वह जीवित है, हमें शांति नहीं मिलेगी। मेरा मानना यह है कि गीता का राम को 'राजा' चुनना उसका व्यक्तिगत निर्णय था, किंतु प्रकृति का गीता को 'रानी' चुनकर भेजना उसकी पात्रता (Eligibility) दर्शाता है। प्राचीन काल में उसका चरित्र, संस्कार और मानसिक दृढ़ता इतनी प्रबल रही होगी कि उसका पुनर्जन्म में रानी बनना कोई संयोग नहीं, बल्कि उसके व्यक्तित्व का परिणाम है।

अपस्मरा (कुटिल भाव से): तुम्हारा तात्पर्य क्या है?

प्रहेति (मुस्कुराते हुए): राम स्वयं को 'नायक' और नायिका को केवल एक 'सह-पात्र' मान रहा था। परंतु यदि किसी महिला पात्र के व्यक्तित्व को गहराई और मजबूती से गढ़ा जाए, तो उसका प्रभाव स्वाभाविक रूप से बढ़ जाता है। तब कहानी किसी एक व्यक्ति के बजाय दोनों पात्रों के इर्द-गिर्द समान रूप से घूमने लगती है। हम कह सकते हैं कि कहानी केवल नायक की नहीं, बल्कि नायिका की भी हो जाती है। यह तथ्य राम से पहले हमें समझना होगा। वह रानी हमारे लिए पहले भी खतरा थी और अब भी है।

अपस्मरा (हँसते हुए): तुमने तर्क तो बहुत अच्छा दिया, पर उस 'रानी' (गीता) को इस सत्य का आभास तक नहीं है। उसे केवल हमसे ही नहीं, बल्कि अपने भाग्य से भी खतरा है। यदि वह हमसे बच भी गई, तो नियति से कैसे बचेगी? शक्तिवीर को बचाए रखने का उत्तरदायित्व गीता का था, किंतु उसने विश्वासघात किया और वरदान राम के पास चला गया। अब शक्तिवीर कैसे जीवित बचेगा? यदि हमारी वजह से या किसी अन्य कारण से शक्तिवीर की मृत्यु हुई, तो चंद्रवंशी लोग गीता को जीवित नहीं छोड़ेंगे। उनका मानना है कि शक्तिवीर ही उनके धर्म-संस्थापक 'सत्य' का अंश है, और यह सत्य भी है। उस लड़की के चारों ओर विषैले काँटे हैं—एक ओर अपस्मरा रूपी कुआँ है और दूसरी ओर भाग्य रूपी खाई। इन विकट परिस्थितियों में लाभ केवल राम का ही हो रहा है।

कलि (गंभीर स्वर में): जो राम को बिना स्वार्थ के सुख-शांति दे रही है, सुख-सुविधा उपलब्ध करा रही है; यदि कहीं राम के मन में उसके लिए दया और हमदर्दी जाग गई तो? यदि वह उसकी शांति और उद्धार का मार्ग ढूँढने लगा तो? फिर हम क्या करेंगे?

डाकिनी (हँसते हुए): मैं दोनों को साथ रहने नहीं दूँगी। राम का चरित्र रहस्य हो सकता है, परंतु उसके बहुत से रहस्य हमारे पास हैं, जिन्हें समय-समय पर उजागर करना हमारे लिए अनिवार्य होगा।

कलि (हँसते हुए): जो अपने मित्र की बुद्धि भ्रमित करके परिणाम अपने पक्ष में ले आया, जिसने जो कुछ भी किया अपने स्वार्थ के लिए किया; वह भला किसी को पुनर्जन्म के श्राप से मुक्त करने के लिए स्वयं को खतरे में क्यों डालेगा?

अपस्मरा (गंभीर मुद्रा में): ठीक कहा तुमने! अगर राम ने अपनी बुद्धि और आत्म-चिंतन के अनुभवों पर ध्यान केंद्रित रखा, अपनी स्थिति को मजबूत और समृद्ध बनाया, तो अपनी यात्रा की सुंदर कहानी वह स्वयं लिख रहा होगा। उसे शक्तिवीर और गीता के धर्म-कर्म के जाल में नहीं उलझना चाहिए। उसे मोह-माया से स्वयं को वैसे ही अलग रखना चाहिए जैसे वह आज तक रखता आया है। बड़ी से बड़ी नाव भी अपने भीतर हुए छोटे से छेद के कारण डूब जाती है, हर बार तूफानों को दोष नहीं दिया जा सकता।

भाई महाबलि! तुमने कोई प्रतिक्रिया नहीं दी? चुप क्यों हो? संकोच मत करो। जो कहना चाहते हो, निर्भय होकर कहो।

महाबलि: स्वामी! जैसा हम सोच रहे हैं वैसा ना हो। यह कहानी केवल नायक-नायिका की ना हो, धूर्तता या मूर्खता की ना हो, और ना ही केवल राजा-रानी की हो। यह कहानी तो पति-पत्नी के मधुर प्रेम, उनके संघर्ष और एक प्रेरणादायक साझेदारी की भी हो सकती है

अपस्मरा (हँसते हुए): यह कहानी यदि 'अप्रत्याशित व्यक्ति' से 'प्रत्याशित' बने व्यक्ति की ना भी हुई, तब भी अप्रत्याशित ही रहेगी; क्योंकि संसार में सबसे अनिश्चित जीवन ही है। यह कहानी उसी अप्रत्याशित जीवन की है।

प्रहेति (हँसते हुए): महाबलि भाई! तुम ऐसा-वैसा क्यों सोच रहे हो? आखिर शक्तिवीर आया ही क्यों है?

हेति (हँसते हुए): शायद... ढोल बजाने!

डाकिनी (खिलखिलाकर हँसते हुए): वह भी उसे बजाना नहीं आता! ढोल बजाना तो केवल राम को ही आता है।

अपस्मरा (गंभीर हँसी के साथ): यह वह पहला ढोल बजाने वाला है जिसने अपनी बुद्धि के बल का प्रयोग किया और दूल्हा बन गया। इसने अपनी चतुराई से वह सब हासिल कर लिया, जिसकी कल्पना अभावों से जूझता व्यक्ति ही करता है। राम इस बात का एक "सटीक उदाहरण" है कि बुद्धि ही सबसे बड़ा धन है, या फिर बुद्धिमान के पास ही धन आता है।

(सभी जोर से हँसने लगते हैं। अदृश्य शक्तियाँ आकार लेना शुरू कर देती हैं। चारों ओर डरावना माहौल व्याप्त है, जिसमें काले लोगों का साया फैला हुआ है। कोने में रखा पुराना आइना चटक जाता है, किंतु उसके टूटने की ध्वनि नहीं आती। दीवारें ऐसे कराह रही हैं जैसे कोई पुराना घाव फिर से हरा हो गया हो। सभी उस अंधकारमय स्थान से बाहर निकलने लगते हैं और पदचाप के साथ उनकी चमकती हुई लाल आँखें दिखाई देती हैं।)

हवा बर्फ सी ठंडी, रूह कँपाने वाली,
हँसी की वह गूँज, जैसे काले में धुंध।
खिड़कियाँ खुलीं और पर्दे उड़े,
रास्ते बाहर जाते ही, भीतर की ओर मुड़े।
दीवार से टपका वह दृश्य,
काला गाढ़ा द्रव्य, मंजर अति विभीष (भयानक)।
अब ना कोई उजाला, ना कोई शोर-शराबा;
शेष रह गया बस डर का काला साया,
और उसकी जीत का अटूट दावा।

अदृश्य स्थान और अदृश्य लोगों को छोड़कर राम **एयर एम्बुलेंस** (Air Ambulance) के पास पहुँच जाता है। वह वहाँ गीता के पास बैठ जाता है। गीता अभी बेहोश पड़ी थी; राम उसके शरीर के गिरते तापमान को महसूस कर पा रहा था। अचानक राम की नज़र बेड के नीचे गिरी गीता के भाई (अपूर्वा) और भाभी की तस्वीर पर पड़ती है। राम उसे उठाता है, देखता है और फिर कूड़ेदानी (Dustbin) में फेंक देता है।

राम वापस उठकर गीता की तरफ देखता है। तभी गीता की आँखें धीरे से खुलीं। उसने काँपती आवाज़ में पूछा— " सरजी? भाई की तस्वीर कहाँ है? वह तो बेड के पास ही थी..."

राम के चेहरे पर एक ठंडी मुस्कान आई। उसने गीता का हाथ थामते हुए कहा— "अब हमें पीछे मुड़कर देखने की ज़रूरत नहीं है, गीता। अब बस सामने देखो या सिर्फ मुझे देखो। कश्मीर आने वाला है।"

मशीनों की 'बीप-बीप' और एयर एम्बुलेंस के इंजनों की गूँज सुनाई दे रही थी। बाहर घना अंधेरा था और विमान कश्मीर की पहाड़ियों की ओर बढ़ रहा था। राम, गीता के बगल में बैठा था। उसके चेहरे के भाव पल-पल बदल रहे थे; उसकी आँखों में नफरत और दर्द का एक अजीब मिश्रण था। गीता, राम को पत्थर की भाँति शांत होकर देख रही थी।

राम (मुस्कुराते हुए): "कश्मीर बहुत खूबसूरत है।"

गीता (भावुक होकर): "खूबसूरत तो है, पर यहाँ खालीपन बहुत है।" आप आर्मी कैंप में रहेंगे और मैं अस्पताल में। गुरु-माँ, दीदी, जीजू—कोई मेरे साथ नहीं होगा।”

राम (मन ही मन): "अब तो तुम्हें इसकी आदत डालनी होगी।”

राम—सिर्फ साथ रहने से ज्यादा महत्वपूर्ण साथ होना है।”

एक बड़ी ज्वाला अपने भीतर समेटे, राम अपनी आँखें बंद कर लेता है—शायद ताक़तवर दर्द या अनकहे सवालों से बचने के लिए। गीता, अपनी आत्मा में एक अनाम सूनापन लिए, धीरे-धीरे सो जाती है—एक तरह की थकान, जो ना दिखती है, ना समझ आती है।

तस्वीरें हवा में बिखर गईं, यादें उड़ा लीं, लेकिन सच्चाई ठंडी बर्फ बनकर गिर गई—जम गई, जड़ हो गई। धूर्तता के सामने, निःशब्द भी शब्दविहीन हो जाता है; हर शब्द बेअसर, हर आवाज़ खोई हुई लगती है।

ऐसी स्थिति में इंसान के पास ना तो लड़ने का साहस बचता है, ना भागने का रास्ता। हर पल भारी, हर सांस गहरी, और हर मन की धड़कन जैसे दर्द के अनकहे गीत गाती है

अचानक गीता की नींद फिर खुली और वह राम से पूछने लगी— "क्या हम मंज़िल पर पहुँच गए?"

गीताः "अभी और कितनी देर है? मैं लेटे-लेटे थक गई हूँ। हम कब अपनी मंज़िल पर पहुँचेंगे?"

राम (मुस्कुराते हुए): "मेरी और तुम्हारी कहानी लंबी चलेगी। अभी तो सिर्फ जान-पहचान हुई है। आगे और भी लोग साथ जुड़ेंगे, कुछ साथ छोड़ जाएँगे। किसी को सहारा मिलेगा, तो किसी के सब्र का बाँध टूटेगा। कुछ भटके हुए अपने घर लौटेंगे; किसी के लिए जिंदगी के पन्ने सिर्फ 'उम्र' बनकर रह जाएँगे, तो किसी के लिए ये 'अनुभव' का रूप लेंगे। कहीं नियम टूटेंगे, तो कहीं मनोभूमि पर लोग टूटेंगे। किसी के हिस्से हार आएगी और किसी के हिस्से सार होगा।"

"सच मेरा है, परख तुम्हारी है,
यह दुनिया बस नज़रों की बीमारी है।
मैंने तो पन्नों पर दिल खोलकर रख दिया,
अब इसे सच मानो या झूठ, यह तुम्हारी ज़िम्मेदारी है।"
"कुछ हाथ छूटेंगे, कुछ साथ आएँगे,
सफर के मोड़ पर नए चेहरे मिल जाएँगे।
किसी की उम्मीदों का दरिया बहेगा,
तो किसी को सुरक्षित किनारे मिल जाएँगे।"
"वक्त की कलम से उपन्यास लिखा जाएगा,
कहीं स्याही गहरी, तो कहीं शब्दावली धुंधली होगी।
हार और जीत के इस शोर के बीच,
किसी ना किसी के हिस्से की कहानी ज़रूर सुनाई जाएगी।"

क्रमशः (जारी रहेगा...)

अप्रत्याशित (भाग-2)

अस्वीकरण

यह पुस्तक केवल मनोरंजन के उद्देश्य से है। पाठक यह स्वीकार करते हैं कि लेखिका कानूनी, वित्तीय, चिकित्सा या व्यावसायिक सलाह नहीं देती है। इस पुस्तक की सामग्री विभिन्न स्रोतों से ली गई है। इस पुस्तक में उल्लिखित किसी भी तकनीक को आजमाने से पहले कृपया किसी लाइसेंस प्राप्त पेशेवर से परामर्श लें।

इस दस्तावेज़ को पढ़कर, पाठक सहमत होते हैं कि किसी भी परिस्थिति में लेखिका इस दस्तावेज़ में निहित जानकारी के उपयोग के परिणामस्वरूप होने वाले किसी भी प्रत्यक्ष या अप्रत्यक्ष नुकसान के लिए उत्तरदायी नहीं होंगी, जिसमें त्रुटियां, चूक या अशुद्धियां शामिल हैं, लेकिन इन्हीं तक सीमित नहीं हैं।

व्यावसायिक लाइसेंसिंग, व्यावसायिक प्रथाओं, विज्ञापन और अन्य सभी क्षेत्राधिकारों को नियंत्रित करने वाले सभी लागू कानूनों और विनियमों का पालन करना खरीदार या पाठक की एकमात्र जिम्मेदारी है।

लेखिका और प्रकाशक दोनों ही इन सामग्रियों के खरीदार या पाठक की ओर से किसी भी प्रकार की जिम्मेदारी या दायित्व नहीं लेते हैं। किसी भी व्यक्ति या संगठन के प्रति किसी भी प्रकार का कथित अपमान पूरी तरह से अनजाने में है।

www.ingramcontent.com/pod-product-compliance
Lightning Source LLC
LaVergne TN
LVHW052257200926
848481LV00002B/387